PLASMA

Du même auteur
aux Éditions J'ai lu

Aristoï, *J'ai lu* 3869
La guerre du plasma, *J'ai lu Millénaires*

WALTER JON WILLIAMS

PLASMA

TRADUIT DE L'AMÉRICAIN
PAR GUY ABADIA

J'AI LU

Titre original :
METROPOLITAN
HarperPaperbacks *Adivision of* HarperCollins*Publishers*

À Ralph M. Vicinanza
et Christopher Schelling,
amis sincères.

1

Une silhouette féminine en feu, haute de dix étages, parcourt les rues. Elle est nue, son corps, un véritable holocauste de flammes tourbillonnantes. Les gens, dans la rue de l'Intendance, se ratatinent, carbonisés, sur son passage, ne laissant derrière elle que de petits moignons noirs figés dans la position du fœtus. La chaleur irradiée est telle que les bâtiments s'enflamment sur son parcours. Des ouragans de papiers aspirés par l'énorme appel d'air sortent des fenêtres des buildings et se dirigent vers elle en décrivant des spirales avant de se consumer. Des rivières de flammes naissent au bout de ses doigts. Les vitres s'étoilent et se brisent vers l'intérieur au passage de la plainte lugubre, éraillée, qui sort de sa gorge furieuse et insubstantielle.

Dans l'immense cité qui fait le tour du globe, on ne peut rien imaginer de pire qu'un incendie qui se propage de proche en proche.

Ayah perçoit d'abord la rumeur, une clameur de plus en plus aiguë qui fait se dresser les poils de sa nuque. Sidérée, elle se tourne vers l'entrée vitrée du hall de l'immeuble et aperçoit la femme gigantesque qui débouche au coin de l'avenue de la Bourse. L'espace d'un instant, elle en voit même trois, car son reflet est renvoyé par la façade miroir de l'immeuble de l'Intendance et par celle de l'Ancienne Chancellerie. Horrifiée, Ayah contemple trois visages ardents, trois paires d'yeux enflammés, trois expressions torturées où elle lit des restes d'humanité éclatée implorant qu'on l'aide, qu'on mette fin à son supplice.

Ayah se détourne pour courir au moment où la vitre explose vers l'intérieur du hall. Elle sent sur sa nuque un souffle brûlant qui la jette à terre. En même temps, elle prend conscience des braillements du bébé de Tella et de la sonnerie dérisoirement urgente d'un téléphone.

Le hurlement de la femme-torche lui monte à la gorge.

Fuite de superplasma dans le quartier financier
143 morts, 2 000 blessés
L'Office du Plasma annonce l'ouverture d'une enquête.
Tous les détails sur le *Câble*

Tandis que l'escalier mécanique fait grimper Ayah vers la sortie de la station du pneuma, elle voit les mots qui s'étalent comme du vif-argent dans le ciel pour lui annoncer ce qu'elle sait déjà. Entre les stries de métal usé de l'escalator, elle distingue des dépôts de cendres, probablement en partie humaines.

À la surface, un vent glacé charrie des fragments carbonisés d'une porte-vanne d'immeuble à l'autre.

Votre famille est-elle vraiment à l'abri ? Êtes-vous suffisamment assuré ?

Les mots, qui s'adressent cette fois-ci à une audience purement locale, s'étalent en une image miroir sur la paroi vitrée dorée de l'immeuble de l'Intendance. Les revendeurs d'assurances débitent leurs marchandises dans des guérites improvisées sur le trottoir.

— Vous êtes à l'abri, ma bonne dame ? lui crie l'un d'eux. Je parie que vous avez une flopée de gosses, non ?

Il sait que les Barkazies passent généralement leur vie enceintes. Ayah rentre la tête dans le col de sa veste et se dirige vers le nouveau marchand de billets de loterie, dans sa guérite toute neuve.

L'ancienne guérite, avec son occupant à l'intérieur, a été carbonisée. Ayah lui a acheté un billet chaque jour ouvrable depuis trois ans, et elle ne sait même pas comment il s'appelait.

Un motard de la police passe dans un tranquille ronflement de turbine. Les débris de verre craquent sous les pieds d'Ayah tandis qu'elle traverse l'avenue de la Bourse en direction de l'Office du Plasma, dont l'immeuble est surmonté d'une couronne irrégulière de cornes de bronze. Ses fenêtres n'ont plus de vitres. Il y a des cercles de peinture blanche sur le trottoir, chacun avec en son centre un monticule de suie représentant une victime, un humain carbonisé. Déjà les pigeons y ont mêlé leurs déjections.

Elle sait ce qui l'attend au bureau. Le bébé de Tella en train de brailler, l'odeur des couches sales, celle du vieux café dans l'antichambre qui sent le renfermé, avec ses carreaux cassés remplacés par du plastique. Et l'inévitable cylindre message sur son bureau parce que, trois mois plus tôt, elle a voulu se faire bien voir de ses supérieurs hiérarchiques en se portant volontaire pour traiter les Messages Urgents.

Après avoir répondu aux messages, elle passera de longues heures à frissonner dans l'humidité glaciale des sous-sols, à la recherche d'un plasma dont elle ne possédera jamais la moindre parcelle.

Encore des mots qui se forment dans le ciel : *Snap ! La boisson qui rafraîchit le monde entier.* Suit le logo vert et blanc de la marque. Les ressources nécessaires pour tracer un tel message dans le ciel aux heures de permute sont époustouflantes. C'est plus qu'elle ne pourra gagner dans toute une vie.

Un aéro glisse silencieusement dans le ciel entre Ayah et le logo. Il a décollé de la terrasse de la Bourse. Il s'inverse pour que son pilote puisse admirer la cité en dessous. Ce spectacle-là, Ayah sait qu'elle ne risque pas de le voir un jour.

Dans une cité qui ceinture le globe, quelle est la pire chose imaginable ?

Ne pas avoir d'endroit où aller.

Trois inculpations nouvelles dans le scandale de la Ligne
L'Intendant promet un grand coup de balai.

L'Office du Plasma a son siège dans un immeuble haut, large et massif prévu pour la création, le stockage et l'acheminement du plasma. Il se dresse au milieu d'un ensemble soigneusement étudié de bâtiments gouvernementaux ou financiers dont la conception, la masse et la forme ont été spécialement calculées. Les ossatures en acier au carbone constituent un réseau complexe de production isolé de l'extérieur par du granit blanc. Sa couronne de cornets de transmission de tailles irrégulières se dresse vers le ciel comme une main aux doigts crochus. Le réseau de captation en bronze, fermement ancré dans la roche sous-jacente, fait courir sur le granit ses tentacules luisants, formant des arabesques aussi esthétiques que fonctionnelles destinées à attirer, rassembler et disperser tout plasma représentant une menace pour l'édifice proprement dit. La masse dangereuse est alors morcelée, privée de toute autonomie, puis stockée en vue d'une utilisation personnelle par les hérésiarques de l'Office.

Si la femme-torche avait seulement touché l'édifice avec l'une de ses flammèches, elle aurait hurlé, puis frémi, et elle aurait disparu, toutes ses énergies aspirées par l'ossature, avant d'être dispersée dans le réseau tout entier de la cité.

Mais elle ne l'a touché à aucun moment. Ce qu'il lui restait d'esprit conscient et raisonnant savait quel danger les arabesques de bronze représentaient pour elle. Afin de la détruire, la Juridiction a été obligée de concentrer ses ressources pour l'étouffer en force en lui envoyant une giclée d'énergie transmise par les cornets de bronze.

Le bâtiment est moins impressionnant vu de près. Cinquante autres employés anonymes entrent en même temps qu'elle et passent sous la mosaïque en forme d'arche, incrustée de suie, qui représente la déesse des Transmissions dispensant sa gloire au peuple. En même temps que vingt personnes nouvellement arrivées – parmi lesquelles elle ne reconnaît pas un seul visage –, elle éprouve cette sensation de mouvement liquide très particulière aux ascenseurs hydrauliques qui desservent l'intérieur de l'immeuble.

Arrivée au dixième, la première chose qu'elle entend, c'est le braillement du bébé de Tella. Les couloirs sont revêtus de tapis en plastique côtelé marron censés protéger un carrelage qui a tendance à s'émietter. Les portes sont en métal cabossé, couleur vert terne. Le mobilier est en métal gris terne, également cabossé. Les murs sont verts avec des rayures grises. Le plafond est en tôle, avec des déchirures qui laissent voir le câblage au-dessus. Il n'y a pas de fenêtre.

Devenez fonctionnaire dans un bureau, se dit-elle. *Votre avenir sera assuré à vie.*

— Salut, lui dit Tella.

Elle est en train de changer la couche de Jayme sur son bureau.

Ayah a envie de hurler au revendeur d'assurances, en bas : *Vous voyez ? Les Jaspeeris aussi ont des bébés !*

Le caca scintille dans la couche sous l'éclairage fluo.

— La réunion est fixée à dix heures, fait Tella.

— C'est ce qui était prévu.

— Comment va ta nuque ?

Ayah porte la main à l'endroit où les flammes lui ont roussi le poil, sous ses cheveux roulés en chignon.

— Ça va, répond-elle.

— Au moins, tu n'as pas reçu d'éclat de verre. Pas comme Calla, à la Tabulation. Elle regardait par la fenêtre quand elle a explosé. Elle a failli perdre un œil.

— C'est qui, cette Calla ?

— Cheveux auburn, mariée à Emtes, de Billing.

Ayah ne connaît pas non plus. Elle baisse les yeux vers son bureau, où se trouve l'ordinateur avec ses cadrans lumineux jaunes, son scalaire et le journal de bord.

La photo de Gil, dans son cadre argenté.

Le bébé braille de nouveau. Tella sourit comme pour s'excuser.

— Il ne manque pas de poumons, hein ?

Tella ne voulait pas laisser l'enfant à la crèche toute la journée, sous la surveillance de fonctionnaires indifférents, pour qu'il attrape toutes les maladies contagieuses qui courent à Jaspeer. Elle a demandé à Ayah si ça ne la dérangeait pas qu'elle le garde avec elle au bureau, et Ayah a accepté, non sans réticence. Elle a grandi au sein d'une très grande famille, avec non seulement une ribambelle de frères et sœurs, mais des cousins, neveux et nièces entassés dans de minuscules logements d'État de Barkazi. Elle ne tient pas à être de nouveau entourée de bébés qui braillent.

Il y a trois cylindres qui l'attendent dans sa corbeille à messages. Elle en prend connaissance. Tous concernent la réunion. Ils viennent de trois autorités supérieures différentes.

On dirait que c'est la pagaille, là-haut.

Les cadrans jaunes de son ordinateur brillent pour attirer son attention.

Elle retrousse son poignet en dentelle et écrit la réponse à chacun des messages. Elle les remet dans leurs cylindres et consulte sa liste dans son protège-documents en plastique pour être bien sûre de l'adresse pneumatique de chaque chef de service. Elle programme la destination sur les cadrans des trois cylindres avant de les introduire dans le circuit à messages qui les happe avec un bruit de succion. Elle les imagine fonçant dans le noir vers leur destinataire comme des navettes de la Ligne.

Dans une cité de la taille du globe, que peut-il y avoir de pire pour quelqu'un ?

Avoir vingt-cinq ans et savoir exactement où l'on passera le restant de ses jours.

Tremblement de terre à Pantad
40 000 morts présumés. Tous les détails sur le *Câble* !

Ayah a appris à ignorer la douleur que le lourd casque noir en céramique inflige à ses oreilles. Au moins, il a l'avantage d'occulter les braillements de Jayme.

— Neuf heures trente-quatre, réorientation Cornet Douze à cent vingt-deux virgule cinq degrés, né ?

On ne peut pas dire que le tabulateur à l'autre bout de la ligne ait les poumons solides. On l'entend haleter entre deux mots, et une petite toux sèche ponctue chaque phrase. De temps en temps, Ayah l'entend tirer sur sa cigarette.

— Da, confirme-t-elle. Neuf heures trente-quatre, réorientation Cornet Douze à cent vingt-deux virgule cinq degrés.

C'est dans six minutes. Elle a déjà commencé à remplir le registre. Puis elle entre les données dans l'ordinateur. À l'intérieur de la console d'un noir mat, on entend des déclics et des ronronnements.

122,5°, c'est probablement les Tours des Mages.

— Neuf heures trente-cinq. Émission Cornet Douze à mille huit cents mm. JNO. Né ?

— Da. Confirmation émission Cornet Douze mille huit cents mégamehrs, jusqu'à nouvel ordre.

1 800 mm, c'est beaucoup, même pour les Tours des Mages. Qui peut avoir besoin d'une telle quantité ? se demande-t-elle.

Peut-être Constantin.

Elle écrit les nombres dans le registre, en notant que la sixième colonne de son scalaire de transmission est libre. Elle programme la colonne 6 sur son ordinateur puis fait glisser l'algorithme sur le scalaire jusqu'à ce qu'il indique 1 800. Elle tire un fil gainé de sa banque de câbles et le connecte au scalaire par la prise arrière. Le circuit électronique est établi.

Il n'y a plus de demande jusqu'à 9 h 34. Ayah tripote la dentelle de son chemisier. Elle a toujours la nuque qui brûle. Pour éviter de penser à la femme-torche, elle regarde la photo de Gil dans son cadre.

9 h 33. Les moteurs internes de l'ordinateur tournent. Un petit drapeau en haut de la colonne 6 passe du blanc au rouge et blanc. Sur la terrasse de l'immeuble, l'énorme cornet de transmission en bronze s'oriente lentement à 122,5°.

Une minute s'écoule. Le petit drapeau devient complètement rouge et le circuit électrique du scalaire s'anime, déclenchant un autre circuit beaucoup plus puissant, au plasma, dans l'ossature d'acier de l'édifice. L'énergie afflue dans le cornet de transmission. Les Tours des Mages reçoivent la colossale charge de plasma.

JNO. Jusqu'à Nouvel Ordre. Cela représente assez de puissance pour propulser les Tours jusqu'à mi-chemin du Bouclier.

Ayah tend la main pour toucher le scalaire, comme si elle espérait détourner une infime partie de cette énergie, assez pour allumer une bougie dans sa tête ou donner à ses nerfs un aperçu de la réalité. Naturellement, il ne se passe rien. Le plasma ne lui appartient pas. Elle travaille dans un immeuble qui en est rempli, mais elle n'en possédera jamais la moindre parcelle.

Elle se demande si c'est Constantin qui se trouve à l'autre bout du circuit. Mais ce n'est probablement pas lui.

Il doit s'agir plutôt d'un nouvel hommage grésillant à la société de consommation, une publicité fracassante pour un soda ou une marque de chaussures.

Que peut-on imaginer de pire dans une cité qui fait le tour du globe ?

Vivre en permanence avec l'objet de tous ses désirs sans jamais pouvoir le posséder.

2

LA VIE EST À VOUS, L'ESPRIT EST À NOUS.
2100, Chaîne 2

Toutes les autorisations d'absence sont annulées. Tout le monde fera une vacation et demie. Mengene ne contrôle que vaguement la séance. La panique gagne toute l'assemblée, de l'Intendant jusqu'au plus petit employé. Tout le monde crie à tue-tête. Ayah, trop bas dans la hiérarchie pour hurler avec les autres, est assise à la table de conférence face à Niden, le seul Barkazi de l'assistance à la peau foncée comme elle. Elle espérait y trouver un réconfort, mais il a un rhume carabiné et elle plisse le nez chaque fois qu'il tousse ou qu'il éternue, en espérant que les virus iront se nicher plutôt dans les membranes nasales des grosses têtes de la hiérarchie.

Visible à travers la paroi vitrée derrière Niden, un panneau publicitaire passe dans le ciel.

Pourquoi être si tendu ? demande-t-il.

Parfois, les publicitaires ont le sens de l'humour.

— Oeneme est d'avis que c'est en rapport avec la nouvelle construction à l'emplacement de l'Ancienne Expo, explique Mengene en caressant sa fine moustache blonde. On est en train de démolir la Clinique de l'Unité. Il y a un immeuble de bureaux qui se monte à un rad et demi, et ils creusent actuellement le chantier d'une nouvelle station de la Ligne en plein milieu de la rue. La configuration est un peu irrégulière.

— Irrégulière ? Vous avez un plan, non ?

La voix de Denselle résonne. C'est un homme corpulent, qui adore s'entendre parler. De gros plis de dentelle dépassent à ses poignets.

— Pas encore.

— Et pourquoi pas ?

Mengene soupire.

— Parce que le secrétariat d'Oeneme ne nous l'a pas envoyé.

— Vous ne pouvez pas en dresser un vous-mêmes ?

Mengene ne lui répond pas. Il commence à distribuer les tâches et à former les équipes. Ayah s'avise que son propre nom ne figure nulle part. Elle lève la main. Son geste est ignoré. Finalement, elle élève la voix.

— *Monsieur Mengene !*

Toujours le silence.

— Aucune tâche ne m'a été assignée, dit-elle.

Mengene la regarde.

— Je sais.

— Qu'est-ce que je fais ici, alors ?

Mengene paraît ennuyé.

— Je voulais vous voir. On va vous confier une mission spéciale.

Son cœur bondit. Mais elle voit briller des couteaux dans le regard des autres. Pourquoi elle pour une mission spéciale ?

Mengene aussi voit les couteaux.

— C'est Rohder qui a eu l'idée, dit-il.

Immédiatement, les autres se désintéressent. Les espoirs d'Ayah s'estompent. Rohder est un vestige poussiéreux de l'ancienne Division de la Recherche, perdu dans les limbes de la philosophie et de la spéculation abstruses, mais avec trop d'ancienneté pour être écarté.

Les autres reçoivent leurs instructions. Les fauteuils de la salle de réunion sont larges et confortables, avec un dossier en éventail décoré d'un gros chrysanthème doré. Ils invitent un peu trop à la torpeur. Ayah ferme les yeux. Elle pense à Gil, à ses mains puissantes aux doigts courts en train de se poser sur elle.

Mengene a fini. Ayah attend que les autres sortent. Il allume une cigarette. Il expire tranquillement la fumée et lui fait signe de le rejoindre au bout de la table. Elle se lève de son fauteuil et traverse la salle. Elle voit son propre reflet, en passant, dans les chrysanthèmes plaqués or qui ornent le mur, et rectifie machinalement sa coiffure.

— C'est Rohder qui a éteint la torche, lui dit Mengene. Il était au Contrôle des Transmissions quand ça s'est passé. Il l'a vue arriver sur un moniteur, et il a aussitôt calé ses fesses devant les commandes. Il va être décoré pour ça. En attendant, d'avoir manipulé tout ce plasma à son âge, ça l'a conduit tout droit à l'hôpital.

Il secoue le paquet de cigarettes pour en faire sortir une à moitié et la lui tend.

— Non, merci, dit-elle.

Elle s'assoit à côté de lui. Derrière lui, un faucon pèlerin fond en piqué. Si elle avait cligné les yeux à ce moment-là, elle ne l'aurait même pas vu passer.

— Rohder m'a appelé de l'hôpital il y a une heure pour me dire que, quand il a mouché la torche, il a eu une nette impression de sa source. Il dit que ça venait de l'est.

— Ce n'est pas la direction de l'Ancienne Expo.

— La ligne de source disparaît, semble-t-il, à l'horizon, quelque part de ce côté-ci de Grande-Cité. Il affirme qu'il l'a visualisée.

— De l'intérieur du Contrôle des Transmissions ?

Mengene prend un air embarrassé.

— C'est ce qu'il m'a dit.

— Sur un moniteur extérieur ?

Mengene regarde fixement le bout de sa cigarette.

— Plutôt dans sa tête.

Un sentiment de futilité s'empare d'Ayah. Elle se voit en train de passer des jours sous terre à courir après l'hallucination d'un vieillard.

— Rohder est très fort pour ça, vous savez, reprend Mengene. Il sait ce qu'il dit. Un vrai sorcier. J'ai travaillé avec lui à l'époque où il a créé la Recherche. Il a su tirer son épingle du jeu avant que la Division ne s'écroule, mais il n'y était absolument pour rien. Il y avait trop d'interférences venues d'en haut. On ne peut pas, en quelques mois, découvrir une nouvelle théorie sur l'utilisation du plasma et la tester sur le terrain.

— S'il est aussi fiable que ça, demande Ayah, pourquoi me mettez-vous toute seule sur la piste ?

— Parce que je ne travaille pas pour Rohder, mais pour Oeneme. Et Oeneme est persuadé que le problème se situe à l'Ancienne Expo.

Mengene plante sa cigarette comme un clou dans le cendrier en titane. La force d'inertie la fait tourner sur elle-même. Ayah est en train de se demander si ce n'est pas un coup monté de la part de Mengene pour faire tomber Oeneme, peut-être au profit de l'Intendant. Et sur qui rejaillira la faute si la petite machination de Mengene ne fonctionne pas ?

Sur la petite intrigante barkazie, naturellement. Comme chacun sait, ces gens-là sont toujours en train de comploter pour s'attirer des avantages, en ayant recours au besoin à un chonah ou deux. Ayah sait très bien qu'elle n'a pas le moindre allié dans la boîte.

— Le mérite vous reviendra entièrement, lui dit Mengene.

Elle songe surtout au moyen d'éviter qu'on lui colle tout ça sur le dos.

Mengene balaie la cendre de sa cigarette d'un mouvement de sa manchette en dentelle.

— J'ai prévu pour vous une équipe de soutien de deux hommes, lui dit-il. Ils seront libres après la pause de midi. Je sais que vous n'avez pas beaucoup d'expérience dans la recherche des sources, mais ils pourront peut-être vous guider dans...

— Je vais avoir besoin d'une fiche de reconnaissance complète avec transparents, densités et configurations.

— Je m'en occupe. Je vais appeler les Archives.

— Nos plans ne sont pas toujours à jour, quand ils sortent de notre secteur. Il m'en faut un de... Comment s'appelle le relais entre Grande-Cité et nous ? Rocketman ?

Mengene paraît surpris.

— Je crois, oui. Je vais les contacter, si vous le désirez.

Parfois, elle l'a constaté, les Jaspeeris sont tout étonnés lorsque quelque chose d'intelligent sort de ses lèvres.

Il reste qu'elle ne peut pas poser les questions dont les réponses lui seraient véritablement utiles.

Une mission spéciale. Quelle faveur !

La parole est humaine, le silence est divin.
MESSAGE MENTAL DE SA PERFECTION
LE PROPHÈTE D'AJAS

Quelques heures plus tard, vêtue d'une combinaison jaune officielle et coiffée d'un casque de chantier, Ayah descend d'une rame de la Ligne à la station Rocketman. Partout, ses deux assistants la suivent : Lastene, un gamin boutonneux, et Grandshuk, un homme aux cheveux grisonnants, si râblé et si fort qu'elle jurerait qu'il a eu un ancêtre aux gènes modifiés.

Rocketman, la station de l'Office de la Ligne, porte le même nom que le relais de l'Office du Plasma. Personne ne sait d'où vient cette appellation, « Rocketman ». La plupart du temps, les noms sont si vieux, dans ces quartiers, qu'ils ont perdu toute signification.

La station de la Ligne, très ancienne, se trouve à une grande profondeur. Sur le quai, une vieille mosaïque aux couleurs ternies, en partie rongée, donne un aperçu de la surface à l'époque : des immeubles en pierre blanche étincelante sous le Bouclier gris, certains surmontés de curieuses antennes terminées par une boule servant à diffuser le plasma sous la forme de zigzags dorés et brillants.

Aucune fusée, cependant, n'est représentée dans la mosaïque.

Le tunnel qui mène au relais n'est pas isolé par de vrais murs, mais par un grillage en acier. Les chaussures d'Ayah résonnent sur un plancher provisoire probablement installé plusieurs dizaines d'années auparavant. Elle progresse à travers les strates d'activité humaine visibles à travers les mailles du grillage : vieilles constructions en brique, étais tordus en métal, canalisations d'eau, brique grise, pierre rouge, pierre blanche.

Et tout cela servant de générateur de plasma, d'énergie géomantique.

La masse crée ses propres énergies. La matière est l'énergie, bien que sous une forme différente. La pile désordonnée représentée par la cité-monde et les structures de fer, de brique, de roc et de béton génère ses propres énergies intrinsèques. La puissance s'accumule lentement dans les structures proprement dites, elle les emplit comme l'eau qui monte lentement dans un local, s'insinue dans les moindres failles et demeure latente jusqu'à ce qu'on la puise. Il a été prouvé que les rapports géomantiques ont plus d'importance que la masse elle-même. La conception d'un édifice, la relation liant un bâtiment à l'autre peuvent accroître la quantité d'énergie disponible, la concentrer, la canaliser vers un endroit ou un autre. L'ossature métallique des immeubles, ancrée dans la roche sous-jacente et tournée vers le Bouclier, rassemble et multiplie ces énergies, les rendant propres à être utilisées et transmises.

L'énergie – le plasma – est en résonance avec l'esprit humain, qui peut la contrôler, qui peut en faire pratiquement tout ce qu'il veut. D'un côté, sur le plan microcosmique, le plasma est susceptible de guérir les maladies, de modifier les gènes, de stopper ou de ralentir le processus de vieillissement, de créer des métaux précieux à partir de matériaux de base et des radio-isotopes à partir des métaux précieux. Sur le plan macrocosmique, le plasma crée la vie, toutes les formes de vie auxquelles un être humain peut penser ; il peut envahir un esprit étranger, détruire la volonté d'une personne, en faire une marionnette manipulable à volonté, brûler son système nerveux, réduire ses os en cendres, transformer l'amour en haine et la haine en amour, dispenser la mort sous toutes sortes de formes obscènes, lancer des missiles, des bombes et même des gens aux quatre coins du monde, d'un claquement de doigts, faire exploser un gratte-ciel, l'abattre d'une tornade, le projeter dans les airs sur deux mille kilomètres, le poser comme une plume à son point de destination, créer un séisme capable de mettre cent structures à terre, de conférer des pouvoirs dépassant les rêves les plus extrêmes, de faire n'importe quoi, en somme, excepté perforer le Bouclier que les Élevés ont inséré entre le monde et tout ce qui peut exister à l'extérieur.

Mais il faut d'abord avoir les moyens de s'en procurer. Et la substance est contrôlée, distribuée, mesurée, taxée. Il n'y en a jamais assez. Les gouvernements réclament des quantités colossales de plasma pour asseoir leur pouvoir. Des complexes comme les Tours des Mages ou

Grande-Cité facturent à leurs occupants des sommes énormes, sous prétexte que leurs bâtiments sont conçus de manière à concentrer et à transmettre le plasma avec la meilleure efficacité possible. Ceux qui vivent là sont des géomanticiens incroyablement riches et puissants, qui ont les moyens de puiser à volonté à cette immense source, de laisser les compteurs tourner *JNO*.

Jamais assez. Mais on ne cesse de construire de nouveaux immeubles, d'en démolir, de les faire monter de plus en plus haut, de les remodeler, et les configurations sont perpétuellement en train de changer, les masses se rééquilibrent avec les masses, suscitant de nouvelles potentialités. C'est la raison pour laquelle les prospecteurs de plasma plongent dans les fondations du monde, s'enfoncent dans les sous-sols abandonnés, explorent les vieux égouts oubliés et les galeries d'inspection jonchées de détritus dans l'espoir de découvrir une source non recensée qui puisse être exploitée clandestinement ou vendue ou utilisée pour combler les rêves les plus secrets du prospecteur.

Mais si les choses tournent mal, si une prospectrice absorbe plus d'énergie que ce qu'elle est capable de contrôler, il arrive qu'elle se transforme en femme-torche de la hauteur d'un immeuble de dix étages parcourant les rues en hurlant, brûlant une poche de plasma accumulée depuis cent ans en quelques minutes atroces.

Au relais Rocketman, Ayah met un certain temps à se faire reconnaître, car Mengene n'a jamais contacté ces gens comme il l'avait promis. Les archives sont conservées dans une salle située en dessous du niveau de la rue, et l'on ne peut y accéder qu'en passant par l'immense Salle des Batteries, où l'énergie du relais est stockée dans de gigantesques accumulateurs et condensateurs de plasma qui font trois fois la hauteur d'une personne et qui brillent de tous leurs cuivres où s'insèrent d'énormes éléments noirs en céramique. Pour commander tout cela, il y a un mur noir en métal couvert de boutons, de manettes et de cadrans qui servent à faire surgir d'un geste les vastes flots d'énergie stockés là et à les orienter. Dans un coin, près de la console de commande, il y a une icône représentant Tangid, le Seigneur de l'Énergie aux deux visages.

Les deux routeurs sont confortablement assis devant leur pupitre et passent leur temps à lire des magazines. Leur tâche est presque entièrement automatisée, mais le syndicat insiste pour qu'ils soient là en permanence afin de parer à une éventuelle urgence. Leur contrat prévoit même une prime de risque, pour le cas où des terroristes feraient irruption dans le local en brandissant des mitraillettes et en exigeant qu'on leur remette une dose.

On escorte Ayah jusqu'aux archives. Lastene et Grandshuk suivent comme des caniches. Quelques minutes plus tard, ils sont de retour dans la Salle des Batteries, les bras chargés de plans, de transparents et de mises à jour entourés chacun d'un ruban officiel orange de l'Office. Elle s'assoit à une petite table non loin des routeurs et commence à les ouvrir pour les examiner.

Les fiches de reconnaissance sont des chromos pris d'avion, assemblés bord à bord et soigneusement étalonnés pour que l'échelle soit respectée. Les transparents en celluloïd sont censés laisser voir ce qu'il y a en dessous, mais certains sont si vieux qu'ils ont jauni ou se sont sérieusement détériorés. Tout ce qui est susceptible d'entraver la production de plasma doit normalement figurer sur les transparents ou les mises à jour, mais ce n'est en réalité qu'une aimable fiction.

Il est plus facile de laisser faire les esprits entreprenants... et la cupidité. L'Office sait très bien que les quantités de plasma détournées sont colossales, impossibles à évaluer. Mais si un prospecteur tombe sur un filon important, tôt ou tard, quelqu'un le dénoncera pour empocher la prime, et l'Office finira par mettre la main sur le gisement pour l'incorporer à ses réserves.

Ayah passe une heure à examiner les plans. Le secteur compris entre le quartier de la Bourse et Grande-Cité est très vaste : plusieurs centaines de rads carrés. Elle place les pointes de son compas sur l'échelle et établit la relation entre les différentes structures. Puis elle applique les transparents l'un après l'autre et s'efforce de calculer leurs effets cumulés. Les lignes dansent devant ses yeux.

Elle se dit que la tâche qu'on lui a confiée est impossible à réaliser. Mengene, décide-t-elle, doit avoir une idée derrière la tête. Peut-être que c'est *elle* qu'il veut faire tomber.

Ayah se dit qu'elle a besoin de réfléchir quelque temps à tout ça.

Elle regarde ses adjoints, qui sont en train de lire les magazines des routeurs.

— Vous pouvez partir, si vous voulez, leur dit-elle. Je rentre chez moi après ça.

Grandshuk jette un coup d'œil à son collègue, puis se tourne de nouveau vers Ayah.

— On espérait faire quelques heures sup, dit-il.

— Je suis salariée. Je ne touche pas d'heures sup. Mais vous pouvez aller gagner les vôtres au bar en face, si vous voulez. On se retrouve ici demain à l'ouverture.

De nouveau, Grandshuk consulte son collègue du regard avant de hocher la tête.

— Si ça vous va, c'est bon pour nous aussi.

— D'accord. Amusez-vous bien.

Elle regarde de nouveau les plans. Les transparents jaunis indiquent le réseau d'égouts, les anciennes galeries de métro, les fondations d'immeubles depuis longtemps livrés à la boule du démolisseur ou détruits par un séisme. En descendant n'importe où, absolument au hasard, elle avait toutes les chances de trouver du plasma. Elle retournerait au bureau pour dire : Ça y est, j'ai résolu le problème. On lui taperait sur l'épaule, et elle retournerait à son ordinateur aux yeux jaunes, à son scalaire et aux braillements du bébé de Tella.

Non, décide-t-elle. Ça, c'est le genre de chose que ferait son frère Stonn. Il serait même très content de lui, jusqu'à ce qu'une nouvelle torche humaine fasse éclater toutes les vitres du quartier.

Il doit bien y avoir un autre moyen, plus subtil.

À la barkazie.

Ce n'est pas pour rien qu'elle appartient au Peuple Astucieux. Le moment est venu de faire appel à son capital génétique.

Trois dealers condamnés à la pendaison
21 heures, sur Vidéo 7
En direct du pénitencier de Haggul !
Que justice s'accomplisse !

Son cousin Landro travaille dans une quincaillerie du Vieux Rivage, le quartier où a grandi Ayah. C'est à une heure et demie de Rocketman, mais dans la direction opposée à celle des Tours de Loeno, où elle habite. Elle prend la Ligne avec un énorme sac bourré de plans. Elle a sa combinaison et son casque. Elle ne se sent ni belle ni regardée lorsqu'elle grimpe l'escalator en panne à la sortie de la galerie, mais elle revit dès qu'elle pose le pied sur le trottoir.

On entend quelque part un groupe vocal. Ça doit venir d'une fenêtre à un étage élevé. Elle sourit. Un vent glacé s'engouffre dans l'étroit couloir entre les façades ternies en brique rouge si anciennes qu'elles penchent sur la rue comme de très vieilles femmes courbées sur leur canne.

La rue est étroite, interdite à la circulation. Les immeubles sont constitués de boutiques au rez-de-chaussée et d'appartements dans les étages. La plupart des façades ont des prolongements, des échafaudages en métal qui s'avancent au-dessus du trottoir et de la chaussée. Officiellement, ils sont destinés à étayer les vieilles briques, mais en fait ils sont habités, divisés en compartiments où des marchands vendent des vêtements, des gadgets, des jouets, des porte-bonheur, des services ou des légumes cultivés dans des jardins suspendus. Certains miséreux y habitent, avec des feuilles de plastique en guise de murs et de toit. Tout cela est interdit par la loi et causera assurément des dégâts au prochain tremblement de terre, mais il y a longtemps que personne, dans cette partie du Terrain de Jaspeer, ne s'est plus intéressé aux règlements d'urbanisme.

Ayah a passé une grande partie de son enfance et de son adolescence dans ce quartier, dans un immeuble populaire situé à quelques rues de là. Il flotte dans l'air des odeurs de cuisine, avec des épices spécifiques à la culture barkazie. Des marchands ambulants lui proposent en souriant des instruments de musique de confection artisanale, des tourtes au pigeon, des encens, des foulards, des charmes, des sacs à main, des montres aux marques fantaisistes. Partout, on entend de la musique, sortant d'enceintes tournées vers les fenêtres. Les rythmes barkazis endiablés rivalisent avec les feuilles de plastique où s'engouffre le vent. Des enfants jouent au foot dans chaque ruelle. Des vieux boivent de la bière à l'entrée des immeubles. Des ados montent la garde au coin des rues pour protéger leur quartier de ce qu'ils considèrent comme une menace, probablement des bandes de garçons du même âge.

Dans une échoppe d'échafaudage, elle achète un bol de nouilles fumantes agrémentées de piment, d'oignon et de quelques lamelles de viande. Elle laisse une consigne de cinq clinks pour le récipient ébréché en céramique. Sa grand-mère l'a toujours mise en garde contre ce genre de repas acheté dans la rue. La viande est censée être du poulet élevé dans une cage ou sur une terrasse, mais c'est souvent du rat d'égout.

Ayah s'en fiche. C'est trop bon.

Un panneau publicitaire volant vante une marque de cigarettes avec un hurlement de sirène. C'est illégal, pour une annonce au plasma, de générer autant de bruit, mais il y a des quartiers où les règlements ne sont jamais respectés.

Landro aperçoit le premier la combinaison jaune. Il regarde Ayah d'un air méfiant, jusqu'à ce qu'il la reconnaisse. Il la serre alors dans ses bras avec exubérance et répond à toutes ses questions sur sa copine et sur leurs différents enfants – les siens propres, ceux de la fille, plus ceux qu'ils ont eus ensemble.

— Je croyais que tu travaillais dans un bureau, à présent, lui dit-il.

— Je suis dans les sous-sols pour quelques jours.

— Tu n'as pas vu ta mère ?

L'ennui trotte le long des nerfs d'Ayah avec de petites pattes d'insecte.

— Non, répond-elle. Je viens d'arriver, et... (elle soupire longuement) je suis là pour mon travail.

Il redevient aussitôt méfiant.

— Ça veut dire quoi ?

— J'espérais que tu me fournirais quelques tuyaux. Sur la prospection.

Landro jette un coup d'œil par-dessus son épaule. Le directeur, au fond du magasin, est en train de les regarder en fronçant les sourcils.

— Voulez-vous voir quelques échantillons ? demande Landro en la guidant vers le rayon peinture.

L'œil de la direction, se dit-elle, est partout.

— Je ne voudrais pas attirer des ennuis à qui que ce soit, dit-il en lui tendant une carte d'échantillons.

Landro a été prospecteur de plasma pendant plusieurs années. Il intégrait ses filons dans différents circuits locaux trafiqués avec soin pour fournir aux adeptes du coin les quantités de plasma nécessaires à la qualité de leurs prédictions et à celle de leurs charmes d'amour ou de leurs maléfices. Jusqu'au jour où les clopos de l'Office l'ont découvert et l'ont envoyé tirer six mois à Chonmas.

— Je t'assure que je n'ai pas la moindre envie de faire coffrer qui que ce soit, lui dit Ayah. Je veux juste repérer une source. J'ai besoin de savoir à quoi ressemble un compteur trafiqué.

— Il y a une douzaine de manières de s'y prendre.

— Les plus courantes, ça suffira. C'est sans doute du travail à la petite semaine. Des compteurs à faible débit, genre appartements ou bureaux modestes.

Landro passe sa langue sur ses lèvres et lui dit ce qu'elle veut. Il a utilisé des aimants miniatures pour ralentir les aiguilles des débitmètres à flux continu, et les compteurs à pignons ont été modifiés à l'aide de roues dentées de tailles légèrement différentes de celles qui sont spécifiées par le fabricant. Ayah ne le lâche pas jusqu'à ce qu'il lui donne tous les détails.

— Merci, murmure-t-elle enfin en l'embrassant sur la joue.

— Va voir ta mère, insiste-t-il.

— J'ai trop de travail, déclare-t-elle, heureuse d'avoir cette excuse. Mais je verrai toute la famille le Jour de Senko.

Il lui lance un regard sceptique. Elle prend son sac bourré de plans et s'éloigne. Elle aimerait rester un peu plus longtemps dans le quartier, mais elle risque de tomber sur un voisin, et sa mère saura qu'elle est venue ici.

D'ailleurs, la permute a commencé, et il va lui falloir au moins deux heures pour rentrer chez elle.

CHIRURGIE AU PLASMA
Nos médecins mages vous redonnent jeunesse et beauté !
Chirurgie cosmétique ou réparatrice sans bistouri ni anesthésie
Tarifs à la portée de tous
RENSEIGNEZ-VOUS ! DEVIS GRATUIT SUR DEMANDE !

En chemin, Ayah se félicite d'avoir mangé ces nouilles. Elle ne peut pas se payer les restaurants de son quartier, ni même y faire ses courses. En général, elle va les faire à une station de chez elle puis rentre à pied.

Mais elle ne prend pas le pneuma, cette fois-ci, parce qu'il ne va pas jusqu'au Vieux Rivage. Elle est obligée d'utiliser la Ligne, en changeant d'abord à la Ceinture, puis au Ruban Rouge, puis sur la Nouvelle Ligne Centrale. Et toutes les voitures où elle monte sont en retard pour la révision des pneus et de la suspension. À la fin du voyage, elle a les reins en compote et la vessie près d'éclater.

Il lui faut encore marcher un bloc et demi pour gagner les Tours de Loeno, où se trouve son appartement. Des voitures à hydrogène passent en sifflant sur leurs roues en polymère souple. De gros nuages noirs glissent sous le Bouclier comme des avions de chasse, menaçant de déclencher la pluie d'un instant à l'autre. Il fait assez sombre pour que les lampadaires des rues commencent à s'allumer automatiquement.

Les Tours de Loeno sont un complexe résidentiel bâti sur les décombres d'un ancien quartier d'immeubles décrépits. Ses seize monolithes de verre noir abritent environ dix mille personnes. C'est très cher, et Ayah et Gil ont eu beaucoup de mal à réunir l'argent pour s'y installer.

Aujourd'hui, il se trouve qu'ils n'ont plus les moyens de vendre.

Les voisins, tous bien habillés, la regardent en dissimulant leur étonnement tandis qu'elle se dirige vers les ascenseurs. Mais il n'est pas sûr qu'ils l'aient jamais remarquée dans la journée, quand elle porte ses tailleurs gris, ses talons et ses dentelles blanches.

La cabine la conduit rapidement et sans bruit au treizième. De là, elle a encore une centaine de marches à grimper pour se retrouver devant la porte de son appartement.

Elle s'avance sur la moquette où ses chaussures s'enfoncent moelleusement. La première chose qu'elle remarque, c'est que le voyant jaune de son panneau de messagerie n'est pas allumé. L'appartement est en fait un studio avec kitchenette séparée par un comptoir. Il y a une douche, des W-C et un jardin miniature de la taille d'un placard avec des lampes de culture et un bac de terreau pour faire pousser des légumes. À travers la paroi noire, elle a une vue spectaculaire, surtout composée d'autres fenêtres noires comme la sienne. C'est le plus grand espace dont elle ait jamais disposé seule.

Elle laisse tomber le sac de cartes sur le lit qu'elle ne s'est pas donné la peine de convertir en canapé depuis des semaines. Elle s'assoit sur les draps défaits et dégrafe ses chaussures. Elle se masse les pieds et remarque plusieurs endroits où elle va avoir des ampoules si elle ne prend pas garde.

Demain, il faudra qu'elle pense à mettre des chaussettes plus adaptées.

Il y a une bosse dans une poche de sa combinaison. Elle l'ouvre pour voir ce que c'est et en sort le bol en céramique où elle a mangé ses nouilles. Elle a oublié de récupérer ses cinq clinks. Elle pose le bol sur sa table de nuit.

Elle prend une douche et se drape dans un peignoir de bain en velours. L'un des morceaux chantés par le groupe vocal du Vieux Rivage lui trotte dans la tête. Elle regarde de nouveau son panneau de messagerie, pour s'assurer que Gil ne l'a pas appelée pendant qu'elle était sous la douche.

Négatif.

Une publicité aérienne brille en jaune à travers la paroi de verre noir. *Votez non à l'article 14.* Le serpent de lettres s'insinue entre les tours. L'article 14, elle n'a aucune idée de ce que c'est.

Assise sur le lit, elle regarde d'abord le portrait de Gil accroché à un mur, puis l'icône de Karlo fixée à l'autre. Les deux pôles de son univers privé. De sa commande murale, elle allume la vidéo et laisse babiller l'écran ovale. C'est un chromo d'action un peu débile, où Aldemar fait sauter la moitié d'une métropole. Elle aimerait bien que Gil l'appelle. Elle pourrait le contacter elle-même, mais elle ne sait jamais à quel moment il va se trouver près d'un téléphone.

À une époque, elle se souvient qu'elle avait réellement envie de rester seule. Loin de son énorme et anarchique famille, loin de toute cette oppressante exubérance, de cette misère bruyante et de cette irresponsabilité sans espoir. Et elle rêvait de vivre dans un endroit comme celui-là, tout loin, tout en haut, isolé du reste du monde par une paroi de verre noir.

Gil et elle étaient ensemble depuis un an quand ils ont acheté ce studio dans les Tours de Loeno. Même en mettant ensemble toutes leurs économies, ils ont dû emprunter aux parents de Gil la moitié de leur apport personnel. Pendant quelque temps, tout a très bien marché pour eux. Ils travaillaient dur, ils mettaient de l'argent de côté, ils s'accordaient une permute par semaine, quelques heures de répit où ils s'interdisaient de parler finances.

Puis Gil a eu une autre affectation, un changement qui l'obligeait à aller travailler à deux mille rads du Terrain de Jaspeer, loin à l'intérieur du territoire de Gerad. C'était en principe un boulot ponctuel, qui ne devait pas durer plus de quatre semaines, mais il est maintenant là-bas depuis huit mois, et rien n'indique que cela doive bientôt finir.

Il n'est revenu la voir qu'à trois reprises. Sa prime d'éloignement ne suffit pas à couvrir la dépense. La vie est chère à Gerad, et son salaire est amputé deux fois d'un impôt prélevé à la source. Une petite erreur de comptabilité qui aurait dû être rectifiée rapidement mais qui persiste.

Il lui envoie ce qu'il peut, mais elle est incapable de combler la différence. Les retards de paiement s'accumulent, et les pénalités augmentent.

Elle a envisagé de partager le studio avec une locataire, mais Gil est contre. Ce serait baisser les bras, dit-il, et il espère revenir d'une semaine à l'autre. Il ne veut pas avoir à chasser quelqu'un qui vient de s'installer. Les locations sont interdites par le règlement de copropriété, de toute manière, et il aurait fallu qu'elle loue sans rien déclarer.

Ce n'est pas cela qui l'aurait arrêtée, bien sûr. Ne fait-elle pas partie du Peuple Astucieux ?

Elle ne peut pas vendre, non plus. Les Tours de Loeno ont été construites pour répondre à une demande pressante de la part des classes moyennes, mais celles-ci n'ont pas suivi le mouvement. Un tiers des logements sont toujours vacants, et le reste se négocie à perte. Si elle vend maintenant, ils en seront largement de leur poche.

De toute manière, Gil ne veut pas en entendre parler non plus. Ce serait un aveu de défaite.

La défaite est étrangère à la psychologie de Gil, mais pas à celle d'Ayah. Toute sa culture, celle de la nation des Astucieux, a connu revers sur revers trois générations plus tôt, et aucune astuce, après une telle autodestruction, n'a pu raccommoder les pots cassés. Même la métropole de Barkazi a disparu. Cette communauté naguère souveraine a été découpée en secteurs gouvernés par ses anciens voisins. La défaite et l'émiettement étaient dans l'air qu'a respiré Ayah durant toute son enfance. Quand elle a obtenu une bourse pour aller à l'école de Rathene puis à l'université, toute sa famille, d'un seul accord, lui a prédit qu'il ne pourrait en sortir rien de bon. *Ils vont t'apprendre à trahir ton peuple*, lui répétait sa mère.

Elle avait peut-être raison. Et alors ? Les Jaspeeris l'ont toujours fascinée par la totale simplicité de leur optimisme. Gagnée par leur assurance, elle s'est inscrite à un cours de géomantique, bien que sa bourse n'ait même pas suffi à couvrir ses frais de plasma.

Les deux années de théorie se sont bien passées ; mais après la théorie venait la pratique, et là elle s'est heurtée à un mur de pierre. Elle n'avait tout simplement pas les moyens de se payer la discipline qu'elle avait choisie.

Elle s'est donc orientée vers l'administration. Après son diplôme, elle a posé sa candidature à l'Office du Plasma. Au moins, la fonction publique acceptait de recruter des Barkazis. Et, dans un recoin de son esprit, elle s'était dit qu'en travaillant pour l'Office elle aurait au moins une chance d'apprendre des choses sur le plasma.

Quand elle a rencontré Gil, elle a trouvé qu'il possédait plus d'assurance que la grande majorité des hommes de sa connaissance. Pendant quelque temps, elle a eu la conviction que son peuple et lui avaient fini par trouver la magie à côté de laquelle ses propres ancêtres, inexplicablement, étaient passés. Il avait la peau claire, il était jaspeeri, et il pratiquait l'optimisme comme une religion.

« Tous les héros barkazis sont des perdants, lui a-t-il dit un jour où elle lui avait raconté quelques histoires appartenant au folklore de son peuple. Tu n'as pas remarqué ? »

Pas jusqu'à ce jour-là. Elle avait songé à Karlo, le plus grand héros barkazi, à qui on avait offert l'Élévation, qu'il avait refusée pour se laisser enfermer comme les autres sous le Bouclier. Et aussi à Chonah, qui avait mené une brillante existence d'aventurière arnaqueuse, jusqu'au jour où elle avait tout perdu et s'était jetée par la fenêtre d'un immeuble, en s'immortalisant du même coup pour devenir la patronne des prostituées. Sans oublier le métropolite Trocco, qui avait eu une histoire avec la putain Thymmah et...

Gil avait raison.

Ses héros à lui n'étaient pas des paumés. Ils avaient tous obtenu l'Élévation ou étaient devenus métropolites d'un secteur ou d'un autre. Ou encore ils avaient marqué un but décisif dans les dernières secondes d'un match de coupe. Gil lisait des livres qui donnaient des recettes pour réussir en concentrant ses pensées de manière positive, et il essayait, avec un grand sérieux, de la convertir à ces techniques.

« L'esprit humain produit son propre plasma, disait-il. Il faut juste savoir le faire travailler. »

Ce n'est pas ce qu'on lui a appris à l'université au cours de géomantique, mais qu'a-t-elle à perdre en y croyant ?

Des pensées positives. Elle n'a eu que cela depuis des mois, mais les factures continuent d'arriver presque tous les jours sur son tableau de messagerie.

Un instant, elle envisage de demander de l'aide à son père. Elle ne l'a vu que trois fois dans sa vie. Il a abandonné sa famille quand elle avait deux ans. Il y a une vingtaine de mois, alors qu'elle venait d'entrer en fonctions à l'Office, il l'a appelée au téléphone. Elle ne se souvenait même pas de sa voix. Il l'a invitée à dîner.

Elle avait également oublié son visage. C'était maintenant un étranger quinquagénaire, rondouillard et relativement aisé, copropriétaire d'un atelier. Après avoir quitté la mère d'Ayah, il s'est remarié et a fondé un nouveau foyer. Ayah a deux demi-frères qu'elle n'a jamais vus. Ils ont passé une heure relativement agréable au restaurant. Depuis, ils se sont revus deux fois, et ils se téléphonent de temps en temps.

Non, décide-t-elle. Elle ne lui demandera rien.

Après toutes ces années, elle n'a pas envie de lui devoir quoi que ce soit.

Une lumière jaunâtre éclaire son studio. Elle se dit qu'il s'agit encore d'une publicité, jusqu'à ce qu'un bruit de tonnerre, quelques secondes plus tard, fasse trembler son mur de verre noir.

Sur la vidéo, les nouvelles montrent Mengene précédant une équipe en combinaison dans une quelconque galerie d'égout du quartier de l'Ancienne Expo. Oeneme apparaît sur l'écran et rassure le public sous l'œil de la caméra. Ayah lui trouve un air différent. Elle comprend finalement que, pour se montrer à la vidéo, il s'est mis un corset.

Le regard d'Ayah va de l'écran ovale à la petite porte encastrée à côté de l'entrée du studio dans le panneau de polymère à grain noir. Elle est munie d'une petite serrure d'argent que seules les clés de l'Office peuvent ouvrir.

Les Tours de Loeno sont conçues pour fournir du plasma à chaque appartement. Pas en grosses quantités comme à Grande-Cité, mais suffisamment pour faire pas mal de choses avec. Cela faisait partie du rêve à une époque. Dès qu'ils auraient un peu d'argent devant eux, Ayah pourrait reprendre ses études en géomantique.

Elle repasse dans sa tête ce que son astucieux cousin lui a expliqué sur les débitmètres.

Elle se lève pour faire les cent pas dans le studio qu'illuminent des éclairs successifs. En tant que membre des équipes d'intervention d'urgence, elle a un passe, pour le cas où il faudrait couper rapidement l'alimentation d'un particulier. Elle ouvre la petite porte et contemple quelques instants le compteur. Les plombs rouge et jaune de l'Office lui rendent son regard.

Elle a la bouche sèche.

Elle pourrait ouvrir le compteur avec la même clé pour observer les rouages immobiles. Ils n'ont pas tourné depuis qu'elle a acheté le logement. Il suffirait de substituer quelques pignons à d'autres, d'inverser le rapport d'engrenage, pour que sa fortune soit faite. Elle n'aurait plus qu'à recueillir le plasma dans des accus, et elle pourrait le vendre.

Mais elle se ferait prendre, évidemment. Tôt ou tard, quelqu'un s'apercevrait que les scellés du compteur ont été brisés. Tôt ou tard, un de ses clients, un membre de sa famille, peut-être, la dénoncerait afin de toucher la récompense.

Ce qui ferait voler le reste de son rêve en miettes. L'Office ne garderait pas une employée reconnue coupable d'avoir volé du plasma. La fonction publique lui serait fermée à jamais. Plus personne n'accepterait de l'employer. Elle serait obligée de retourner dans son ancien quartier, dans sa famille, où naît un nouvel enfant par an, où le chèque de l'aide sociale est attendu chaque quinzaine.

Son héritage de perdante serait accompli.

C'était peut-être son destin inévitable. Au moins, d'une manière ou d'une autre, tous ses tourments prendraient fin.

Elle referme la petite porte, retourne sur son lit et essaie d'avoir une pensée astucieuse.

Mais il ne s'en présente aucune.

Tentative d'assassinat !
Le métropolite LODAG III
échappe de peu à une agression.
Nouvelle purge au gouvernement !
Tous les détails sur le *Câble* !

On entend un grondement sourd tandis que la machinerie invisible du pneuma inspire, tel un dieu reprenant son souffle. Puis Ayah sent un coup dans sa colonne vertébrale, et la voiture est propulsée dans son tube comme un cylindre message dans le système de courrier de l'Office.

Ayah se frotte les yeux pour en chasser le sommeil. Elle s'est levée tôt dans l'espoir qu'un nouvel examen des plans et des transparents lui fournira les réponses qu'elle cherche.

Elle a commencé par le transparent le plus ancien, où figure un rectangle parfait d'appartements et d'immeubles neufs remontant à quatre cents ans dans le passé. Puis elle a eu l'idée de rechercher ce qu'il y avait sur le site *avant* cela. Que pouvait-il y avoir dans ce rectangle, entre la 1189ᵉ et la 1193ᵉ Rue ?

Une usine ? Un bâtiment du gouvernement ? Un complexe industriel ? De toute manière, il devrait y avoir des vestiges, des fondations, des égouts, des ferraillages... Autant de masses qui n'ont pas nécessairement laissé de traces dans les archives.

Elle a ensuite examiné son plan à grande échelle en déplaçant le compas sur les chromos réunis bout à bout. Elle a pu ainsi établir que le site se trouvait exactement à 144 rads de la rue de l'Intendance, où la femme-torche a été signalée pour la première fois.

$144 = 12^2$. Ce qu'on appelle un Grand Carré. La source d'une torche, le cordon ombilical qui la relie à sa réserve d'énergie, peut correspondre naturellement à un tel ratio. Un Grand Carré comme 81 aurait certes été mieux, car c'est le carré d'un carré ; mais il ne faut pas trop en demander.

Sa découverte a fait courir un signal dans tout son système nerveux. Il lui reste à vérifier les archives pour essayer de savoir ce qu'il y avait sur le site avant la construction des immeubles.

Ses tympans lui donnent l'impression d'éclater tandis que le pneuma plonge sous un obstacle, une construction ou une rivière souterraine. À l'avant de la voiture, il y a un écran vidéo ovale destiné à rassurer les voyageurs en cas de nécessité. Il est protégé par une vitre à l'épreuve des balles et solidement boulonné au plancher pour le cas où un esprit malveillant essaierait de le dérober.

Le système de sonorisation de la voiture est merdique. Il grésille sans arrêt. On ne comprend rien de ce qu'il débite, mais Ayah s'en fiche. Elle connaît l'histoire par cœur.

C'est une jolie stagiaire aux cheveux blonds, aux dents blanches et régulières, au petit cœur candide. Elle a un patron âgé, aux sourcils blancs comme neige évoquant des ailes de colombe, aux manières brusques mais au cœur d'or. Il répond à toutes les questions naïves de la stagiaire, lui enseigne une philosophie vaguement optimiste, lui explique la théorie géomantique et lui donne d'un ton rude des conseils sur la manière de s'attirer les faveurs du héros qui, en tant que fils du métropolite, est des milliers d'échelons plus haut que l'héroïne sur l'échelle sociale mais, heureusement pour elle, se trouve en ce moment dans la panade.

À l'apogée du récit, la stagiaire s'installe dans le fauteuil de pilotage d'un quelconque Bureau de Contrôle des Transmissions, saisit dans chaque main une poignée de transfert en laiton et s'écrie : « Pas le temps d'expliquer ! Envoyez-moi toute la gomme d'urgence ! » À la scène suivante, le méchant est démasqué, le métropolite sauve encore ses fesses, et le héros embrasse l'héroïne dans son arboretum privé, sur la terrasse. Fondu au noir. Fin.

Ayah a déjà vu le film cinquante fois. Quand elle était adolescente, elle a dû lire mille livres avec une intrigue du même type. Et tout ce qu'elle pense, aujourd'hui, quand elle voit un film comme ça, c'est : *Si seulement c'était aussi facile que ça.*

Si seulement ces vieux maîtres bienveillants existaient dans la réalité pour tout expliquer, pour prédire l'avenir sans se tromper et pour vous guider dans la vie à l'aide de quelques maximes de fabrication maison. Si seulement on n'avait pas à payer des sommes exorbitantes pour tout le plasma consommé à l'entraînement. Si seulement les conseils venus du cœur étaient infaillibles.

Mais le système est truqué, et elle se demande à présent, avec toutes les voix de ses ancêtres barkazis qui répètent en chœur dans sa tête *on te l'avait bien dit*, comment elle a fait pour imaginer qu'il ne l'était pas. Ceux qui ont accès à l'argent ou au plasma le gardent jalousement pour eux, et c'est la même chose partout, à sa connaissance. Peut-être les Élevés pensent-ils autrement, mais ils sont en dehors du Bouclier. Pour elle, la seule manière d'achever sa formation est de risquer la prison en volant la matière première. Elle ne pourra trouver un professeur valable que si elle a de quoi payer un gros paquet d'argent dont elle ne possède pas le premier clink, ou si elle se procure des mégamehrs de plasma par un moyen illicite. Peut-être, si elle a de la chance, pourra-t-elle s'offrir en échange. Quant à rencontrer le fils du métropolite, c'est dans le domaine du possible, à condition qu'il lui passe sur le corps avec son automobile Bolt 79 D aux chromes étincelants.

Elle peut aussi trouver la source de la femme-torche. Si elle fait bien son boulot, cela lui vaudra peut-être une promotion.

Mais qu'elle fasse bien son boulot, ce n'est pas une chose que quiconque semble attendre d'elle.

Il y a un sifflement d'air tandis que le pneuma ralentit, puis une sensation nauséeuse de chute libre tandis que la rame quitte le système pour descendre le long du quai où des électroaimants la ralentissent encore. Les lumières vives de la station défilent par les fenêtres. On voit déjà le revêtement bleu des murs de l'Office du Plasma.

Le moment est venu de se mettre au travail.

Il y a quatre blocs à parcourir à pied de la station du pneuma jusqu'à la ligne qui mène à Rocketman. Là, c'est encore un voyage éprouvant pour les reins jusqu'au relais Rocketman dans une voiture qui roule sur des jantes en métal. Après avoir fouillé dans les archives durant quarante-cinq minutes, elle tombe sur un vieux bout de papier qui se déchire le long des plis quand elle l'ouvre. C'est la description d'une vieille usine de plastique sur un site appelé Terminus, qui a été vendu pour une bouchée de pain à un promoteur pour y édifier un « quartier mixte ».

Ses nerfs vibrent de triomphe.

On dirait qu'elle a mis le doigt sur quelque chose.

Gargelius Enchuk chante la musique de l'âme.

Deux arrêts plus loin sur la Ligne, c'est la station Terminus, qui n'est pas du tout en bout de réseau. Encore un nom qui a été détourné de ses origines.

Au niveau de la rue, Terminus ressemble assez à son ancien quartier avec ses façades en brique rouge, ses immeubles qui penchent, ses échafaudages, la musique qui pulse partout, les cris des enfants et les odeurs de graillon.

Mais les épices ne sont pas les mêmes, et la musique obéit à des rythmes différents. Les visages jaspeeris sont pâles et soupçonneux. Dans les vitrines, on voit occasionnellement des autocollants louant la Nation Jaspeer. Un picotement d'avertissement joue sur sa colonne vertébrale tandis que, peu à peu, elle prend conscience de l'atmosphère qui règne ici.

Sa conclusion est que la combinaison jaune officielle la protège, mais elle est bien contente, tout de même, d'avoir Lastene et Grandshuk avec elle lorsqu'elle commence à examiner les fondations de l'ancienne fabrique.

Elle fait mouche immédiatement. Les trois immeubles qu'elle inspecte coup sur coup sont remplis de compteurs trafiqués. Un prospecteur est venu opérer ici.

Il y a du plasma détourné dans le sous-sol, c'est clair. Ce n'est peut-être pas la source de la femme-torche, mais il y a *quelque chose*.

Le troisième bâtiment qu'elle inspecte est un ancien immeuble de bureaux converti en résidentiel. Le concierge, un homme massif qui porte un pantalon de toile verte, accepte de la conduire à la cave. Il n'a d'ailleurs pas le choix. Un étage plus bas que la rue, elle a la surprise de découvrir un escalier aux murs de carrelage bleu qui descend encore. Le bleu, c'est la couleur de l'Office du Pneuma. La couleur de l'Office de la Ligne, c'est le jaune. Une porte en fer en interdit l'accès. Elle est fermée à l'aide d'une barre et d'une chaîne où est inséré un cadenas gros comme le poing. Une vieille pancarte rouillée indique : TERMINUS, avec une main dont l'index est pointé vers le bas.

— Qu'est-ce que c'est que ça ? demande Ayah.

Elle se sait si près du but qu'elle a déjà l'impression de sentir couler le plasma dans ses veines.

Le concierge tiraille ses bretelles.

— L'entrée d'une ancienne station pneuma, dit-il.

Elle connaît un instant de vertige tandis qu'elle cherche à se rappeler si cet endroit figurait sur ses plans.

— Quand ont-ils fermé cet accès ? demande-t-elle.

Il hausse les épaules.

— Bien avant mon arrivée ici.

— Et vous avez la clé ?

Il se contente de rire.

— Une cisaille ?

— Non plus.

— Ça ne devrait pas être trop difficile de trouver une cisaille dans ce genre de quartier, fait Lastene.

Le concierge fronce les sourcils.

Grandshuk s'avance tout bonnement vers le cadenas et tire dessus. La chaîne fait un bruit de ferraille, et le cadenas s'ouvre. Lastene a un petit rire surpris. Grandshuk défait la chaîne et pousse la porte en fer. Il se tourne vers le concierge.

— Quelqu'un est descendu ici avant nous, dit-il.

Le concierge prend un air innocent.

— Je ne suis pas au courant. Peut-être un des occupants, ou des gamins.

Ayah allume sa lampe de casque et sa torche.

— Allons-y, dit-elle.

Leurs chaussures résonnent dans l'escalier. Pendant qu'ils descendent, des souvenirs affluent dans l'esprit d'Ayah. L'Office du Plasma a un programme de formation destiné à familiariser ses futurs cadres avec le territoire sous leur juridiction au niveau du sol et au-dessus. Après l'université, elle a passé deux ans dans les sous-sols à faire le genre de travail que Lastene et Grandshuk accomplissent quotidiennement. Elle détestait cela au début, mais elle en a appris plus qu'à l'université sur les circuits de distribution du plasma.

Il y a des empreintes sur le carrelage poussiéreux. Pour la plupart, elles appartiennent à des enfants, mais quelques adultes sont également passés par là. Au deuxième sous-sol, il y a un vieux sac de couchage, des boîtes de conserve vides, des piles à combustible usagées pour poêle chimique, et un lot de bouteilles vides en plastique. Grandshuk donne un coup de pied dans le sac de couchage, et le rayon de lumière tressautant de la lampe d'Ayah surprend une souris qui s'éloigne à toute allure.

— Des années, murmure le concierge.

Ayah aperçoit des souriceaux qui détalent de l'intérieur du sac de couchage. Elle a les nerfs qui vacillent. Méthodiquement, Grandshuk les écrase sous son talon.

Au niveau en dessous, le ruissellement des eaux a causé l'effondrement du mur carrelé. Ayah et Grandshuk passent la tête pour regarder la petite caverne qui s'ouvre de l'autre côté. Elle voit des blocs de béton, des amoncellements de briques, une conduite d'eau qui fuit, mais pas de source de plasma digne d'intérêt. S'il y a eu des empreintes à cet endroit, il y a longtemps qu'elles ont été effacées par la cascade qui ruisselle avec allégresse sur les marches. Ayah marche avec précaution sur le carrelage glissant. Sa main gantée ne lâche pas la rampe oxydée. Quelque chose s'éloigne à la nage à leur approche dans le petit lac qui s'étend au pied de l'escalier. L'eau arrive au-dessus des chevilles d'Ayah. Elle frissonne, car elle la sent glacée à travers ses épaisses chaussettes.

Une galerie inondée s'éloigne à l'horizontale sur une demi-pitche, puis se divise en deux. Il y a une plaque qui indique : *Quai supérieur.* La deuxième plaque est manquante. Toute l'eau se déverse dans cette galerie, qui descend donc plus bas. Ayah se tourne vers Grandshuk. Son visage, à la lueur de la lampe, a des reflets jaunâtres.

— D'après le règlement, dit-elle, on n'a pas le droit de se séparer.

— C'est de la connerie, fait Grandshuk. On voit très bien qu'il y a des gens qui sont descendus ici et que ça ne risque pas de s'effondrer tout d'un coup.

Ayah hésite.

— Je ne sens plus mes pieds, grogne Lastene. Prenons le plus court.

Ayah promène la lumière de sa torche à la surface de l'eau. C'est la voie la plus dangereuse. S'ils doivent se séparer, il est normal qu'il y en ait deux qui prennent cette galerie, et le troisième l'autre.

C'est elle qui commande. Elle décide qu'elle doit prendre la galerie qui descend.

D'un autre côté, elle aimerait bien retirer ses chaussettes pour les essorer.

— Vous deux, descendez par là, dit-elle. Si c'est à plus de cent pas, revenez m'attendre ici. Je vérifie moi-même le quai supérieur.

Ils ne semblent pas lui en vouloir de s'attribuer le boulot le plus au sec. Ils commencent à patauger dans la galerie inondée. Ayah les regarde s'éloigner, leur silhouette se découpant dans la lumière de leurs lampes. Puis elle prend l'autre galerie.

Elle trouve rapidement le quai. Le bruit de ses pas résonne dans le noir. Ses chaussures mouillées font un bruit de succion à chaque pas.

C'est bien une galerie du pneuma. Sa forme ovale ne laisse planer aucun doute à ce sujet. Et il y a des guides dans la tranchée au lieu de rails.

Le plafond est soutenu par une série de colonnes cannelées en acier ancrées dans le béton du quai par l'intermédiaire de vieux socles d'isolation en amiante à moitié rongés. Des supports d'éclairage pendent des hauteurs, mais les luminaires ont depuis longtemps disparu, récupérés par les démolisseurs. Il y a des trous aux endroits où le ciment est parti avec.

Ayah s'humecte un doigt qu'elle tient à hauteur de ses yeux durant quelques secondes. Elle ne sent aucun courant d'air. La galerie a probablement été murée un peu plus loin. Elle s'avance lentement jusqu'au bout du quai pour examiner tout ce qu'elle peut à la lueur de sa torche.

Elle se fige, braque de nouveau sa lampe sur un point précis.

Il y a une masse oblongue de poussière rougeâtre qui flotte dans l'axe de l'une des colonnes de la station. Elle l'examine avec attention et voit que la poudre d'oxyde de fer qui s'est détachée de la colonne sur toute sa longueur semble s'être concentrée autour de la base en amiante comme pour indiquer la direction du quai.

Électrodéposition. C'est un phénomène qui se produit parfois en présence d'un courant électrique dans une atmosphère riche en électrolyte. Mais l'eau qui dévale en ce moment les marches est douce, elle n'est pas salée. Les poils se hérissent sur la nuque d'Ayah.

Problème de connexion. Où donc cette colonne essaie-t-elle de se raccorder ?

Elle promène de nouveau le rayon de sa torche le long du quai et aperçoit une ouverture. Il y avait là une porte qui a été retirée depuis longtemps. Elle voit un petit gnomon dans l'encadrement, à la hauteur de l'ancienne serrure. Son cœur pulse dans sa gorge. Elle s'avance jusqu'à l'ouverture et éclaire l'intérieur avec sa torche.

C'étaient des toilettes publiques. Les sanitaires et même la tuyauterie ont été retirés, laissant des trous béants dans les murs et dans le sol. Il y a eu un effondrement. Une vieille poutre en fer en forme de L est tombée du plafond, sans doute à la suite d'un tremblement de terre, et repose obliquement sur toute la longueur du local.

Ayah s'avance en hésitant. Elle balaie la salle de sa lampe.

Des orbites vides lui renvoient son regard. Sa gorge se noue de terreur. Soudain, elle ne peut plus respirer. Quelque chose – ses pulsations cardiaques sans doute – explose dans ses oreilles. Tout danse devant ses yeux. Elle s'appuie contre l'encadrement pour ne pas tomber.

La femme-torche. Elle se souvient de son visage empli de terreur, de son humanité consumée. Le plasma lui a explosé la tête. Il est vite devenu autonome, mais il a gardé la marque de son prospecteur.

Elle prend une série d'inspirations profondes et fait quelques pas en avant, chancelant sur ses grosses chaussures. Elle s'efforce de se concentrer sur la théorie, sur une explication scientifique de ce qui s'est passé ici.

Un tremblement de terre fait tomber une poutre, causant une disruption dans le puits de plasma. Le séisme a dû provoquer suffisamment de dommages dans le réseau électrique et les compteurs de la surface pour que personne n'ait détecté la fuite d'une petite quantité de plasma.

La poche ainsi constituée a dû gonfler au fil des années, jusqu'à ce qu'une prospectrice isolée la découvre et provoque une hernie qui lui explose à la figure et au cerveau, s'échappant de manière incontrôlée dans le monde extérieur.

Tout en s'approchant de la poutre, Ayah s'efforce de ne pas regarder le cadavre et ce que le plasma en a fait. Il doit y avoir ici une petite quantité de plasma qui s'est reconstituée depuis la catastrophe. Sans doute une quantité décelable. Elle décroche son détecteur portable de sa ceinture, connecte une pince crocodile à la poutre, braque le rayon de sa lampe de casque sur le cadran et regarde, les yeux agrandis, l'aiguille qui fait un bond presque en dehors des limites des graduations logarithmiques.

Un instant, elle n'a conscience que des battements frénétiques de son propre cœur. Le puits de plasma déborde d'une énergie incommensurable, de quoi brûler tous les nerfs de son corps si elle n'y prend pas garde.

Et ce n'est pas juste l'affaire d'une seule fois. Elle a découvert un gisement sans fin, un puits sans fond qui vaut des millions et des millions. La vieille usine de plastique, le fer et l'acier des fondations, plus Dieu sait ce qui s'est connecté là-dessus à côté de la station pneuma.

D'une main tremblante, elle dégage la pince crocodile de la poutre et regagne la sortie en s'efforçant de ne pas regarder le cadavre. Une fois sur le quai, elle s'adosse au mur délabré et essaie de recouvrer sa respiration et ses pensées.

La femme-torche la hante. Ses cris résonnent lugubrement à ses oreilles.

Quelques instants plus tard, elle entend des pas et voit des lumières danser à l'entrée de la galerie. Elle va à la rencontre de ses assistants. La lueur d'une torche l'éblouit, elle lève la main pour se protéger les yeux.

— Alors ? demande la voix de Grandshuk, qui résonne très fort dans le vaste espace vide.

Ayah prend une inspiration profonde.

— Rien du tout, répond-elle. Je n'ai rien trouvé.

3

Le quai inférieur, au dire de Grandshuk, est la dernière station de l'ancienne ligne de pneuma en direction de l'est, et c'est de là qu'elle tire son nom de Terminus. L'eau ruisselle sur le ciment pour disparaître dans les fosses où se trouvaient jadis les ascenseurs pour les voyageurs. Apparemment, le vieux système d'égouts fonctionne encore très bien, car l'eau n'est pas très profonde.

Grandshuk voudrait descendre dans les galeries inférieures, car il y a des tas de vieux métaux à examiner, mais Ayah désire maintenant éloigner les deux hommes du quai le plus rapidement possible.

Il y a de grands espaces vides derrière la station, où des machineries complexes, retirées depuis longtemps, opéraient le retournement des voitures du pneuma avant de les éjecter vers le quai supérieur. Il y a nécessairement quelque part des puits d'aération pour les compresseurs, et d'autres escaliers pour acheminer les voyageurs sur le quai inférieur.

— Si la prospectrice a découvert un gisement, déclare Ayah, elle a nécessairement voulu remonter ses prises à la surface. Il suffit de trouver ses connexions dans l'un des puits d'ascenseur, et elles nous conduiront jusqu'à la source, né ?

Elle prend l'autre escalier et s'aperçoit, au bout de quelques marches, qu'il a été muré pour faire place à des constructions nouvelles. Les puits d'aération sont énormes, nus, parcourus par de violents courants d'air, tapissés de briques où sont plantés des échelons de fer conduisant jusqu'à la surface. Ils sont humides à cause de l'eau de ruissellement ou de la condensation. La rouille s'en détache par plaques. Ayah insiste pour qu'ils suivent les règles de sécurité du manuel à la lettre. Ses assistants doivent clipper et déclipper continuellement des filières de sécurité à mesure qu'ils progressent. Une petite pluie de particules crépite sur le casque d'Ayah tandis qu'elle grimpe avec effort.

Toute cette peine délibérée prend du temps, et Ayah a tout loisir de situer le gisement avec précision dans sa tête, de recenser toutes les voies d'accès possibles à la station. Elle n'a pas envie de passer et de repasser par la cascade.

Dans l'obscurité, il lui est facile de fermer les yeux et de voir la femme-torche pulser derrière ses paupières.

L'heure de la permute passe, ils mordent sur la période suivante. Finalement, ils se traînent, exténués, jusqu'à la cascade qui mène aux sous-sols de l'immeuble par où ils sont descendus. Le concierge n'est plus là depuis longtemps.

— Demain matin, à la première heure, nous essaierons de savoir jusqu'où se prolongent ces galeries, dit-elle. Mais je n'ai pas envie de faire encore dix rads à pied.

— On pointe à huit heures pile, fait Grandshuk.

— D'accord. Pointez à l'heure que vous voudrez. Mais vous n'êtes pas obligés d'être ici avant dix heures.

Un flash de parano la fait se retourner subitement vers Grandshuk pour voir s'il n'y a pas une lueur de suspicion dans ses yeux, mais elle n'y lit qu'une grande lassitude.

À l'extérieur, il y a une muraille de nuages noirs sous le Bouclier. Une pluie glacée tombe en rideaux compacts. Les caniveaux débordent d'une eau noire. L'éclairage des rues s'est allumé, mais on est plus au sec sous les échafaudages qui enjambent la chaussée que dans les sous-sols de la station Terminus. Ayah entre dans la première quincaillerie qu'elle trouve sur son chemin et s'attire de drôles de regards quand elle achète un énorme cadenas. Ce n'est qu'en ressortant du magasin qu'elle remarque l'autocollant Nation Jaspeer.

Elle retourne à l'entrée de la station Terminus et verrouille la chaîne avec le cadenas flambant neuf. Puis elle glisse la clé dans sa poche.

Elle ne sait pas encore ce qu'elle va faire avec ça, mais les rouages ne cessent de tourner dans sa tête. Ne fait-elle pas partie du Peuple Astucieux ?

Elle s'adosse à la paroi de l'ascenseur des Tours de Loeno. Des ruisseaux de crasse coulent sur ses joues et sur sa combinaison. Les voisins froncent discrètement les sourcils. Elle laisse des traces de saleté sur la vitre de l'ascenseur. Quand la porte s'ouvre, elle met son sac à l'épaule d'un geste las et sort dans le couloir.

La troisième période est déjà bien avancée. Elle n'a pas plus de cinq heures de sommeil devant elle.

Après avoir quitté la station Terminus, elle est retournée à Rocketman faire les recherches dont elle a parlé à Grandshuk en lui disant qu'elle s'en occuperait le lendemain. Elle a déniché une documentation relative aux transparents qui auraient dû se trouver dans les archives avec les cartes mais qui ont disparu, soit par usure, soit à cause d'une erreur de classement. Le vieux pneuma, apprend-elle, a été construit dans le but de transporter les ouvriers de l'usine de plastique depuis leurs logements d'entreprise, situés à quarante rads de là. Quand l'usine a fermé ses portes, toute la ligne a été abandonnée. Le matériel a été récupéré, mais les galeries sont restées en place. De nouvelles constructions les ont sans doute coupées quelque part, mais Ayah ne se donne pas la peine de rechercher leur emplacement. Elle se dit que demain elle conduira Grandshuk et Lastene par la galerie jusqu'à la prochaine station, qu'ils prendront ensuite l'autre galerie et qu'ils reviendront à leur point de départ. Une promenade inutile, mais qui aura le mérite de les occuper et de les tenir éloignés du puits d'énergies transphysiques qui bouillonnent au niveau du quai supérieur.

Ses pieds lui font déjà mal à l'idée de la longue marche qui les attend.

Quand elle entre dans son studio et aperçoit le voyant jaune allumé sur le tableau de messagerie, elle laisse choir son sac dans un grand bruit et se précipite vers le combiné connecté à une prise murale. Elle a du mal à accommoder sur le cadran, qui indique trois messages.

Elle appuie sur la touche et entend un gémissement tandis que la courroie de gravure commence à tourner, puis un grincement lorsque la tête de lecture se met en place.

Il ne faut pas qu'elle oublie de la graisser le plus tôt possible.

Le premier message est de Tella, pour l'informer d'une nouvelle réunion demain à la fin de la dernière période. Le deuxième est de sa mère, qui se plaint qu'elle ne soit pas passée la voir quand elle est venue au Vieux Rivage. Le message, comme d'habitude, est très long, et les mots sont à moitié incompréhensibles, soit parce que son appareil est défectueux, soit, plutôt, parce qu'elle oublie de garder le doigt appuyé sur la touche d'envoi.

Le troisième est de Gil. Quand elle entend sa voix, Ayah ferme les yeux et appuie la tête contre le panneau granité de polymère. Elle laisse l'air s'échapper entre ses lèvres, comme pour se vider de toute la fatigue et de toutes les vicissitudes de la journée.

Il regrette qu'elle ne soit pas à la maison, dit-il. Il aurait voulu entendre sa voix. Elle lui manque. Son travail d'acquisition est de plus en plus complexe chaque jour, mais il met les bouchées doubles et espère revenir bientôt. Il a eu des frais imprévus. Quelque chose en rapport avec son bail de location, qu'on appelle « la clause de literie ». La compagnie le remboursera plus tard de cette dépense. En attendant, son cashgramme risque d'être un peu amputé ce mois-ci.

Il aurait tant aimé la trouver à la maison. Il l'adore. Elle pourrait peut-être l'appeler demain matin, une heure avant la première période, si possible. En tout cas, il espère trouver quelques jours pour venir la voir dans un mois environ. Au revoir.

Elle ouvre les yeux, attend que la pièce autour d'elle redevienne nette. Une boule de plasma affichant le logo des chaussures Gulman passe devant sa fenêtre en tournant lentement sur elle-même. Elle baisse la tête, voit à ses pieds son sac volumineux et se souvient de ce qu'il contient.

Elle le soulève, le porte à la cuisine et l'ouvre. À l'intérieur, il y a principalement trois accus à plasma, constitués de plaques de cuivre, de laiton et de céramique enrobées de plastique blanc isolant. Ils sont lourds, mais ce sont des versions miniaturisées des condensateurs géants qui occupent les sous-sols du relais Rocketman.

Ayah a l'intention d'extraire du plasma du gisement et de le vendre quelque part, elle ne sait pas encore exactement où. Le Vieux Rivage est toujours dans un recoin de sa pensée. Mais une fois qu'elle aura ramassé un peu d'argent, il faudra qu'elle trouve quelque chose d'autre. Elle ne peut pas passer sa vie à trimballer des accus.

Elle ajoute dans son sac une couverture, une lime, un peu d'huile de machine et des chiffons. Puis elle se ravise et met aussi un de ses vieux manuels d'université sur l'utilisation du plasma. Elle prend une douche, envisage de se sécher les cheveux puis se ravise. La lumière du Bouclier filtre à travers les nuages dans le ciel. Elle décolle du mur la manivelle en aluminium brossé, donne quelques tours au polariseur de la fenêtre et fait l'obscurité dans la pièce. Elle se laisse tomber sur le lit et tend la main vers le réveil pour l'avancer un peu afin de pouvoir appeler Gil avant son départ. Mais sa main se fige en plein mouvement.

Que va-t-elle lui dire au juste ? Qu'elle a trouvé un gisement de plasma d'une valeur de plusieurs millions, qu'elle va faire des ponctions progressives jusqu'à ce qu'il s'épuise et qu'il y a toutes les chances pour qu'elle finisse en prison ? Elle peut aussi lui annoncer que son foutu filon est si énorme qu'il risque d'exploser spontanément en causant une nouvelle catastrophe dont elle sera responsable.

Elle n'est même pas capable d'imaginer sa réaction. En tout état de cause, elle sait qu'elle ne peut être que raisonnable. Il est du genre à analyser froidement la situation et à dresser une liste des procédures logiques envisageables. Est-il trop tard pour reculer ? demandera-t-il. Il voudra sans doute qu'elle consulte un avocat et qu'elle suive son avis, ou peut-être même un psychiatre, qui sait ?

Elle règle le réveil quinze minutes plus tôt.

Elle lui dira qu'elle travaille à visualiser correctement ses pensées positives.

Ayah voit la femme-torche dans son rêve. Elle la voit, terrifiante, descendre la rue de l'Intendance en laissant derrière elle une rivière de feu. Elle entend les hurlements de ses victimes, qui font écho à ses plaintes lugubres. Puis la femme-torche tourne dans l'avenue de la Bourse, et Ayah revit le moment où elle la voit debout de toute sa hauteur, les flammes jaillissant du bout de ses doigts, reflétée en double exemplaire par les façades de verre qui l'encadrent. Trois visages en flammes, aux yeux caves, aux lèvres entrouvertes dans un cri qui n'en finit pas.

Le visage est celui d'Ayah.

Le gémissement de la femme sort de la gorge d'Ayah quand elle se réveille en sursaut.

La pièce autour d'elle est silencieuse. L'immeuble, dont la vaste ossature est conçue spécialement pour la production et la conservation du plasma, fait sentir sa présence massive, chargée de puissance.

Les trois accus sont posés sur la table, attendant leur destin.

La liaison avec Gerad est mauvaise. On entend d'autres voix, des bribes de conversations qui font écho aux paroles d'Ayah. Mais son cœur se déchire même au contact de la voix déformée de Gil, une voix embrumée de sommeil et de lassitude. Ayah n'ose pas lever les yeux vers la table de la kitchenette où est posé son sac avec les batteries. Cela lui rappelle trop ce qu'elle se prépare à faire.

— Désolée de n'avoir pas été là, dit-elle. Je travaillais.

Elle lui raconte l'accident, explique pourquoi elle a dû travailler dans le sous-sol après sa période normale.

— Tu as écouté la partie de mon message où je te parle du bail ? De la clause de literie ?

— Oui.

— Je ne peux pas t'envoyer la même somme que d'habitude ce mois-ci. J'espère que ça ira quand même.

Elle sent monter la colère dans sa voix. Elle est incapable de la dissimuler entièrement.

— Ça ira pour moi, Gil. Mais les gens à qui nous devons de l'argent ne seront peut-être pas d'accord.

— À qui devons-nous de l'argent ?

Elle n'arrive pas à croire qu'il lui pose une telle question. Elle lui fait une énumération partielle, puis il y a un bref silence uniquement rompu par une voix lointaine et entrecoupée, une voix parasite qui dit : *Au nom du prophète, c'est quoi, ça ?*

— Il y a un problème, on dirait, déclare finalement Gil.

— Exactement. On avait à peine les moyens de se payer ce studio avant ton départ. À présent, on ne les a plus du tout.

La voix de Gil s'arme de patience.

— On a établi un budget.

Le lourd casque en métal et plastique lui martèle la tête, particulièrement aux endroits où son casque de chantier l'a déjà irritée.

— C'est exact, déclare-t-elle. Sur la base d'une certaine somme que tu devais m'envoyer chaque mois, chose que tu n'as jamais faite.

— Tu prétends que c'est ma faute, maintenant ? C'est moi qui suis responsable de tous les frais qui me sont tombés dessus ?

Ayah prend une double inspiration avant de répondre.

— Je n'accuse personne. Je te décris simplement la situation.

— La vie coûte cher à Gerad. Tu devrais voir le trou à rats où je loge. C'est pathétique. La largeur de trois matelas à une place. Mais c'est tout ce que Havell a pu me trouver, et je n'ai pas le choix. Je suis tout le temps obligé d'inviter plein de gens au restaurant, de leur payer à boire, et ce n'est pas donné, dans ces endroits fréquentés par les cadres, parce qu'ils appartiennent à l'Organisation, et...

— Tu invites des gens au restaurant ?

— C'est l'usage ici, dans le monde des affaires. Tout se traite pendant les repas et dans les clubs. La compagnie me défraiera plus tard en partie, mais...

— Je crois que tu devrais arrêter les frais, Gil.

— Plus vite j'en aurai fini ici, plus tôt je rentrerai à la maison.

— Nous ne pouvons plus payer nos mensualités, Gil.

Nouveau silence. *Banshug ne ferait jamais ça !* fait la voix d'une autre personne sur la ligne.

— Je vais essayer de rentrer le plus tôt possible, dit Gil. Il doit bien y avoir un moyen de s'en sortir.

Pour la première fois, Ayah regarde les accus qui attendent dans son sac.

— Fais vite, dit-elle. Ne tarde pas. J'ai besoin de toi.

J'ai besoin de toi pour me sauver de ça.

Elle referme à clé derrière elle la grille de la station de pneuma, puis descend l'escalier jusqu'à l'endroit où la galerie est inondée. Elle ne lâche pas la rampe rouillée en posant les pieds sur les marches humides. Elle se rend compte qu'elle ralentit elle-même involontairement sa progression.

Quand elle arrive au pied de l'escalier, sa lampe de casque en mouvement éclaire une fraction de seconde une forme argentée qui ondule, avec des écailles et des dents pointues. Quelque chose qui nage dans le lac peu profond. Son cœur fait un bond de terreur.

La forme serpentine fuit la lumière de la torche. Ayah attend, son gant isolant agrippant la rampe. Elle continue de balayer la surface de l'eau avec son rayon de lumière, le cœur battant.

La créature a disparu. Il arrive que le plasma stagnant génère, par effet de résonance, des êtres monstrueux, malsains. Peut-être aussi quelqu'un a-t-il créé ces abominations, pour les lâcher ensuite dans la nature ou les laisser échapper par mégarde.

Elle hésite longtemps avant d'oser mettre un pied dans l'eau. Mais la créature, quelle que soit sa nature, ne se montre plus.

Le quai lui paraît plus grand que la veille. Les ombres sont plus denses, les angles plus étranges. Le cœur d'Ayah résonne plus fort à ses oreilles que le bruit de ses bottes. Elle revoit les orbites vides de la morte. Elle se dit que cela fait trois jours qu'elle est là, et que l'odeur ne va pas être agréable du tout. Elle hésite un instant devant la porte des toilettes. Elle balaie le quai de sa torche, pour s'assurer qu'elle est bien seule ici.

Elle cherche juste à gagner du temps, elle s'en rend très bien compte. Il faut qu'elle se décide. Ou elle le fait, ou elle ne le fait pas. Elle prend une grande inspiration et entre.

La morte est sur un tas de décombres à côté de la poutre de travers. Ayah distingue une mèche de cheveux auburn, de grosses chaussures, une main qui pend, l'autre qui agrippe fermement la poutre. Sa bouche est ouverte, formant l'ovale parfait d'un cri sans fin. Ses orbites vides s'agrandissent à mesure qu'Ayah s'avance. Elle ralentit, puis s'arrête. Elle ne veut pas s'en approcher davantage.

Ses narines pulsent frénétiquement, mais elle ne sent aucune odeur de décomposition. La femme semble curieusement rabougrie à l'intérieur de sa combinaison vert olive.

Le cœur d'Ayah tonne dans sa poitrine. Elle fait un pas en avant, puis un deuxième. La peau du cadavre est raide et parcheminée. Ses lèvres sont retroussées, ses longues dents visibles dans ses gencives rétrécies. Ses orbites sont entièrement vides. Pas le moindre vestige de ses yeux.

Ayah s'agenouille devant le corps. Elle tend la main vers son bras figé. Elle laisse échapper doucement l'air de ses poumons.

La femme est momifiée. Plus une parcelle d'humidité. Les nerfs brûlés, les organes disparus comme les yeux. Tout s'est consumé dans l'holocauste de la rue de l'Intendance.

Ayah porte ses gants isolants. Elle touche avec précaution le bras du cadavre, retire sa main de la poutre sous tension. Il n'y a pas de résistance, pas de rigidité cadavérique. Le bras n'est pas plus lourd qu'une plume. Elle ouvre la main, et il retombe.

Désolée, ma belle, lui dit-elle mentalement.

Elle sort la couverture de son sac, l'étale à côté de la prospectrice, qu'elle enroule dedans. Quand elle la soulève, elle ne pèse pas plus qu'un tas de chiffons secs. Elle contourne avec elle la poutre affaissée pour la déposer dans le fond du local, où elle ne risquera pas d'être repérée au premier coup de torche de n'importe qui.

Les cheveux auburn sont en désordre. Elle fait de son mieux pour les redisposer autour du visage desséché, heureuse d'avoir ses gants lorsqu'elle effleure une joue. Puis elle recouvre le corps avec la couverture.

Elle se tient là immobile, l'image des orbites sans yeux toujours dans la tête, et sent sur elle tout le poids du monde de la surface, celui des fondations, des poutres, des briques et du béton, qui génèrent par inadvertance des quantités énormes d'énergie. Le plasma attend comme l'eau au fond de son puits, en équilibre dans cette vieille poutre comme une goutte qui pend à un robinet.

Elle a beaucoup à faire, et le temps passe...

Elle sent le picotement d'une tension psychique émanant du corps derrière elle. Elle fait glisser le sac derrière la poutre et en sort les câbles de raccordement des batteries. Puis elle fixe les pinces crocodile sur la poutre tombée. Elle évite, autant que possible, de la toucher directement. Elle regarde, agréablement surprise, l'aiguille des accus qui se déplace instantanément. Elle passe du rouge au violet puis au bleu avant d'émettre une lueur céruléenne surnaturelle, comme celle d'un réacteur à fission à eau pressurisée, et tout aussi redoutable.

Laissant les accus en place, elle reprend son sac, se baisse pour passer sous la poutre et s'éloigne. Elle va examiner la colonne cannelée sur le quai. Elle étudie avec soin l'empreinte électrolytique et les indications données par les particules de rouille qui essaient de se diriger vers un circuit voisin plus puissant.

Elle sort sa burette, ses chiffons et sa lime. Elle essaie d'effacer l'empreinte. Elle a mal au dos et aux bras depuis hier. Ses pieds sont endoloris. Elle s'aperçoit qu'elle respire bruyamment et que la sueur dégouline sur son nez alors qu'elle vient à peine de commencer.

Elle songe au plasma qui l'attend dans les accus.

Hésitante, elle se dirige de nouveau vers le gisement, retournant son idée dans sa tête. Elle n'a pas manipulé de plasma brut depuis cinq ans, depuis ses travaux pratiques au labo, quand elle pensait encore pouvoir se payer les cours et qu'elle a été obligée de tout plaquer en milieu de trimestre.

Elle arrache l'une des pinces crocodile à une batterie, qu'elle transporte sur le quai. Elle ouvre son vieux manuel d'université à la page d'un diagramme sur les manipulations du plasma, qu'on appelle un trigramme. Elle se met à genoux sur le ciment, le talon de ses lourdes bottes contre ses fesses. Elle déploie le trigramme devant elle et lève sa torche de manière à bien l'éclairer. Puis elle se défait de l'un de ses gants isolants et touche le câble de la batterie de sa main nue, sans oser déplacer ses doigts sur le métal de la pince.

Soudain, elle se sent totalement ridicule. Du plasma volé, une batterie, un manuel qu'elle n'a pas ouvert depuis des années... Le danger est ridiculement élevé.

Tout de même, ces accus ne doivent pas être si puissants que ça.

Elle regarde le trigramme, qu'elle essaie de se graver dans l'esprit. Elle s'imprègne de la configuration d'énergies, cherchant un équilibre. *C'est l'esprit humain,* récite dans sa tête la voix remémorée d'un professeur, *qui sert de modulateur au plasma.* Il lui faut le temps de concentrer sa volonté, de visualiser quelques pensées positives.

Elle n'arrive pas à se souvenir d'une seule incantation qu'on lui a apprise à l'époque.

Je suis la puissance. La puissance m'appartient.

Débile, mais c'est tout ce qu'elle a trouvé. De toute manière, ce qui compte, c'est la concentration, ce ne sont pas les mots.

La puissance fait partie de moi. La puissance obéit à ma volonté.

Elle ferme les yeux. Le trigramme brille sous ses paupières. Prudemment, elle rapproche ses doigts de la borne de la batterie, touche le métal nu et...

C'est comme un faucon pèlerin qui plonge pour la première fois de la corniche d'un immeuble. Il y a un moment de choc, puis de stupéfaction à l'idée de se retrouver dans son élément naturel. Le vent fait vibrer les rémiges, lisse les plumes à la base du cou. L'air lui-même obéit à sa volonté, à la plus petite inflexion de ses ailes. Et c'est la chose la plus facile au monde, qui ne requiert aucun effort.

Le trigramme s'embrase dans son esprit comme une torche. Il prend la même couleur bleue radiante que l'indicateur de charge de la batterie. Elle sent le goût de toute cette puissance sur le bout de sa langue.

La fatigue est bannie de mon corps. Mon corps est sain et vigoureux. La puissance est en moi.

Les pulsations d'énergie sont si fortes que les mots semblent redondants, mais elle dirige le trigramme dans son voyage mental à travers son corps. Elle chasse la fatigue, bannit les toxines, purifie ses tissus dans un bain d'énergie.

Elle ouvre les yeux et voit, à travers le motif embrasé du trigramme, la colonne de fer cannelée avec sa configuration de rouille révélatrice. Elle a une main sur la pince de métal, et elle essaie de se rappeler la formule de l'oxyde de fer. Fe_2 ou bien Fe_3O_2 ? Quelle importance ? se dit-elle. Elle voudrait se rappeler le numéro atomique de l'oxygène, mais elle a oublié. Six ? Huit ? Elle pense que c'est plutôt huit.

Elle tend la main vers la colonne, sent la poussière rouge et froide sous ses doigts. Elle projette alors son énergie au bout de ses doigts en entonnant mentalement une autre incantation ridicule. *O^8 dehors ! O^8 dehors ! O^8 dehors !* Peut-être le plasma est-il plus calé qu'elle en composition atomique, car elle a la surprise agréable de voir la rouille se concentrer, devenir foncée et se transformer en fer. Un fer médiocre, spongieux et cassant, mais du fer quand même.

Elle déplace sa main vers le haut sur la colonne. Le plasma s'écoule à travers elle, transmutant la rouille. Puis l'énergie s'épuise. Elle laisse échapper un petit cri déçu tandis que la batterie finit de se vider.

Elle est là au milieu du quai, la bouche entrouverte de stupéfaction. L'énergie lui picote toujours les nerfs et son cœur pompe comme une turbine. Elle porte une main à sa poitrine et sent le bout d'un sein durci. Son vagin est lourd d'excitation. Un rire étonné s'échappe de sa gorge.

Les rares aperçus de contact avec l'énergie qu'elle a eus à l'université n'étaient rien en comparaison de la réalité miraculeuse.

Elle retourne au gisement presque en dansant, charge de nouveau les accus et regagne le quai. Elle évoque mentalement le trigramme, se reconnecte au circuit, projette son énergie sur la colonne. Elle compacte la rouille puis hésite. Elle n'a pas envie d'interrompre le circuit. Elle pose délicatement la pince crocodile sur le ciment du quai et demeure un instant immobile, à savourer l'énergie qui pulse dans ses veines.

Elle retrousse le poignet élastique de sa combinaison et consulte sa montre. Il ne lui reste plus beaucoup de temps.

Elle balaie de nouveau le quai du regard, dans tous les sens. La porte béante des toilettes jure au milieu du mur en béton nu. Et si Lastene et Grandshuk décidaient d'aller jeter un coup d'œil à l'intérieur ? Ou tout simplement d'aller pisser discrètement ?

Elle recharge la batterie et s'efforce de concentrer l'énergie sur l'ouverture, afin de créer l'illusion d'un mur ininterrompu. Son premier essai est translucide et instable. Mais elle recharge encore la batterie et réussit à créer un mur satisfaisant, au complet avec les marques laissées sur le plâtre lorsque les équipes de récupération ont retiré le carrelage d'origine. Il faut qu'elle passe le bras au travers pour s'assurer que ce n'est qu'une apparence.

Elle laisse la batterie juste derrière, sa borne en cuivre reliée à l'illusion afin de l'entretenir.

Combien de temps durera-t-elle ? Elle n'en a aucune idée. Mais elle ne la laissera probablement pas très longtemps ici. Elle n'a besoin que d'une heure ou deux.

Elle s'aperçoit alors qu'elle a oublié d'utiliser le trigramme comme focalisateur. Le succès l'a tellement enivrée qu'elle en a perdu de vue la procédure correcte.

Mieux vaut la respecter la prochaine fois, se dit-elle. Autrement, cela pourrait être dangereux.

Il est temps qu'elle parte, mais elle n'en a pas envie. L'expérience du plasma a été trop merveilleuse. Elle ne tient vraiment pas à jouer encore les exploratrices dans des souterrains humides.

Elle vérifie que tout son matériel est bien caché derrière le mur d'illusion et reprend le chemin de la surface. Son organisme est encore sous le coup du plasma. Elle se sent suffisamment en forme pour courir sur cent rads sans avoir à s'arrêter pour reprendre son souffle.

Quand Ayah arrive devant la petite rivière entre le quai et l'escalier, elle n'hésite pas. S'il y a un monstre, se dit-elle, il a intérêt à faire gaffe.

Grandshuk et Lastene l'attendent devant la porte en fer. Lastene paraît surpris en la voyant arriver. Elle baisse les yeux pour regarder si elle a quelque chose qui ne va pas. Ses bottes sont mouillées, et sa combinaison est maculée de boue toute fraîche. Elle tourne la clé dans le cadenas neuf et ouvre la porte.

— J'avais peur que cette fuite d'eau ne provoque un effondrement, leur explique-t-elle. Je suis redescendue pour voir si nous n'avions pas négligé un détail.

— C'est contraire au règlement, dit Lastene.

Il semble soupçonneux. Mais la seule chose qu'il craint, probablement, c'est qu'elle ne leur vole des heures sup.

— Vous avez trouvé quelque chose ? demande Grandshuk.

Il ne s'est pas donné la peine de se raser aujourd'hui. Il est si large d'épaules qu'il doit se mettre de biais pour passer par la porte.

— Rien du tout, fait Ayah, qui a du mal à s'empêcher de rire. Absolument rien.

Elle se demande si le plasma qu'elle absorbe fait le même effet qu'une dose de dope ou d'amphétamines, et si l'allégresse qu'elle ressent va s'estomper en la laissant épuisée avec une mauvaise gueule de bois. Mais ce n'est pas du tout le cas. Elle brûle son énergie pendant la journée, et quand elle rentre le soir à l'Office pour assister à la réunion elle se sent bien plus fraîche que si elle était en phase de redescente de n'importe quelle drogue.

Elle a fait tout son possible pour qu'il ne se passe rien de toute la journée. L'illusion qu'elle a mise en place a tenu le temps que ses deux assistants et elle descendent du quai supérieur, et le reste de la première moitié de la période s'est passé à explorer les galeries. Après la pause de demi-permute, ils ont fini d'examiner les anciens puits d'aération avant de remonter à la surface vérifier encore une fois tous les débitmètres.

Elle ouvre son casier dans le vestiaire des équipes d'intervention d'urgence et contemple avec étonnement le tailleur gris, les dentelles et les talons hauts qu'elle portait il y a trois jours avant de mettre sa combinaison jaune. Elle a l'impression que tout cela appartient à une étrangère.

Elle se change dans une cabine et essaie de peigner ses cheveux emmêlés. Quand elle se voit dans la glace, elle regrette de n'avoir pas pris un peu de plasma avec elle pour se faire plus belle ou, tout au moins, présentable.

Elle n'avait pas de souci à se faire. Mengene et les autres, après avoir passé presque trois jours sous terre, ont à peine la force de la saluer quand elle entre dans la salle de réunion. Elle s'assoit aussi loin que possible de Niden et de son rhume, puis attend tranquillement que la séance commence.

Le speech d'introduction de Mengene est vague et redondant, mais elle se rend très vite compte qu'il s'agit de décider si l'Office va ou non crier victoire et enterrer l'affaire. On a découvert quelques fuites de plasma à l'emplacement de l'Ancienne Expo, et les experts ont déclaré qu'elles avaient causé la formation, au fil des ans, d'une poche assez grande pour causer l'incident de la rue de l'Intendance.

— Rien n'indique que des prélèvements illicites aient été effectués à partir de ces sources ? demande Ayah.

Ils lui jettent des regards las. Ils sont tous descendus sous l'Ancienne Expo, et ils connaissent tous la réponse.

— Non, lui dit Mengene. Mais cela ne signifie pas forcément qu'elles ne soient pas à l'origine de la conflagration. Il arrive qu'une masse de plasma, si elle est suffisamment importante, réagisse à la conscience collective de toute une population. Il n'est pas indispensable qu'une personne en particulier la dirige.

C'est la doctrine officielle, Ayah le sait, mais elle se demande si elle doit vraiment y croire. Elle soupçonne les événements attribués à des consciences collectives de n'être que le fait d'une conscience unique mais qui n'a pas laissé de traces.

Le débat se poursuit, terne au possible. Personne ne veut évoquer la possibilité que, si l'Office annonce la découverte de la source de l'accident et sa suppression, on risque de voir une nouvelle personne-torche débouler dans le quartier financier, embrasant tout sur son passage, y compris quelques carrières jusque-là fructueuses.

Finalement, on adopte un compromis. Un communiqué officiel sera diffusé, « afin de calmer les craintes du public », comme le dit pudiquement Mengene, mais surtout pour alléger la pression politique que les autorités font peser sur l'Office. Ce qui n'empêche pas que les recherches continuent au ralenti. Il n'y a plus d'urgence, et les intéressés pourront aller de nouveau travailler un jour sur deux à leur bureau.

Mengene se tourne vers Ayah.

— Vous avez découvert quelque chose ?

— J'ai trouvé une source prometteuse qui n'est pas recensée sur les cartes, mais il n'y avait rien dedans.

— Très bien. Vous pourrez vous joindre à nous sur le site de l'Ancienne Expo, dans ce cas.

Ayah exulte tout en s'efforçant de ne pas le montrer. Il n'y a plus de risque, à présent, que Lastene ou Grandshuk tombent par accident sur le gisement.

Elle a trouvé une source illimitée de puissance, et elle est la seule à connaître son emplacement.

Il y a là de quoi faire, pour quelqu'un qui appartient au Peuple Astucieux.

Elle descend en courant la rue de l'Intendance, les flammes jaillissant du bout de ses doigts. Les gens hurlent, se ratatinent et meurent sur son passage. Les immeubles explosent quand elle remue les bras. Les vitres volent en éclats au son de sa voix. L'énergie bouillonne dans ses os comme un lac de feu.

Ses propres cris la réveillent. Son cœur bat très fort. Elle se redresse soudain dans son lit, prisonnière de sa tour de verre silencieuse.

4

La voiture de la Ligne tressaute, malmenant de nouveau la jambe d'Ayah, faisant souffrir ses reins. C'est l'heure de la permute, et la rame est bondée. Elle a dû rester debout après avoir fait ses huit heures à la Nouvelle Expo, mais il y a tout de même en elle une petite bulle d'énergie, un résidu de plasma d'hier qui lui permet de tenir le coup.

Elle se dirige de nouveau vers la station Terminus, pour récupérer ses accus. Dans deux jours c'est la fête de Senko et, à moins que l'Office n'insiste pour qu'elle travaille ce jour-là dans les galeries souterraines, elle a l'intention de passer la journée fériée dans sa famille et d'essayer de vendre un peu de plasma.

La voiture la secoue de nouveau. Les lumières vacillent puis s'éteignent. L'homme qui se tient derrière Ayah passe le dos de sa main sur ses cuisses et sur ses fesses. Normalement, c'est le genre de chose qu'elle ignorerait, d'autant plus qu'il ne risque pas de sentir grand-chose à travers l'épaisseur de sa combinaison de travail, mais l'étincelle de plasma qui subsiste en elle lui suggère des représailles, peut-être un coup de coude en arrière.

Les lumières se rallument, mais faiblement. La pénombre jaune n'éclaire que des peaux pâles, au nez pointu. Elle s'avise soudain qu'elle est la seule Barkazie à la peau foncée dans cette voiture, qu'elle entre dans le territoire de la Nation Jaspeer sans être escortée par l'imposante présence de Grandshuk et que se faire peloter dans un tunnel risque d'être bientôt le moindre de ses soucis. Peut-être, se dit-elle, aurait-elle intérêt à se procurer une arme. Elle va demander à l'un de ses parents si c'est possible.

À l'arrêt suivant, lorsque la cohue s'éclaircit un peu, elle change de place. Elle aperçoit le quai avec ses publicités. La nouvelle chromopièce des frères Lynxoid, un thriller avec Aldemar, une réclame pour une marque de cigarettes, une autre pour une marque de bière, pour les chaussures Gulman et pour un nouveau chromo qui s'appelle : *Les Maîtres de la Cité Nouvelle*. Elle en a entendu parler. On fait beaucoup de bruit autour, parce que c'est Sandvak qui l'a réalisé et qu'il s'est inspiré, dit-on, de la vie de Constantin. Le rôle principal n'est pas joué par un acteur, mais par le chanteur d'opéra Kherzaki, censé donner au personnage une dimension unique.

Constantin occupait toujours une grande place dans les médias quand Ayah était jeune. *Les Maîtres de la Cité Nouvelle* n'est pas le premier chromo sur lui et sur les guerres de Cheloki, c'est simplement le premier qui soit entouré d'un tel prestige. Son nom, son image et sa cause ont hypnotisé la moitié de la planète. Écolière, déjà, elle avait sa photo au-dessus de son bureau et lisait ses livres : *Le Pouvoir dans la Cité Nouvelle* et *Gouvernement et liberté*.

Un de ses cousins, Chavan, est même parti se battre pour lui, par idéal. Il est vrai qu'il s'est fait arrêter pour vol à la sauvette à Margathan et qu'il n'a jamais pu aller plus loin que Cheloki.

Émission Cornet Douze à mille huit cents mm. JNO.

Elle ne comprend pas ce qu'un homme comme Constantin fait dans les Tours des Mages. Jaspeer paraît bien trop tranquille pour lui.

Chacun vieillit à sa manière, suppose-t-elle. Il consacre peut-être ses talents à créer des motifs aériens pour « Snap ! » ou pour les voitures Aeroflash.

La rame quitte la station. Terminus est à deux arrêts de là. Ayah commence à se frayer un chemin vers la sortie.

La Nation Jaspeer. Elle a intérêt à faire gaffe.

Si tant est que *faire gaffe* ait un sens dans la situation où elle se trouve.

Quand elle entre dans l'immeuble, elle tombe sur le concierge en train de boire en compagnie de quelques types aux ventres de buveurs de bière et aux mains calleuses. Il la regarde en faisant la grimace.

— Vous avez encore à faire dans mon sous-sol, ma petite dame ?

— Oui.

Elle commence à se frayer un chemin parmi ces hommes, en essayant d'ignorer leurs haleines qui fleurent la bière rance.

— Vous avez trouvé quelque chose ? insiste le concierge.

Ayah s'arrête et le regarde dans les yeux.

— Pourquoi ? Vous avez perdu un objet ?

Deux hommes ricanent dans leur bière. Le concierge fait de nouveau la grimace.

— Je surveille mon immeuble, c'est tout. Je n'aime pas beaucoup que des étrangers viennent rôder par ici.

Ayah le dépasse en le bousculant d'un coup d'épaule. Elle s'avance dans le hall puis se tourne brusquement vers lui. Elle ne doit pas lui permettre d'avoir le dessus. Il faut qu'elle le remette à sa place sans plus attendre.

— Jusque-là, vous ne semblez pas vous être beaucoup intéressé aux rôdeurs, dit-elle. Savez-vous qu'il y a des gens qui ont *habité* dans vos caves ?

Le concierge hausse les épaules. Ses amis l'observent en silence. Ils ne rient plus. Ils regardent tour à tour Ayah et le concierge, comme pour compter les points.

— Vous avez négligé votre travail, dit-elle. Et il y a des compteurs trafiqués dans votre immeuble. Vous connaissez peut-être l'emplacement d'un gisement dans les sous-sols ?

Le concierge évite son regard.

— Ces compteurs ont dû être déplombés il y a des années, avant que je vienne travailler ici. Il n'y a jamais eu d'inspection depuis mon arrivée.

Les battements de cœur d'Ayah se sont accélérés. Elle devrait peut-être laisser tout tomber, avant qu'il ait l'idée d'appeler ses supérieurs pour se plaindre. Mais quelque chose – peut-être son instinct, peut-être l'euphorie du plasma – la pousse à accentuer la pression.

— Peu importe à quel moment ils ont été truqués, dit-elle. Les propriétaires vont devoir payer une amende. Vous allez vous faire engueuler. Et si vous ne voulez pas me voir fouiner dans vos caves, vous avez intérêt à me dire d'où vient le plasma excédentaire.

Le concierge regarde obstinément du côté de la rue.

— Je ne sais rien, dit-il.

Ayah hausse les épaules.

— Moi, je m'en fiche, dit-elle. Je suis payée de toute manière pour faire ce boulot.

Elle se dirige d'un pas tranquille vers la vieille station de pneuma.

A-t-elle été prudente ? se demande-t-elle.

Pas particulièrement, mais c'était nécessaire.

Une fois en bas, passé la barrière de brique, de fer et de béton, elle entend l'appel du plasma. Comme un souffle de feu au milieu de l'obscurité humide et glacée.

Une charge de plasma l'aide à gravir, échelon par échelon rouillé, le vieux puits d'aération. L'eau mêlée aux particules de rouille crépite sur son casque. Elle cherche une issue qui lui permettra de charger ses accus sans avoir à passer chaque fois devant une bande de poivrots hostiles.

Elle soulève une lourde grille en fer que Grandshuk a déjà déplacée l'avant-veille. Elle décroche son câble de sécurité et sort de l'autre côté dans la lumière jaunâtre d'une galerie d'entretien aux murs de béton, située juste sous la rue et bordée de câbles électriques de différentes couleurs et de canalisations de vapeur et de fibres de communication. Une série d'ampoules protégées par des grilles en métal éclaire faiblement le souterrain. Elle estime qu'elle se déplace dans la direction de la station de la Ligne.

Elle entend les bruits de la rue. Elle trouve des échelons creusés dans la paroi courbe en béton. Elle y plante le bout de ses bottes et se hisse avec précaution. Puis elle soulève la plaque de regard au-dessus de sa tête. Elle n'a pas envie qu'un camion lui passe dessus, mais elle n'entend aucun bruit de circulation. Peut-être s'agit-il d'une rue piétonne.

Elle pousse la plaque à deux mains et la sort prudemment de son logement. Elle risque un coup d'œil par l'ouverture ovale et voit des chaussettes sur des pieds chaussés de pantoufles en feutre. Elle repousse encore le couvercle et voit le visage d'un homme âgé qui la regarde à travers ses lunettes épaisses à double foyer.

— Je peux vous aider, ma petite dame ?

— Oui, merci.

C'est un retraité qui arrondit ses fins de mois en louant un morceau de chaussée devant une façade d'immeuble en grès rouge couverte d'échafaudages. Ses marchandises sont déployées sur une vieille porte en métal gris posée sur des blocs de ciment. Triste étalage d'ustensiles de cuisine rongés par le temps, de vieux jouets cabossés et de livres aux pages jaunies maintenues par un élastique.

Le plasma afflue dans les muscles d'Ayah tandis qu'elle remet la plaque en place.

— Vous avez de la force, lui dit le vieillard en s'asseyant sur son pliant. Vous voulez m'acheter quelque chose ?

Elle parcourt des yeux le pitoyable étalage et voit quelques porte-bonheur montés sur des colliers en métal à bon marché. L'un d'eux a la forme d'un trigramme, un outil précieux transformé en talisman magique sans valeur.

— Je prends ça, dit-elle.

Le vieux empoche l'argent, et elle se passe le collier autour du cou. Elle le glisse sous le col de sa combinaison. Le symbole de puissance est glacé sur son sternum.

Elle demande où se trouve la station la plus proche.

— Juste au coin de cette rue, lui dit le vieux.

Elle le remercie encore et prend la direction indiquée. En chemin, elle perçoit des effluves de nourriture et s'arrête à un autre échafaudage où une grosse femme maternelle aux joues rouges lui sourit pour s'excuser.

— Désolée, nous avons vendu tout le ragoût, et la prochaine marmite n'est pas encore prête. Il reste un peu de pigeon, mais il a cuit trop longtemps et s'est desséché. Je ne peux décemment pas vous vendre ça.

— Ce n'est pas grave. Merci quand même.

Elle se dirige vers un autre étal où elle achète un bol de soupe avec des pâtes et des légumes frais issus de la terrasse de la marchande. Il y a trop de cumin, comme toujours dans la nourriture jaspeerie, mais c'est chaud et agréable au palais de quelqu'un qui vient de sortir des entrailles de la terre avec trois lourdes batteries de plasma dans son sac.

Pendant qu'elle mange sa soupe devant l'étal, la première marchande aux joues rouges vend du ragoût au pigeon à trois clients qui s'arrêtent devant son étal. Ayah a les joues en feu. Elle n'a pas l'habitude de se faire baiser par des gens qui lui sourient avec un tel air d'innocence.

Elle rend le bol à sa propriétaire et repart vers la station. Un groupe de jeunes Jaspeeris, au coin de la rue, la regarde passer en silence. Ici, c'est la Nation Jaspeer, se dit-elle. On ne sert pas les Barkazis.

Au moins, elle sait maintenant à quoi s'en tenir sur ce quartier et sur l'accueil qu'on lui réserve.

5

Le surlendemain, c'est le Jour de Senko. Ayah peut disposer de son temps, car Mengene n'accorde plus aucune priorité à la recherche du plasma. Elle s'habille en noir lumineux, rouge fluo, vert et or. Elle apprête longuement sa coiffure en longues boucles qui lui vont si bien mais pour lesquelles elle n'a jamais le temps les autres jours. Elle porte le bracelet au petit cercle d'ivoire gravé que lui a offert Gil. Sous son corsage, elle a son porte-bonheur en métal. Elle prend son gros sac en bandoulière et se dirige vers la station de la Ligne. Si elle peut mêler l'utile à l'agréable, tant mieux.

Quand elle remonte de la station, les rues sont déjà pleines de monde. Il fait beau, on ne voit que quelques nuages légers sous le Bouclier. Des élégantes se donnent des airs avantageux sur leurs balcons. Des hommes forts en gueule, aux coiffures hérissées, au torse nu peinturluré, déambulent dans les rues, des bouteilles de bière ou de vin à la main. Les occupants des appartements ont mis leur sono à fond. La musique ricoche sur la brique et le béton, elle fait trembler les vitres et s'insinue sous la peau des fêtards. Les basses font vibrer la chaussée sous les pieds d'Ayah. Elle sourit. Son pas devient plus léger malgré le poids du sac dont la bretelle lui mord l'épaule.

La rue est fermée à la circulation. Déjà, elle est jonchée de toutes sortes de détritus. Ayah navigue parmi les groupes qui dansent sur la chaussée. Elle dépasse quelques personnes montées sur des échasses et déguisées en animaux à cornes fantaisistes avec des queues en mousse de plastique traînant derrière elles.

Une pétarade au-dessus de leurs têtes, accompagnée d'éclairs aveuglants, précède une publicité pour *Les Maîtres de la Cité Nouvelle*. Le visage énorme et volontaire de Kherzaki les contemple, impassible, du haut du ciel.

Ayah a une cousine, Elda, qui loge dans un appartement situé sur la route du défilé, à un endroit où les omniprésents échafaudages sont remplacés par de vrais balcons en fer forgé. C'est un endroit chouette, qu'elle peut se payer parce que son mari, Nikov, qui est mort assassiné, appartenait à l'Organisation et que l'assurance lui verse ainsi qu'à ses enfants une rente substantielle.

La plupart des membres de la famille, dont Ayah, ont cessé de fréquenter Elda quand elle s'est mariée. Après ce qui est arrivé à Henley, Ayah n'arrivait pas à croire que sa cousine était capable d'épouser quelqu'un comme Nikov. Mais maintenant que les cendres de ce dernier reposent dans leur petite case en béton à une grande profondeur sous la terre, certains éléments du passé peuvent être enterrés avec lui. Si Henley est capable de lui pardonner, Ayah en est capable aussi.

Elle entend des éclats de voix et de la musique dès qu'elle quitte l'ascenseur. La porte est ouverte. Elle entre, et ce sont tout de suite les grandes effusions. Des marmots s'agrippent à ses jambes. Elle dit bonjour à tout le monde et s'arrange pour déposer son sac encombrant derrière le canapé, là où il n'attirera pas l'attention.

Puis elle tombe sur Gurrah, sa mère, la seule personne qui l'accueille d'un froncement de sourcils.

— Tu n'es pas venue me voir, l'autre jour, dit-elle avec son épais accent barkazi.

Puis elle embrasse sa fille comme à contrecœur.

— Je *travaillais*, maman, lui dit Ayah. Je n'ai pas eu un seul moment pour te rendre visite.

Gurrah renifle dédaigneusement.

— Landro m'a dit à quoi tu travaillais. Tu cherches un moyen de nous envoyer tous en prison.

— Je cherchais un moyen d'éviter qu'une torche vivante ne dévale de nouveau la rue de l'Intendance.

— Tu étais là quand c'est arrivé ? lui demande sa sœur Henley.

Elle se tourne vers elle, reconnaissante de cette diversion. Henley, d'un an son aînée, a à peu près la même taille qu'elle. Ses mouvements ont une grâce qu'elle lui a toujours enviée.

Elle est encore enceinte. Au moins, elle a la chance d'avoir un mari stable.

— Oui, lui répond Ayah. La femme-torche a fait exploser la fenêtre de la pièce où je travaillais.

Henley étouffe un cri et porte à sa gorge une main enflée, déformée par l'arthrite. À cette vue, Ayah éprouve une colère impuissante.

— J'avais les cheveux noués en arrière, dit-elle. Ça m'a brûlé la nuque.

Elle soulève ses cheveux d'une main pour lui montrer. Soudain, Gurrah est un modèle d'empressement.

— Pourquoi ne m'as-tu rien dit ? se lamente-t-elle.

Elle insiste pour que sa fille baisse la tête afin de se laisser examiner. La dernière chose que voit Ayah avant d'obtempérer, c'est le sourire amusé de sa sœur.

Elle n'a jamais pris leur mère au sérieux. Gurrah a eu sept enfants, et Ayah est la cinquième. Ses quatre aînés la considéraient à la légère, et elle a suivi leur exemple. Gurrah est comédienne dans l'âme, elle exagère tout, sans être touchée par rien d'autre que la nécessité d'être au centre de toutes les attentions.

Les doigts de Gurrah lui tâtent les vertèbres.

— Tu devrais manger davantage, décrète-t-elle. Tu n'as que la peau sur les os.

— Je mange suffisamment, réplique Ayah en se redressant et en remettant ses cheveux en place d'un mouvement de tête.

— Ayah !

C'est l'un de ses cousins, âgé de six ou sept ans, qui l'appelle. Il est sur l'échafaudage qui domine la rue.

— Viens voir ! dit l'enfant. C'est les frères Lynxoid !

Elle en profite pour s'éloigner, monte sur l'échafaudage et regarde les Lynxoid à la peau orangée qui dansent dans la rue en contrebas tout en lançant des paquets de bonbons aux enfants. Des publicités au plasma passent dans le ciel, vantant des alcools, des cigarettes ou des distractions variées. Une feuille tombe sur la tête de son cousin, et elle la fait voler d'un revers de main. La terrasse de l'immeuble est couverte de mûriers, car le propriétaire fait de l'élevage de vers à soie.

Le premier groupe, celui des Guerriers, défile en ce moment dans la rue. Les hommes sont couverts de peintures et de paillettes. Ils agitent leurs panaches en mousse de plastique. Certains marchent en rangs, d'autres brandissent des armes factices, censées provenir du fer que, selon la tradition barkazie, Karlo a donné à Senko pour qu'il terrasse le Seigneur des Arbres.

Ayah s'appuie sur la rampe de métal du balcon et scrute discrètement ses parents occupés à regarder les Guerriers. Certains d'entre eux doivent connaître des filières pour écouler son plasma, mais qui ? Et avec quelles garanties de sécurité ? Elle aime bien Elda, surtout depuis qu'elle est veuve, mais les contacts qu'elle peut avoir doivent être liés à l'Organisation, et c'est hors de question pour Ayah. Même sans tenir compte des histoires de famille, s'ils remontaient jusqu'à sa source, elle serait à leur merci.

Landro ? Dans le temps, il avait les contacts nécessaires, mais il s'est rangé, semble-t-il, depuis son séjour forcé à Chonmas. Ses tuyaux risquent d'être complètement dépassés.

Son frère Stonn ? Il a fait pas mal de prison dans sa vie, et il doit avoir des connaissances, mais ce n'est qu'un malfrat sans envergure, et elle ne croit ni à son intelligence ni à sa discrétion.

La Parade des Guerriers est passée. La foule envahit la chaussée. La famille quitte le balcon en quête de rafraîchissements. Ayah prend un verre de bière qu'on lui tend. Elle va d'un groupe à l'autre, bavarde et observe.

Sa grand-mère arrive avec ses cousins Esmon et Spano. Une femme qu'elle ne connaît pas les accompagne. Esmon a un look fabuleux avec ses dentelles opulentes et immaculées. Sa veste est couverte de paillettes vert et or, et ses boutons en ivoire poli ont dû lui coûter une fortune.

— Tu devrais être dans la Parade des Guerriers, lui dit Ayah en l'embrassant sur la joue.

— Après les fêtes du Premier de l'An, je ferai partie des Griffons, réplique-t-il.

Il présente Ayah à la femme qui l'accompagne. Petite et musclée, elle porte un turban rouge richement décoré de pierres précieuses enchâssées dans des figures géométriques luxueuses. Ayah reconnaît le Trigramme, les Miroirs jumeaux et d'autres foyers géomantiques. La copine d'Esmon s'appelle Khorsa.

Ayah a compris pourquoi son cousin s'habille comme ça en ce moment.

Elle lui serre la main. Elle porte une bague à chaque doigt ou presque, et ses yeux mobiles et curieux sont rehaussés d'une bonne dose de khôl. Mais ses pupilles s'étrécissent quand elle touche Ayah.

— Vous êtes allée dans un endroit intéressant, né ? demande-t-elle.

Ayah préfère ne pas approfondir. Elle se tourne vers sa grand-mère, qu'elle serre dans ses bras.

— Veux-tu un siège sur l'échafaudage, Nana ? demande-t-elle. Je peux t'en trouver un.

— Je préférerais un verre de vin.

Ayah va lui chercher un pichet de rouge et lui trouve une chaise pliante face à la rue. La vieille dame boit son vin en lançant des regards farouches aux fêtards. Deux de ses arrière-petits-enfants grimpent sur ses genoux et tirent sur les perles de son collier à bon marché. Tout en les agitant devant eux pour les amuser, Galayah fronce les sourcils pour demander :

— Ton *passu* n'est pas venu avec toi ?

— Il est resté à Gerad.

Galayah renifle.

— Il s'occupe, au moins.

Ayah touche machinalement le disque d'ivoire de son bracelet.

— Il travaille dur, Nana.

Sa grand-mère secoue la tête.

— Fourguer des papiers aux gens, ce n'est pas du travail.

Aller au restaurant et se cuiter avec les gros bonnets de Gerad non plus, se dit Ayah, bien que ce soit apparemment nécessaire dans sa profession.

— Esmon se débrouille bien, j'ai l'impression, murmure-t-elle.

— C'est cette femme avec qui il est, fait la grand-mère avec un geste vague. C'est une sorcière, elle gagne bien sa vie.

— Elle travaille pour l'Organisation ?

C'est le cas de beaucoup de sorcières.

— Elle est à son compte. Elle travaille avec sa sœur, qui est prêtresse, un truc comme ça. (Elle boit une gorgée de vin tout en rattrapant adroitement l'un des enfants qui a failli tomber.) Si elle bossait à l'Organisation, elle n'aurait pas les moyens d'entretenir Esmon comme elle le fait, né ?

— Tu as raison.

Galayah sourit de toutes ses fausses dents jaunies par trop de café.

— Esmon a intérêt à marcher droit avec elle, si tu veux mon avis. Les sorcières, ça sait se défendre, né ?

Ayah hésite. Elle jette un regard grave à sa grand-mère.

— On peut lui faire confiance ?

— Pourquoi ? fait vivement Galayah. Tu as besoin d'un philtre pour ramener ton long-nez à la maison ?

— Rien à voir avec ça. Mais tout le monde peut avoir besoin... (de nouveau, elle hésite) d'un truc ou deux de temps en temps. Et j'aime autant m'adresser à quelqu'un qui ne soit pas un *pascol* !

C'est le terme employé par les Barkazis pour désigner un arnaqueur, quelqu'un qui gagne sa vie en montant des combines astucieuses. C'est un terme généralement admiratif, et il est étymologiquement apparenté à *passu*, la victime du *pascol*.

Galayah la dévisage comme si elle était un peu demeurée.

— Khorsa est une sorcière. L'endroit où elle travaille s'appelle le Temple de la Sagesse et de la Destinée. Elle gagne sa vie en soutirant du fric à des malheureux, des désespérés à qui elle promet des miracles. Plus *pascol* que ça, tu meurs !

Ayah hoche la tête. Quand elle était enfant puis adolescente, sa mère a dû faire partie d'une bonne demi-douzaine de tabernacles, tous plus ou moins sur le même modèle. Plus tard, Ayah s'est souvent demandé comment Gurrah s'était retrouvée là. Gurrah et tous les autres. C'est parce que ces gens sont des ratés, ou qu'ils sont simplement malheureux, ou qu'ils ont peur de la vie, peut-être parce qu'ils ne la comprennent pas, qu'ils ne sont pas en prise sur la réalité. Alors, ils ont besoin de se sentir spéciaux, un peu *magiques*, parce que, s'ils ne sont pas magiques, ils ne sont rien du tout. Et le fait d'être barkazi aggrave encore la situation, parce que les enfants de Karlo sont *censés* être réellement magiques, meilleurs que tout le monde. Le *Peuple Astucieux*. Quand on est supposé être astucieux et qu'on ne l'est pas, brillant et qu'on ne l'est pas, vers où se tourne-t-on ?

Vers le Temple de la Sagesse et de la Destinée. Ou un endroit comme ça.

Ayah regarde la rue en contrebas.

Plus pascol *que ça, tu meurs !* Une fois de plus, c'est Galayah qui a raison.

Galayah s'y connaît dans l'art de survivre. Quand la vieille Fasta métropolitaine a péri et que Barkazi a été écrasée, elle a fui les ruines de la cité avec ses enfants pour se réfugier à Jaspeer où son mari se livrait aux combats de rue en tant que membre de la Sainte-Ligue de Karlo. Durant les six ans où il a moisi dans une prison fastanie, Galayah a élevé ses enfants toute seule dans cette métropole où elle était étrangère. Et quand le grand-père d'Ayah a finalement été libéré après la défaite des Fastanis et l'occupation de Barkazi par la Fédération régionale, elle l'a soigné avec une patience infinie jusqu'à ce qu'il recouvre la santé, pour mourir finalement d'une mauvaise grippe quelques années plus tard.

Elda, à l'intérieur, vient de poser sur la table un plateau de gâteaux, et les arrière-petits-enfants de Galayah s'agitent sur ses genoux. Elle les laisse descendre. Ils se ruent vers les sucreries. Galayah boit une longue gorgée de vin et lève les yeux vers Ayah.

— Tu as des ennuis ?

— Non, ment Ayah en battant des paupières.

— Ces longs-nez, à l'Office, ils te traitent comme il faut ?

— Aussi bien qu'on peut l'espérer.

— Tu n'attends pas un bébé ?

Ayah est surprise.

— Non, répond-elle. Je n'ai pas... Ça fait des mois, Nana.

— C'est bien. Tu auras tout le temps de faire des bébés plus tard, quand tu trouveras un homme de ta race.

Ayah sourit.

— Oui, bien sûr, murmure-t-elle.

Elle ne sait pas pourquoi, mais l'intégrisme de Galayah lui semble toujours plus acceptable que celui des autres. Peut-être parce que sa grand-mère n'a jamais caché qu'elle était intégriste.

On entend des tambours, en bas dans la rue, accompagnant le cri amplifié d'un violon barkazi. Des enfants hurlent.

Le défilé des Travestis arrive ensuite. Les hommes portent des faux seins énormes et des jupes extraordinairement évasées, à volants. Les femmes ont les épaules absurdement rembourrées et des phallus d'un mètre de long. Le balcon échafaudage oscille sous le poids des spectateurs enthousiastes. L'alcool monte à la tête d'Ayah. Elle n'aurait pas dû rester l'estomac vide.

Après les Travestis viennent les Esprits des Arbres avec leurs coiffures vertes extravagantes et leurs ballons satiriques géants qui tournent en dérision toutes les entreprises humaines, représentées comme absurdes, inutiles ou insensées. Ils se balancent dans les airs, hors de portée des petits enfants qui essaient de les attraper.

Malgré elle, Ayah ne cesse de regarder Khorsa avec son turban orné de bijoux ésotériques. La petite femme s'est glissée au meilleur endroit du balcon, contre la rampe, et porte l'un des enfants d'Elda sur la hanche pour qu'il puisse mieux voir. Elle a les yeux qui pétillent de plaisir à la vue des ballons qui passent.

Au moins, elle semble avoir de l'humour. Elle n'est pas comme les gens de l'Organisation, avec leurs yeux bridés et leurs visages impassibles et calculateurs, ni comme ces sorcières qui se prennent au sérieux et offrent des protections contre les jeteurs de sorts ou des contacts avec les esprits des ancêtres en échange de quelques centaines de dalders, sans avoir jamais recours au plasma.

Après le passage de la parade, Ayah se rapproche d'Esmon, mais il est entouré de parents admiratifs et on ne peut pas lui parler en privé. Elle aperçoit Khorsa qui se dirige vers un carton de bière réfrigérant. Elle va vers elle, prend également une bière. Khorsa remplit son verre et lui sourit.

— Esmon a l'air heureux, déclare Ayah.

— Je l'espère bien.

— Vous êtes... prêtresse ?

— J'ai une sœur prêtresse. Moi, je suis une géomaterga. Ma spécialité, c'est la magie. La sienne, c'est de parler aux dieux.

— Il y a une formation pour ça ?

Khorsa pose la main sur le bras d'Ayah et sourit.

— Non. C'est plutôt une tradition de famille. Ma mère a fondé la maison ; ma sœur et moi, nous l'avons eue en héritage.

— L'Organisation ne vous embête pas trop ?

C'est comme si un masque venait de se mettre en place. Le sourire de Khorsa est toujours là, mais l'expression d'amusement a disparu et ses yeux sont comme un mur de verre.

— Pourquoi cette question ?

Des sirènes d'alarme retentissent dans la tête d'Ayah.

— Pour rien, dit-elle. Ça m'est venu comme ça.

Elle ne vendra pas de plasma à cette femme, décide-t-elle.

Khorsa lui jette un regard perçant, fronce les sourcils et secoue la tête.

— Nous avons réussi à les tenir à distance. Dès l'instant où on leur demande un accès illimité à leur plasma, ils ne vous lâchent plus. (Elle boit une gorgée de bière et prend un air grave.) Beaucoup de nos clients ont été leurs victimes. Ils veulent que nous adoucissions le cœur de leurs îlotiers. Mais... (elle secoue la tête) naturellement, l'Organisation n'a pas de cœur !

— Non, reconnaît Ayah, qui pense à Henley. Ils n'en ont pas.

Khorsa la regarde en plissant les paupières.

— Ce ne sont pas les enseignements religieux qui vous intéressent, je suppose ?

Ayah secoue la tête en souriant.

— Pas en ce moment, non.

Un roulement de tambour monte de la rue, accompagné d'acclamations lointaines.

— C'est drôle, murmure Khorsa. Toutes ces célébrations, toute cette joie, alors que nous commémorons en fait la plus grande tragédie de toute l'histoire humaine.

— Pardon ?

Khorsa redresse la tête comme pour lancer un défi.

— Senko n'a-t-il pas échoué dans son entreprise ? Il a battu le Seigneur des Arbres et le Prince des Océans ; mais quand il a voulu s'attaquer aux Élevés, ils l'ont détruit et ont placé le Bouclier sur nos têtes pour s'assurer que l'humanité ne les défierait plus jamais. (Elle écarte les bras.) Je ne vois pas ce qu'il y a à célébrer. Nous devrions plutôt nous lamenter.

— Parce que personne ne travaille aujourd'hui ?

Khorsa se met à rire.

— Peut-être, dit-elle.

— Il faut que j'aille aider à la cuisine, lui dit Ayah. Excusez-moi.

Le petit ascenseur passe quatre fois à son palier. Il y a trop de monde pour qu'elle y entre. Ayah se résigne alors à descendre les douze étages à pied. Elle sort dans la rue. Il y a une boutique d'alcools et de tabac au coin, et elle traverse pour y aller. Le ciel grésille de toutes sortes de publicités au plasma. Un homme passe sur ses échasses en grognant et en se tapant sur la poitrine, sa queue en mousse de plastique flottant derrière lui. Des Mods dansent au coin de la rue au son d'une musique aux basses vibrantes qui descend de l'échafaudage au-dessus. Ils sont trapus, chauves et glabres. Leur teint est gris. Cela fait froid dans le dos. Il y a longtemps qu'Ayah n'a pas vu d'individus génétiquement modifiés de cette façon.

Elle s'achète un pack de bière à un prix spécialement majoré pour les fêtes ainsi qu'un gros sac en plastique de croquettes salées à base de krill. Pendant qu'elle fait la queue à la caisse derrière quelques minettes du quartier, elle entend les basses rythmées de la Parade des Assassins qui se rapproche d'elle.

Elle suit les minettes dans la rue. La police fait dégager la chaussée. Ayah va jusqu'au carrefour pour traverser. Elle lève la tête et voit le vieux Charduq l'Ermite sur sa colonne cannelée du vieil Institut d'Épargne de Barkazi. Ce spectacle réveille en elle des souvenirs chaleureux. Elle croyait Charduq mort depuis des années. Elle agite les bras dans sa direction en criant :

— Salut, Charduq ! Tu me reconnais ?

Les yeux du vieillard, profondément enfoncés dans ses orbites entourées de multiples rides, pétillent. Il est complètement chauve, mais sa longue barbe lui descend aux genoux. Sa peau nue continuellement exposée à la lumière du Bouclier est marron foncé. Il vit des offrandes que lui font les passants dans un petit seau en plastique qu'il descend au bout d'une corde. Aussi loin qu'Ayah se souvienne, il a toujours été perché là sur ce pilier.

— Mais c'est la petite Ayah ! répond-il de sa voix grêle. Ça fait des années que tu n'es pas venue voir ton vieux pote. Où étais-tu passée ?

— J'ai fini mes études. Je bosse à l'Office du Plasma.

— Et tu t'es mise en ménage avec un long-nez, à ce qu'on dit. Il est riche ?

Ayah sourit. Tous les gens du quartier s'arrêtent pour bavarder avec Charduq, et aucun potin ne lui échappe. Il est censé vivre en ermite dans la contemplation du Tout, mais il est devenu la plus grande commère du coin.

— Il n'est pas riche, murmure-t-elle.

— À quoi il sert, alors ? demande Charduq.

Il tapote la colonne à côté de lui.

— Viens ici à côté de moi, ma colombe. Laisse tomber tes vêtements et vis avec moi. Il y a des années que je préserve ma virilité. Je peux te rendre bien plus heureuse que n'importe quel *passu* jaspeeri !

L'ermite glousse en faisant le signe de la vulve et du pénis avec ses doigts. Ayah éclate de rire. Elle prend une bière dans son pack et la dépose dans le seau du vieil homme.

— Tu es resté trop longtemps perché sur cette colonne, dit-elle. Si tu as envie d'une femme, tu ferais mieux de raser cette barbe et de te trouver un boulot décent.

— Tu ne me croirais pas si je te disais le nombre de filles qui demandent à me la caresser, fait Charduq avec un clin d'œil.

Il hisse le seau et en descend un autre, dans lequel il met ses déchets. Un employé de l'Institut d'Épargne le lui vide chaque jour pour éviter qu'il empuantisse le trottoir.

Ayah lui fait au revoir de la main et s'enfonce dans la foule. Les Assassins sont en train de défiler à l'ombre de leurs gros ballons pleins d'eux-mêmes représentant des célébrités ou des figures politiques, toutes hérissées d'épées, de haches ou de flèches en baudruche. Ayah reconnaît Tuphar, Gullimath le footballeur, Gargelius Enchuk et Constantin, ce dernier l'air surpris du nombre de poignards plantés dans son dos.

Constantin...

Elle s'arrête net sur sa lancée.

Pourquoi n'y ai-je pas pensé avant ?

Elle fend la foule compacte, attend un ascenseur qui n'arrive pas et remonte par l'escalier chez Edna. Elle arrive en sueur, les poumons en feu. Elle prend une boîte de bière glacée et la presse un instant contre son front avant de la boire.

Elle retourne sur le balcon échafaudage et aperçoit sa mère. Elle va vers elle. La Parade des Assassins en est à sa fin. L'un des ballons baisse la tête. Il a perdu une partie de son oxygène, comme si l'épée qu'il traîne l'avait perforé.

Gurrah se retourne et lui demande :

— Tu vends du plasma à la sorcière ?

Ayah rougit. Elle a l'impression que tout le monde la regarde.

— Tu as fouillé mon sac ? demande-t-elle.

Gurrah essaie de se justifier d'une voix sonore.

— Je croyais qu'il y avait de la nourriture dedans. Je ne voulais pas qu'elle se gâte.

— Ouais. Tu sais bien que je planque toujours ma bouffe sous le canapé.

— Tu as vendu de la marchandise à Khorsa, né ?

— Je n'ai rien du tout à vendre.

— Où as-tu piqué ça ? À ton travail ?

Ayah essaie de lui jeter un regard dur.

— Je n'ai rien piqué, dit-elle.

— J'espère que tu sais ce que tu fais. Un chonah comme ça, c'est risqué s'ils t'attrapent. Ils ne rigolent pas, chez les *passus*, avec ceux qui volent le gouvernement pour qui ils travaillent.

Sa mère parle très fort. Tout le monde sur le balcon doit l'entendre. Ayah répond à voix basse, en espérant que sa mère fera comme elle.

— Il ne s'agit pas d'un chonah. C'est juste un service que je rends à quelqu'un. Ne fais pas de scandale.

La voix de Gurrah s'élève encore, couvrant les bruits de la parade.

— C'est moi qui fais un scandale ? Ma fille se renseigne sur la manière de trafiquer les compteurs et vend du plasma pour son compte, et c'est moi qui fais un scandale ?

— Merci, lui dit Ayah, furieuse, de faire croire à tout le monde ici que ta fille est une voleuse.

Elle tourne les talons et va s'asseoir sur le canapé inoccupé. Son cœur s'est emballé dans sa poitrine. Du coin de l'œil, elle voit sa mère qui se drape dans sa dignité mortellement offensée. Mais elle s'aperçoit qu'une certaine mesure de doute est en train de s'insinuer dans son expression. Il ne lui était peut-être pas venu à l'esprit que sa fille *n'était pas* une voleuse. L'angoisse se peint sur son visage. Elle se demande si quelque chose ne lui a pas échappé.

Trop tard, se dit Ayah. *C'est trop tard, à présent.*

Des regards entendus s'échangent autour d'elle. Elle a horreur d'être le centre de l'attention, de la spéculation, de la pitié, peut-être. Elle se lève d'un bond, va jusqu'à la boîte réfrigérante et prend une autre bière.

Il est peut-être temps qu'elle s'en aille.

Elle ramasse son sac et sort dans le couloir. L'ascenseur, par miracle, l'attend sur le palier, vide. Il la descend au rez-de-chaussée. Les derniers Assassins viennent de passer, et la foule s'écoule lentement derrière eux. Ayah suit le mouvement. Elle achète un sandwich au passage. Des crevettes d'élevage frites et épicées à la perfection, encore chaudes. Elle a à peine fini de manger que la Parade des Dauphins commence, avec à sa tête l'énorme radeau rouge en fibre de verre du Crabe Royal qui agite ses pinces au-dessus de la foule. Le cortège, déguisé en poissons et crustacés, suit en dansant sur la chaussée. C'est un acteur vidéo de troisième ordre qui est le Seigneur des Dauphins cette année. Il se prend pour une vraie célébrité. Debout sur son chariot, il jette des cadeaux à la foule : petits puzzles en plastique, sifflets, pétards, tambours miniatures.

Elle finit sa bière et suit la foule. Un marcheur sur échasses lui offre une gorgée de sa gourde de vin. Le cortège des Griffons arrive, suivi de celui des Jaspeeris. Ce dernier est une parodie où les Barkazis se moquent des Jaspeeris et de leurs manières trop sérieuses. Il y a ensuite les Voleurs de Valises, qui la font rire aux larmes. Ils sont en complet gris avec des dentelles bouffantes et des paillettes aux manches et au col. Ils se poursuivent en se frappant avec leurs petites valises. Dans le ciel, pendant ce temps, les annonces publicitaires ou patriotiques se succèdent en grésillant.

Elle entre dans un bar, grignote quelques chips et se laisse payer à boire par plusieurs personnes. Les écrans vidéo montrent des cortèges extravagants aux quatre coins du monde. Il y en a un autre qui passe dans la rue pendant ce temps. Elle se sent plus détendue qu'elle ne l'a été depuis des années. Elle finira probablement en prison, aussi elle a intérêt à profiter de la vie au maximum tant que la chose est encore possible.

Elle retourne dans la rue, où les papiers gras et les détritus qui jonchent la chaussée lui arrivent à la cheville. Ses chaussures collent au ciment. Des flots de musique montent d'un sous-sol à l'entrée duquel des gens font la queue. Elle se met dans la file. Il y a un nouveau cocktail en promotion, deux pour le prix d'un. Elle en commande. En attendant, elle fait quelques pas sur la piste de danse.

La musique est super, les rythmes glorieux. Les musiciens transpirent encore plus que les murs de ciment de la vieille cave transformée en boîte à la mode. Ayah retourne à sa table après deux morceaux et trouve ses deux verres qui l'attendent. Elle en boit un, est invitée à danser et accepte.

Cela ne manque pas d'hommes, ici. Celui qui l'intéresse le plus s'appelle Fredho. C'est un danseur hors pair. Quand ils se trémoussent sur la piste, elle a l'impression, grâce à lui, d'être bien meilleure qu'elle ne l'est en réalité. Quand il n'a pas de partenaire, il danse tout seul. Voltes spectaculaires, entrechats, pirouettes et grand écart. Il porte sur son torse nu un luxueux gilet blanc en soie sauvage qu'on a dû lui offrir, car il se fiche complètement de ce qui peut lui arriver. Il est maculé de la poussière de la piste, et la doublure de satin est toute déchirée tant il se contorsionne à l'intérieur. Sa peau a la couleur du sucre caramélisé, et son torse est lisse. Heureusement, car Ayah ne tient pas, avec les pensées qu'elle entretient en ce moment, à ce que sa vue lui rappelle le torse velu de Gil. Fredho est un mec sympa. Un peu arrogant, mais pas trop autoritaire. À un moment, à la fin d'un morceau plus lent, il lui demande si elle veut l'amener chez elle. Elle se penche en arrière dans ses bras, le regarde en plissant les yeux et essaie de se décider.

— Plus tard, peut-être, dit-elle.

Elle se penche alors en avant pour lécher une coulée de sueur sur son torse. Cela faisait plusieurs minutes qu'elle avait ça en tête.

Il hausse les épaules et la laisse retourner à sa table. Pendant un bon moment, il danse tout seul. Ayah se demande pourquoi il veut aller chez elle. Il doit avoir une femme qui l'attend chez lui. Mais elle décide que cela n'a aucune importance. Quelqu'un qui vit avec un mec comme ça ne peut pas se faire trop d'illusions.

Lorsque plus tard arrive, Fredho et elle prennent une voiture de la Ligne jusqu'aux Tours. En route, ils n'en peuvent plus, ils se bécotent et se lèchent à qui mieux mieux. Les autres voyageurs, gênés, évitent de regarder dans leur direction.

Ayah fait monter Fredho dans sa tour aux parois noires et ils baisent à trois reprises. Le lendemain matin, lorsque la sonnerie du réveil la fait bondir, Fredho n'est plus là. Il a disparu avec tout son fric, ses batteries de plasma et le bracelet en ivoire que lui a offert Gil.

Le cœur battant, elle regarde le portrait de Gil accroché au mur et lui promet que très prochainement elle va cesser de faire l'imbécile.

6

Après son petit déjeuner – café et gélules de vitamines –, Ayah se pointe à son travail avec vingt minutes de retard. Mais c'est aussi le cas de la moitié du personnel, et personne ne lui dit rien. Elle passe sa prépause devant son vieux bureau de métal, isolée des braillements de Jayme par ses écouteurs et sa gueule de bois. Et elle cogite sur sa situation.

Après déjeuner, il faut qu'elle accompagne Grandshuk et Lastene à l'Ancienne Expo. La postpause est exténuante. Elle se traîne dans des galeries remplies de merdes de toutes sortes et s'écorche un mollet contre un tuyau cassé.

Après le travail, elle va s'acheter de nouvelles batteries à plasma et prend la direction de Terminus.

Le plasma s'insinue dans son corps, emplissant toutes ses cavités comme une eau tiède qui monte, qui monte. Le trigramme, d'un bleu pur et lumineux, pulse dans sa tête. Ses sens s'aiguisent, la vie devient plus nette. C'est comme si elle s'était branchée sur le courant qui éclaire le monde. Ses perceptions débordent sur les ténèbres. Elle a une conscience aiguë de la texture des murs lézardés et de la structure métallique invisible qu'elle perçoit comme un squelette aux rayons X. Elle entend les battements de cœur d'un animal, un rat, probablement, qui dort dans une crevasse du vieux quai.

Elle n'avait jamais noté cet effet-là avant. Peut-être parce qu'elle était obnubilée par l'expérience.

Elle dirige le plasma à travers son corps, brûlant les toxines de fatigue, s'imbibant d'énergie. Elle commence à avoir l'habitude. Quand c'est fini, elle a l'impression d'être un puits sans fond de potentiel, de puissance énorme. Ses sens semblent s'étendre jusqu'au Bouclier.

Sa batterie de plasma est presque épuisée. Elle en prend une deuxième. Elle en a trois qu'elle vient de charger. Elle tente quelques effets visuels élémentaires. Rayons de lumière multicolores qui s'entrecroisent sur toute la longueur du quai, feux follets qui brillent doucement dans les coins d'ombre, lumières éclatantes descendant des trous béants des anciens luminaires de la voûte.

Elle essaie de créer sur le mur d'en face un portrait géant de Constantin, mais le résultat est si ridicule, pire qu'un gribouillage d'enfant, qu'elle l'efface aussitôt.

Sa deuxième batterie épuisée, elle s'attaque à la troisième, décidée à faire quelque chose de constructif. Elle va essayer d'entrer en communication avec la métropole de Gerad. Elle se concentre d'abord sur le trigramme, puis sur Gil. Elle invoque ses tendres yeux bleus, ses mains douces aux doigts épais, le contact de sa peau aux fines taches de rousseur contre la sienne, celui de son torse velu contre sa joue... et ce souvenir particulier déclenche dans son cœur un accès de tristesse où se mêle une image sensorielle de Fredho, avec la saveur de sa salive et de sa sueur. Mais le feu qui brûle dans son esprit et dans ses nerfs est trop pur, trop intense pour permettre longtemps la tristesse. Elle se concentre sur l'ouest, sur le lieu où se trouve Gil en ce moment.

Elle sent qu'elle a établi un contact éphémère avec son psychisme. Un contact si soudain et si inattendu qu'elle en est la première surprise et qu'elle le perd aussitôt. Mais elle sait qu'il est dans un bar ou un club, entouré d'autres hommes, et qu'il a déjà bu plus que modérément. Elle sent le goût de la bière sur sa langue, la tête qui lui tourne. Et elle sait qu'il s'ennuie sérieusement.

Voilà qui lui vaut un bon point, décide-t-elle.

Prudemment, elle essaie de nouveau. Graduellement, l'image de Gil se forme dans sa tête. Il est stupéfait de découvrir ce contact. Elle lui envoie ses pensées : nostalgie, chagrin, tristesse. Elle essaie de l'envelopper dans sa tendresse comme dans une serviette chaude, relaxante. Progressivement, il se laisse aller dans une rêverie qui répond à la sienne.

L'instant s'enfuit. Ayah se rend compte que ses joues sont baignées de larmes. Elle cligne les yeux pour éclaircir sa vision, regarde la dernière batterie et s'aperçoit qu'elle est à sec. Apparemment, la communication longue distance requiert beaucoup d'énergie.

Les effets du contact commencent à peine à s'estomper. Elle retourne avec les batteries dans les anciennes toilettes pour les recharger. Elle fixe les pinces crocodile et voit les indicateurs de charge prendre rapidement toutes les couleurs de l'arc-en-ciel jusqu'au bleu.

Elle passe une nouvelle demi-heure à travailler avec le plasma et à s'habituer à la charge, toujours en utilisant les batteries comme tampon.

Elle a décidé qu'il fallait faire quelque chose pour la porte. Si elle se sert des batteries pour entretenir un mur illusoire, elles finiront par se vider. Pour être durable, l'illusion doit être alimentée par une source directe.

Elle prend une profonde inspiration, met un gant isolant et sort de sa combinaison un stylo à plasma. Avec d'infinies précautions, de sa main gantée, elle écarte les détritus de la zone où la poutre est tombée.

Puis elle décapuchonne le stylo et trace une double ligne avec des hachures, d'abord sur la poutre puis sur le sol, pour conduire l'énergie.

Le stylo est un gadget à bon marché qui contient une encre métallique plus ou moins conductrice du plasma selon l'épaisseur du trait et la concentration en métal. On trouve dans le commerce des stylos de différentes tailles avec des encres de différentes densités.

Ayah trace sa ligne en biais sur le ciment, jusqu'au seuil des toilettes. Elle barre l'entrée d'une ligne plus épaisse et recule pour admirer son travail.

Laisser sécher quelques secondes, disent les instructions.

Elle attend un peu plus que ce qui est recommandé. Puis elle commence à enlever son gant en hésitant. Ses battements de cœur résonnent comme des coups de marteau dans sa poitrine.

Elle laisse tomber le gant sur le quai. Elle décroche le petit trigramme en métal de son collier, le tient au creux de sa main, se concentre. Puis elle s'agenouille devant l'entrée, tend la main en hésitant, la retire, la tend de nouveau.

Quand elle touche la ligne, le trigramme s'empare de son esprit avec une clameur.

Tous ses sens résonnent du potentiel terrible qui se trouve à l'autre bout de la ligne. Le puits béant de puissance élémentale n'est séparé d'elle que par un mince trait d'encre métallique. Elle sait qu'elle pourrait s'en passer, créer une ligne de transmission dans l'air, comme elle le fait tous les jours à son travail, établir une liaison directe de la poutre à son cerveau, exactement comme avec les cornets de transmission de l'Office du Plasma à destination des récepteurs situés un peu partout dans la cité...

Les orbites vides de la prospectrice de plasma se matérialisent dans sa tête.

Ayah fait un bond en arrière. Le contact est rompu aussitôt. Les sensations affluent. Des étincelles jaillissent sur ses rétines. Elle prend une inspiration profonde, essaie de recouvrer son calme.

C'est juste qu'elle ne s'y attendait pas, se dit-elle. Cette fois-ci, ce sera plus facile.

Elle s'accroupit devant la ligne et se concentre de nouveau sur le petit trigramme au creux de sa main. Elle n'a pas de mal à garder son image à l'esprit dans la mesure où il est représenté dans ses centres visuels par un jaillissement ronflant d'énergie élémentale. Elle pose un doigt sur le double trait d'encre.

Le trigramme change de couleur. Il est maintenant d'un beau bleu argenté. Le plasma rugit dans une étroite crevasse du ciment. Avec précaution, Ayah l'isole dans son esprit. Elle essaie de se concentrer uniquement sur le trait conducteur du plasma. Puis, comme la dernière fois, elle crée un mur à l'entrée des toilettes, une barrière insubstantielle de ciment lépreux qui se fond avec le reste.

Elle retire son doigt, recule d'un pas, admire son œuvre. L'illusion tient bon. Elle l'inspecte longuement à la recherche de la moindre distorsion. Mais elle ne bouge pas, et elle ne donne pas signe – chose importante – de vouloir se transformer en brasier capable de ravager tout le quartier.

L'énergie lui procure une agréable vibration intérieure. Elle rassemble ses affaires et remonte au niveau de la rue en passant par le regard qu'elle a déjà utilisé.

Elle remet la plaque en place et reste plantée là à cligner stupidement des yeux à la lumière du Bouclier. Le vieux qui était là avec son bric-à-brac et son étal branlant a disparu. Seules quelques personnes sont dans la rue. En consultant sa montre, Ayah s'aperçoit qu'elle a passé la plus grande partie de la deuxième période dans les sous-sols. Et la permute va débuter dans quelques minutes.

Des nuages passent dans le ciel. Toute sa fatigue a disparu. Elle marche d'un pas léger sur la chaussée malgré ses lourdes bottes. Elle pourrait courir sur des kilomètres. Elle se demande si elle va pouvoir dormir. Elle ne sait même pas si elle en a réellement besoin.

Pas étonnant que les gens qui ont un accès illimité au plasma aient une telle longévité.

Elle s'engage dans la galerie qui mène à la station Terminus. Ses nerfs lui lancent un petit cri d'alarme quand elle voit trois silhouettes qui se détachent contre le mur aux carrelages jaunes. Ils portent des pantalons de toile, des chemises amples et des bottes.

Ils sont en train de fumer et de boire de la bière.

Ayah, grâce au plasma, a déjà parcouru la moitié de la galerie quand elle s'alarme. Mais il est trop tard pour rebrousser chemin.

— Qu'est-ce que tu fous là, mec ? lui demande l'un des trois hommes, un gros type avec une bedaine de buveur de bière sous sa chemise à pans courts.

— Je bosse, répond-elle.

L'homme paraît surpris d'entendre une voix de femme.

— T'as du boulot, hein ? lui dit un gamin sec comme un manche à balai, avec des tatouages aux bras et du fixateur dans les cheveux. Tout le monde n'a pas cette chance.

— Ton boulot, c'est peut-être moi qui aurais dû l'avoir, fait celui qui a parlé le premier.

— Nation ! s'écrie le troisième homme.

Il est assis sur le sol en ciment, adossé au carrelage pourri du mur, les jambes pliées, les bras sur les genoux. Il ferme à demi les yeux et chantonne :

— *Nation, nation, nous sommes des immigrés de la nation !*

La nation jaspeeri, pense Ayah. Charmant.

— Salut, dit-elle.

L'adrénaline rivalise dans ses veines avec le plasma tandis qu'elle dépasse le mec à la bedaine. Elle est plus grande que lui, mais elle a l'impression qu'il la domine. Son estomac se révulse quand elle reçoit les effluves de son haleine parfumée à la bière.

— Hors de notre *nation*, salope ! lui dit le mec à la bedaine.

Il fait un pas vers elle tandis qu'elle s'éloigne.

Ayah a grandi dans un quartier chaud et elle sait que la pire des choses qu'elle puisse faire, c'est se mettre à courir. Elle se plante devant lui et le regarde dans les yeux en essayant d'utiliser contre lui le pouvoir du plasma. Puis elle lui dit, malgré les battements de son cœur qui semble s'être logé dans sa gorge :

— Je travaille pour le gouvernement. Je ne vous conseille pas de faire le con, parce que le gouvernement n'aime pas qu'on s'en prenne à ses agents. Et le syndicat non plus. C'est pigé ?

L'homme à la bedaine a un instant d'hésitation. Il la regarde, le front plissé sous l'effort de la réflexion. Puis il fait un pas en arrière en grattant sa joue mal rasée.

— *Nation !* s'écrie celui qui est assis.

Il se lève alors d'un bond et lance violemment sa canette de bière contre le mur de carrelage jaune où elle éclate à quelques dizaines de centimètres d'Ayah. Elle reçoit de la mousse sur son visage et se met à courir.

Elle s'en veut aussitôt. Si elle s'était éloignée normalement, il n'y aurait probablement pas eu de suite. Mais elle a eu un instant de panique, et ils sont maintenant à ses trousses, excités comme une meute de chiens par l'odeur du sang. Elle entend résonner lourdement leurs pas derrière elle. Son seul espoir est d'arriver avant eux au guichet, où le préposé la laissera peut-être entrer.

Elle tourne au coin de la galerie et... se cogne à une barrière grillagée dressée en travers du passage juste avant le guichet. La station est fermée en dehors des heures de permute par manque de clientèle. Étourdie par le choc, Ayah rebondit sur le grillage. En même temps, elle essaie désespérément d'ouvrir son sac, car elle sait qu'à ce stade sa seule chance réside dans le plasma des batteries.

Le jeune maigre est à sa hauteur avant qu'elle ait pu faire glisser la fermeture Éclair du sac. Elle le fait tournoyer par la poignée et lui flanque un bon coup dans la poitrine. Il tombe en hurlant. Mais le gros est déjà sur elle et lui envoie dans la figure un poing large comme un battoir.

Elle voit les étoiles et titube en arrière. Le dos de son crâne heurte la barrière grillagée. Son casque de chantier roule par terre. Elle tombe à la renverse, bras et jambes écartés, en s'accrochant à son sac pour essayer de se protéger tandis que pieds et poings s'abattent sur elle. Un éclair de douleur la transperce tandis qu'un bout de chaussure clouté lui meurtrit un rein. De la main droite, elle réussit à trouver la tirette de la fermeture Éclair et à la faire glisser. Sa main est à l'intérieur du sac. Quelqu'un lui agrippe l'entrecuisse. L'homme à la bedaine veut lui décocher un coup de pied au visage et rate son coup. Il est déséquilibré par l'élan. Une canette de bière éclate par terre. Ayah sent sous ses doigts un bouchon de sécurité en plastique et l'arrache à la borne de la batterie. Son pouce touche le métal nu.

Le jeune maigre hurle tandis qu'une boule de plasma lui liquéfie le visage. Le fixateur de ses cheveux s'enflamme. L'homme à la bedaine se relève à moitié, mais Ayah fait un geste dans sa direction, et c'est comme un coup de poing. Il vole en arrière comme happé de plein fouet par la boule d'un démolisseur. Elle entend le craquement de son crâne qui explose contre la façade derrière lui.

Le troisième homme, celui qui a lancé la bouteille, regarde, horrifié, son jeune copain en flammes. Il se tourne en titubant pour se mettre à courir. Ayah pointe le doigt vers lui et lui communique une poussée entre les omoplates qui l'envoie s'étaler face contre la chaussée.

Ayah se relève péniblement. Les larmes et la douleur l'aveuglent à moitié. Elle ramasse son casque. Le jeune maigre agrippe ses orbites liquéfiées et s'éloigne en titubant dans la galerie, les épaules cognant la paroi. Les flammes sur sa tête ont pris une coloration bleue intense.

Gênée par la douleur et par le poids de son sac, Ayah le dépasse ainsi que son copain inanimé. Elle ressort de la galerie à la lumière du Bouclier.

Les vieux immeubles de brique dansent autour d'elle. Elle aspire une grande goulée d'air et s'avance dans la rue, cherchant frénétiquement des yeux un taxi. On entend toujours des cris dans le tunnel. Elle abaisse son casque sur son visage.

Elle trouve un taxi au carrefour suivant et demande à aller à Mudki, un quartier financier et d'affaires pas très loin d'ici. Tout un côté de son visage est tuméfié, et elle évite de le tourner vers le chauffeur. La gare de Mudki du Réseau de Transport est un complexe de plusieurs stations de la Ligne et du pneuma. Elle est ouverte en permanence. Elle peut se fondre dans la foule, prendre le Ruban Rouge, changer pour la Nouvelle Ligne du Centre et rentrer chez elle.

Ainsi, sa piste sera perdue. Au moins, son cerveau semble fonctionner encore de manière rationnelle. À moins que les autorités ne fassent appel à un limier du plasma, elle devrait s'en sortir indemne.

Jusqu'à ce qu'elle retourne à Terminus, naturellement. Il y aura probablement des gens qui l'attendront là-bas, et ils ne vont pas plaisanter.

Quand elle arrive à Mudki, elle tremble si fort qu'elle fait tomber toute sa monnaie dans le taxi. Elle se baisse pour ramasser les pièces qu'elle dépose sur la tablette derrière le siège du chauffeur. Elle prend la direction des tours de bureaux de Mudki et glisse la main dans son sac pour prendre une nouvelle dose de plasma. Elle s'efforce de brûler son excédent d'adrénaline. La terreur liquide coule comme de l'acide dans ses veines.

Le plasma contribue à lui éclaircir l'esprit. Tandis que la rame du Ruban Rouge s'ébranle, elle prépare froidement ce qu'elle va faire ensuite. Surtout la manière dont elle va regagner la vieille station Terminus sans se faire reconnaître par un éventuel témoin.

La chose est faisable. Avec un peu de chance, elle n'aura besoin d'y retourner qu'une fois.

La sensation de détachement clinique dure jusqu'à ce qu'elle rentre enfin chez elle et voie la lumière jaune allumée sur son panneau de messagerie.

Elle appuie sur la touche de lecture, entend la courroie de gravure qui se met en place en grinçant. Elle a oublié de lubrifier la tête. Elle entend la voix de Gil, avec beaucoup de bruit de fond. Des assiettes qui s'entrechoquent, des bruits de conversation, de la musique très forte. La voix de Gil sonne désemparée.

— Je t'appelle d'un club privé. Je ne sais pas pourquoi, parce que ça me coûte une fortune. Mais tu me manques tellement que je n'ai pas pu m'en empêcher. C'est surtout ça que je voulais te dire.

Dans le silence de sa tour de verre noire, Ayah peut maintenant se permettre de laisser éclater ses sanglots.

7

Le lendemain, c'est à peine si Ayah peut bouger. Son visage est si enflé d'un côté que la chair tuméfiée semble appartenir à quelqu'un d'autre. Seule la douleur lui rappelle que c'est bien elle qui est ainsi défigurée. Des ecchymoses violacées s'étalent sur tout son corps. Elle a l'impression que ses côtes se sont déplacées de deux centimètres sur la gauche. Quand elle essaie de marcher, un éclair de douleur lui remonte le long de la jambe. Elle retire ses chaussettes et constate qu'on lui a écrasé le pied droit. Deux de ses orteils sont noirs et enflés, et les ongles sont brisés. Elle ne se souvient même pas du moment où c'est arrivé. Elle ne pense pas que les orteils soient cassés, mais on ne sait jamais.

Elle va en boitillant se mettre devant le miroir de la salle de bains. Elle ne supporte pas de se regarder. Elle a l'impression de faire partie des Mods, les plus grotesques d'entre eux. Et elle se souvient soudain qu'elle était censée passer toute sa permute à conduire son groupe dans les galeries des sous-sols de l'Ancienne Expo.

Elle retourne à cloche-pied chercher ses batteries, revient face au miroir puis hésite. Elle n'aime pas trop l'idée de truquer ainsi son apparence, en modifiant son physique.

Comment les Mods en sont-ils arrivés là ? Exactement comme ça, pour certains.

Il faut dire que l'art de guérir est l'une des pratiques plasmiques les plus courantes. Mais requiert-il beaucoup de talent ?

Elle pose la main sur la batterie, sent son cœur se soulever sous l'afflux d'énergie. Elle lève son talisman de métal à hauteur de sa joue tuméfiée, en effleure sa peau sensible. Elle essaie d'utiliser sa volonté pour forcer les tissus à guérir, résorber les œdèmes dans ses chairs meurtries. Le visage momifié de la prospectrice de plasma flotte dans sa vision, et elle l'en écarte vigoureusement. *Doucement*, se dit-elle. *Progressivement.*

La batterie se vide en grande partie dans l'opération. Ayah se regarde dans la glace. Sa joue est moins enflée, les ecchymoses se sont éclaircies. On dirait qu'elle est sur la bonne voie.

Elle sort une nouvelle batterie.

Quelques minutes plus tard, la double tonalité de son panneau de messagerie l'interrompt. Elle décide d'ignorer l'appel, mais elle se dit, au premier tour de la tête de communication, que c'est peut-être Gil qui l'appelle, et elle abandonne la batterie pour se rapprocher en boitillant du panneau. Elle colle un écouteur à son oreille et entend la voix de sa mère : « Je le savais ! » Elle n'a pas besoin d'en entendre davantage. Elle remet les écouteurs en place et retourne à la salle de bains. La tête de communication continue de grincer tandis qu'Ayah reprend son travail de guérison. Apparemment, cette fois-ci, Gurrah s'est souvenue d'appuyer sur la touche d'envoi du message. Ayah a la joue en feu sous l'effet du plasma. Elle se redresse, lâche la batterie et se lisse la peau du bout des doigts.

Passable, se dit-elle. Il y a une trace qui refuse de disparaître, ainsi qu'un cerne autour de l'œil, mais il reste les cosmétiques pour les dissimuler. La tuméfaction grotesque, par contre, s'est totalement résorbée.

Elle peut s'occuper du reste, à présent. Elle soigne d'abord son pied. La technique s'améliore avec la pratique. Pour finir, elle déverse des flots d'énergie dans son corps, bannissant les effets de la douleur et de la fatigue.

Ça va nettement mieux. L'indicateur de la batterie est au mauve, ce qui signifie qu'elle dispose encore d'une demi-charge. Elle revêt une combinaison et un casque, puis part travailler. Elle arrive en retard. Lastene et Grandshuk l'attendent. Elle les conduit sur les lieux de la recherche prévue pour aujourd'hui. À une très grande profondeur, ils découvrent un filon non recensé avec un potentiel de plasma réduit. Elle note l'emplacement du gisement sur ses cartes et le marque d'un drapeau rouge.

Grâce à elle, la cité est maintenant un peu plus riche.

Après avoir acheté son repas de midi à un vendeur ambulant, elle retourne dans l'avenue de la Bourse. Elle entre dans une quincaillerie acheter deux pinces crocodile. Puis, après avoir pris son habituel billet de loterie à un dalder, elle passe prudemment sous la Déesse des Transmissions. Elle se demande si quelqu'un l'attend dans son bureau. Elle se change dans le vestiaire des équipes d'intervention d'urgence, où elle remet le tailleur orné de dentelle qu'elle portait la veille.

Elle ne sait pas encore si elle devrait avoir peur. Elle réfléchit à la chose et se demande si elle n'est pas trop pathétique.

Personne ne l'attend dans son bureau. Pas même Tella et son bébé. Toutefois, il flotte dans la pièce une légère odeur d'acide urique. Elle s'assoit devant la table en métal rayé et allume son ordinateur. Le voyant jaune s'illumine progressivement. À treize heures précises, elle met ses écouteurs en place et informe l'opérateur que sa station est ouverte.

Ce n'est pas une heure de très grande activité, et elle a le temps de passer quelques appels. Son autorité en tant que membre des équipes d'intervention est incontestée. Elle se fait envoyer dans un cylindre pneumatique quelques pelures contenant les numéros de compte de tous les résidents des Tours des Mages. Dès qu'elle a celui de Constantin, elle appelle un autre service pour se faire envoyer son dossier. Les pelures prennent tant de place qu'elles lui parviennent par porteur spécial et non par le tube.

Entre deux accès à son ordinateur ou aux transmissions, elle étudie la courbe d'utilisation du plasma par Constantin. Il ne demande pas souvent des transferts, constate-t-elle. Les relais normaux des Tours des Mages suffisent la plupart du temps à ses besoins. Mais c'est uniquement parce qu'il habite un endroit où les connexions sont spécialement étudiées à cet effet. Sa facture de plasma hebdomadaire dépasse le salaire annuel d'Ayah, et il n'est jamais en retard d'un paiement.

Il a de l'argent, c'est sûr. Et beaucoup. Compte tenu du fait qu'il a laissé Cheloki ravagé derrière lui quand il s'est retiré, un vrai tas de ruines qui commence à peine à se relever, Constantin semble s'en être sorti avec un joli compte en banque.

Tant mieux pour lui, se dit-elle.

Le plasma, dans le système de Constantin, est le fondement de la richesse d'une nation ainsi que la garantie de la liberté des gens.

Elle se demande combien d'argent un filon comme celui de Terminus pourrait valoir pour lui.

Son téléphone sonne. C'est une ligne extérieure, pas celle des tabulateurs de l'Office. Elle retire la fiche de ses écouteurs d'une prise pour l'insérer dans l'autre.

— Da ?

— Ayah ? fait la voix de sa grand-mère. Tu n'es jamais chez toi quand j'appelle.

Le cœur d'Ayah bondit.

— Je fais beaucoup d'heures sup, dit-elle. Je cherche toujours cette fuite.

— Ta mère est une idiote, mais ça ne veut pas dire qu'elle a toujours tort. Tu as des ennuis en ce moment ?

Ayah essaie de conserver une voix naturelle.

— Non, non, tout va bien.

— Tu peux tout me dire, tu sais. Je ne le répéterai pas à Gurrah. Ni à personne, si c'est ce que tu crains.

Ayah hésite. Elle aimerait bien parler à Galayah de sa découverte, de ses projets et de ses craintes.

La sonnerie bourdonne à ce moment-là sur l'autre ligne.

— Excuse-moi, Nana, dit-elle. J'ai un autre appel. Ne quitte pas.

Elle enfonce la fiche de ses écouteurs dans la prise interne. Une voix familière, rendue rauque par la cigarette, lui réclame une émission de plasma de dix minutes à quarante-quatre degrés.

— Da, acquiesce-t-elle. Quinze heures trente, Cornet Cinq, émission à quarante-quatre degrés. Confirmé.

Elle programme son ordinateur et son scalaire pour la transmission, puis rebranche son casque sur la ligne extérieure.

— Nana ?

— Je suis là.

Ayah prend une profonde inspiration. Elle cache d'une main les pelures sur son bureau, comme pour empêcher sa grand-mère de les voir.

— Je n'ai pas du tout d'ennuis, dit-elle. Mon seul problème, c'est que Gil est parti depuis trop longtemps.

Il y a un silence à l'autre bout de la ligne. Puis :

— Si tu es sûre que ça va...

— Si j'ai besoin d'aide, lui dit Ayah, c'est toi que j'appellerai en premier.

Mieux vaut ne pas mêler la famille à tout ça, pense-t-elle. De cette manière, si quelque chose tourne mal, elle sera la seule à payer les pots cassés.

Elle travaille jusqu'à l'heure de la pause, avertit le tabulateur qu'elle s'absente et descend au troisième sous-sol, où tous les faisceaux de lignes et les commutateurs sont groupés dans des armoires rayées en métal gris. Avec ses pinces crocodile, elle pratique quelques dérivations et connecte la ligne téléphonique de son bureau à l'extérieur par l'intermédiaire de l'extension 4301. C'est la pièce de travail de Rohder, celui qui a éteint la torche humaine de la rue de l'Intendance et se trouve actuellement à l'hôpital de l'Office. Tous les appels qu'elle adressera désormais à l'extérieur seront facturés sur la note de téléphone de Rohder.

Quand elle était gamine, sa famille avait toujours recours à ce genre d'arnaque pour téléphoner sans payer.

Elle retourne dans son bureau, reprend la ligne extérieure et compose posément un numéro.

— Da ?

La réponse, par une voix masculine et détachée, est plus rapide qu'elle ne s'y attendait, et cela la désoriente. Elle essaie de garder son calme malgré les battements accélérés de son pouls.

— Je voudrais parler au métropolite Constantin, dit-elle.

Au moment où elle prononce ces mots, elle sent que s'établit un circuit invisible, un flux d'énergie indéfinissable, entre Constantin et elle. Les choses se mettent subtilement en place.

Une nouvelle Ayah est en train de se créer.

8

Les Tours des Mages se dressent au-dessus d'elle comme une tribu de géants fabuleux et menaçants formant un double cercle de monolithes noirs hérissés de cornes, d'antennes et de coques destinées à recueillir le plasma ou peut-être à repousser un assaut. De gros nuages noirs, lourds de pluie, passent dans un ciel bas et s'empalent sur les cornets de transmission spiralés tournés vers le Bouclier au sommet de chaque tour. Le double cercle est géométriquement calculé de manière à capter le maximum de plasma, en conjonction avec d'autres figures géométriques parfois situées à de nombreux rads de là.

— *Non, je veux lui parler en personne.*

Des portes en verre ornées de filets d'or s'ouvrent devant elle, donnant accès à une galerie souterraine de la Tour n° 7. Ses bottes neuves s'enfoncent dans une épaisse moquette. Une mosaïque abstraite forme des motifs flottants le long des murs légèrement concaves, évoquant par leur flou noir et or la descente dans une mer d'ambre ténébreuse. Au bout du corridor, il y a un bureau où une Jaspeerie agréable au sourire placide, portant une luxueuse veste en laine de couleur miel, vérifie l'identité d'Ayah.

— Banque d'ascenseurs n° 4, dit-elle en appuyant discrètement sur un bouton qui ouvre une nouvelle série de portes en verre aux arabesques d'or.

— *Je m'appelle Ayah. Je travaille à l'Office du Plasma. Il faut que je parle au métropolite Constantin au sujet de sa consommation de plasma.*

Le carrelage au sol, pour aller jusqu'aux ascenseurs, forme des motifs géomantiques. Les murs sont en miroirs, avec des liserés de métal noir. Les portes des ascenseurs sont en cuivre poli renvoyant des reflets sans distorsion. Les genoux d'Ayah fléchissent légèrement lorsque l'ascenseur commence à grimper rapidement.

— *Je veux bien parler à la secrétaire particulière Sorya, si vous insistez, mais il faudra qu'elle me donne un rendez-vous personnel avec le métropolite Constantin.*

L'ascenseur penche légèrement en grimpant. Rien dans cet immeuble n'est parfaitement droit. L'architecture est légèrement inclinée par rapport à la verticale de manière à capter l'énergie. Tous ces calculs au millimètre près ont coûté très cher et occasionnent des inconvénients, mais ce n'est pas grand-chose, sans doute, pour des gens qui se nourrissent de plasma.

— *Oui, madame Sorya, vous pouvez m'appeler dans mon bureau de l'Office du Plasma, avenue de la Bourse. C'est le 43-01.*

L'estomac d'Ayah se soulève tandis que l'ascenseur ralentit rapidement sa descente et s'arrête. Elle change de position pour conserver son équilibre. Les portes de bronze poli s'ouvrent silencieusement. Deux hommes occupent l'antichambre. Dentelles immaculées, complets sombres, expression attentive et courtoise. Leur regard a une intensité particulière.

Ayah leur montre sa carte d'identité.

— Je travaille à l'Office du Plasma, déclare-t-elle.

L'un d'eux désigne un détecteur de métal.

— J'espère que vous ne voyez pas d'inconvénient à être soumise à une petite fouille, dit-il.

Elle se rend compte qu'elle a retenu sa respiration. Elle expire. Elle sort de l'ascenseur et s'avance dans la longue antichambre. Ses talons font du bruit sur le carrelage noir et le bronze poli. Elle présente son sac ouvert à l'un des deux hommes, puis recule et écarte les bras.

— *Madame Sorya, j'ai étudié la courbe d'utilisation du plasma par le métropolite. Je peux lui faire économiser vingt à vingt-cinq pour cent de sa facture, mais il faut que je lui soumette en personne les conditions de notre plan spécial.*

Le détecteur de métal sonne quand il passe sur la boucle de ceinture d'Ayah, sur ses boutons et ses fermetures Éclair. Il sonne aussi sur son talisman de pacotille. Gênée, elle l'enlève. L'autre garde attend tranquillement que tout soit fini. Puis il jette un coup d'œil à la serviette d'Ayah, mais n'y trouve que des papiers.

— Voulez-vous me suivre ?

L'antichambre a des parois en miroirs. Il y a des tables et des chaises. Des fleurs fraîchement coupées sont disposées dans des vases en cristal. Ayah se regarde dans les miroirs, arrange ses dentelles, remet une ou deux boucles en place. Elle veut se donner un certain look, celui d'une femme d'affaires efficace. Elle porte un tailleur de laine grise payé très cher à crédit. Elle a pris deux jours sur son travail au bureau pour faire quelques emplettes et des recherches. Elle est restée deux heures dans un café arborant le logo rouge et noir du *Câble*, à mettre des pièces dans la machine pour obtenir toutes les informations disponibles sur Constantin. Elle a tout imprimé. Elle étudie les petites pelures de plastique jusqu'à ce que ses yeux lui fassent mal. Elle est surprise d'apprendre que Constantin a soixante ans passés alors qu'il n'en paraît que trente. Voilà ce que c'est que de vivre avec le plasma, se dit-elle.

Il n'est pas resté inactif depuis sa défaite de Cheloki. Il a été conseiller auprès de plusieurs gouvernements. On dit qu'il a été mêlé à plusieurs guerres ou révoltes par ci, par-là, presque toujours du côté des perdants.

Il doit encore essayer, espère-t-elle, de bâtir sa Cité Nouvelle.

Elle a le cœur qui bat fort, pompant l'adrénaline dans ses membres. Elle doit faire un effort pour éviter les mouvements trop brusques. Elle a la gorge sèche et les mains moites.

L'un des gardes pousse une large porte en métal qui pivote silencieusement sur ses gonds. On n'entend aucun bruit nulle part. Elle pénètre dans un salon tout en longueur. Le mur du fond, en verre, donne sur les toits, à perte de vue jusqu'à l'horizon enrobé de nuages. En plein milieu, il y a une poutre de métal courbe, décorée mais inesthétique et encombrante, compromis nécessaire adopté par ceux qui vivent près d'un générateur d'énergie.

Une femme aux yeux verts l'observe sur le seuil d'une chambre. Elle a des mèches blondes et le menton pointu. Sa posture est méfiante. Son poids se porte en arrière sur une jambe tandis que l'autre s'avance à la manière d'une danseuse, les orteils pointés de manière presque accusatrice vers Ayah sur la moquette rouille. Sa robe abricot laisse nus ses bras et ses clavicules. Sa ceinture portée basse sur ses hanches est composée d'éléments en or qui ont la forme de différents foyers géomantiques.

Ayah ralentit comme si elle venait de se heurter à un mur. Elle a soudain la chair de poule. La présence de cette femme a sur elle un impact presque physique.

Elle regarde son tailleur en laine si cher payé, issu de moutons élevés sur des terrasses, nourris de précieuses matières végétales qui auraient pu servir à l'alimentation humaine... Ce vêtement qui lui semblait extravagant lui paraît à présent ridicule en ce lieu, en présence d'une telle personne. La robe de cette femme doit coûter vingt fois ce qu'elle a payé pour son tailleur.

— Vous avez été en contact avec du plasma, n'est-ce pas ? lui dit la femme.

Elle s'exprime avec un accent indéfinissable. Ses yeux verts se plissent quand elle ajoute :

— Chirurgie d'urgence, à ce que je vois.

Ayah fait un effort pour ne pas porter la main à sa joue. Quand elle s'est inspectée dans la glace avant le petit déjeuner, elle n'a vu que d'infimes vestiges de son passage à tabac, et encore parce qu'elle savait où il fallait regarder.

— J'ai eu un accident, murmure-t-elle.

La femme ne répond pas, mais continue son inspection.

— Pas de plasma en direct, dit-elle. Uniquement des résidus. Pas de ligne active ni de foyer ni de bombe à retardement. Aucune trace d'intrusion mentale.

— À qui parlez-vous ? demande Ayah.

La femme relève son menton pointu.

— À quelqu'un que vous ne connaissez pas, dit-elle en hochant la tête. Suivez-moi, je vous prie.

Tandis qu'elle fait un pas en arrière, Ayah aperçoit un fil qui part de son poignet vers la pièce voisine. Elle se rend compte qu'elle est reliée au puits d'énergie et qu'elle était en train de la sonder avec une connexion au plasma. Elle s'en veut de n'avoir pas identifié l'impression de chaleur, la chair de poule. Ses bottes glissent silencieusement sur la moquette épaisse tandis qu'elle suit la femme dans un bureau spacieux équipé d'une élégante table de travail en verre et alu ainsi que d'un terminal et d'un escalier argenté en spirale. La femme aux yeux verts débranche son câble d'une prise à plasma incorporée au bureau, puis l'enroule sur son poing tout en grimpant les marches. Ayah la suit. Elle est à mi-hauteur de l'escalier lorsqu'elle s'avise que sa colonne centrale fait partie de la structure de l'immeuble, qu'il s'agit d'une contrainte habilement déguisée.

En haut, il y a un autre bureau vide, mais le dessus de verre de la table de travail est jonché de plusieurs pelures. La femme frappe à la porte, puis entre sans attendre de réponse. Ayah la suit et se retrouve bientôt face à face avec Constantin.

Il y a un curieux moment d'adaptation pendant lequel Ayah doit reconfigurer mentalement l'image qu'elle a de lui. Elle réalise que tous les chromos, toutes les images vidéo qu'elle a vus jusqu'ici sont bien en dessous de la réalité. Constantin est un homme puissant, qui dépasse Ayah d'une tête. Ses épaules sont celles d'un taureau, et son torse ferait envie à un chanteur d'opéra. Ses mains sont faites pour courber de l'acier. Sa peau est d'un noir bleuté. Son visage est charnu, mais non adipeux. Ses cheveux longs, luisants et réunis en natte torsadée sur son épaule gauche, sont ornés d'un bijou d'argent qu'Ayah reconnaît comme l'emblème des diplômés de Radritha.

Le Seigneur de la Cité Nouvelle. Le Maître de la Création, dirait-on. Elle sait qu'il y a des gens qui le vénèrent, littéralement, en tant qu'avatar de Senko.

Elle commence à comprendre leur point de vue.

Constantin porte un ample pantalon noir fourré dans des bottes en daim, une chemise blanche unie et un gilet de cuir mi-long couvert de symboles obscurs parmi lesquels Ayah reconnaît certains foyers géomantiques.

Pas besoin de dentelles, se dit-elle. Le cuir et le daim à eux seuls ont dû lui coûter...

— Vous voulez me faire économiser de l'argent ? demande Constantin d'une voix grave et, pour le moment, sans expression.

— Oui, monsieur.

Elle s'efforce de parler lentement, sans permettre à l'adrénaline qui brûle dans ses veines de précipiter les mots.

— Très inhabituel, chez une bureaucrate, murmure Constantin.

Il se détourne sans un mot et s'éloigne dans la pièce, forçant Ayah à lui emboîter le pas. Sa démarche est délicate, son maintien posé et équilibré. Elle pense à ces guerriers du passé en armure qui devaient compenser le poids de leur tenue de combat. On dirait qu'il porte un fardeau invisible.

La salle est très longue, elle pourrait contenir trois appartements de la taille de celui d'Ayah dans les Tours de Loeno. Un mur entier est transparent, il donne sur une immense serre qui doit occuper la majeure partie de la terrasse. On voit des arbres de grande taille sous des voûtes vitrées. Ils sont chargés de fruits. Au-dessus d'eux se profilent les ombres des énormes cornets de transmission de la tour.

Des oiseaux multicolores volent dans leurs hautes branches. Une batterie de gigantesques projecteurs vidéo, tous éteints, occupe le haut du mur, sur des supports en métal.

Constantin s'avance jusqu'à l'autre bout de la salle et s'assoit derrière un bureau dans un énorme fauteuil en tubes chromés et cuir noir. On entend le soupir d'une suspension pneumatique et le crissement du cuir. Constantin pose ses deux grosses mains à plat sur le bureau.

— Je vous écoute, dit-il.

Elle saisit un mouvement du coin de l'œil, et son cœur bondit. Un énorme chat moucheté s'avance délibérément au milieu des fougères de la serre en direction de la paroi de verre. La lumière du Bouclier fait scintiller des pierres précieuses dans son collier.

— C'est Maraudeur, dit la femme. Il m'a vue. Je le laisse entrer ?

— D'accord, fait Constantin, dont le regard n'a quitté Ayah à aucun moment.

Elle s'arrache à la contemplation du mur de verre et s'efforce de rassembler mentalement les éléments de présentation qu'elle a soigneusement préparés. Elle regarde autour d'elle, aperçoit des sièges.

— Je peux m'asseoir ?

— Ça prendra si longtemps ? dit-il sans paraître surpris. Comme vous voudrez.

Tandis qu'elle avance un fauteuil, elle entend un petit sifflement derrière elle, comme une porte à ouverture pneumatique. Elle sent une brise tiède sur sa joue, chargée de senteurs de fruits et de végétation en décomposition. Elle s'efforce de ne pas réagir sous le regard pesant de Constantin, qui n'a pas cessé de l'observer un seul instant.

Elle ouvre sa serviette pour en sortir les pelures qui donnent le détail des consommations de plasma de Constantin. Un crépitement se fait entendre sur le toit de verre de l'arboretum. C'est la pluie attendue.

— Votre diagramme d'utilisation, commence-t-elle, montre qu'une grande partie de votre consommation se situe dans les deuxième et troisième périodes. Vous bénéficiez donc déjà d'un tarif assez bas.

— Je n'ai pas d'horaires réguliers.

— Je pensais que vous cherchiez à faire des économies.

Le regard de Constantin se porte rapidement sur la longue salle, la serre, le mobilier de luxe, les Tours des Mages... *J'ai l'air d'avoir besoin d'économiser ?* semble-t-il demander.

Quand il regarde de nouveau Ayah, il n'y a pas d'hostilité dans ses yeux, mais pas de chaleur non plus, ni le moindre intérêt. Juste un défi morose : *Donnez-moi quelque chose d'utile ou allez-vous-en.*

Ayah humecte rapidement ses lèvres sèches.

— Je vous propose un contrat qui vous fournira un minimum de 1 500 mm par heure à cinquante pour cent du tarif de pointe. Il suffit pour cela de nous verser un forfait d'un million. Ou, si vous préférez, vous versez cinq millions et le tarif à l'heure ne s'applique plus.

L'expression de Constantin ne change pas. La pluie continue de crépiter au-dessus de leurs têtes.

— Ça me paraît intéressant, dit-il.

— La formule vous conviendrait ?

Ayah entend un grondement derrière elle. C'est ce gros chat. Elle essaie de ne pas se laisser distraire.

— Qui êtes-vous exactement ? demande Constantin.

— Je travaille à l'Office du Plasma. Niveau six. Vos employés ont déjà vérifié mon identité, mais vous voulez peut-être revérifier.

Elle sort ses papiers de sa serviette et les montre à Constantin. Mais le regard de ce dernier reste fixé sur elle.

La femme blonde glisse comme un spectre au côté d'Ayah. Le gros chat moucheté la suit, il se frotte la tête contre sa hanche quand elle lui caresse l'oreille. Son ronronnement fait le bruit d'un groupe électrogène. Son souffle humide parvient jusqu'à la joue d'Ayah, et son haleine empeste la viande crue.

— Je m'étais dit que vous étiez au service d'intérêts privés, fait Constantin. De personnes qui disposent de leur propre source de plasma et ont à tel point besoin d'argent comptant qu'elles sont prêtes à vendre au-dessous des cours.

— C'est un peu ça, en fait.

— Quel est le problème ? Dettes de jeu ? Si c'est envers l'Organisation, votre mandataire n'a qu'à lui vendre un peu de plasma.

— Et s'engager à continuer indéfiniment. C'est ce que l'Organisation imposerait. Mais ce n'est pas le cas. Personne n'a de dette envers l'Organisation.

— Alors, pourquoi cette offre généreuse ?

Ayah s'autorise un sourire. Ses battements de cœur résonnent dans ses oreilles plus fort que le ronronnement du félin.

— Je suis sympathisante du Mouvement pour la Cité Nouvelle, murmure-t-elle.

Constantin émet un bruit de gorge pour marquer sa surprise. Cela ressemble au grondement du gros chat. La femme blonde éclate d'un rire bref, trillé.

— Ce mouvement est mort, réplique Constantin, quand vous étiez encore au berceau.

— Il n'y a pas si longtemps que ça. Je m'en souviens très bien.

— Il est mort-né, en fait. (Constantin change nerveusement de position sur son fauteuil.) Aucun de nous ne s'en est rendu compte sur le moment, c'est tout.

Le gros chat s'approche d'Ayah pour lui renifler la main. Elle résiste à la tentation de le chasser. Elle jette un coup d'œil à la femme aux yeux verts, puis se tourne vers Constantin.

— Pourrions-nous discuter en privé ? J'espérais que nous serions seuls.

Constantin prend le temps de digérer cela, puis se penche en avant, agrippant de ses grosses mains le rebord du bureau, pour dire à Ayah :

— Mme Sorya a toute ma confiance.

Sorya, la secrétaire particulière de Constantin. C'est à elle qu'Ayah a parlé au téléphone, et elle a eu du mal à franchir ce barrage.

Le tonnerre se fait entendre non loin et fait trembler l'immeuble. Ayah jette un nouveau coup d'œil à Sorya, voit les yeux verts qui l'examinent comme si de rien n'était, sans la moindre trace d'intérêt. Elle se tourne alors vers Constantin et prend une longue inspiration.

— Le plasma est à moi, dit-elle. C'est moi qui ai besoin de liquide. Et je n'ai pas de dettes de jeu. C'est moins romantique que ça.

Constantin ne dit rien. Il regarde droit devant lui. Ayah réprime un mouvement nerveux. Elle se force à garder les mains immobiles.

— Vous vous souvenez, dit-elle, de la femme-torche qui a fait son apparition dans la rue de l'Intendance il y a quelques semaines. Plusieurs passants ont été tués.

— C'était vous ? demande Constantin sans plaisanter.

Sorya émet un nouveau rire trillé. Ayah se sent rougir.

— Non, répond-elle. Mais je m'étais portée volontaire pour faire partie des équipes d'intervention d'urgence, et c'est moi qu'on a envoyée à la recherche de la source. (Elle marque un instant de pause, les mains fermement ancrées sur ses cuisses, contre la laine grise moelleuse.) Et je l'ai trouvée, conclut-elle.

— Félicitations, déclare Sorya.

Constantin ne dit rien. Il continue de la regarder fixement.

Un élan de ressentiment parcourt Ayah. Constantin ne fait rien pour l'aider. Il la laisse accomplir tout le travail.

Il faut le forcer à réagir, se dit-elle. Le faire sortir de son terrier.

— Qu'auriez-vous fait si vous aviez découvert une source renouvelable de cette importance ? demande-t-elle. Un filon d'une valeur de plusieurs millions, dont personne ne connaît l'existence ?

La réponse de Constantin est neutre.

— Ce que je ferais n'est pas la question. Mais nous allons savoir, je suppose, ce que *vous* auriez fait.

Le félin se penche pour renifler l'oreille d'Ayah. Son estomac se révulse devant la proximité humide de son haleine empuantie par l'odeur de mille petites bêtes mortes. Elle lutte contre la nausée qui l'étreint, contre le cri de désespoir et de futilité qui monte dans son cœur.

Ne pas s'écarter du programme, se dit-elle tandis qu'un éclair illumine la serre d'une pâle lueur cadavérique.

— Si une telle chance m'était donnée, murmure Ayah, je saurais que je ne pourrais pas l'utiliser toute seule. Je chercherais à en faire profiter quelqu'un que... (elle passe le bout de sa langue sur ses lèvres) que j'admire.

Sorya se met de nouveau à rire.

— En échange d'un million.

Ayah serre les dents.

— En échange d'une somme considérablement inférieure à la valeur du service.

Le ronronnement du gros chat résonne comme un moteur à son oreille. On dirait qu'il se moque d'elle lui aussi.

Constantin se penche en arrière dans son fauteuil. Le cuir craque, le système pneumatique soupire.

— Je savais... Nous savions, d'après votre insistance particulière au téléphone... que vous vouliez me voir pour autre chose qu'un simple problème de tarification. Au moins, il ne s'agit pas... (il laisse apparaître dans son regard une expression de lassitude morose) d'une misérable tentative de séduction. Vous n'êtes pas aussi nulle que ça.

— Merci, fait Ayah de sa voix la plus glacée.

— Vous voulez me vendre de l'énergie. Mais qui vous dit que j'en ai l'usage ? Ma présence sur le Terrain de Jaspeer est à peine tolérée par les autorités. Votre morne petite république est vieille et stable, elle ne possède ni convictions ni imagination et me considère comme un aventurier. Elle est prudente et déploie quelques efforts modérés à surveiller mes activités. Je mets le gouvernement mal à l'aise. Il aimerait bien se débarrasser de moi.

Constantin s'exprime d'une voix unie, aussi impénétrable que ses manières qui ne laissent apparaître ni intérêt ni passion. *Peut-être que je les ennuie vraiment*, se dit Ayah dans un éclair d'affolement.

Le félin, en tout cas, s'est lassé d'elle. Il est en train de se lécher partout.

— Quelle meilleure manière d'en finir avec ce problème, pour le gouvernement ou l'une de ses agences œuvrant pour son compte, continue Constantin, que d'envoyer chez moi un provocateur pour me tenter d'entrer dans l'illégalité ? (Il joint le bout de ses doigts.) C'est un scénario plus plausible que celui qui voudrait qu'une jeune femme ait découvert un vaste filon et cherche à le vendre.

— C'est pourtant la vérité, dit Ayah. Et je peux vous montrer la source.

— Cela ne prouverait rien. Si vous êtes ce que je crois, dites à votre gouvernement que ses petits jeux ne prennent pas sur moi. Je n'ai pas d'ambition, ni de millions en réserve. Et si vous êtes celle que vous prétendez, je vous souhaite de trouver un acheteur. L'Organisation, je le sais, est toujours intéressée par ce genre de marché.

Les ongles d'Ayah s'enfoncent dans ses cuisses à travers la laine de sa robe. La douleur lui parcourt les nerfs, lui durcit la voix.

— Jamais, dit-elle. Jamais à ces gens-là.

Les pupilles sombres de Constantin s'élargissent.

— Pourquoi pas ? demande-t-il. L'Organisation est au moins aussi respectable que moi. Probablement davantage.

— Elle a... fait beaucoup de mal à ma sœur, lâche Ayah dans un souffle. Je refuse de traiter avec eux.

Constantin se contente de la regarder. Il attend, comme toujours, que ce soit elle qui révèle son jeu d'abord.

— Ils contrôlent toutes les boîtes ici, dit-elle. Tout le monde du spectacle et des loisirs. Et aussi... (elle agite les mains) vous savez bien.

Il ne dit toujours rien. Ayah le déteste de l'obliger à lui raconter son histoire, à faire remonter à la surface ses souvenirs, sa rage, et tout cela pour rien, parce qu'il ne va pas donner suite à son offre ; il s'ennuie, il cherche simplement à se distraire, et Ayah va lui en fournir l'occasion, parce qu'elle est trop désespérée pour s'en aller comme ça.

— Henley – ma sœur – travaillait pour eux, dans une boîte de nuit, comme serveuse. On lui demandait de s'habiller de manière un peu provocante, mais elle n'avait pas à... Rien d'autre que flirter avec les clients. Et cela payait bien. Elle voulait financer ainsi ses études en arts graphiques à l'université. Et quand elle a économisé assez pour s'en aller, qu'elle est allée demander son crédicylindre... (de nouveau, ses ongles s'enfoncent dans ses cuisses), le patron lui a brisé les mains. Pas seulement les mains, mais les poignets aussi, et les coudes... On n'étudie pas les arts graphiques quand on ne peut pas se servir de ses mains, vous comprenez ? Par la suite, elle a eu de l'arthrose, et... (La voix d'Ayah devient rauque, tremblante de rage.) Elle n'était pas liée à lui par contrat ni par quoi que ce soit. Elle ne lui devait absolument rien. Elle était simplement serveuse, et son patron a fait ça parce qu'il était assuré de l'impunité, qu'il avait passé une mauvaise journée et qu'elle l'avait contrarié. Vous voyez pourquoi...

Elle hausse les épaules, la haine amère sur le bout de la langue, incapable de dire qui elle déteste le plus, elle-même, pour s'aplatir de cette manière, ou Constantin, pour l'y avoir obligée.

— Je ne vendrai pas à l'Organisation, reprend-elle. Ni à vous. (Elle fait un geste vague qui englobe la salle où ils se trouvent, la serre et l'ensemble des Tours des Mages.) Vous êtes à la retraite, il n'y a plus que le jardinage, sans doute, qui vous intéresse. Vous avez dû me recevoir pour tromper la monotonie de votre existence. Votre mouvement pour la Cité Nouvelle est mort. Pardonnez-moi d'avoir cru que...

Il lève une main. Un éclair illumine ses traits. Le tonnerre fait trembler la tour.

— Vous ne vous rendez pas compte de ce que vous demandez, dit-il.

— Non, de toute évidence.

Le sarcasme lui vient aisément.

— Il ne s'agit pas d'une petite affaire, reprend Constantin. Ce ne sont pas des *petites* gens que vous avez devant vous.

Il y a de la colère dans sa voix, et Ayah éprouve une satisfaction méchante à l'idée d'en être la cause.

— Sans compter, poursuit-il, que vous êtes à notre merci. Nous pourrions nous emparer de votre source, et vous pourriez disparaître.

Devant cette menace, Ayah sent se dresser les poils sur ses bras.

— Vous ne pouvez pas la trouver sans moi, dit-elle. Et vous ne pourriez pas l'utiliser.

— En êtes-vous certaine ?

Ses dents pointues brillent dans son visage noir.

— J'ai pris mes précautions, continue Ayah. J'ai laissé certains documents dans des endroits sûrs, où on les trouvera.

Ce qui est exact, dans un sens.

— Où *je* les trouverai ? demande Constantin en retroussant les lèvres.

— Métropolite..., avertit Sorya.

— Vos rêves étriqués, vous pouvez les laisser de côté, déclare Constantin, dont les petits yeux, à présent vifs, la transpercent, bien que le reste de son corps soit au repos dans son fauteuil. Vous sentez-vous capable de courir parmi les géants ? demande-t-il. Tout au moins, ceux qu'un monde aussi triste et barricadé que le nôtre est capable d'engendrer ?

La haine brûle encore dans les paroles d'Ayah.

— Je n'ai vu de géant nulle part, dit-elle.

— *Constantin !* fait Sorya, nettement alarmée.

Constantin se lève. Ayah a un mouvement de recul involontaire. Elle avait oublié sa taille impressionnante. Elle s'aperçoit qu'il tient une poignée en cuivre dans sa main, reliée par un fil à une quelconque source de plasma. Il est armé, chargé, et une lueur au plasma brille dans ses yeux. Il fait un geste féroce de sa main massive dans sa direction.

Et, pendant quelque temps, elle ne sait plus ce qui se passe.

Quand elle reprend ses sens, elle est au coin d'une rue sur le trottoir mouillé à une heure de pointe pour la circulation. Elle lève la tête, désemparée, et ne voit qu'une paroi de verre foncé reflétant de gros nuages gris en train de s'éloigner. Les sommets noirs des Tours des Mages coupent l'horizon au-dessus d'un immeuble d'appartements en brique rouge. Elles doivent être à un bon rad de là. Quelqu'un la heurte en courant derrière elle.

— Désolé.

Quand elle se tourne, elle voit un homme d'affaires avec son parapluie noir qui s'éloigne déjà, pressé. Les voitures qui passent, mues par leurs puissants moteurs électriques, ne font aucun bruit excepté celui des pneus dans les caniveaux mouillés.

600 morts dans l'explosion d'un appartement
Tous les détails sur le *Câble*

Les mots s'impriment dans le ciel. Derrière le plasma embrasé flotte une silhouette : humanoïde, avec de longues ailes, le corps gainé de métal brillant. Un Mod, un aviaire planant dans son élément.

Elle le regarde, impressionnée. C'est la première fois qu'elle voit un aviaire.

Elle déglutit. C'est peut-être un signe.

L'aviaire disparaît dans le ciel. Ayah regarde sa main. Sur la paume, ces mots : *Alveg Park, 10 heures, demain.*

Casque de chantier. Les lettres sont mal formées, mais c'est son écriture.

On dirait qu'elle s'est fixé un rendez-vous avec elle-même.

Elle se demande comment elle a su, à l'instant, qu'il fallait regarder sa main. Ce n'était pas un mouvement naturel, vu les circonstances.

Son regard se porte de nouveau sur l'horizon, sur le sommet crénelé des Tours des Mages. *Il est entré dans ma tête*, se dit-elle.

Ce ne sont pas des petites *gens que vous avez devant vous.* Les paroles de Constantin.

De toute évidence, il avait raison.

Elle regarde autour d'elle, voit une station de la Nouvelle Ligne du Centre qui la ramènera chez elle. Elle s'avance dans cette direction, cherche dans sa poche sa carte permanente du Réseau de Transport.

À son grand étonnement, elle ressort de sa poche une petite bourse qui tinte, remplie d'argent.

9

Un vent froid balaie brutalement Alveg Park, son haleine chargée de pluie menaçante. Le parc se trouve au-dessus de l'Hôpital de District n° 17, un complexe médical souterrain surmonté d'un centre récréatif qui doit faire près d'un rad carré de superficie. La surface, sous les grosses bottes de travail d'Ayah, est faite de pavés orange morcelés alternant avec des longueurs argentées d'armature métallique polie par le temps. Il y a des arbres dans des jardinières en ciment, l'écorce couverte d'entailles au canif malgré les cercles de fer hérissés de pointes censés protéger chaque tronc. Certaines inscriptions doivent avoir plusieurs dizaines d'années. L'ombre fournie par ces arbres est erratique, et il y a tout un agencement improvisé de bâches délavées, jadis multicolores, portées par des tubulures d'acier au-dessus des bancs pour les abriter. Aujourd'hui, personne n'est assis sur les bancs ni sous la toile qui bat au vent plus bruyamment que le tonnerre.

Ayah n'a pas besoin de traverser l'hôpital pour accéder au parc. Il y a de gros ascenseurs extérieurs, avec des cages d'acier couvertes de graffitis, pour transporter le public sur les terrasses. Le parc est surtout peuplé de pigeons, mais il y a beaucoup d'enfants à cette heure-ci le samedi. Il y a aussi quelques adultes sur les terrains de sport, bravant le mauvais temps, improvisant des matchs.

Ayah n'imagine pas Constantin dans un endroit pareil, mais c'est un lieu de choix, d'un autre côté, pour une rencontre discrète, sans gratte-ciel ni obstacle pour briser la perspective. Elle se sent cependant un peu trop voyante avec son casque et sa combinaison jaune. Elle ignore qui va venir au rendez-vous. Et le site est très vaste, elle n'a aucune idée de l'endroit où elle est censée attendre. Elle marche au hasard, frigorifiée malgré sa combinaison. Elle se sent perdue. Des odeurs de friture émanant de la charrette d'un marchand la font saliver. Elle était trop nerveuse, ce matin, pour prendre un petit déjeuner. Elle s'arrête pour acheter un pâté de poisson sur un petit pain au sésame et se réjouit de voir que le vendeur a de la moutarde barkazie. Elle en rajoute et mord de bon cœur...

— Miss Ayah ?

Celui qui vient de s'adresser à elle est un Mod, un type immense au visage en forme de heaume d'armure noire, aux petits yeux enfoncés sous les plaques d'os du front. Il parle avec un accent cheloki, contrairement, se dit Ayah, à Constantin. Il est encore plus grand que ce dernier et porte des vêtements confortables, avec un énorme blouson bleu à la fermeture Éclair remontée jusqu'au menton. Si c'est pour passer inaperçu, c'est raté.

Ayah essaie d'avaler ce qu'elle a dans la bouche, s'avise que c'est trop chaud et se contente de répondre d'un hochement de tête.

— Je suis M. Martinus, dit l'homme. Je vais vous conduire.

Elle réussit à avaler.

— D'accord, dit-elle.

— Par ici.

Marcher derrière cet homme, c'est suivre un mur ambulant. Elle est obligée de sautiller pour rattraper ses longues enjambées. Il lui fait traverser le parc le long d'un terrain clôturé réservé aux patients de l'hôpital, mais qui ressemble plutôt à une cour de prison, nue, vieillotte et grise. Elle aperçoit au passage deux jeunes hommes dans des fauteuils roulants. Ils sont emmitouflés dans l'air glacial et ne font qu'aller et venir à la force des bras, l'air sinistre, destination nulle part.

Plus loin, il y a une plate-forme d'atterrissage de toit où sont posés deux petits hélicos orange, rotor incliné au repos, et une paire d'aéros sur leurs aires d'envol. L'un des deux est orange, avec le logo de l'hôpital sur son flanc, tandis que l'autre est d'un noir brillant, avec un habitacle opaque et un numéro d'immatriculation qui commence par les trois lettres indiquant un véhicule privé. Martinus dirige ses pas vers lui.

— C'est à vous ? demande Ayah.

Il s'agit d'un Sky Dart. Elle reconnaît le TX3 traditionnel, d'avant la dégringolade de la compagnie Dart.

— J'en ai l'usage, répond Martinus.

— Et vous avez le droit de vous poser ici ? C'est un hôpital !

— Personne ne m'a rien dit. C'est une aire publique, même si l'hôpital est le seul à l'utiliser.

Il tape un code d'accès sur le pavé à douze touches de l'aéro, et l'habitacle s'ouvre. Il y a quatre sièges et des doubles commandes. Martinus se tourne vers Ayah. Il l'aide à grimper à l'avant et s'installe sur l'autre siège.

C'est la première fois qu'elle vole. Nerveuse, elle regarde le sandwich dans sa main et se demande ce qu'elle va en faire. Elle n'a plus d'appétit. Elle le pose sur ses genoux et essaie en vain de boucler son harnais de sécurité. Martinus se penche et verrouille le système en deux temps trois mouvements de sa main massive. Ayah aperçoit les énormes cals sur ses phalanges et s'avise qu'il a dû s'entraîner très longtemps à donner des coups de poing aux gens. Ou peut-être n'était-ce pas que de l'entraînement.

La peur rampe comme une araignée dans son ventre. Elle ne reviendra peut-être pas de cette balade. Mais non, se dit-elle. S'ils avaient voulu sa mort, ils auraient pu...

Martinus met un casque et entame sa procédure de vérification, en l'occurrence une liste écrite au crayon gras sur une feuille de plastique effaçable. Le démarreur tourne, tousse comme un animal exotique. Des turbines ronflent. Martinus se penche pour les voir basculer sur leur cardan. Il vérifie les gouvernes et s'applique, les sourcils froncés, à reconfigurer l'ordinateur de bord en fonction de la nouvelle destination. Plusieurs voyants jaunes s'allument. Il tend la main vers le panneau de commande.

Soudain, l'air s'emplit de plasma. Ayah sent les poils de son bras qui se hérissent. Les turbines gémissent, puis la cabine s'élève, guidée par un courant de plasma vers sa destination. L'estomac d'Ayah est resté derrière elle. L'odeur de la graisse de friture sur son sandwich au poisson la révulse soudain. Elle se souvient de regarder à l'extérieur. Elle voit la cité tout en bas, avec ses toits gris à perte de vue jusqu'à l'horizon. Occasionnellement, leur monotonie est rompue par un ensemble de gratte-ciel comme les Tours des Mages ou de Loeno ou encore le quartier de l'Intendance qui se dresse vers l'aéro comme une série de griffes rognées. C'est un peu effrayant de voir aussi loin, d'avoir devant soi un horizon lointain que rien ne cache, ni un austère immeuble de bureaux ni la paroi de brique d'un complexe d'habitation...

Puis elle redescend. Les hautes tours montent vers elle, elle aperçoit une aire en béton marquée d'une large cible. Martinus exécute une fine manœuvre, un œil sur le bord capitonné d'un instrument de visée qui lui montre l'espace d'atterrissage en dessous. Un vent violent fait faire des embardées à la cabine. Martinus fronce les sourcils, mais se pose avec une douceur suprême avant de rouler vers la zone de stationnement et de couper les turbines.

Il balaie le ciel du regard.

— Personne ne nous a suivis, dit-il.

L'aire d'atterrissage se trouve au-dessus d'une zone de stationnement qui dessert tous les immeubles de bureaux du quartier. Ayah suit Martinus dans un ascenseur qui les conduit dans les sous-sols. Elle a toujours son sandwich – elle ne sait pas comment s'en débarrasser. Après avoir quitté l'ascenseur, ils attendent un bon moment qu'une voiture vienne les chercher. C'est une grosse limousine Elton gris terne, très fonctionnelle, sans ornements inutiles, ce qui est plus impressionnant que tous les chromes du monde. Cela suggère le luxe, l'aisance, la vie facile. Une sécurité financière si évidente qu'elle n'a pas besoin d'être étalée. Les vitres sont opaques et finement quadrillées par un fil de bronze : une protection contre les attaques au plasma. La turbine ronronne en douceur. Martinus ouvre une portière et attend qu'elle monte.

Sorya est là, sur le siège arrière. Ses yeux verts perçants regardent Ayah. Ses cheveux blonds sont cachés sous un bonnet en tricot. Elle porte une salopette sur un sweater gris. La salopette est d'un noir brillant, à la mode, avec des boutons argentés et une large ceinture autour de sa taille fine. Ayah se demande dans quel genre de boutique elle a pu trouver ça.

— Bonjour, dit-elle en s'asseyant à côté d'elle.

Les portières se referment avec un lourd bruit métallique. Ayah se demande si la limousine est blindée.

— Désolée d'avoir interrompu votre repas, lui dit Sorya en regardant le sandwich.

Ayah se sent rougir. Elle voit que la voiture est équipée d'une petite poubelle et y dépose le sandwich. Puis elle referme le couvercle en métal argenté.

— Des problèmes ? demande Sorya.

— J'aurais dû en avoir ?

Martinus grimpe à côté du chauffeur. Un doux murmure monte des deux gros volants d'inertie tournant en sens inverse à l'arrière de la voiture. Puis le véhicule démarre en douceur.

— Certaines formalités d'abord, murmure Sorya. Désolée.

Ayah demeure immobile tandis que la femme commence à la fouiller méthodiquement à la recherche de batteries, enregistreurs, émetteurs ou antennes dissimulés sur elle. Elle réprime un froncement de sourcils lorsque les doigts de Sorya explorent cliniquement son entrejambe. Lorsqu'elle a terminé, la femme aux yeux verts se laisse de nouveau aller en arrière sur le coussin.

— Il faudra que vous nous disiez de quel côté se trouve votre filon, déclare Sorya.

— Euh... oui.

Une employée de l'Office en limousine avec chauffeur, voilà qui va passer spécialement inaperçu, se dit Ayah.

— Attendez que je réfléchisse, murmure-t-elle. En attendant, prenez la direction de la station Terminus.

Première période un samedi, peu avant la permute. Beaucoup de gens de la rue. Elle ne peut pas faire passer Sorya par le vieil immeuble, il faut prendre les galeries, et elle ne veut pas courir le risque, si elle passe par l'accès le plus proche, d'être reconnue par l'un de ceux qui l'ont agressée.

— Constantin va venir ? demande-t-elle.

Sorya la regarde.

— Constantin est trop délicat pour faire lui-même les besognes salissantes, né ? J'espère que vous n'êtes pas déçue.

Elle secoue la tête.

— En fait, je suis soulagée.

Amusée, Sorya a un frémissement au coin des lèvres.

— Pourquoi ?

— Parce que, s'il était avec nous, je ne saurais pas comment le dissimuler.

Le rire de Sorya fuse.

— Vous êtes très perceptive, dit-elle.

— Je vais déjà avoir assez de mal à vous faire passer inaperçue.

Sorya fronce les sourcils.

— Comment ça ?

— Vous êtes très belle. On va vous remarquer de toute manière. Vous êtes mieux habillée que toutes les femmes que nous pourrons rencontrer aujourd'hui. Personne n'a jamais vu quelqu'un comme vous se glisser dans un regard d'égout. Et M. Martinus ne passe pas tout à fait inaperçu, lui non plus.

Sorya médite ces paroles.

— Vous avez peut-être déjà fait ce genre de chose.

— Non, mais j'apprends. (Elle la regarde.) Au moins, vous n'avez pas amené votre panthère.

Elle jette un coup d'œil par-dessus les épaules larges de Martinus et voit une large avenue qui se déroule avec ses immeubles de bureaux désertés, car c'est samedi, et ses publicités néon pastel en travers des fenêtres noires.

— Autrc chose, dit-elle. Vous êtes équipés pour faire de l'escalade ? Cordes, harnais, mousquetons ?

— On en aura besoin ?

— Seulement si nous cherchons à ne pas prendre de risques. Je ne tiens pas à ce que vous retourniez en mauvais état chez Constantin.

Sorya paraît amusée.

— Dites-nous ce qu'il faut et nous l'achèterons en route.

Elle a sur elle un crédicylindre qui doit être bien garni, car les demandes d'Ayah ont beau être extravagantes, elle achète tout sans protester. Le cylindre est inséré dans la caisse enregistreuse, les rouages font entendre leur petite musique et l'imagination d'Ayah est propulsée vers de nouveaux sommets financiers.

— Ne croyez pas, dit-elle en retournant vers la voiture, que vous avez acheté cette source avec l'argent que j'ai trouvé hier dans ma poche.

Cela s'élevait, en fait, à cinq mille dalders en pièces, de quoi payer ses dettes et mettre un peu de côté à la banque.

— Voyez ça avec Constantin, dit Sorya.

— Je peux très bien voir ça avec sa secrétaire. Vous connaissez mon prix. Ce n'est pas en vous amusant avec ma tête que vous le changerez.

— Ça, ce n'est pas moi qui en ai eu l'idée, fait Sorya.

— C'est dangereux. J'aurais pu avoir le cerveau atteint.

— Nous ne sommes pas allés jusque-là. Nous avions besoin de savoir si vous êtes bien qui vous dites.

Ayah lui adresse un squelette de sourire.

— Et je le suis ?

— Tout ce que nous pouvons dire, c'est que vous croyez à ce que vous nous avez raconté. Vous pourriez vous faire des illusions, ou avoir surestimé l'importance de la source.

— Merci bien.

Elle arque un sourcil pâle.

— Nous ne vous connaissons pas.

— Il vaut mieux prendre la voie rapide est, dit Ayah au chauffeur.

Quand ils arrivent à Terminus, elle demande à Martinus de décrire des cercles de plus en plus larges autour du site, dans l'espoir de trouver une rue où il n'y a pas trop de monde. Elle n'en voit aucune, mais elle trouve un parking souterrain d'où elle est à peu près certaine de pouvoir passer dans une galerie d'entretien. Pendant que le chauffeur s'appuie sur l'aile de la voiture pour fumer tranquillement un cigare, elle utilise son passe de l'Office pour ouvrir une porte en fer toute rayée qui donne accès au compteur de plasma de l'immeuble et, de là, au réseau de galeries.

Les rues du quartier, par bonheur, forment un véritable quadrillage, et Ayah n'hésite qu'un seul instant avant de repérer l'un des puits d'aération du pneuma, revêtu de vieilles briques croulantes. L'eau de la voûte tombe en crépitant sur son casque tandis qu'elle attend que les deux autres descendent après elle les échelons de fer couverts de rouille. Quand ils arrivent à la base du puits, ils semblent reconnaissants à Ayah d'avoir fait acheter tout l'équipement d'escalade.

Le quai est plongé dans le silence. Les empreintes des bottes d'Ayah sont le seul signe d'humanité. Malgré sa taille, Martinus avance sans bruit sur le ciment comme un chat aux aguets. Sorya regarde autour d'elle, s'attendant à voir quelque chose. Ayah lui sourit.

— Regardez bien où vous passez, dit-elle.

Et elle traverse le mur.

Au bout d'un moment, Martinus la suit avec méfiance, la main dans la poche, sans doute autour d'une arme. Il fait du regard le tour de la salle vide, examine la poutre tombée puis retourne sur le quai. L'illusion se ferme derrière lui comme un rideau de perles. Sorya l'accompagne quand il revient.

— Attention, leur dit Ayah. Ne marchez pas sur le câble.

Sorya s'écarte de la ligne qui court sur le ciment, puis se tourne pour contempler le rideau de plasma.

— Beau travail, dit-elle. C'est votre œuvre ?

— Oui.

— Pas facile de maintenir leur stabilité.

— Je n'ai pas eu trop de mal.

Elle est légèrement surprise d'entendre que ce problème existe.

— Ce n'est pas celle-là qui a mis le leurre en place ?

Martinus vient de trouver la prospectrice enveloppée dans sa couverture. Il regarde le cadavre avec un détachement tout professionnel.

— Non, lui répond Ayah.

— Vous l'avez tuée ?

Le ton neutre sur lequel il a prononcé ces mots lui fait froid dans le dos.

— Non, réplique-t-elle, un peu trop vivement, peut-être. C'est la femme-torche de la rue de l'Intendance, ajoute-t-elle un peu plus bas et plus lentement. Je l'ai trouvée comme ça, la main sur la poutre.

— Ah ! (Froidement.) Je suppose que ça peut arriver accidentellement, mais je n'ai vu que des cas où c'était voulu.

Sorya s'avance jusqu'à la poutre, qu'elle considère

avec un respect prudent. Elle sort de sa poche un compteur miniature, fixe la pince crocodile. Ses yeux brillent tandis que le cadran illumine d'en dessous son visage. Elle lit la mesure avec une expression nouvelle.

Sorya lève son autre main, saisit le bout de son gant entre ses dents et tire. Puis, vivement, elle pose sa main nue sur la poutre. Avec un cri intérieur, Ayah fait un pas vers elle, prête à protester.

Sorya se tourne en souriant vers elle. Ses yeux verts brillent d'une froide lumière, quelque chose d'inhumain qui vient de la poutre en fer. Elle retire sa main.

— Très bien, dit-elle. Je crois que nous pouvons traiter.

La Elton reconduit Ayah jusqu'aux Tours de Loeno. Leurs chaussures pleines de boue ont sali la voiture, mais Sorya ne semble pas s'en apercevoir. Ce n'est pas elle, se dit Ayah, qui va tout nettoyer.

Lorsque la voiture s'arrête dans l'allée, Sorya se tourne pour ouvrir un compartiment derrière son siège. Elle en sort avec peine un gros sac en cuir. Avec l'ébauche d'un sourire, elle le jette sur les genoux d'Ayah, qui ne peut s'empêcher de se contracter dans un réflexe protecteur lorsque le lourd objet avec son contenu qui tinte atterrit sur elle.

— Dix mille, fait Sorya.

— Je ne vends pas à si bon marché.

— Je n'ai pas dit ça. C'est une avance. Ne croyez pas que Constantin a des millions sous la main.

— Elle est bien bonne.

Ayah s'autorise un regard de dédain sur l'argent, la limousine, le chauffeur qui en fait le tour pour lui ouvrir la portière.

— C'est vrai qu'il vaut des millions, mais les liquidités, c'est une autre histoire, lui dit Sorya.

La portière s'ouvre. Ayah perçoit la brève vibration des volants d'inertie.

— Ne faites pas de folies avec, conseille Sorya.

— Je n'ai pas l'habitude de jeter l'argent par les fenêtres.

— N'achetez pas de voiture ni de pierres précieuses

ni une valise de billets de loterie. Rien qui attire l'attention sur vous.

— Une paire de chaussures, ça ira ? demande Ayah avec un sourire angélique.

— Deux, si vous voulez.

— N'oubliez pas ce que je vous ai dit, avertit Ayah en rentrant son sourire.

Sorya sort de sa poche une mince cigarette et se fige un instant, le cylindre blanc entre ses doigts. Elle adore prendre ce genre de pose.

— Je vous conseille, moi aussi, Miss Ayah, en toute amitié et sincérité, de vous souvenir de ce que Constantin vous a dit. Nous ne sommes pas des *petites* gens.

Elle arque un sourcil, sort un briquet en platine serti de diamants et produit sans effort, d'un effleurement du pouce, une délicate flamme dorée.

— L'argent n'est pas une petite chose, murmure Ayah. Au revoir.

Le chauffeur referme la portière derrière elle d'un geste ferme. En entrant dans l'immeuble, Ayah voit deux ou trois occupants qui la regardent, avec sa combinaison jaune et son casque de chantier, descendant d'une Elton avec chauffeur. Elle en conclut que son standing a dû remonter un peu dans l'univers friqué des Tours de Loeno.

En toute amitié et sincérité. Ces concepts ne font pas précisément partie de ce que lui inspire le personnage de Sorya.

Dans le couloir de l'immeuble, Ayah voit, reflétée plusieurs fois par les glaces murales, l'image de la longue Elton grise qui s'éloigne sous l'œil intéressé de ses voisins. Pour la discrétion, se dit-elle, c'est raté.

Le sac plein d'argent est lourd à porter. Les pièces sont faites dans des alliages exotiques qui rendent toute contrefaçon impossible.

Pas des petites *gens.*

Ils se prennent peut-être pour des géants ?

Elle a bien l'intention de découvrir si les géants font le poids devant quelqu'un qui appartient au Peuple Astucieux.

10

Ayah regarde Constantin dont les grosses mains agrippent la rampe baroque de fer forgé en dents de scie de la terrasse. Il est en train de contempler d'un œil maussade la cité en contrebas tandis que le vent fait battre le col ouvert de sa chemise noire. Il y a en lui une énergie concentrée, nerveuse, qui semble accentuer sa présence en rapetissant la terrasse. Lorsqu'il parle, on dirait qu'il s'adresse au vent et non à son invitée.

— Que voulez-vous donc, Miss Ayah ?

— Beaucoup de choses. Pour le moment, l'argent fera l'affaire.

Il tourne lentement la tête pour la regarder. Elle essaie de respirer normalement. Le regard de Constantin est si intense qu'elle le sent explorer la géographie de ses nerfs.

— Qu'est-ce que l'argent peut vous apporter de plus que moi ? demande-t-il.

— Vous vous offrez à moi ?

L'idée est si absurde qu'elle ne peut s'empêcher de sourire.

— Ce n'est pas moi que je vous offre, mais ce que je suis, qui est loin d'être négligeable.

Aujourd'hui, c'est dimanche, et la première période est déjà bien avancée. Hier, après le rapport de Sorya, Constantin a appelé Ayah pour l'inviter à prendre chez lui le petit déjeuner ce matin.

Sorya n'est pas là et sa panthère non plus. Le repas a été servi par un Jaspeeri silencieux, un étranger. Il y avait un gros saladier de fruits frais, sans doute issus de la serre ou d'un endroit du même genre, et Ayah n'a jamais rien vu ni goûté d'aussi appétissant. Des fruits à la peau luisante, comme polis à la main, à la pulpe juteuse, aux saveurs pétillantes. Rien à voir avec les produits minables qu'elle achète à prix d'or dans les magasins. Elle doit faire un effort pour ne pas se jeter dessus.

— Que pourriez-vous m'offrir, riposte-t-elle, que je ne pourrais pas me payer avec de l'argent ?

— Un peu de sagesse, j'espère, dit Constantin.

Son visage est empreint d'une froide dérision envers lui-même. Il quitte Ayah des yeux pour regarder la cité au-dehors. Ayah est soulagée, comme si les feux d'un projecteur venaient de la quitter.

— Une sorte de sagesse particulière ? demande Ayah. Et vous l'évaluez à combien, métropolite ?

Le vent lui souffle au visage. Elle regarde Constantin, qui fourre ses mains dans les poches de son pantalon gris anthracite. Il fait une nouvelle grimace en balayant la cité des yeux.

— À une époque, je croyais qu'il suffisait d'avoir raison, murmure-t-il. Mais j'ai appris plus tard que je me trompais, qu'avoir raison n'est pas la sagesse.

Les mains, au fond des poches, se crispent en poings qui font des bosses au tissu.

— J'ai appris la sagesse de la pire manière qui soit, reprend-il. En voyant disparaître tous ceux que j'aimais, tout ce à quoi je tenais.

Sa voix est implacable, son regard pensif fixé sur le passé.

— En voyant tout s'écrouler lentement autour de moi, reprend-il. Au fil des ans, en sachant que j'étais responsable. Quelle sorte de sagesse croyez-vous que j'aie acquise ainsi ?

Il regarde Ayah d'un air de défi.

— Je ne sais pas, dit-elle.

Elle est incapable de s'imaginer sous le poids d'une telle responsabilité, qui l'entraînerait immanquablement au fond.

— À quelle utilisation croyez-vous que je vais consacrer votre plasma ? demande Constantin, lançant une sonde dans une autre direction.

Il s'agit d'*affaires* et rien d'autre, se rappelle-t-elle.

— Je l'ignore, et ça ne me regarde pas.

— Ça ne vous regarde pas ? Je pourrais utiliser ce truc-là pour faire surgir une autre femme-torche du côté de la Bourse. Détruire votre petit Jaspeer douillet.

Ayah humecte ses lèvres desséchées.

— À mon avis, métropolite, cette idée n'est pas digne de vous.

Il a un rire grave et sonore, qui monte du fond de sa poitrine en forme de tonneau. Une expression de joie rusée passe sur son visage, suggérant qu'elle et lui viennent d'échanger une série de plaisanteries géniales.

— Bien dit, ma fille ! Voilà un sentiment encourageant !

Il tire son siège en arrière de la table et enjambe le dossier pour s'asseoir d'un mouvement léger, comme s'il dansait, malgré son âge.

— Je pourrais le faire avec beaucoup plus de facilité aujourd'hui, dit-il. Je pensais, à l'époque, que si je réussissais à m'emparer du pouvoir à Cheloki, mes idées seules nous garantiraient le succès et faciliteraient le passage de notre pauvre métropole corrompue à une ère nouvelle. Qu'il n'en résulterait que du progrès, une nouvelle impulsion, un changement impossible à inverser. Mais j'étais resté trop longtemps à l'écart du pouvoir. J'avais oublié à quel point le gouvernement est enfermé dans ses retranchements et combien d'intérêts dépendent, pour leur existence même, de l'inertie humaine. J'avais oublié que d'avoir vécu des milliers d'années dans une coquille... (il lève le menton vers le Bouclier énigmatique et opalescent, cette coquille d'œuf autour du monde, ce mur tendu en travers du ciel, cette barrière, mais qui dispense la lumière et la vie) cela nous a rendus timorés, continue-t-il en se penchant vers elle comme pour l'inclure dans la confidence. Timorés comme toutes les créatures qui vivent dans leur coquille. Je ne m'étais pas rendu compte que les autres gouvernements considéreraient le mien avec angoisse, seraient terrifiés par tout ce qui menacerait leur placidité, tout ce qui pourrait révéler le caractère illusoire et hypocrite de leur arrogante fatuité. (Les mots s'égrènent, hypnotiques, intenses, comme s'il en était ivre. Par contagion, Ayah commence à avoir la tête qui tourne.) Hypocrite, parce qu'ils n'hésitaient pas à faire des affaires avec ma famille de gangsters tant que nous rançonnions nos propres ressortissants, notre économie, faisant fuir nos meilleurs éléments ou les jetant en prison. Mais dès l'instant où j'ai essayé de les libérer, de transformer leur métropole en un outil d'évolution...

Il hésite. Sa véhémence s'estompe en plein vol. Il a un petit rire rauque, fait un geste évasif.

— Vous voyez quel idiot je fais ? Je m'y laisserais prendre encore. Je crois toujours... (il écarte les bras) que tout cela a de l'importance, que je compte encore.

Ayah se prend le menton et se penche sur la table dans sa direction.

— Qu'est-ce que vous allez faire avec le plasma ? demande-t-elle.

Il plisse le front.

— Du bien, j'espère. Mais le problème, c'est l'*accès*.

— Pardon ?

— Cette station abandonnée est d'un abord difficile, d'après ce que me dit Sorya. Pour l'exploiter pleinement, il faudrait que j'y envoie des équipes d'ouvriers, que je fasse installer des accumulateurs avec un réseau de câbles pour transporter le plasma sur les lieux de son utilisation ou que je trouve un moyen de l'acheminer à partir d'une station émettrice.

— Il existe un moyen plus simple.

— Lequel ?

— L'Office achète du plasma au prix du marché pour le revendre ensuite. Il suffit de créer une société bidon, avec une adresse et des antécédents fictifs. Vous falsifiez un bon de commande pour l'installation d'un compteur et un autre attestant que le travail a été fait. Vous vendez le plasma de la station par l'intermédiaire de la société, et ni vu ni connu, vous utilisez l'argent pour racheter autant de plasma qu'il vous plaira, le plus légalement du monde. (Elle sourit.) Si vous connaissez quelqu'un à l'Office qui veille à ce que les papiers soient en règle, vous pouvez faire ça pendant des années.

— Je vois, fait Constantin, dont les yeux brillent d'un amusement glacé. Mais j'y perds beaucoup, vous ne croyez pas ? Je vends du plasma à l'Office à un tarif considérablement inférieur à celui auquel je le lui rachète. Pourquoi ne pas l'utiliser moi-même directement ?

Ayah réfléchit quelques instants. S'il veut utiliser le plasma pour ses propres besoins, c'est sans doute pour faire quelque chose d'illégal, qui entraînerait la fermeture de ses compteurs dans les Tours des Mages.

Très intéressant, se dit-elle.

— Vous n'êtes pas obligé de passer par la station de pneuma pour capter cette source, explique-t-elle. Vous pouvez y accéder par n'importe quelle autre partie de l'ancienne usine de plastique. De toute manière, vous pourrez capter l'intégralité du gisement. Il y a sûrement des galeries d'entretien périphériques. Il suffit de creuser un peu, je pense, pour les trouver. La plupart sont si vieilles qu'elles ne doivent même pas figurer sur les cartes.

— Mmmm...

— D'un autre côté, reprend Ayah, il est certain que la station abandonnée faciliterait la construction d'une structure émettrice.

— Cela représente trop de difficultés. Il faudrait des installations de contrôle, un transformateur, des cornets de transmission... (Il hausse les épaules.) Je serais sans doute obligé d'acheter un immeuble dans le quartier et de le transformer. Ce qui implique des prête-noms, des blanchiments d'argent, des façades pour camoufler nos opérations... Trop de complications.

Ayah se laisse aller en arrière. Elle n'avait pas envisagé tout cela.

— Vous semblez disposer de pas mal de fonds, métropolite, dit-elle.

— Je ne peux en dépenser qu'une partie avant d'avoir tout intérêt à acheter mon plasma à l'Office comme le commun des mortels. Et si je dois acheter un immeuble pour arriver à mes fins, vous aurez moins d'argent, c'est évident.

Ayah médite ces paroles. Le ciel s'illumine d'une publicité pour des diamants. On voit une infinité de pierres précieuses irisées.

Les publicités destinées aux Tours des Mages ont toujours eu plus de classe que celles du Vieux Rivage.

— Il reste la méthode que je vous ai suggérée en premier, dit-elle. Vendre le plasma par l'intermédiaire d'une société bidon. C'est le meilleur moyen de vous y retrouver. C'est ainsi que procède l'Organisation pour blanchir son plasma, quand c'est possible.

— Le profit, déclare Constantin avec dédain, n'est pas ma motivation.

— Si l'argent ne compte pas, pourquoi pinaillez-vous ?

Il lui lance un regard de pierre. *Là, je t'ai cloué le bec,* se dit-elle.

— S'il vous faut un local, demande-t-elle à haute voix, pourquoi ne louez-vous pas tout simplement un vieil entrepôt ?

— C'est une idée, murmure Constantin en se renfrognant de nouveau. Vous connaissez la cité mieux que moi. Vous pourriez vous en occuper.

— Pas moi, dit-elle avec un sourire qui lui découvre les dents. Je n'ai pas la couleur qu'il faut dans ce quartier.

Constantin se met à rire. Il pose sa main noire à côté de la main brune d'Ayah.

— Vous n'êtes pas de la bonne couleur ? Et moi, alors, qu'est-ce que je suis ?

— Trop intimidant pour qu'on s'en prenne à vous, j'imagine. Mais pas moi. Je me suis fait agresser.

Le rire de Constantin disparaît comme sur un coup d'éponge.

— Par qui ? demande-t-il.

Elle hausse les épaules.

— Trois hommes. Peut-être de la Nation Jaspeer, peut-être simplement des sympathisants. (Elle déglutit avec peine, la gorge nouée.) Ils m'ont tabassée. J'ai dû riposter... avec le plasma. Deux sont sans doute à l'hôpital. Pour le troisième, je ne sais pas.

La main de Constantin s'avance de quelques centimètres, touche la sienne.

— J'ai vu que vous aviez été blessée. Je pensais que votre amoureux, peut-être...

— Non, c'est quelqu'un de doux.

Il referme sa grosse main sur la sienne comme si elle était une enfant. Il plisse le front.

— Vous avez pris un gros risque, ma fille. Cela veut dire que cette affaire représente beaucoup pour vous.

— C'est exact.

— Pour moi, aujourd'hui, plus rien n'a une telle importance.

Il prend un air de défi avant d'ajouter :

— Pourquoi ces choses-là comptent-elles tellement pour vous ?

Ayah prend une profonde inspiration. La main de Constantin sur la sienne est très chaude.

— Dans une économie qui s'étiole, dit-il, je suis un étranger ; tout au moins, je suis traité comme tel, bien que mes parents soient nés ici. Pour la plupart des gens du coin, en tout cas pour mes détracteurs, je suis parfaitement remplaçable. Mon peuple a été détruit en tant que nation il y a plusieurs générations. Tout ce qui pouvait ressembler à une vie de famille normale a été anéanti par vingt années de guerre civile. Les miens n'ont jamais repris le dessus.

Il a un regard hanté. Ses doigts agrippent ceux d'Ayah.

— Mon propre peuple, murmure-t-il. Les Chelokis. Et c'est moi qui leur ai fait ça ?

— Je... (Elle hésite et se demande pourquoi elle ressent le besoin de le réconforter.) Je ne sais pas. Les Barkazis ont sur eux-mêmes des idées spéciales, ils ne sont peut-être pas représentatifs.

Constantin détecte l'intention derrière ces paroles. Il lui lâche la main, se lève et s'avance jusqu'à la rampe. Il contemple la cité d'un regard sans cesse en mouvement. Sa voix de poitrine est si grave qu'elle doit faire un effort pour saisir ce qu'il dit.

— Il y avait beaucoup plus en jeu que les vies personnelles et la misère. Une métropole mal gouvernée. Absurde, mais courant. En quoi cela me concernait-il donc ? Pourquoi lever le petit doigt ? (Il se tourne vers elle.) Ce n'était qu'un premier pas. Je ne cherchais pas simplement à sauver une métropole, mais la totalité de notre misérable monde. Seulement... (il a un sourire moqueur) j'ai mal calculé ce premier pas. Et le monde a connu encore plus de misère, de guerres, de sinistres. Cheloki est mort, étouffé par ses propres décombres. Et, bien que toute ma formation me prédispose au détachement, dans un corps de doctrine qui me dicte de ne rien rechercher d'autre que la connaissance, de ne rien connaître d'autre que mon propre esprit et la réalité du plasma au lieu de celle du monde extérieur, je ne peux pas m'empêcher... (ses mains se crispent de plus belle sur la rampe, ses doigts cherchent à s'enfoncer dans l'acier) de me lamenter pour mon peuple et d'essayer encore de lui trouver une place.

Il pivote abruptement sur lui-même, avec la vivacité surprenante qu'elle a appris à lui associer. Il se rapproche d'elle d'un air décidé qui la fait frémir intérieurement. Il la domine, aussi gigantesque et dénué de remords qu'une Tour des Mages soudain libérée de ses fondations. Elle sent l'odeur de ses cheveux brillantinés, elle perçoit sa chaleur corporelle.

— Vous m'aiderez à réaliser tout cela ? demande-t-il.

Elle lève à demi la main en un effort inutile pour se protéger de la puissance de sa présence.

— Je ne comprends pas ce que vous attendez de moi, dit-elle.

— Je veux que vous m'aidiez à utiliser ce cadeau que vous nous faites. Au lieu de vous contenter de demander de l'argent et de disparaître, aidez-moi à mettre cette énergie à profit. Vous m'avez dit admirer la Cité Nouvelle. Aidez-moi à la faire renaître de ses cendres.

Elle contemple la natte au bout argenté qui pend sur l'épaule de Constantin, l'emblème compliqué de l'École de Radritha, représentant un oiseau en vol plané entouré d'un foyer de plasma complexe et entrelacé. Elle le fixe, essayant de concentrer ses pensées.

— Je ne saisis pas ce que vous voulez, dit-elle.

Il émet un rire brusque, en cascade. Puis il fait un pas en arrière.

— Moi non plus, dit-il. Pas de manière précise. Il y a... des projets, des suggestions qui m'ont été soumis. Je n'ai dit ni oui ni non. (Il se remet à faire les cent pas.) Je ne savais pas si j'étais vraiment intéressé. C'est peut-être que j'ai peur.

— Je ne peux pas vous donner du courage, si vous en manquez.

Il semble s'amuser de cette réflexion.

— Bien sûr que non. Mais vous pouvez me conseiller utilement.

Il s'assoit de nouveau, restreignant momentanément sa présence puissante dans son fauteuil.

— J'ai besoin de savoir comment tirer le meilleur parti de votre trouvaille, dit-il. Comment capter l'énergie de cette source, la canaliser, l'exploiter.

Une onde de surprise parcourt les nerfs d'Ayah.

— C'est vous le mage, métropolite. Pas moi.

— Mon domaine est l'utilisation du plasma à haut niveau, non pas sa manipulation pratique. Dans le passé, j'ai eu des techniciens compétents à mon service, mais... (Il hausse les épaules.) J'ai besoin de nouvelles compétences. Vous connaissez les réseaux, les configurations souterraines de Jaspeer. Chez moi, personne n'est suffisamment au courant.

— Je suis extérieure à tout ça, lui rappelle Ayah.

— Le recul nous sera utile. (Il se penche vers elle.) J'espère apprendre beaucoup de vous. Mais j'ai des choses à vous enseigner aussi. Tant que durera notre association, vous aurez accès à tout le plasma de Terminus. Si vous voulez, Sorya vous apprendra à vous en servir.

L'imagination d'Ayah vacille sous le poids de cette offre.

— Vous parlez sérieusement ?

C'est tout ce qu'elle trouve à dire au bout d'un long moment de silence.

— Naturellement. (D'un ton simple.) De toute évidence, vous avez l'intelligence et les dispositions voulues. Je vous apprendrai ce que vous êtes capable d'absorber, sans vous encombrer de toutes les balivernes mystiques dont les grands sages des universités ne croient pas pouvoir se passer.

Les pensées d'Ayah tournoient dans sa tête de manière alarmante.

— De l'argent, dit-elle, revenant aux nécessités premières. C'est de l'argent qu'il me faut.

Une lueur d'amusement brille dans le regard de Constantin.

— De l'argent. Très bien. Discutons-en, les coudes sur la table.

Il pose les deux bras de chaque côté de son assiette et montre ses mains avec un sourire.

— Rien dans les manches, murmure-t-il.

C'est le genre de truc que les Barkazis apprennent au berceau. Les arguments bien envoyés, le bluff, les dérobades, les acceptations de dernière minute... Difficile de dire qui est le *passu* et qui le *pascol* à ce petit jeu, car Constantin est brillant lui aussi, il aime ce marchandage par amour de l'art, il a des dizaines de pointes de rhétorique à lancer ; mais en fin de compte, comme il a de l'argent et qu'il s'en fiche, comme cela n'a pas vraiment de réalité pour lui, au contraire d'Ayah, pour qui chaque demi-clink a sa valeur, c'est cela qui finit par faire pencher la balance.

Elle sort du marchandage avec deux cent mille dalders, plus qu'elle n'avait jamais espéré obtenir. Le million qu'elle avait demandé était, naturellement, du bluff pur et simple. Il reste qu'elle n'a pas encore l'argent. Réunir une telle somme sans attirer l'attention, lui explique Constantin, risque de prendre du temps. Il faut aussi qu'il la conseille sur la manière de dissimuler l'argent s'ils ne veulent pas que la police fiscale leur tombe dessus.

— Demain, dit Constantin, nous commencerons nos leçons.

Il fait venir sa voiture pour la raccompagner chez elle. Avant de quitter la terrasse, il prend une corbeille et la remplit de fruits pour la lui tendre sans un mot.

Elle déteste l'idée qu'il la connaisse déjà si bien.

11

La limousine est garée à l'angle nord-ouest de l'immeuble de l'Office. La silhouette massive de Martinus se dresse à côté. Ayah sent un picotement entre ses omoplates tandis qu'elle se dirige vers la voiture. Elle se demande si ses collègues de travail sont en train de l'observer. Mais elle se tient droit, le menton haut, et balance légèrement sa serviette au bout de son bras. Quand Martinus lui ouvre la portière, elle entend presque la voix amusée de Constantin à son oreille : *Qu'ils regardent.*

S'il ne pratique pas la discrétion, pourquoi le feraitelle ?

Une corbeille avec des fruits, du fromage et une bouteille de vin frappée l'attend à l'arrière. Elle sourit. Elle s'habituerait facilement à cette vie. Martinus s'assoit au volant, et la portière se ferme avec son bruit massif.

— Où allons-nous ? demande-t-elle.

— Chez le métropolite, répond-il.

Les volants d'inertie bourdonnent. La Elton accélère en douceur. Ayah se laisse aller dans les coussins moelleux.

— Votre dimanche a été agréable ? demande-t-elle.

Il la regarde dans le rétroviseur de ses yeux enfoncés entre les plaques blindées de ses orbites.

— Je n'ai pas eu ma journée, dit-il.

— Désolée. Pas trop désagréable quand même ?

Il semble se radoucir d'un degré.

— Un peu plus active que d'autres, concède-t-il.

Ah bon, se dit-elle, enregistrant la donnée.

Elle s'aperçoit que les pinces crocodile dépassent de la poche de sa veste et les fait rentrer. Elle les a retirées de la ligne téléphonique à la quartepause.

La circulation est dense à l'heure de permute. Ayah mange une prune d'un rose brillant, quelques grains de raisin, et boit un demi-verre de vin. Il est si sec qu'on aurait presque du mal à reconnaître qu'il est liquide. Il pétille sur sa langue et rehausse le goût des fruits.

Aucun doute là-dessus, elle pourrait sans mal s'habituer à cette vie.

Elle se verse un nouveau demi-verre, en espérant que cela ne va pas lui donner l'air hébété.

Constantin a eu de la visite. Ces gens partent au moment où elle arrive par l'ascenseur dans le couloir tapissé de miroirs. L'un d'eux a le nez crochu et des poils aux oreilles. Un autre, plus jeune, porte un costume bleu sobre et des dentelles modestes. Le troisième ressemble à un pasteur barbu avec toque de velours et soutane grise. Il a sur lui des ornements ecclésiastiques avec des symboles et des signes, mais Ayah n'en reconnaît aucun. Les trois hommes ont la peau cuivrée, les yeux noirs et les pommettes larges. Ils lui sourient avec un manque d'intérêt courtois quand elle quitte l'ascenseur, et font place à Martinus qui suit sur ses talons.

Elle n'arrive pas à imaginer le pasteur et Constantin en train de discuter sur un sujet commun.

La porte est ouverte. Elle entre dans le salon en passant devant un premier garde du corps massif qui était là à sa première visite. Le deuxième est dans l'embrasure d'une petite porte du salon qu'Ayah n'avait pas particulièrement remarquée jusque-là. Il regarde de l'autre côté.

— Ils sont partis, dit-il. Et cette Ayah est arrivée avec M. Martinus.

Il se tourne alors vers elle et a un petit sursaut. Il ne s'était pas rendu compte que la porte était ouverte.

— Désolé, dit-il.

— Fermez la porte, ordonne Martinus d'une voix glacée qui fait courir un frisson le long de l'épine dorsale d'Ayah.

Le garde disparaît, mais pas avant qu'Ayah ait soudain compris pourquoi l'antichambre est tapissée de miroirs. Il s'agit de glaces sans tain, qui permettent à la sécurité de Constantin d'observer tous ceux qui arrivent par l'ascenseur.

Encore une petite donnée à classer.

Le garde la précède dans l'escalier spiralé qui mène à la longue salle contiguë à l'arboretum. La porte est ouverte, et on entend les voix de Constantin et de Sorya.

— Je ne leur ferais pas confiance pour un sou, dit cette dernière.

— Je ne leur fais confiance en rien du tout, réplique sèchement Constantin.

Tandis que le garde hésite, la voix de Sorya grimpe dans l'aigu.

— *Pourquoi négocier avec eux, dans ce cas ?*

Ayah passe devant le garde incertain et se plante à l'entrée de la salle en attendant d'être vue. Constantin est vêtu d'un costume gris neutre et de dentelle blanche. Sorya porte une jaquette en soie rose, large aux épaules, et un pantalon moulant éclaboussé de couleurs vives. Un buffet a été dressé, avec des fruits exposés comme des œuvres d'art dans des compotiers en cristal. Les cuivres brillent, côtoyant les assiettes et les verres abandonnés, souillés de marques de lèvres et de doigts. L'odeur du tabac refroidi flotte partout.

Sorya et Constantin tournent l'un autour de l'autre en parlant.

— S'il ne s'était agi que d'un cocktail, est en train de dire Constantin, il y a longtemps que j'aurais demandé à Martinus d'éjecter tout le monde à coups de pied au cul. Mais ce n'est pas du tout ça. Et ces gens peuvent nous aider.

— Je te fournis des personnes de confiance pour travailler avec et tu sélectionnes cette racaille ?

Sorya s'aperçoit alors de la présence d'Ayah, et un éclair brille dans ses yeux verts. La main d'Ayah se crispe sur la poignée de sa serviette, mais elle soutient le regard de l'autre.

— Tu es fou de traiter avec ces gens, fait Sorya d'une voix glacée.

Elle quitte la salle, ses talons résonnant sur le sol de marbre. Son bras nu effleure la manche d'Ayah sur le seuil. Son pas se fait hésitant, et sa voix murmure à l'oreille d'Ayah :

— On apprend quelque chose, Miss Ayah ? Je l'espère pour vous.

Ayah n'a pas quitté Constantin des yeux. Il a le visage sombre, le menton rentré, mais une lueur d'amusement brille dans ses yeux.

— Entrez, ma fille, dit-il. Votre éducation a déjà commencé, je pense.

Ayah expire lentement. Elle retenait sa respiration depuis un bon moment. Elle s'avance dans la salle, jette un coup d'œil à la vaisselle et aux serviettes sales.

— Le déjeuner a duré un peu plus que prévu, explique Constantin.

Il retire sa veste, la pose sur un siège, remonte ses manches.

— Vous pouvez manger quelque chose, si vous voulez, dit-il.

— J'ai mangé dans la voiture.

Elle regarde le buffet, orné en son centre d'un bouquet de fleurs somptueuses. Devant lui, dans un coffret ouvert en acier bleuté, repose un collier d'or et de platine dont la boule centrale brille de diamants. Voyant la direction de son regard, Constantin s'avance lentement vers le buffet, soulève le collier avec un doigt et le lui tend.

— Je viens de l'offrir à Sorya, dit-il. Signé Forlong. Mais nous nous sommes disputés, je ne sais plus comment ça a commencé.

— Je n'ai pas l'impression qu'il s'agissait de bijoux.

— Les mots sont une chose, les passions une autre.

Il agite le collier, qu'il tient toujours d'un doigt, sous le nez d'Ayah.

— Il ne plaît pas à Sorya, semble-t-il. Prenez-le si vous voulez.

Ayah a soudain la bouche sèche. Une petite voix plaintive dans sa tête égrène cupidement des chiffres, des sommes en dalders avec quatre zéros, qu'il faut multiplier parce que c'est signé Forlong. Elle regarde la boule de diamants, puis Constantin, qui a toujours un petit sourire froid aux lèvres et une lueur dangereuse dans les yeux. Elle se demande si c'est un test, s'il cherche à établir son caractère, s'il y a un bon choix à faire. Osera-t-elle refuser un tel présent ? Osera-t-elle l'accepter, sachant qu'il appartient à Sorya ?

Tandis qu'elle le regarde, la compréhension se fait lentement jour en elle. Elle peut prendre le collier, elle sait que Constantin, à ce stade, se fiche sincèrement du sort de l'objet, et quelque chose fait que cette découverte la glace, jusque dans les os. Elle s'humecte les lèvres pour murmurer :

— Je ne sais pas si je me sentirais en sécurité avec, métropolite.

Il hausse les épaules, cherche du regard une poubelle et y lance le collier. On entend un bruit liquide lorsque l'objet heurte des restes de nourriture. Ayah doit faire un violent effort pour ne pas courir l'extirper de là en hurlant.

— Asseyez-vous, lui dit Constantin. Nous allons commencer.

— Ici ? Pas à la station Terminus ?

— Je ne me sens pas de faire de l'escalade dans les souterrains. Le plasma qui attend là-bas compensera celui que je dépenserai.

Peut-être, se dit Ayah, *aurais-je dû demander plus d'argent*.

Elle pose sa serviette par terre et prend place sur le canapé de cuir et de chrome. Elle s'enfonce dans les coussins moelleux. Constantin va chercher sur son bureau une poignée de transfert en cuivre et s'assoit à côté d'elle. Il insère la fiche dans une fente sur le flanc du canapé. La surprise la fait vibrer lorsqu'elle comprend qu'elle est assise sur un puits d'énergie.

Son regard se pose alors sur la batterie d'écrans vidéo fixés au mur, et elle comprend qu'il s'agit d'une sorte de poste de commande, qui permet de manipuler le plasma à distance. L'installation est si discrète qu'elle ne lui avait pas prêté attention jusque-là.

Elle se tourne vers Constantin, prête à commencer, et se rend compte que ce sont ses jambes qui lui donnent sa haute taille. Quand ils sont assis, elle est plus grande que lui.

La donnée est sans objet, mais elle est là.

« Bien connaître son *passu.* » Dicton barkazi.

Constantin se tourne vers elle.

— Sorya m'a dit que, dans la vieille station du pneuma, vous vous étiez servie d'un câble pour créer un écran-leurre avec le plasma. C'était pour vous isoler de la source ?

— Oui. J'ai aussi utilisé des batteries. Je n'avais pas envie de finir comme cette femme-torche.

Il hoche la tête.

— Sage précaution. Mais là, c'est moi qui jouerai le rôle d'isolant. Avec la poignée de transfert, je vous enverrai tout le plasma que vous êtes capable d'assimiler. C'est d'accord ?

Elle hoche la tête.

— Faut-il que j'utilise mon concentrateur ? demande-t-elle.

— Si vous en avez l'habitude, oui.

Il y a donc des gens qui peuvent s'en passer ? s'étonne-t-elle. Mais elle dégrafe son col, écarte la dentelle et sort son petit charme en métal. L'expression de Constantin demeure impassible lorsqu'il voit le colifichet dans le creux pâle de sa main. Aucun signe de condescendance ni de pitié. Ayah lui en est reconnaissante.

— Je dois vous prévenir, explique-t-il, qu'en échange de ces leçons et de l'utilisation du plasma je vous demanderai certains services, en grande partie illégaux.

— Pourquoi se préoccuper de ça maintenant ?

La réponse était toute prête dans sa tête, et il s'en amuse.

Il lui prend le poignet dans sa main puissante. Son toucher est cliniquement professionnel. Elle n'est pas sûre du tout d'aimer cela.

— Vous n'avez que la peau sur les os, dit-il.

— C'est ce que ma mère me répète.

Ses doigts se referment sur son pouls. De l'autre main, il saisit la poignée de transfert. Soudain, Ayah sent la présence grondante du plasma, comme une vaste bête électrique tapie dans les yeux de Constantin. Les poils se hérissent sur sa nuque.

— Préparez-vous à votre manière, lui dit-il, et on pourra commencer.

Ayah a l'impression que son esprit s'éclaire de l'intérieur. Partout où elle tourne ses pensées, elle semble avoir connaissance de choses qui ne lui étaient pas apparentes jusque-là. Elle perçoit des connexions nouvelles, les faits se mettent en place, la connaissance se présente comme sur un plateau d'argent.

Durant toute la leçon, elle a conscience de la présence de Constantin dans sa tête. Il guide ses mouvements, émet des suggestions, lui insuffle de l'énergie. Il approuve ses choix – les *avalise* –, et elle se sent possédée par un esprit de liberté farouche, comme si jamais auparavant elle ne s'était sentie *soutenue* ainsi. Et peut-être, à la réflexion, ne l'a-t-elle jamais été.

Une idée prend forme, qu'elle suggère muettement à Constantin. De nouveau, elle ressent la même *avalisation* glorieuse, la même libération, et, sans en avoir vraiment conscience, s'échappe à travers la verrière de l'arboretum, le long des cornets de transmission puis plus haut. L'esprit libre de toute localisation physique, comme elle n'en a fait qu'une seule fois l'expérience, timidement, lorsqu'elle a établi le contact avec Gil dans la lointaine Gerad.

Elle éprouve une sensation d'envol vertigineuse lorsqu'elle quitte le bout de la corne, se libérant de la matière. Le réseau routier régulier de Jaspeer s'estompe sous elle, beaucoup plus vite qu'à bord de l'aéro avec Martinus. Les détails visuels s'amenuisent à mesure qu'elle continue de grimper, mais la conscience, la connaissance de ce qu'il y a sous elle ne semble jamais la quitter : pierre et acier, brique et béton, toute la matière pondéreuse qui renferme et abrite et soutient la vie fragile de la planète, génère le plasma et fournit l'énergie de son ascension.

De petits nuages blancs épars descendent sous elle, se superposant au monde comme un transparent de l'Office tandis que, joyeusement, Ayah poursuit son ascension. Elle voit le sol qui s'incurve dans toutes les directions, la masse grise solide de la cité qui ceinture le globe et s'étend jusqu'à tous les horizons. Quand elle lève la tête, son esprit vacille. Elle n'avait pas l'intention de grimper si près du Bouclier. Mais il est là, semble-t-il, juste au-dessus d'elle, non pas gris opalescent à cette distance, mais d'un blanc brillant uniforme, source de lumière et de chaleur pour le monde entier. Ayah ressent sa présence hostile, sa puissance ronflante, son énergie qui n'est pas juste le contraire du plasma, mais son destructeur, l'ennemi rageur de toute chose terrestre. Une énergie qui, si elle la touche, l'anéantira en un instant ; et devant toute cette fureur déchaînée, elle hésite, perd le contrôle d'elle-même, sent son esprit chavirer. L'horizon bascule autour d'elle, et cela lui donne la nausée. Elle est incapable de dire dans quelle direction elle va. Est-elle en train de tomber, ou de continuer à s'élever ? Dans ce dernier cas, ne risque-t-elle pas d'entrer en contact avec le Bouclier et de se faire annihiler ?

La panique noue ses doigts crochus autour de sa gorge.

« *Là...*, murmure la présence de Constantin à son oreille interne. *Essayez de vous stabiliser. Comme ça... Et maintenant, on redescend. Lentement.* »

Le tourbillon cesse. Constantin et elle tombent en vol plané, s'écartant du Bouclier, aussi sûrement que s'il lui tenait la main pour descendre un escalier. Dans un petit coin de son esprit conscient, elle sait que, beaucoup plus bas, son cœur bat furieusement dans sa poitrine, sa respiration est rauque.

« *Il faut énormément de plasma pour maintenir la liaison avec mon appartement*, lui dit Constantin d'une voix où Ayah perçoit un certain amusement. *La prochaine fois*, poursuit-il, *nous partirons de la galerie.* »

« *On peut rentrer, si vous voulez* », émet Ayah avec réticence.

Le tapis de nuages brillants monte rapidement vers eux.

« *J'aime autant rester encore un peu.* » Au grand soulagement d'Ayah. « *On peut s'amuser sans conséquences fâcheuses sur ce qui se trouve en bas.* »

Publicités au plasma. Brefs éclairs d'incandescence, lueurs sur la cité.

« *Le plasma a une valeur incalculable*, explique Constantin. *Et vous voyez à quoi il leur sert ? À résorber les tumeurs et à faire de la publicité pour des chaussures, à faire la guerre et à amuser les enfants. À toutes sortes d'usages ridicules ou profonds, sans moyen terme aucun. Une caractéristique que le plasma possède en commun avec tout ce qui a de la valeur.* »

« *Je comprends votre point de vue.* »

« *On pourrait dire que ces exercices sont futiles, ces évolutions aériennes au bout d'une longe de plasma. Mais je les trouve fort utiles, ne serait-ce que parce qu'ils m'apprennent beaucoup sur votre vraie nature. Avec un peu d'encouragement, la chose que vous désirez le plus, c'est voler.* »

Ayah se demande si, en bas dans les Tours des Mages, ses joues se sont empourprées.

« *Et quel plus beau désir entretenir dans votre cœur ?* continue Constantin. *Il y a trop de gens qui entourent leurs pensées de murs de pierre et de béton. Il est heureux que vous n'en fassiez pas partie.* »

« *Non*, admet-elle. *Ces murs-là ne sont pas pour moi. On dirait bien que je suis transparente.* »

L'amusement tinte à la surface de ses sens, puis s'estompe. Ayah en déduit qu'il est en train de la considérer de près.

« *J'ai l'impression que vous êtes plus calme, à présent* », dit-il.

Elle sent de nouveau ses doigts qui mesurent son pouls, et se demande si l'objet de son discours n'était pas d'enrayer sa panique en détournant ses pensées.

« *On pourrait commencer votre instruction, maintenant* », émet Constantin.

« *Désolée si j'ai perdu du temps avec tout ça.* »

« *Il n'y a pas eu de temps perdu. Nous avons beaucoup appris, et moi certainement pas moins que vous.* »

Mais il reste encore beaucoup à faire. La surprise d'Ayah devant ce qu'il vient de dire ne s'efface que très lentement.

Les visages noirs et vides des moniteurs vidéo la regardent. Constantin a débranché puis rangé la poignée de transfert, mais Ayah demeure sur le canapé, plongée dans les effets persistants du plasma.

Constantin va et vient devant le buffet, remplissant une assiette, versant du vin pétillant, tenant son verre un instant à la lumière avant de le boire à petites gorgées. Puis il se tourne vers elle.

— Ce qu'il vous faut maintenant, dit-il, c'est l'expérience. Le talent, vous l'avez déjà.

Elle regarde le concentrateur de plasma dans sa main, plisse le front, ouvre la bouche pour dire quelque chose du genre : « Vous croyez ? », mais quelque chose d'intérieur, l'équivalent d'une certitude, retient le lieu commun avant qu'il soit sur sa langue.

— Comment le savez-vous ? demande-t-elle en replaçant le concentrateur autour de son cou.

— Je vous ai donné toute la puissance que vous avez voulue, et vous n'en avez pas gaspillé une parcelle. Quand vous vous êtes envolée, vous avez gardé votre anima intacte avec vous, avec un psychisme complet et un sensorium intégral.

— J'ai perdu le contrôle.

Il fronce les sourcils, remue la tête.

— Simple inexpérience. Vous étiez à plus de cent rads du Bouclier, mais, faute de point de repère, vous vous en êtes crue beaucoup plus proche. Malgré ça, même lorsque vous avez paniqué, votre personnalité ne s'est pas fragmentée, ni le reste. Vous êtes douée pour la téléprésence.

Il lui sourit, remplit un second verre et le lui tend. Elle le prend et contemple le liquide ambré dans lequel s'élèvent de petites colonnes de bulles qui éclatent en arrivant à la surface.

Constantin se laisse tomber à côté d'elle sur le canapé, met dans sa bouche d'un air songeur un morceau de brioche et dit :

— Vous savez comment ils vous apprennent à voler dans les écoles ? Ils commencent par vous entraîner longuement à invoquer votre « corps spirituel », puis à le doter progressivement de sens. Une heure pour lui donner la vue, puis l'ouïe, puis le goût, et ainsi de suite. Après quoi vous pouvez essayer de marcher avec précaution. Marcher à travers les murs, descendre l'escalier, sortir dans la rue... Cela vous coûte une fortune en plasma.

Mais vous progressez pas à pas, et cela dure un an ou plus. Vous pouvez alors imaginer que vous êtes un avion, et faire quelques évolutions prudentes dans le ciel. Ils vont très doucement, parce que la plupart des gens ont peur du pouvoir et de la liberté. Ils risquent de craquer si on leur en donne trop à la fois. Mais vous, ma fille... (il boit une petite gorgée de vin et lui sourit), vous n'êtes pas comme ça. Vous savez tout de suite ce que vous voulez, et vous le faites ; mon rôle s'est borné à vous alimenter en énergie et à apporter de légères corrections quand vous étiez sur le point de perdre votre concentration. Vous n'avez eu ni peur ni hésitation. Vous avez su imaginer tout ce dont vous aviez besoin. Ces qualités sont les véritables attributs du mage. Rien à voir avec les minables diplômes universitaires gravés sur du plastique et accrochés au mur, qui ne témoignent que de votre capacité à résister aux limitations imposées par vos professeurs.

Ayah boit son vin. Les petites bulles explosent comme des planètes sur sa langue, annonçant un univers de possibilités en expansion.

— À vous de décider lesquels de vos dons vous désirez cultiver, poursuit Constantin. Création, illusion, chimie, communication. Vous avez assez de courage pour devenir mage de combat, je pense, mais ce n'est pas ce que je vous souhaite. Un mage de combat n'a pas beaucoup de chances de survivre plus d'une vingtaine de minutes à un affrontement avant d'être annihilé.

Ayah se tourne vers lui.

— Qui voudrait m'employer ? Je n'ai aucune qualification.

— Sous ma tutelle ? Avec ma recommandation et vos qualités ? Votre avenir sera ce que vous voudrez en faire, Miss Ayah. Vous pouvez l'écrire dans le ciel en lettres de feu d'un rad de haut, si vous le désirez.

Elle se laisse aller en arrière contre le cuir noir moelleux du sofa. Le vin propage une douce chaleur dans ses veines.

— Je n'arrive pas à l'imaginer, murmure-t-elle.

Il hausse les épaules.

— Je vous l'ai déjà dit. Il ne vous manque que l'expérience. Et il faut que vous sachiez ce que vous voulez par rapport à tout ce que vous avez subi jusqu'ici. (Il se lève.) Je crois que Sorya veut vous parler avant votre départ. Prenez avec vous une assiette de nourriture. Cela risque de durer quelque temps.

Elle s'avance docilement vers le buffet. Elle voit son image qui se reflète, déformée, sur les poêlons en cuivre.

— Si vous devez travailler avec elle, fait Constantin, méditatif, il y a peut-être une ou deux choses que vous devriez savoir sur elle.

— Lesquelles ? demande Ayah en prenant son assiette.

Elle pense au collier de diamants qui a fini dans la corbeille. Le plasma lui avait fait oublier cet épisode.

Songeur, Constantin contemple l'arboretum. Le vert se reflète dans ses yeux bruns.

— Elle descend d'une grande famille appartenant à l'oligarchie de Carvel, de religion torgenile, explique-t-il. Vous savez ce que cela signifie ?

Elle sait que le culte torgenil est fait de cérémonies colorées et extravagantes. Bien que le rameau principal de cette religion soit tout à fait respectable, certaines branches secondaires ont une réputation douteuse en rapport avec la nécromancie, les modifications génétiques ou les sacrifices humains. Mais elle n'en sait pas assez sur ces croyances, et juge plus prudent de répondre :

— Non, métropolite.

— En bref, explique Constantin, les Torgenils croient que nous sommes tous damnés et que nous nous trouvons en enfer. Que nous avons été chassés du Paradis et privés de tout espoir de rédemption. Que nous sommes si corrompus que nous ne pouvons que contaminer l'âme des élus, et que les Élevés n'ont créé le Bouclier que pour isoler du leur notre monde inférieur souillé. Les rites torgenils, avec leur faste et leur caractère extatique, ne sont pas des cérémonies de culte, mais des manifestations de désespoir. Et le désespoir motive également les rituels pervertis des sectes associées à la religion torgenile. Si rien ne compte dans la vie, s'il n'existe aucun espoir, et si nous sommes tous damnés quels que soient nos actes, pourquoi ne pas nous laisser aller à nos instincts, exercer le pouvoir que nous avons sous ses formes les plus dépravées ?

Il agite la main qui tient le verre de vin et laisse entendre un petit rire de mépris.

— Si j'étais sûr d'être damné quoi qu'il arrive, j'espère que je me comporterais avec un peu plus de dignité.

— Et Sorya baigne là-dedans ? demande Ayah.

Un doigt glacé se pose sur sa colonne vertébrale tandis qu'elle revoit les yeux verts de Sorya illuminés par le plasma au fond de la vieille galerie souterraine enténébrée. Soudain, l'idée qu'elle participe à des sacrifices humains et à des rites de résurrection au plasma ne lui semble plus si incroyable que ça.

— Sorya a laissé ce genre de croyances, comme bien d'autres, derrière elle, répond Constantin. Mais elle garde les attitudes inspirées par son ancienne foi et par les oligarques de Carvel au milieu desquels elle a été élevée. Elle sait ce que c'est que le pouvoir, elle sait le faire surgir et s'en servir. Elle sait aussi se servir des individus qu'elle côtoie avec une habileté consommée, de telle manière qu'ils ne s'aperçoivent même pas qu'elle les utilise. Mais, dans la mesure où son opinion des gens est conditionnée par le désespoir, elle ne cherche pas à voir leur bon côté. Elle les fait obéir, elle les domine, elle leur promet des récompenses, mais elle est incapable de les inspirer, de les faire s'élever au-dessus d'eux-mêmes. Elle est, curieusement, très étriquée, conclut-il d'un air songeur.

Elle se tourne vers lui, l'esprit fourmillant de questions. Quand il voit la tête qu'elle fait, il sourit en disant :

— Je vous conseille les œufs pochés aux truffes. Vous allez adorer la sauce.

— Merci.

Elle remplit son assiette. La moitié des plats disposés devant elle lui sont inconnus. Elle hésite, repose son assiette. Le plasma vibre encore, lointain, dans ses nerfs.

— Métropolite ?

— Quoi ?

— Cette prospectrice de plasma...

— Oui ?

— Que lui est-il arrivé exactement ? Pourquoi a-t-elle été... annihilée ?

Il prend un air pensif.

— Qui peut savoir ? Un point faible, peut-être, amplifié par le plasma. Elle a dû se laisser prendre au dépourvu. Ou bien elle a voulu se servir du plasma dans un but délibérément destructeur, mais ça n'a pas marché. J'ai souvent constaté que les gens qui se font détruire par le plasma sont souvent ceux qui, secrètement, ont un désir de mort. Il y a chez eux un instinct pervers qui les conduit à l'échec et empoisonne toute leur existence.

Il s'avance vers Ayah, pose les mains sur ses épaules et se penche pour la regarder dans les yeux.

— Oubliez cette femme. Je vous assure que son destin n'a rien à voir avec le vôtre. J'en ai vu assez pour être certain que vous n'avez pas ce noir penchant en vous.

Il l'embrasse, ses lèvres brûlantes contre les siennes durant un long moment. Puis il retourne à son bureau.

— Sorya doit s'impatienter, dit-il. N'oubliez pas votre serviette.

Un instant immobile, elle est en train de se demander quelle est cette promesse dont elle sent le goût sur ses lèvres.

Elle prend sa serviette, son assiette et son verre. Elle sort avec et descend maladroitement l'escalier en spirale. Sorya est dans le salon, au creux d'un grand fauteuil, les pieds sur une table basse en marbre.

La panthère tachetée, Maraudeur, est lascivement couchée sur le canapé, comme un énorme et dangereux chaton, le ventre en l'air et les pattes à moitié repliées.

Ayah se demande s'il faut qu'elle dise à Sorya que son collier est dans la corbeille à papiers. Elle a l'impression que ce n'est pas le genre de nouvelle qui lui ferait plaisir.

Ce serait quand même peut-être mieux que de la laisser croire que c'est elle qui l'a.

Sorya hausse un sourcil.

— Ah ! Nous voilà mage, à présent ?

Ayah décide de ne pas parler du collier.

— Pas encore, dit-elle.

Elle a le goût de Constantin sur ses lèvres.

Sorya replie ses jambes contre le fauteuil.

— Pendant que le métropolite s'occupe de haute stratégie, il semble que je doive me charger des problèmes techniques. Auriez-vous la bonté de me livrer vos cartes ?

Ayah prend un siège et ouvre sa serviette. Le dessus-de-table est fait d'une mosaïque de marbre brun foncé et crème, formant des motifs étranges. Ayah y dépose les plans de la station Terminus, les transparents officiels et ceux, plus anciens, qu'elle a trouvés au relais Rocketman. Elle met son assiette sur un coin de la table. Sorya prend dans ses mains la feuille de celluloïd jauni et la porte à la lumière. Puis elle l'applique sur le plan.

— Il nous est difficile d'expliquer aux agents immobiliers ce que nous recherchons, explique-t-elle. Un immeuble vide dans tel ou tel quartier, avec une cave en profondeur et des voisins qui ne poseront pas de questions si nous entreprenons quelques travaux de fouille et de reconstruction.

— Je peux vous fournir les dossiers de tous les sites que vous jugerez intéressants, si vous voulez.

— Parfait.

Les transparents, explique Ayah, sont incomplets et périmés. Révélation qui ne semble pas inquiéter Sorya outre mesure. Ayah prend note d'un certain nombre d'adresses, puis mange un peu. Même froide, la nourriture est excellente.

— Voilà notre point de départ, déclare Sorya. Il ne reste plus qu'une chose à régler.

Elle prend un dossier qu'elle a posé par terre contre le canapé. La panthère s'agite, elle se redresse sur ses pattes. La lumière du Bouclier fait jouer des éclats sur ses griffes sorties. Sorya laisse tomber le dossier sur la table et tend la main pour caresser le ventre de l'animal, qui laisse entendre un ronron puissant.

Ayah ouvre le dossier.

— Batteries, systèmes de sécurité, relais, câbles d'alimentation, j'ai besoin de savoir comment désamorcer tout ça, fait Sorya. Sans rien détruire. Les neutraliser quelques heures, c'est tout ce que je veux. Si le matériel est endommagé, il doit pouvoir être réparable très rapidement.

— Ah !

Encore une donnée intéressante à classer.

Les machines sont d'une marque inconnue d'Ayah : Ring-Klee. À sa connaissance, il n'en existe pas à Jaspeer, ce qui lui procure un certain soulagement. Elle feuillette l'épais dossier technique et trouve les éclatés qu'elle cherche.

— C'est bon, dit-elle. Si le tableau de commande est endommagé d'une certaine manière, les instructions du machiniste sont court-circuitées et les contacts de l'accumulateur reviennent automatiquement à la position neutre. Pour redémarrer, c'est toute une longue procédure, qui doit prendre des heures, et encore à condition d'avoir le personnel adéquat sous la main.

Les prunelles de Sorya pétillent d'intérêt.

— Merci. Pouvez-vous me donner plus de renseignements sur les pannes susceptibles de déclencher cette réaction ?

— Ce serait plus facile pour moi si j'avais le mode d'emploi de la machine. Il y en a un ?

— Je peux vous en avoir un exemplaire.

Elle se lève, ou plutôt elle se déploie comme une sylphide. La panthère l'imite en secouant sa grosse tête velue.

— Merci de vos conseils, dit-elle. Je vais demander à Martinus de vous raccompagner chez vous.

Le fromage et les fruits l'attendent, comme toujours, dans la limousine. Une bouteille fraîche a pris la place de celle qui était débouchée. Ayah remplit son verre et savoure longuement le vin qui lui caresse le palais.

— Monsieur Martinus, dit-elle.

— Oui ? demande ce dernier en croisant son regard dans le rétro.

Elle cherche ses mots.

— Le métropolite, tout à l'heure, a eu un geste un peu précipité. Un collier appartenant à Miss Sorya a fini dans la corbeille à papiers à côté du buffet. Il vaudrait mieux le récupérer et le rendre à la personne adéquate.

L'expression de Martinus ne change pas.

— Très bien, dit-il.

Elle penche la tête en arrière et ferme les yeux.

Quand elle respire, l'air a le goût du vin.

12

— Vous pensez que ça ira ?

Constantin se tient sur le sol en ciment maculé d'une vieille fabrique aux murs de brique rouge. Des fenêtres en ogive, tout en haut, laissent filtrer une lumière grisâtre. Une double rangée de poteaux de fer cylindriques contribue à soutenir la toile tendue formant le plafond. Partout flotte une odeur de moisissure et d'urine. Il y a de vieux matelas et des couvertures crasseuses dans tous les coins. Des tas de gens ont vécu ici.

— Si ça ira ? Je suppose que oui, murmure Ayah en regardant voler les pigeons d'une poutre à l'autre.

C'est la deuxième période. Constantin et Martinus ont amené Ayah ici après son travail. Ces derniers jours, elle a eu le temps de prendre trois leçons dans les Tours des Mages, assise sur le canapé en cuir avec la grosse main de Constantin autour de son poignet. Chaque leçon a été suivie d'une discussion détaillée avec Sorya, où elles ont analysé en détail chaque facette du sabotage, avec diagrammes, manuels et plans à l'appui. Intrusion, subversion, explosions ont été abordées tour à tour, et ces échanges, curieusement, lui ont paru encore plus irréels que les fantômes précédemment invoqués.

Constantin ne l'a plus jamais embrassée. Il ne l'a pas touchée si ce n'est pour lui prendre le poignet pendant leurs séances. Et même alors, pendant que le plasma affluait en elle et qu'il l'instruisait, elle a eu l'impression que son attention était ailleurs.

— Nous allons transformer ce local en entrepôt, déclare Constantin. Mais pour y entreposer quoi ? Des accumulateurs de plasma, j'imagine ?

Ses gardes du corps, Martinus et deux autres, avancent en demi-cercle autour de lui devant la Elton. Leurs pas résonnent dans le grand local vide. Constantin marche jusqu'au mur nord, se retourne et fait cinq pas vers le centre du hangar.

— En principe, dit-il, les fondations de la vieille usine de plastique devraient se trouver sous mes pieds. Est-ce qu'elles sont accessibles ?

Ayah plisse le front.

— Il y a un sous-sol ?

— Oui.

L'ascenseur est bloqué. Elle prend le vieil escalier en ciment. Elle sort du travail, et elle n'a pas eu le temps de s'habiller pour ça. Elle avance prudemment sur ses hauts talons. La cave au plafond bas soutient le sol de l'usine sur ses arches de briques à moitié pourries. Il y a partout de vieux tours rouillés, des coffres en bois et des armoires en métal vert olive bourrées de dossiers jaunis empilés. Les toiles d'araignée envahissent tous les passages. À la lueur de sa torche, Ayah trouve un tableau électrique avec de gros boutons de cuivre terni de forme hémisphérique. Elle en essaie quelques-uns. À sa grande surprise, des lumières s'allument, des ampoules jaunes à l'éclat faible dans des cages en fil métallique.

Elle dirige ses pas vers l'extrémité nord du sous-sol, à la recherche d'un passage ouvrant sur les fondations. Un gros rat à la longue queue passe devant elle sans se presser et disparaît sous un tas de détritus. Une goutte d'eau tombe dans une petite flaque. Elle lève la tête et aperçoit un vieux tuyau d'eau qui pend, à moitié arraché à son collier mural. Elle promène sa torche sur son trajet et ressent un picotement le long de sa colonne vertébrale lorsqu'elle discerne une coulée de rouille qui descend non pas du tuyau mais de l'un de ses supports en métal léger. Phénomène d'électrolyse, exactement comme dans la vieille station du pneuma. Le doigt de poussière oxydée pointe en direction d'un gisement de plasma invisible.

Elle s'approche pour tendre la main. Soudain, quelque chose surgit de l'intérieur du tuyau cassé et darde vers elle en sifflant.

Elle fait un bond en arrière, heurte un poteau et manque de tomber. La chose est d'une blancheur pâle, molle et visqueuse. Elle est épaisse comme sa jambe et presque aussi longue. Ses lèvres sont aussi rouges que celles d'une star sur la couverture d'un magazine. Ayah s'éloigne, recroquevillée d'horreur, le cœur battant à grands coups sourds dans sa poitrine.

Quand elle remonte, sa terreur s'est transformée en colère. Elle essuie du revers de la main la poussière sur ses vêtements en rejoignant Constantin qui attend près de la voiture.

— Il est possible de pratiquer un accès, je pense, dit-elle. Mais il y a un monstre qu'il faut tuer d'abord.

Constantin, étonné, fait signe à l'un de ses gardes.

Ayah l'accompagne et lui montre, de loin, l'endroit où se trouve la créature. Puis elle se bouche les oreilles tandis que l'homme ajuste et tire.

La grille de la fabrique s'ouvre pour laisser passer la Elton. Le garde du corps la referme et la cadenasse. Martinus et l'autre garde sont tendus, tous leurs sens en alerte. Ils surveillent les rues alentour. Puis le premier garde s'assoit sur le siège avant, et la limousine démarre.

Constantin, habitué à ce genre de précautions, n'y fait guère attention. Il sort un carnet de la poche de sa veste en cuir. Ayah et lui sont assis face à face, lui dans le sens opposé à la marche.

— De quoi aurons-nous besoin ? demande-t-il.

Elle passe un mouchoir humide sur une tache de sa jupe et songe avec effroi à la note du pressing avant de se souvenir qu'elle n'a plus de soucis d'argent. Elle se demande ce que ce monstre pouvait bien être à l'origine, avant d'être en résonance avec le plasma. Un rat ? Une souris ? Une limace ?

Pire, peut-être. Quelque chose d'humain. Il y avait des clochards qui s'abritaient ici. Peut-être un ivrogne ou un drogué qui a découvert une substance plus forte.

Cette pensée fait courir un frisson sur sa nuque.

Elle s'éclaircit la gorge, et en même temps l'esprit.

— Pour commencer, dit-elle, il faut nettoyer toutes ces saloperies. Il existe peut-être déjà des accès que nous n'avons pas remarqués. Sinon, nous allons éventrer le sol pour y voir plus clair. La traînée électrolytique devrait nous mener au but. Mais demandez aux ouvriers de revêtir des combinaisons isolantes.

— Ce n'est pas la seule cave du quartier, fait remarquer Constantin. Il doit y avoir d'autres traces d'électrolyse, peut-être d'autres monstres qui sont autant d'indices de ce qu'il y a en bas. Plus vite nous aurons capté ces sources pour vider l'énergie dans nos accus, mieux cela vaudra.

La Elton s'arrête au coin de la rue. Soudain, un torrent d'alerte se déverse dans les veines d'Ayah. Elle se recroqueville sur son siège, détourne les yeux de l'extérieur et lève la main pour se cacher le visage.

— Qu'y a-t-il ? s'inquiète aussitôt Constantin.

— L'un des hommes qui sont là. Il m'a agressée.

Constantin se penche en avant.

— Lequel ? Inutile de vous cacher, il ne peut pas vous voir à travers les vitres teintées.

La peur laisse un goût métallique sur la langue d'Ayah. Avec réticence, elle se tourne vers la vitre et revoit le type filiforme, celui qui a lancé la bouteille, assis sur un tube d'échafaudage, en train de bavarder avec ses copains.

— Le maigre, dit-elle. Casquette et pantalon vert.

Les yeux de Constantin se rivent sur l'objectif. Il s'adresse à l'un des gardes.

— Tu le vois, Khoriak ?

— Oui, métropolite.

— Quand nous aurons passé le coin de la rue, tu descendras prendre des renseignements sur lui.

Khoriak est un blond au teint pâle, qui n'attirera pas trop l'attention dans ce quartier. Il commence à retirer sa veste.

Un camion que la Elton empêche de passer actionne son avertisseur. Constantin se tourne vers Ayah, puis indique d'un signe de tête le type maigre et ses copains.

— Les autres, c'est la première fois que vous les voyez ?

— Oui. Ceux qui m'ont agressée ont salement écopé. Si ça se trouve, ils sont encore à l'hôpital.

Constantin s'adresse au chauffeur par-dessus son épaule.

— Faites le tour du pâté de maisons, monsieur Martinus.

— Entendu, métropolite.

Khoriak s'est défait de sa veste et de ses dentelles. Il a déboutonné son col et posé son étui à pistolet sur le siège. Il descend. La voiture repart au ralenti. La portière se referme avec son bruit sourd de blindage qui se remet en place. Constantin se penche en avant, les paupières lourdes, et adresse un sourire à Ayah.

— Vous pouvez oublier cet homme, dit-il, ainsi que ses amis. Le problème est réglé.

Ayah se tourne vers lui, le cœur battant. Réglé ? De quelle manière ? se demande-t-elle.

— Désolé, lui dit Constantin, mais je n'ai pas le temps de vous donner votre leçon aujourd'hui. Je vais être... (il cherche le mot) en conférence. Demain, je vous enverrai M. Martinus à l'heure habituelle.

Clic, clic, clic... Le bébé de Tella se balance dans son berceau automatique, chaque mouvement d'avant en arrière raccourcissant le temps qui les sépare de la prochaine permute.

— Parle-moi de lui, murmure Tella.

La journée a été fastidieuse, il y a eu très peu d'appels sur l'ordinateur d'Ayah. La climatisation est encore détraquée. Il fait trop chaud dans le petit bureau sans fenêtre où flotte une âcre odeur de couches de bébé. Ayah s'occupe en lisant un article sur la théorie des plasmas tandis que Tella fait des mots croisés ou appelle ses amies au téléphone.

— Qui ça ? demande distraitement Ayah.

Ses yeux se posent de nouveau sur le cadre argenté autour de la photo de Gil. Elle sent un pincement au cœur, mais ce n'est peut-être pas le pincement habituel.

— Celui qui vient te chercher après ton travail. Dans la grosse bagnole. (Elle sourit.) On fait un petit écart ? Ce n'est pas moi qui te jetterai la pierre, vu la manière dont il te traite.

— Gil me traite parfaitement bien, réplique Ayah machinalement. Ce n'est pas sa faute s'il est resté là-bas.

— Alors, tu me dis qui c'est ? D'après Gelen, celle qui travaille au routage, ce serait un Barkazi.

Qui ? a envie de demander Ayah. C'est la première fois qu'elle entend prononcer le nom de cette Gelen. Elle n'a jamais compris comment Tella peut connaître autant de monde à l'Office.

— C'est un Cheloki, dit-elle.

— Il est riche ? Il faut croire, s'il a une Elton. J'ai remarqué que tu t'habillais mieux qu'avant.

Ayah laisse entendre un petit rire gêné à travers la dentelle de son col. Deux tailleurs, une paire de chaussures et la voilà étiquetée femme entretenue. Elle se demande ce que dirait Tella si elle venait travailler avec le collier de diamants.

Clic, clic, clic. Le berceau compte les secondes qu'elle met à répondre.

— L'homme qu'a vu Gelen dans la voiture est le chauffeur, ce n'est pas le propriétaire, articule-t-elle en prenant son temps.

Gelen et les autres membres du réseau de connaissances de Tella vont passer les prochaines heures à diffuser la nouvelle dans tout l'immeuble.

— Je suis très impressionnée, fait cette dernière.

— Il s'agit uniquement de travail, essaie d'expliquer Ayah. J'ai pris un emploi de conseillère, afin de joindre les deux bouts.

— Ah !

— Mais je n'ai pas l'autorisation de l'Office. C'est pourquoi j'apprécierais un peu de discrétion.

— Oh !

— D'ailleurs, il est marié. Ou tout comme.

Tella digère l'information.

— Qu'en dit Gil ? demande-t-elle au bout d'un moment.

— Je n'ai pas eu l'occasion de lui en parler.

— Ah !

— En fait, ajoute-t-elle avec un mouvement de menton, la nuque brûlante, je ne vois pas en quoi ça pourrait l'intéresser.

— Et ce type pour qui tu bosses, il est très riche ?

— Tu parles ! fait Ayah, amusée. Mais ça ne l'empêche pas de se plaindre tout le temps.

— Il y a pas mal de riches comme ça, commente Tella.

— Tu en connais beaucoup ?

— Des vrais riches ? Euh...

— Il a tellement d'argent qu'il n'est pas obligé de compter ses clinks. Mais il le fait quand même, parce que c'est un jeu qui a ses règles, et l'une d'elles, je pense, est de ne jamais se laisser abuser par des profiteurs.

— Et qu'est-ce qu'il te fait faire en échange de tous ces clinks qu'il te paie ?

Elle se met à rire.

— Dieu seul le sait. Rien qu'il ne pourrait faire tout seul, en tout cas.

— Il est heureux avec sa femme ou je ne sais quoi ?

— Sa secrétaire particulière.

Tella s'esclaffe.

— Secrétaire particulière, rien que ça ! Ils s'entendent bien ?

— Je n'en ai pas tellement l'impression.

— Tu te rends compte ! fait Tella en tapant dans ses mains. Il pourrait te tomber tout cuit dans les bras !

Ayah secoue la tête. Elle passe le bout des doigts sur la surface du bureau en métal rayé.

— Ça m'étonnerait, dit-elle.

— Mais si c'était vrai, qu'est-ce que tu ferais ?

Je ramasserais tout le fric que je pourrais, pense Ayah. *C'est mon* passu, *après tout*.

Et ce serait ce qu'elle aurait de mieux à faire.

— Je pense que l'idée lui est déjà venue, dit-elle, et qu'il l'a rejetée.

Tella lui lance un petit regard de dédain.

— Tu devrais essayer sérieusement, quand même.

— Désolée de te décevoir.

— Tiens-moi au courant s'il se passe quelque chose, d'accord ?

Clic, clic, clic...

Ayah jette un regard en coin à Tella. Tandis que les secondes s'égrènent, il lui vient à l'idée, et c'est une notion typiquement barkazie, qu'il existe plus d'une sorte de *passu* dans la vie.

— Compte sur moi, dit-elle. Tu sauras tout.

Ayah dit au revoir à Martinus, descend de la limousine et se dirige vers l'entrée de Loeno. Le plasma rend ses pas légers, ses sens dansent au rythme de la brise du nord-est qui a chassé les nuages de la veille. Elle a encore le goût du vin sur la langue, et dans les narines l'odeur astringente des chrysanthèmes en pots qui jalonnent l'allée à l'entrée.

Elle vient de prendre sa leçon avec Constantin. Elle a porté aujourd'hui sur les techniques de la téléprésence, sur la maîtrise et l'utilisation du sensorium, sur l'éventail de perceptions sensorielles véhiculées par l'anima et sur le corps plasmique téléprésent que l'on peut déplacer d'un endroit à un autre sans tenir compte de la matière. Ayah est ressortie de cette leçon rafraîchie, tous ses sens affinés. Le vin, les fruits et le fromage qui l'attendaient, comme d'habitude, dans la voiture ont fait plus que jamais les délices de son palais.

C'est la permute entre les périodes de service et de sommeil, et il y a très peu de monde dans les rues. Ayah ne rencontre pas âme qui vive jusqu'à l'ascenseur. Arrivée à la porte de son appartement, elle entend une voix à l'intérieur. C'est Gil, dans le haut-parleur du panneau de messagerie.

Dès que la porte s'ouvre, elle se rue vers l'appareil.

— Da ? Allô ?

— Ayah ?

— J'arrive à l'instant. J'ai failli te rater !

Elle recule à la limite du cordon et referme la porte d'un coup de talon.

— Où étais-tu ? demande Gil. Ça fait plusieurs jours que j'appelle aux heures de permute, et il n'y a jamais personne. Je commençais à m'inquiéter sérieusement.

— Laisse-moi reprendre mon souffle. J'avais tellement peur que tu ne raccroches !

— J'étais sur le point d'appeler ta sœur ou un truc comme ça pour m'assurer que tout allait bien.

— Tu n'as pas à t'inquiéter. J'ai travaillé dur. J'ai pris un emploi de consultante pour rembourser une partie de nos dettes.

— Consultante ? Chez qui ?

— Je t'expliquerai tout ça quand on se verra. C'est trop long par téléphone et ça coûte cher.

En fait, elle n'a pas encore réfléchi à ce qu'elle doit lui dire. Il pourrait être dangereux pour elle de murmurer seulement le nom de Constantin sur la ligne.

— Tu n'auras pas à continuer longtemps avec ça, lui dit Gil. La compagnie a fini par me rembourser une partie de mes frais. Le logement et les sorties. Hillel s'est rendu au siège à Jaspeer pour régler ça en personne.

— Bonne nouvelle.

— Je t'envoie dès demain un cashgramme. Huit cents, ça ira ?

— Très bien, oui. Ce sera utile.

Il y a une légère hésitation dans la voix de Gil à l'autre bout du fil. Ayah imagine le plissement du front qu'elle connaît bien quand il devient pensif.

— Ça n'a pas l'air de te réjouir plus que ça, fait-il remarquer.

Il y a quinze jours, elle se serait jetée à genoux pour remercier les immortels de cette manne. Aujourd'hui, ça n'a plus d'importance, mais elle ne peut pas lui expliquer pourquoi.

Gil est devenu son *passu*. Ce n'est pas ce qu'elle voulait, mais elle n'y peut rien si la vérité est trop complexe et dangereuse.

Il ne faut pas qu'il apprenne ce qu'elle a fait. Jamais. S'il l'apprenait, il ne la regarderait plus jamais de la même façon, il se demanderait toujours si elle n'est pas en train de manigancer quelque chose qui viendra s'interposer entre eux ou les mettre en danger.

— Excuse-moi, c'est la fatigue, dit-elle.

Mais même cela, c'est un mensonge. Le plasma a fait disparaître toute trace de fatigue en elle.

— Après le cashgramme, il restera un peu d'argent pour me payer un aller-retour à la maison. Je ne sais pas encore quand, mais ce sera dans les semaines qui viennent. On pourra régler nos problèmes de finances.

— Entendu. Mais les huit cents suffiront à tout payer avant ton arrivée.

Elle se débarrasse de ses chaussures en deux coups de talon, s'assoit sur le tapis et lève les yeux vers le portrait de Gil. Elle s'excuse muettement pour les mensonges et les tromperies qu'elle a mis entre eux, pour cette situation qu'il ne pourra jamais comprendre, pour la cascade de cachotteries auxquelles elle risque de ne jamais pouvoir mettre fin.

— Je t'aime, murmure Gil. Tu ne sais pas à quel point tu me manques. Je ferai de mon mieux pour rattraper le temps perdu quand je viendrai.

— Je t'aime aussi, lui dit Ayah.

Mais elle se demande si c'est encore vrai.

C'est peut-être elle qui est devenue *passue*, songe-t-elle.

— Et l'argent ? demande Ayah. Je vous rappelle que je n'en ai pas encore vu la couleur.

Constantin regarde droit devant lui à travers la vitre fumée tandis que la Elton passe lentement devant la station Terminus. Ayah et lui sont assis côte à côte à l'arrière.

— J'étais curieux de voir à quel moment vous alliez poser la question, dit-il.

— J'ai préféré vous laisser une semaine.

— Des dispositions ont été prises dans une banque de Gunalaht. Vous aurez les codes demain. Vous pouvez retirer des fonds à distance, mais il vaudrait mieux, pour éviter trop de curiosité du fisc, que vous y alliez en personne, par le réseau intermétropolitain du pneuma, pour retirer ce que vous voulez. Il faut qu'ils vous voient au moins une fois, pour mettre vos éléments d'identification dans leurs archives.

Gunalaht est une petite métropole célèbre pour ses banques et ses casinos. Les banques observent un secret très strict et détiennent, par conséquent, les avoirs de la moitié des gangsters et des chevaliers du chonah de Jaspeer. Les casinos servent à transférer l'argent des comptes des gangsters à ceux du gouvernement. La métropole est à une demi-journée de pneuma, ou un jour et demi d'aérostat. Juste assez pour rendre le déplacement fastidieux.

— Je vais peut-être prendre un jour ou deux de congé, dit-elle.

Son regard balaie les rues avec appréhension, à la recherche d'une silhouette connue, celle du jeune maigre qui l'a agressée ou de l'un de ses copains.

Vous pouvez oublier cet homme, lui a dit Constantin. *Le problème est réglé.* L'ennui, c'est qu'elle n'arrive pas à l'oublier, maintenant.

— Un jour de congé ? Vous devriez prendre une semaine, lui dit Constantin. En quoi consiste votre boulot, au fait ?

— À mon niveau, il s'agit surtout d'attendre que ceux qui sont au-dessus de moi dans la hiérarchie meurent ou prennent leur retraite. Ils pourraient automatiser complètement mon poste, mais cela signifierait que le budget du personnel de l'Office diminuerait, et par suite...

— Je vois, fait Constantin avec un amusement empreint d'amertume. La bureaucratie. Qu'est-ce qui caractérise le budget de Jaspeer ? C'est que plus de quatre-vingt-dix pour cent des dépenses ont pour objectif principal de maintenir *ce qui existe.* Faire que les transports roulent, que les bâtiments et les routes soient entretenus, que les retraités touchent leur pension et que les gens comme vous restent rivés à leur bureau pour accomplir leur travail improductif. Et croyez-vous que les choses changent lorsque l'électorat vote pour un gouvernement différent ? Bien sûr que non. Parce que les gens qui occupent le sommet de la hiérarchie ne sont pas, en réalité, ceux qui détiennent le pouvoir. Aux commandes, il y a une troïka de groupes d'intérêt... (Il lève sa main droite avec trois doigts dressés qu'il écarte un par un à l'aide du pouce gauche.) La bureaucratie, les syndicats et l'Organisation. Ils se répartissent le budget. Les deux premiers récoltent tout ce qui est chiffré sur le papier, le troisième rafle le reste. Et c'est le seul qui soit efficace, parce qu'il pénalise l'incompétence.

Le sourire de Constantin est cynique.

— Vous parlez de l'Organisation comme si vous admiriez ces gens, dit-elle.

Elle se remémore ses paroles : *Le problème est réglé*. Des mots que l'on s'attend à trouver plutôt dans la bouche d'un îlotier.

Il secoue la tête.

— Pas du tout. Les îlotiers de l'Organisation sont des bêtes sauvages, qui n'ont pas plus de notion de leur place dans le monde que la panthère de Sorya. Et je suis bien placé pour le savoir, croyez-moi. Ma famille, ne l'oubliez pas, *incarnait* l'Organisation, ou tout au moins ce qu'elle peut devenir quand elle prétend régir une métropole entière. Elle détenait le genre de pouvoir qui fait rêver les îlotiers de Jaspeer. Ici, les gens de l'Organisation ne sont rien d'autre que des bêtes, des prédateurs, mais de bas étage. Des rats qui se disputent des miettes de pouvoir, du territoire, du prestige, ou plutôt ce qui en tient lieu chez un rat. À Cheloki, ils n'étaient plus des rats, mais des fauves, comme le gros chat de Sorya. Ou peut-être simplement une meute de chiens capables, par leur nombre, leur intelligence brutale et leur caractère impitoyable, de terrasser une proie plus grande et plus forte qu'eux. Ma famille n'a jamais eu faim. Elle était au sommet de la chaîne alimentaire. Elle aimait le pouvoir pour lui-même et ne tolérait aucune menace contre ce pouvoir.

Il hausse soudain les épaules.

— Il importe de connaître les motivations profondes de chacun, reprend-il. J'ai soif de pouvoir, je l'admets. Mais j'affirme ne rien désirer pour moi qui ne soit dans l'intérêt de l'humanité tout entière. Le pouvoir en soi ne m'intéresse pas. Il s'agit uniquement d'un instrument utile à mes fins. Je n'ai que faire des flagorneries et des bassesses qui l'accompagnent. Je ne suis en quête d'aucun butin. Ma famille ne s'intéressait qu'à ces aspects superficiels du pouvoir, alors que sa nature profonde, sa capacité de changer le monde, lui était totalement étrangère.

Il a un sourire amer avant de continuer :

— Ils n'ont cessé de rivaliser dans la construction de palais tous plus laids, clinquants et prétentieux les uns que les autres. Tangid soit loué, la plupart de ces horreurs ont été détruites pendant la guerre. Le plus affligeant, c'est que les membres de ma famille, dans leur quête éperdue des biens terrestres, sont passés à côté de beaucoup de choses. Ils avaient accès à tout le plasma qu'ils voulaient, mais ils ne l'ont utilisé que pour écraser leurs ennemis, s'épier les uns les autres, créer des spectacles publics fastueux ou se livrer à des machinations mesquines. Alors que le plasma est l'agent de transformation le plus parfait de l'univers, capable d'altérer la matière et la nature fondamentale de la réalité. Ils l'ont utilisé comme des enfants, sans avoir la moindre conscience de sa signification réelle. Ils ont vécu toute leur vie avec ça, alors que même vous, ma fille (il cherche la main d'Ayah et la prend dans la sienne), qui êtes encore novice dans l'art géomantique, vous avez une bien meilleure idée qu'eux des utilisations que l'on peut en faire. (Il pose sur elle un regard intense, et elle sent sa nuque devenir brûlante.) Vous vous en êtes servie pour voler dans les airs, pour vous libérer de la matière, alors que ma famille n'y voyait qu'un moyen de s'ancrer encore plus dans la réalité la plus vile.

La Elton est arrivée devant la grille de l'ancienne fabrique, qui s'ouvre automatiquement pour la laisser passer. Constantin lâche la main d'Ayah, ouvre sa portière et descend avant même que la limousine soit complètement à l'arrêt. On entend des bruits de marteau à l'intérieur du bâtiment. Ayah contemple un instant sa main, encore chaude du contact de celle de Constantin, puis descend à son tour.

Les travaux accomplis depuis trois jours sont ahurissants. Le sol de la fabrique est couvert d'accumulateurs de plasma. Ceux qui ont été déballés brillent de tous les feux de leurs éléments en cuivre et en céramique. Les autres, devant l'entrée, exposés aux regards des curieux, sont dans des caisses non marquées, comme s'ils attendaient d'être entreposés. Dans les hauteurs, à portée de l'échafaudage qui vient d'être installé, on est en train de descendre les contacteurs. Sur un échafaudage encore plus imposant, les ouvriers assemblent un collecteur en bronze dont le rôle sera de disperser toute concentration dangereuse. Des gardes patrouillent sur tout le secteur, le regard attentif et professionnel.

— C'est colossal ! s'exclame Ayah. Et vous n'avez pas peur d'être repéré ?

— L'entrepôt a été loué par une société qui a son siège à Taïphon. Et les accumulateurs appartiennent à un groupe de Gunalaht. Il est pratiquement impossible de remonter jusqu'à moi.

Son rire sonore explose en cascade dans le local immense.

— Et d'ailleurs, Miss Ayah, reprend-il, avez-vous jamais eu personnellement connaissance d'un délit sur lequel les autorités se soient penchées de leur propre chef ?

Le rire d'Ayah fait écho à celui de Constantin. Dans son quartier natal, les événements, chaque jour, confirment ce qu'il vient de dire.

— Bien sûr que non, répond-elle. Les gens se font prendre uniquement quand quelqu'un les donne.

Son cousin Landro, le prospecteur de plasma, s'est fait balancer aux clopos de l'Office par un pote qui avait besoin de fric au milieu de la semaine et n'avait pas la patience d'attendre le jour de paye pour s'acheter un pack de bière. Les seuls qui se faisaient attraper spontanément par la police étaient les imbéciles ou les malchanceux, ceux qui commettaient leurs délits à la vue de tout le monde et attendaient passivement qu'on les arrête, ou encore ceux dont le comportement, par la suite, attirait les soupçons des flics.

Comme une pluie brillante, les étincelles retombent d'un chalumeau situé en hauteur sur l'échafaudage. Constantin dirige ses pas vers l'escalier qui descend au sous-sol, et Ayah le suit.

— Toutes les personnes qui participent à cette entreprise, explique-t-il, ont beaucoup plus à gagner en se taisant qu'en parlant aux autorités. Mes employés sont triés sur le volet. Leur loyauté est acquise. Ils servent la Cité Nouvelle depuis des années, à travers toutes sortes de dangers. Les maillons les plus faibles sont d'une part nos voisins de quartier, qui n'ont pour le moment aucune raison de nous soupçonner, et... (il s'arrête brusquement pour se retourner vers elle au milieu de l'escalier) vous, ma fille.

Un frisson descend le long de sa colonne vertébrale.

— Quelle raison aurais-je de vous trahir ? demande-t-elle.

Un pli amusé courbe la lèvre inférieure de Constantin. Il parle d'une voix basse, à peine audible dans le fracas des marteaux pneumatiques qui monte soudain du sous-sol.

— C'est vrai. Vous n'avez aucune raison de me trahir, dès l'instant où vous aurez touché votre argent. Mais qui peut savoir ? Vous êtes peut-être instable, irrationnelle. Vous pourriez être portée sur la délation à cause d'un tempérament névrotique.

Un signal d'alarme glace les nerfs d'Ayah, mais elle parvient à lancer à Constantin un regard d'une froideur toute barkazie.

— Pas plus que n'importe lequel de vos employés, métropolite, lâche-t-elle.

Le fracas du sous-sol cesse abruptement, et le rire caverneux de Constantin résonne dans le silence.

— C'est vrai, ma fille ! Mais la différence, c'est que je les connais bien, contrairement à vous.

Les mains d'Ayah se crispent à ses côtés. Elle ne s'attendait pas à devenir la *passue* de cet homme.

— Je n'aime pas du tout ce jeu, métropolite.

Il hausse un sourcil.

— De quel jeu parlez-vous ?

— J'ai soulevé une question de sécurité bien réelle, et vous insinuez que c'est moi qui représente un risque.

— Bon ! Oublions tout ça.

Il accompagne ces mots d'un geste vague et recommence à descendre.

— Vous m'avez dit que les autorités vous surveillaient, insiste-t-elle.

— Sans doute certains employés des Tours des Mages, et peut-être même quelques voisins font-ils des rapports à la police. Mes transactions financières ont dû être examinées par le fisc, et ma consommation de plasma surveillée. Mais tout cela est resté discret. Personne n'a suivi mes déplacements, personne n'est venu me poser de questions chez moi. Je n'ai rien fait de suspect à leurs yeux.

— Certaines personnes, au bureau où je travaille, ont remarqué votre voiture qui venait me chercher.

Il sourit.

— Et quelles conclusions ces personnes en ont-elles tirées ?

— Que j'avais un amant.

Il hausse les épaules.

— Laissons-les croire ce qu'elles veulent. Niez, si vous voulez, mais sans trop de conviction.

Ils sont arrivés en bas. Frustrée, Ayah n'a pas d'autre choix que le suivre.

Le sous-sol a été miraculeusement nettoyé. Il flotte dans l'air une odeur de ciment frais. Au milieu d'un cercle de décombres et d'ouvriers en casque de chantier, elle voit un marteau piqueur, une machine trapue de forme ovoïde, assise sur quatre larges pieds et stabilisée par quatre jambes en métal articulé qui prennent appui sur les piliers et le plafond.

Un ouvrier s'avance pour faire son rapport à Constantin. Sa barbe drue est couverte de poussière de ciment de même que le foulard noué autour de son cou. On voit deux ronds pâles luisants de sueur aux endroits où il vient d'enlever ses lunettes de protection.

— Nous avons traversé le sol en ciment et son assise rocheuse, dit-il, mais nous sommes tombés sur une espèce de béton armé que nous essayons de percer depuis des heures, sans succès.

— Qu'est-ce que vous proposez ? demande Constantin.

L'homme hausse les épaules.

— Des explosifs, peut-être. Ou un matériel de forage plus puissant. Je ne suis pas ingénieur, moi. Le type qui nous a loué le matériel affirmait que ça passerait, c'est tout ce que je sais.

— Géomaturgie, murmure Ayah.

L'homme se tourne vers elle.

— Bien sûr, dit-il.

Constantin fronce les sourcils.

— D'accord. Vous avez raison. La magie, c'est le plus simple. Demandez à Martinus de vous faire accompagner aux Tours. Vous savez où se trouvent les poignées de transfert.

Elle lève les yeux vers Constantin, déroutée.

— Vous ne venez pas ?

— J'ai du travail ici. Vous vous débrouillerez très bien sans moi.

La poussière de ciment sur la langue d'Ayah commence à avoir un goût de peur.

— Comme vous voudrez, dit-elle en tournant les talons.

Une partie d'elle-même voudrait que Constantin la rappelle, mais il ne le fait pas.

Le visage de la femme-torche se consume dans son esprit, la bouche ouverte en un cri silencieux.

Ayah est assise sur le canapé face à l'arboretum. De l'autre côté de la paroi de verre, Maraudeur, le gros chat, la regarde avec une fixité soutenue. Des oiseaux de toutes les couleurs volent de branche en branche. La poignée de transfert en cuivre massif, encore libre de toute connexion, est dans la main d'Ayah.

Elle saisit le charme qu'elle porte autour du cou, le tient au creux de sa main droite et serre la poignée de transfert dans la gauche.

L'image de la femme-torche tournoie dans sa poitrine comme une roue ardente. Elle regarde le trigramme et s'efforce de faire le vide dans son esprit, en ne se concentrant que sur sa tâche.

Il ne lui est pas très facile de faire abstraction des perles de transpiration qui s'accumulent au creux de sa gorge. Durant la semaine écoulée, elle a volé plusieurs fois dans les airs. Elle a absorbé du plasma dans son corps, elle l'a projeté du bout de ses doigts, elle l'a modelé et fait danser devant elle. Tout cela avec une maîtrise parfaite. Mais Constantin était là, qui lui tenait le poignet, et son assurance venait de ce qu'il la guidait pas à pas. Si quelque chose tournait mal, elle pouvait toujours lâcher la poignée, et elle se retrouvait en sécurité sur le canapé.

À présent, les choses sont différentes. Et la poignée de transfert pèse lourd dans sa main.

Maraudeur la fixe de ses yeux verts qui ne cillent jamais. Elle prend une respiration profonde, regarde le trigramme et insère la poignée dans son logement.

L'énergie brute afflue, lui coupant la respiration. Tous ses sens en alerte, elle essaie de garder le contrôle, de se concentrer sur ce qui l'entoure. Sa conscience s'élargit comme une onde circulaire sur un lac parfaitement calme. L'univers coule en elle comme une cascade de métal en fusion. Ses jambes semblent prendre appui sur l'ossature en acier au carbone des Tours des Mages. Les cornets de transmission forment autour de sa tête une couronne rayonnante de bronze poli. Son regard traverse mille vitres derrière lesquelles les gens sont comme des atomes qui coulent dans ses veines.

Maraudeur, soudain effrayé par ce qu'il semble voir, se lève d'un bond pour se réfugier au milieu des arbres.

Ayah affine sa concentration sur la pièce où elle se trouve. Le bureau, les fauteuils, les moniteurs vidéo lui paraissent inchangés mais légèrement menaçants, chargés d'une énergie cachée. Il lui faut un moment pour raffermir son anima et le sensorium à travers quoi elle pourra appréhender la réalité extérieure. Elle fait le compte de ses sens, pour s'assurer que chacun fournit les perceptions adéquates, et laisse son anima s'élever vers les cornets de transmission puis le ciel.

Elle pourrait suivre le réseau routier jusqu'à la station Terminus, mais il existe une voie plus facile. Elle sait que Terminus n'est pas loin de Grande-Cité, avec ses sommets de granit blanc visibles à l'horizon qui semblent conçus pour former un contraste étincelant avec les crocs noirs des Tours des Mages. Elle file droit dessus en suivant le District Boulevard puis la voie rapide à quatre niveaux superposés qui longe le quartier de Rocketman. Elle s'engage ensuite dans les cañons aux parois de grès rouge du quartier de Terminus, où elle doit descendre au ras du sol pour lire les plaques afin de retrouver la fabrique.

Quand elle y arrive comme un spectre, Constantin est au téléphone et ne semble pas se rendre compte de sa présence. Il est heureux que le collecteur en bronze ne soit pas encore totalement assemblé, ou elle achèverait là son voyage, son anima diluée dans le réseau de protection. Elle n'a aucun mal, en fait, à se glisser entre les montants. Elle atteint l'escalier et descend au sous-sol.

L'odeur de la poussière de ciment envahit ses sens. Elle se demande si c'est réellement dans l'air ou si elle a créé la sensation par déduction. Le marteau piqueur a été retiré, peut-être parce qu'ils ont peur qu'elle ne l'abîme. Les ouvriers font une pause-café au coin de l'escalier. Il est clair que toute activité a cessé depuis son départ.

Elle fait le tour du trou. Les gravats, brique et ciment, s'entassent en cercle. Au fond, on aperçoit des éclats de métal poli pris dans le béton. Elle se demande si ce ne sont pas les restes d'un ouvrage militaire vieux de plusieurs siècles, une espèce de bunker protégé contre les raids géomaturgiques par un collecteur spécifique. S'il en est ainsi, son anima risque de se dissoudre à son contact. Mais son corps véritable ne sera pas affecté autrement que par une sensation de désorientation.

À sa connaissance, il n'existe aucun autre moyen de s'en assurer que de tenter le coup. Elle se crée virtuellement une paire de bras, des os et des muscles invisibles animés par le plasma, puis explore le trou et touche les éléments de la résille de métal.

Rien ne se passe. Au moins, la structure ne lui est pas hostile.

Elle ignore la nature de l'alliage spécial utilisé ici et ne s'y connaît pas assez en géomaturgie pour le déterminer, mais elle estime qu'elle est au moins capable de le faire fondre. Elle tire un peu plus de plasma de sa source des Tours des Mages et focalise l'énergie sous forme de chaleur qu'elle dirige le long des bras de son anima.

Pendant un très long moment, il ne se passe rien. Mais le métal finit par noircir, puis rougir et devenir blanc. Des flammèches montent. Des gouttes d'alliage en fusion tombent de l'armature mise à nu. Ayah aspire le métal en concentrant sa volonté. Elle oriente la coulée dans des failles du béton éclaté qu'il remplit comme du vif-argent. Mais elle veut s'en débarrasser totalement, et elle en fait une cascade inversée qui remonte le long du puits et s'étale sur le sol où elle le laisse refroidir et durcir.

Elle se crée des bras supplémentaires, chaque main en contact avec une partie de l'armature, et puise un supplément d'énergie. Le béton se craquelle avec une série de détonations tandis que le métal qu'il renferme se dilate. Elle continue d'extraire l'alliage en fusion, plonge une main virtuelle dans le béton et racle le reste de la coulée. Son esprit pénètre dans la structure, elle voit l'ensemble de la résille, sent le poids du béton et perçoit les énormes poutres qui le soutiennent.

Elle creuse comme un animal fouisseur qui arracherait le béton avec ses griffes pour le rejeter en arrière au milieu du jet de métal liquide qui continue de remonter. Elle voit les ouvriers qui suivent avec intérêt, mais à distance prudente, ce qui se passe. Elle perce la couche de béton, arrive à l'assise plus tendre et touche une poutre maîtresse de ses doigts virtuels...

Elle se sent soudain éclairée comme un tube au néon. Le métal liquide chauffé à blanc coule dans ses veines. La poutre maîtresse fait partie de ce qu'ils cherchaient, elle est reliée au filon. L'immense gisement d'énergie prend instantanément vie, puissant et inexorable.

Ayah se met à rire, et tout Jaspeer semble trembler à l'unisson. Elle lève un doigt, attirant l'énergie dans sa lancée. Le béton éclate sous l'impact, s'élève du puits en tourbillon. L'armature se tord et casse comme un bâton de réglisse.

Le puits d'accès est terminé, les ouvriers peuvent maintenant effectuer leurs branchements. Son anima flotte au-dessus du trou, au milieu d'un nuage tourbillonnant de poussière de ciment, et elle se sent propulsée par toute cette énergie qui l'alimente, elle devient une géante au cœur embrasé. Elle s'avise qu'il faudrait prévenir les ouvriers que la poutre maîtresse, au fond du puits, est directement en contact avec le gisement et qu'ils ne doivent pas la toucher, mais ils ne peuvent pas voir son anima et elle ne connaît pas de moyen de communiquer avec eux.

Elle crée un souffle de vent pour chasser la poussière. Elle essaie de se façonner par la pensée un corps visible. Elle se concentre sur la silhouette, la peau, les muscles, le cœur qui pompe le plasma pur dans ses veines. Elle rend ce corps fluorescent pour qu'ils la voient. En effet, les ouvriers, éblouis, lèvent les bras pour s'abriter les yeux, et elle voit des reflets rouge et or sur les piliers, accentués par le nuage de poussière que le vent a poussé à la périphérie de la cave. Elle essaie de se donner une bouche, une langue, des poumons, pour pouvoir parler.

— La poutre en fer au fond du trou est sous haute tension, dit-elle. Isolez-vous soigneusement. Inclinez la tête si vous me comprenez.

Quelques ouvriers, assourdis, se bouchent les oreilles, mais ils inclinent tous la tête. Ayah laisse éclater un rire de triomphe, catapulté par l'extraordinaire énergie qui la traverse, qui lui obéit au doigt et à l'œil. De nouveaux ouvriers portent précipitamment les mains à leurs oreilles.

Sa tâche est accomplie. Mais elle ne peut pas se résoudre à partir. L'énergie qui inonde son esprit la grise, l'exalte, la libère au-delà de tout ce qu'elle a jamais connu. Rien ne lui semble impossible. Elle a envie de conserver indéfiniment son anima, de voler dans les airs, de redresser quelques torts qui l'indignent, d'écrire un poème en travers du ciel.

Mais non. Les ouvriers ont besoin de descendre dans le puits, et il serait dangereux d'avoir une ligne de plasma sous haute tension communiquant avec son anima. Elle décide de forcer sa source à se tarir, de refermer le robinet d'énergie. Mais quelques secondes s'écoulent avant qu'elle se résolve, réticente, à le faire.

Les reflets sur les piliers s'estompent. Sa connexion à la source des Tours des Mages est toujours active, mais elle se sent diminuée. Pour éviter une trop grande désorientation, elle se prépare à l'idée de rentrer là-bas. Elle referme lentement le robinet et laisse son anima se flétrir, ses sens virtuels, si brillants, se ratatiner, s'effacer, pour faire place à une réalité diminuée, aux perceptions réduites d'une jeune femme prosaïquement assise dans l'appartement de quelqu'un d'autre à de nombreux kilomètres de là.

13

Révélations sur le scandale des loteries !
Tous les détails sur le *Câble* !

La journée de travail est finie. Hormis deux gardes, Ayah est seule avec Sorya dans la grande bâtisse. Leurs talons résonnent dans les étroits passages entre les rangées d'accumulateurs géants.

— Une femme-torche, murmure Sorya.

Elle porte une longue robe vert bouteille qui lui descend aux chevilles, des boucles d'oreilles en rubis et un collier assorti qui brille dans l'ombre avec un éclat vaporeux.

— Vous avez sidéré notre équipe, Miss Ayah, reprend-elle. J'avoue que vous avez un plus grand sens de la mise en scène que je ne l'aurais cru de prime abord.

— Une femme-torche ? répète Ayah, surprise. C'est à ça que je ressemblais ?

Une lueur d'amusement brille dans les yeux verts de Sorya.

— Vous ne saviez pas ?

— Je voulais juste que mon anima soit fluorescente.

— Vous avez failli leur roussir les sourcils.

— Ah !

Elle est obsédée par la pensée de la femme-torche. *C'est ainsi que cela commence ?* se demande-t-elle. Si elle n'avait pas fermé le robinet quand elle l'a fait, elle serait peut-être devenue, elle aussi, une géante embrasée arpentant les rues de Jaspeer.

Sorya esquisse un sourire.

— Ils n'avaient pas tellement envie de détourner les yeux, reprend-elle, dans la mesure où vous avez oublié, semble-t-il, de donner le moindre vêtement à votre anima.

— Ah !

Elle baisse les yeux vers son corps dégingandé et imagine, gênée, la manière dont le plasma a dû accentuer ses défauts : jambes comme des bâtons, coudes pointus, côtes visibles... Plus humiliants, en fait, que la simple nudité. Si elle avait voulu, se dit-elle avec envie, en mettre plein la vue aux ouvriers, elle aurait pu penser à emprunter pour son anima le corps de Sorya aux courbes des hanches et des seins harmonieuses, à la taille fine et aux jambes superbement galbées.

Sorya tend la main pour toucher la surface d'un accumulateur en céramique noire parfaitement polie.

— Tout fonctionne, dit-elle. Plus de monstres ni d'effets pervers susceptibles d'attirer l'attention. Vous allez vous rendre dans l'ancienne station du pneuma avec quelques-uns de nos ouvriers pour murer les toilettes, qui ne nous sont plus utiles.

Sceller la crypte renfermant la momie de la femme-torche, se dit Ayah. Si seulement les souvenirs pouvaient être emmurés aussi facilement. Souvenir des orbites vides, de la bouche ouverte sur un cri silencieux...

— Procurez-vous des combinaisons et des casques de l'Office pour vos hommes, dit-elle, et faites-moi savoir quand vous voulez que ce soit fait.

Les doigts de Sorya laissent des traces sur la céramique immaculée lorsqu'elle retire sa main. Elle lève la tête en direction du collecteur de bronze qui protège les batteries de plasma. Comme en réponse, l'un des pigeons qui nichent dans la fabrique s'envole à grands battements d'ailes.

— Vous croyez que la cage va fonctionner ? demande-t-elle en plissant les paupières.

Ayah a une réaction amusée. Sorya a l'habitude des collecteurs complexes intégrés dans l'architecture de bâtiments tels que les Tours des Mages ou l'immeuble de l'Office du Plasma. L'assemblage improvisé ici ne lui inspire pas confiance.

— Si le réseau est correctement installé en profondeur et couvre la sonde, oui, répond-elle. Mais c'est difficile à juger quand on ne connaît pas la nature exacte de la menace.

Sorya lui jette un regard de côté, puis lève de nouveau les yeux vers le collecteur.

— Il nous faut une méthode plus efficace pour acheminer notre énergie, dit-elle. Des cornets de transmission, un truc comme ça, mais camouflés. L'un d'eux pourrait être fixe, pointé sur les Tours des Mages pour nous fournir l'énergie dont nous avons besoin là-bas, mais les autres devront être multidirectionnels.

Ayah réfléchit au problème.

— Des panneaux publicitaires, dit-elle. Mettez-en plusieurs sur le toit de la fabrique. Leurs supports métalliques feront un très bon camouflage pour vos appareils.

Sorya, étonnée, hoche la tête.

— Alors là, bravo !

Ayah lui sourit.

— *Les Guerriers du Monde du Tonnerre*. Avec Khorë et Semlin. Ils ont utilisé le truc dans leur chromofilm.

Sorya se met à rire.

— Je ne suis pas suffisamment branchée sur la culture de masse, dit-elle.

Elle se dirige vers le petit bureau. Sa jupe en soie moule ses jambes à chaque pas qu'elle fait. Ayah la suit.

— Ça vous aide à quoi ? demande-t-elle.

— Pardon ?

Ayah fait un geste englobant la fabrique.

— Tout ça. À quoi ça sert ? Contre quoi la résille est-elle censée vous protéger ? Pourquoi êtes-vous si pressés de finir les travaux ?

Sorya la regarde par-dessus son épaule, les sourcils légèrement froncés. Elle ouvre la porte du bureau, entre et referme la porte après Ayah. Tout est en désordre à l'intérieur. Le mobilier métallique est empilé dans un coin. Un chalumeau au propane occupe une partie du sol avec des baguettes de bronze et des cartons de matériel électronique en attente. Ayah cherche un endroit où s'asseoir, mais n'en trouve aucun.

Adossée à la porte, Sorya croise les bras.

— Le plasma, c'est le pouvoir, dit-elle. Et l'ensemble n'est qu'une émanation de la volonté humaine qui le contrôle et s'en sert, en fin de compte, pour manipuler d'autres personnes.

— Mais la source ? Si vous n'avez pas accès à une source, à quoi vous sert votre volonté ?

— C'est grâce à la volonté que l'on découvre la source. N'est-ce pas ce qui s'est passé pour vous ?

— Peut-être, fait Ayah, surprise.

— Constantin vous l'a dit un jour. Nous ne sommes pas des *petites* gens. Ce n'est pas notre fortune qui fait de nous des géants, mais la force de notre volonté. C'est elle qui dicte ses conditions.

Les yeux verts de Sorya semblent jeter des étincelles, et Ayah a l'impression de percevoir la force qui émane de sa volonté, comme un vent furieux qui s'engouffre entre deux rangées de gratte-ciel. Elle a presque le sentiment qu'elle doit prendre appui sur cette force si elle ne veut pas être balayée par le souffle.

— Vous et moi, continue Sorya, nous enfreignons une centaine de lois simplement par notre présence ici. Mais les lois ne signifient rien dans ce cas, car ce sont de *petites* gens qui les font, pour protéger les petits des grands. Elles sont futiles dans la mesure où les grands savent les contourner et aussi parce que, si les petits détruisent les puissants, ils détruisent en même temps tout ce qu'ils ont de grand en commun.

Sorya sourit, ses dents pointues brillant dans la pénombre de la petite pièce.

— Dans la mesure où les forts trouvent toujours leur place comme l'eau qui s'équilibre au bon niveau, nos intentions sont parfaitement claires. Les détails n'ont aucune importance, mais... (elle s'éclaircit la voix) notre objectif est d'élargir notre rayon d'action. De faire rayonner notre puissance et notre volonté dans le reste du monde. Inévitablement, nous entrerons en conflit avec ceux qui possèdent le pouvoir que nous cherchons à nous approprier. C'est pourquoi, en prévision de cet affrontement, nous désirons nous prémunir contre leurs attaques.

Une sorte de guerre, se dit Ayah. *Et Sorya n'est pas une secrétaire particulière, mais un général.*

Une guerre, mais contre qui ? Un individu ? L'Organisation ? Une métropole entière ?

Son esprit se glace à l'idée que Constantin, d'une manière ou d'une autre, a tour à tour combattu toute sa vie contre les trois.

— Vous craignez une attaque au plasma, de toute évidence, dit-elle. C'est pour cela que vous installez une résille collectrice.

Sorya acquiesce sans un mot.

— Si c'est contre la police ou l'armée de Jaspeer que vous voulez vous protéger, raisonne Ayah à haute voix, vous devez tenir compte du fait qu'ils chercheront à éviter de faire des victimes parmi la population locale. Il doit y avoir dix mille personnes qui habitent le quartier dans un rayon d'un rad.

— Oui, fait Sorya, dont les yeux pétillants la considèrent avec intérêt.

— D'un autre côté, si vos... adversaires n'ont pas de raison de ménager la population, ils peuvent vous faire subir de gros dommages en hommes et en matériel.

— Ah !

Les répliques monosyllabiques de Sorya ne permettent aucunement à Ayah de savoir si ses spéculations sont pertinentes ou non. De plus en plus frustrée, elle continue néanmoins :

— Ils ne peuvent pas endommager votre installation en passant par le collecteur, mais ils peuvent détruire l'environnement.

Elle regarde, à travers la vitre du bureau, la toile tendue au plafond et les hautes fenêtres en ogive.

— Il suffirait d'une bonne explosion au niveau de ces fenêtres pour que les éclats de verre volent partout comme des couteaux. Si la toiture s'effondre sur le collecteur, il cessera de fonctionner. De toute manière, les gens, en bas, passeront un mauvais quart d'heure.

Sorya lui sourit.

— C'est dans *Les Guerriers du Monde du Tonnerre* ?

— Question de bon sens, réplique Ayah. Une grande partie des blessés de la rue de l'Intendance a été victime d'éclats de verre.

— Votre raisonnement est impeccable. Dans le cadre de votre hypothèse de départ, bien entendu.

En tout cas, se dit Ayah, *s'ils mettent des sacs de sable partout et des panneaux de protection au-dessus des espaces de travail et des machines fragiles, je saurai pourquoi.*

— Naturellement, continue Sorya, Constantin et plusieurs de ses collaborateurs sont rompus aux arts de la guerre, et ils ont dû envisager ces choses. Si toutefois, ajoute-t-elle avec son petit sourire ambigu, elles entrent dans le cadre de nos objectifs.

— Et vous, madame, demande Ayah, êtes-vous rompue aux techniques guerrières ?

— Mes batailles, je les mène sur un front plus modeste, répond Sorya en se tournant pour ouvrir la porte. Mais elles ont été, en général, plus victorieuses que les siennes. C'est peut-être que je suis un peu plus réaliste.

Ayah la suit dans la fabrique. Au-dessus de leurs têtes, un pigeon prend son vol en battant lourdement des ailes.

— Vous pourriez tout me dire, murmure Ayah. Je vous serais de bon conseil.

— Ce n'est pas moi qui décide. De plus, ajoute Sorya avec son petit rire trillé, ça m'amuse de vous voir essayer de deviner.

— Merci, fait Ayah d'une voix sans intonation.

Sorya a le goût du pouvoir, et elle jouit du peu qu'elle a, même s'il est quelquefois étroitement limité.

Mais le pouvoir de la connaissance est quelque chose d'éphémère, se dit Ayah, qui a ses propres repères et espère qu'un jour ils lui montreront la bonne direction.

Le feu sert de test aux métaux précieux
comme la douleur aux hommes.
MESSAGE MENTAL DE SA PERFECTION
LE PROPHÈTE D'AJAS

L'Hôpital de District n° 12 est un ensemble en pierre grise, vieux de plusieurs siècles, aux planchers disjoints, aux châssis de fenêtres couverts d'une centaine de couches de peinture, avec des toiles d'araignée dans les coins des plafonds hauts au plâtre écaillé. Il y a partout des sculptures, des moulures, des frises représentant les Messagers de la Vie volant sur leurs ailes membraneuses au secours des malades. Enfant, Ayah avait très peur de ces statues aux ailes de chauves-souris, aux cheveux grêlés par la pluie, aux yeux morts, à la bouche ouverte et muette. À l'intérieur, l'odeur de désinfectant ne parvient pas à cacher celle de l'âge et du désespoir. Trop de misère, trop de douleur étalées sur toutes ces années.

Elle se prend le talon dans un carreau cassé, trébuche, reprend son équilibre. Elle trouve la chambre qu'elle cherche, avec les membres de sa famille groupés autour de l'un des quatre lits, tous occupés.

— Salut, toi.

De son lit, son cousin Esmon lui fait mollement signe d'une main aux doigts immobilisés par des attelles. Il a le visage gravement tailladé et tuméfié. C'est à peine si on voit ses yeux.

Ayah se rappelle la pluie de coups de poing et de botte à la station de la Ligne, et le jaillissement de flammes au plasma qui a mis fin à l'agression. Mais Esmon n'avait pas d'accus pour se défendre. Et ses ennemis en ont profité pour bien l'arranger.

Elle se penche pour l'embrasser doucement sur les deux joues. Elle voudrait lui prendre la main, mais la gauche est éclissée et la droite est prise, jusqu'au coude, dans une espèce de plâtre entouré de bandelettes. Elle lui touche le sommet de la tête, et réprime un frisson quand elle le voit faire la grimace. Même là, c'est un endroit sensible.

Elle le revoit le Jour de Senko, si fier avec sa veste aux paillettes vert et or, faisant des plans pour défiler parmi les Griffons aux festivités de l'an prochain.

Elle se tourne vers les autres. Il y a là sa mère, sa grand-mère Galayah et sa copine sorcière, Khorsa.

— Il s'est fait agresser ? demande-t-elle. Que s'est-il passé exactement ?

Le frère d'Esmon, Spano, l'a appelée vers la fin de sa vacation pour la mettre au courant. Elle est partie aussitôt pour l'hôpital, sans demander plus de détails au téléphone.

— J'ai pas envie de tout raconter encore, fait Esmon d'une voix pâteuse.

— Des gangsters, dit Galayah d'une voix furieuse. Ce sont des gangsters qui lui ont fait ça.

Surprise, Ayah regarde tour à tour Esmon et sa grand-mère.

— Tu as des ennuis avec l'Organisation ? demande-t-elle. Ou qui d'autre ? La Sainte-Ligue ?

— Des longs-nez, murmure Galayah.

— Je n'ai pas pu savoir qui c'était, déclare Esmon avec insistance.

— Allons parler dehors, murmure Khorsa. Je vous raconterai.

Sceptique, Ayah laisse la sorcière lui prendre le bras pour la guider dans le couloir. Une autre femme les suit, une inconnue au turban rouge. Ayah remarque en passant que la chambre n'a pas de porte. On ne voit que les gonds dans l'encadrement.

Qui volerait une porte ? se demande-t-elle.

— Je vous présente ma sœur Dhival, fait Khorsa en désignant l'autre femme du menton.

Ayah se souvient que Dhival est prêtresse, alors que Khorsa est sorcière. Mais elle ignore la différence technique, si toutefois il y en a une.

Khorsa lève les yeux vers elle en se mordant la lèvre, puis déclare :

— Ce qui s'est passé est notre faute.

Ayah ne manifeste aucune surprise. Ses contacts avec les mages du calibre de Constantin et de Sorya font qu'elle est de moins en moins impressionnée par les sorcières de bas étage.

— Avant tout, dit-elle, dans quel état est Esmon ?

— Ses deux agresseurs ne lui ont pas fait de cadeau, répond Khorsa. Il est actuellement sous sédatif. Il ne souffre pas trop.

— Que font les médecins pour l'aider ?

— Nous... Je suis en mesure de lui payer un traitement au plasma. Ils commencent demain. La raison pour laquelle ils ont attendu est qu'ils voulaient que son état se stabilise avant de commencer.

Ayah a un goût amer dans la bouche. Elle se souvient de sa conversation avec Khorsa le Jour de Senko, et des soupçons de la sorcière quand elle l'a questionnée sur l'Organisation. Elle sent la fureur lui monter au nez.

— Comment avez-vous fait, toutes les deux, pour vous mettre l'Organisation à dos ?

Les yeux de Khorsa s'agrandissent.

— Ce n'est pas notre faute, dit-elle.

— C'est à cause d'un îlotier qui s'appelle Guvag, explique Dhival. Il cherchait à nous fourguer du plasma, mais nous avons refusé. Alors, il a lâché ses gorilles sur Esmon.

Ayah est encore sceptique.

— Vous ne leur devez pas d'argent ? Vous ne jouez pas ?

— Jamais. Et Esmon non plus.

— Vous n'avez jamais rien acheté à cet homme ? Vous ne lui avez rien vendu ? Vous n'avez pas fait le trottoir pour lui ? Rien qui lui donne un prétexte pour mettre le pied dans votre porte ?

— Rien ! Absolument rien ! proteste Khorsa. C'est pour cela que nous voulions vous parler. Vous travaillez pour l'Office du Plasma. Vous ne connaissez pas quelqu'un, au Département de la Sécurité, à qui nous pourrions nous adresser ?

Ayah réfléchit un instant. Les clopos de l'Office au Département Légal forment une juridiction autonome, qui ne rend de comptes à personne d'autre que l'Intendant.

— Je ne connais personne en particulier, dit-elle, mais je peux me renseigner.

— S'il vous plaît, fait Khorsa. Et le plus rapidement possible.

Ayah sort son agenda.

— Comment s'appelle cet homme, déjà ? Vous avez son adresse ou des renseignements qui peuvent m'aider à le retrouver ?

— Pas d'adresse, non, mais je sais qu'il fréquente le Shade Club, dans Elbar Avenue, avec les types de sa bande.

Ayah note le renseignement.

— Je vais voir ce que je peux faire. La question, c'est : accepterez-vous de témoigner ?

Khorsa et Dhival se regardent. Dhival se passe la langue sur les lèvres.

— Personne n'ose témoigner contre l'Organisation, dit-elle.

— Même si je vous obtiens une protection ?

— Nous perdrions tout quand même. Vous ne pourriez pas nous protéger indéfiniment. Il nous serait impossible de continuer à faire marcher le Temple si nous avions l'Organisation à dos. Nous serions obligées de nous cacher pendant le restant de nos jours.

Leur alternative est simple : témoigner et tout perdre d'un coup, ou se soumettre aux exigences de l'Organisation et tout perdre progressivement, à commencer par leur amour-propre et leur indépendance, puis tout le reste. L'Organisation les dépouillera de tout : leur argent, leurs possessions, et jusqu'au Temple de la Sagesse et de la Destinée lui-même.

— Nous espérions, murmure lentement Khorsa, faire arrêter Guvag pour un autre motif que la menace qu'il représente envers nous. Il revend du plasma au marché noir. Si nous renseignons les autorités, elles pourront peut-être l'arrêter pour en avoir fait commerce avec quelqu'un d'autre.

Peu probable, se dit Ayah en rangeant son agenda.

— Je vais voir ce que je peux faire, murmure-t-elle. En attendant, il faut qu'Esmon soit soigné de la manière la plus efficace possible.

— Bien sûr, déclare Khorsa en ouvrant de grands yeux.

— Vous pourriez aussi contacter un avocat, pour voir de quelles solutions légales vous disposez.

De nouveau, les deux sœurs se regardent. Ayah sait que les avocats ne font pas précisément partie de leur univers. Le mécanisme impersonnel de la loi est quelque chose qui leur demeurera toujours étranger, à moins qu'elles ne se fassent arrêter ou, peut-être, expulser. Les avocats sont des ennemis au même titre que la police ou les juges. L'idée d'en avoir un pour allié leur est totalement étrangère.

— Il faut que je téléphone, déclare Ayah.

Elle se dirige vers l'une des cabines du hall. Elle prévient Constantin de ne pas l'envoyer chercher pour sa leçon. Les questions de famille, malheureusement, ont la priorité.

Une fusée expérimentale s'écrase à Lire-Domeï.
2 000 morts dans les flammes consécutives
à la catastrophe
Les élus demandent l'interdiction des essais.

Après avoir quitté l'hôpital, Ayah retourne au bureau. La seconde période est la plus calme, il n'y a pas beaucoup de demandes de plasma. Une seule personne est présente, c'est le gros Vikar, agent de niveau six, qui occupe son fauteuil en son absence. Elle prend celui de Tella, met son casque et appelle la Compilation et la Facturation pour demander le dossier de Guvag. Ils commencent à râler, mais elle leur rappelle sèchement qu'elle travaille aux Interventions d'Urgence et qu'il lui faut les renseignements *tout de suite*. Ils arrivent quarante minutes plus tard, sous la forme de deux rouleaux de pelures dans des cylindres messages qui atterrissent bruyamment dans sa corbeille.

La lecture des dossiers ne lui apprend pas grand-chose. Guvag n'utilise pas de grosses quantités de plasma, officiellement du moins. Et le Shade Club non plus. Il y a cependant une adresse ainsi qu'un drapeau rouge, qui n'est en fait ni un drapeau ni rouge mais la simple mention imprimée en capitales : DRAPEAU ROUGE. Cela signifie que Guvag a été accusé de détournement de plasma et que son dossier est sous surveillance.

Il est inutile d'essayer d'en savoir plus par le truchement du Département de la Sécurité. Le mieux est sans doute de s'adresser aux archives publiques du service d'informations du Câble. Elle aimerait bien pouvoir utiliser l'ordinateur du bureau, mais il est au standard Arvag, alors que le *Câble* utilise le système de compression

Cathobeth, incompatible. Elle est obligée de se rendre dans leurs locaux, à deux rues de là.

Elle dit au revoir à Vikar et se dépêche d'y aller. C'est encore ouvert. Elle s'installe à une console libre et glisse des pièces dans la fente. Puis elle lance une recherche complète sur Guvag. Une heure et demie plus tard, elle reçoit un rouleau fax en plastique brillant, qui sent encore le révélateur, et le met dans son sac pour le lire dans le pneuma en rentrant chez elle.

Guvag a en effet été reconnu coupable de vol de plasma il y a douze ans. Il a tiré deux ans à Chonmas. Le chromo pris lors du procès montre un individu au cou épais et à la moustache fine, qui fronce les sourcils devant la caméra. Des flots de dentelle extravagants s'échappent de son col et de son plastron, et il porte une luxueuse montre Stoka au poignet, signe qu'il travaille avec l'Organisation. Le dossier fait également état de plusieurs accusations d'agressions diverses, suivies d'une seule inculpation. Dans tous les autres cas, il a bénéficié d'un non-lieu, sans doute parce que les témoins n'ont plus voulu témoigner.

Pas juste un petit malfrat de l'Organisation, mais un méchant, en plus. Voilà qui va faciliter la tâche à Khorsa et Esmon.

Elle reprend le dossier. Il n'y a pas grand-chose à en tirer, mais elle décide de faire avec.

Le scandale de la Ligne prend
des dimensions nouvelles.
La démission de l'Intendant est demandée.
Tous les détails sur le *Câble* !

L'équipe d'intervention d'urgence a été démantelée. Oeneme a proclamé sa victoire sur l'Ancienne Expo, et Ayah a retrouvé son travail de bureau à plein temps.

Un cylindre message tombe du système pneumatique dans sa corbeille d'arrivée. Elle l'ouvre pour en prendre connaissance. Encore une circulaire sur l'usage abusif du téléphone. Elle froisse la pelure en boule et la jette dans le casier de recyclage.

Pourquoi se donnent-ils ce mal ?

Personne à l'Office ne semble avoir de vrai travail à accomplir. Chacun se contente de relayer des instructions stupides.

Galayah lui a donné des nouvelles d'Esmon. On lui a administré un traitement au plasma et il va beaucoup mieux. Il a même le moral. Ayah l'appellera plus tard. Elle veut lui parler.

C'est pour des coups de téléphone de ce genre que l'Office se met dans tous ses états. Qu'ils aillent au diable.

Plus de quatre-vingt-dix pour cent du budget, lui a dit Constantin, est consacré au simple maintien de ce qui existe. Chaque cadre, dans son box, à moitié mort d'ennui, attend que son supérieur hiérarchique meure ou soit promu afin que tout le monde puisse avancer d'une case. Comme dans une danse où chaque pas prendrait des années.

Elle songe à la mosaïque de la station de Rocketman où la cité aux murs blancs lance vers le ciel des rayons de glorieuse lumière dorée. Cette mosaïque, dans son esprit, est devenue l'image de la Cité Nouvelle de Constantin. Un peu ébréchée et poussiéreuse, peut-être, mais digne d'être rénovée.

Elle se tourne vers Tella, qui regarde le petit Jayme en train de ramper par terre. Il ne sait pas encore se déplacer à quatre pattes. Il est au stade larvaire.

— Ils ne savent pas ce qu'ils veulent, dit-elle. Le décorateur n'a qu'à dire un mot, et ils démolissent toutes les consoles qu'ils viennent d'installer pour en mettre de nouvelles. Ensuite, c'est moi qui dois refaire les branchements.

— Plains-toi ! Au moins, tu n'es pas payée à ne rien faire !

Les yeux de Tella brillent soudain.

— Alors, où en est-il avec Momo ?

— Ils sont de nouveau amoureux.

— Pas de chance !

— Mais ça ne durera pas. Je leur donne une semaine au maximum.

Tella lève les yeux vers la pendule.

— C'est l'heure de la pause. Tu y vas la première ?

Ayah secoue la tête.

— Non, vas-y, toi.

Tella appelle la Tabulation pour prévenir qu'elle n'est plus en ligne pour un quart d'heure. Ayah sourit. Elle a inventé un faux Constantin et une fausse Sorya au seul bénéfice de Tella. Elle les appelle Bobo et Momo. Elle trouve sans cesse de nouveaux détails sur leur relation tumultueuse et sur leur incapacité à prendre des décisions. Elle a fait d'eux le couple le plus absurde qu'on puisse imaginer, une famille tout droit sortie d'un chromo.

Un couple pareil est incapable de se livrer à la moindre activité illicite, n'est-ce pas ?

Tella prend Jayme sous son bras, essuie la bave qui lui coule au menton et sort avec lui. Ayah programme une transmission sur son ordinateur puis se laisse aller en arrière dans son fauteuil tandis que la machine tourne.

— Je peux entrer ?

Il y a un homme dans l'encadrement de la porte. Il porte un complet gris froissé et la considère de ses petits yeux bleus au milieu d'un visage rougeaud et ridé. Une cigarette pend au coin de sa bouche. Elle le connaît de vue, mais elle ne sait pas comment il s'appelle.

— Asseyez-vous, dit-elle.

Pour mieux l'entendre, elle fait glisser l'un des écouteurs sur sa tempe.

L'homme prend l'une des deux chaises en métal contre le mur.

— Pas celles-là, lui dit Ayah. Elles sont cassées. Il y a un mois que nous avons signalé la chose, mais pas de nouvelles. Prenez le fauteuil de ma collègue, elle fait la pause.

L'homme hoche la tête, et la cendre de sa cigarette tombe sur les dentelles de son menton. Il tourne le fauteuil de Tella vers le bureau d'Ayah et s'assoit.

— Je ne crois pas que nous nous soyons déjà rencontrés, mais M. Mengene m'a dit de vous le plus grand bien. (Il lui tend la main.) Je m'appelle Rohder.

Un signal d'alarme retentit aussitôt dans un recoin du système nerveux d'Ayah. Rohder est celui qui a éteint la femme-torche de la rue de l'Intendance et qui a vu, à travers la vision améliorée de son anima, la source reliée à la station Terminus.

C'est aussi celui dont elle a bricolé le téléphone pour faire croire que ses premiers appels à Constantin venaient de son bureau.

Elle retrousse la dentelle de son poignet et serre la main qui lui est tendue.

— Heureuse de vous savoir sorti de l'hôpital, dit-elle.

Elle espère qu'il ne voit pas les pulsations frénétiques de ses jugulaires.

— J'ai été un peu sonné, réplique Rohder en souriant. Je ne m'attendais pas, à mon âge, à faire face à ce genre d'urgence.

— Tout va bien, à présent ?

Elle se demande si elle n'a pas parlé trop fort.

— Oh, oui ! Je me sens en pleine forme.

— Quatorze heures quarante, fait la voix dans les écouteurs d'Ayah. Réorientation Cornet Quatre à trente-trois degrés trois. Né ?

— Né, répond Ayah. Répétez, s'il vous plaît.

Elle lance un regard d'excuse à Rohder et remet son écouteur en place. La routine de la procédure de programmation l'aide à retrouver une sérénité relative.

Elle se souvient que Sorya et Khorsa ont deviné tout de suite, à leur première rencontre, qu'elle avait été en contact avec du plasma. Il est vrai que Sorya était en liaison avec sa propre source d'alimentation quand elle l'a sondée. Mais, au cours de ces deux dernières semaines, Ayah a absorbé mille fois plus de plasma qu'avant de connaître Sorya. Et Rohder a suffisamment d'ancienneté pour avoir accès à une source. Sans doute, à son âge, l'utilise-t-il pour prolonger sa vie et acquérir plus d'ancienneté. Mais il doit savoir reconnaître, lui aussi, un gros utilisateur.

Sans compter qu'il était à la tête de la Division de la Recherche avant que les crédits ne lui soient retirés. Il connaît donc probablement son affaire.

Mille mensonges défilent dans sa tête tandis qu'elle enfiche le câble dans le scalaire de transmission. Elle est elle-même surprise de la facilité avec laquelle elle les invente. Apparemment, son entraînement avec Tella a porté ses fruits.

Mon temple m'autorise à utiliser du plasma, pour le rite. C'est celui qu'elle choisit.

— Oui ? dit-elle en écartant de nouveau une oreillette. Que puis-je faire pour vous ?

Le regard de Rohder cherche en vain un cendrier. Il se résout à verser un long ver gris dans la paume de sa main, qu'il essuie sur son pantalon gris cendre.

— C'est vous qui dirigiez le groupe envoyé par M. Mengene à Grande-Cité, dit-il.

Ayah change de position au creux de son fauteuil. Elle essaie désespérément de calmer son émoi.

— C'est exact, articule-t-elle.

— Et vous n'avez rien trouvé ?

— À un moment, j'ai cru trouver un gisement intéressant, mais il ne valait rien.

Il est urgent de murer cette porte, se dit-elle.

Rohder se penche vers elle, une lueur d'intérêt dans ses yeux bleus.

— Et c'était quoi exactement ? demande-t-il.

Elle prend une inspiration.

— Il y avait une station de pneuma abandonnée qu'on appelle Terminus. L'accès se faisait dans les sous-sols d'un immeuble dont les compteurs avaient été trafiqués. Je me suis dit qu'ils puisaient peut-être du plasma dans une structure non recensée. Mais nous avons fouillé la station de fond en comble sans rien découvrir. (Elle hausse les épaules.) Deux jours entiers. J'en ai conclu que quelqu'un avait truqué les compteurs uniquement dans le but de camoufler une utilisation anormale de plasma.

— Pourquoi avez-vous commencé par ce quartier en particulier ?

Ayah décide de ne pas parler de l'usine de plastique désaffectée qu'elle a repérée sur les transparents de Rocketman. L'original est toujours en sa possession, et elle doute qu'il existe un autre exemplaire de ce document vieux de quatre siècles.

— La station de pneuma semblait prometteuse, explique-t-elle. Et il fallait bien commencer quelque part. Ce n'est pas comme si nous avions envoyé plusieurs équipes explorer le secteur.

Un volet claque sur le scalaire, et Ayah sursaute. C'est la fin d'une transmission.

— Je vois, fait Rohder en hochant la tête. Oeneme était d'avis que l'Ancienne Expo était plus prometteuse. Mais ils n'ont rien trouvé là-bas non plus.

— Rien d'important, c'est vrai. Quelques fuites. Mais qui auraient pu devenir considérables avec le temps.

Rohder tire sur sa cigarette, songeur. Le bout rougeoyant lui touche presque les lèvres, mais il semble en avoir l'habitude. Il retire de ses lèvres le mégot humide, le contemple un instant puis l'équilibre avec précision au bord du bureau d'Ayah, le bout incandescent au-dessus du revêtement plastique du plancher. Il souffle la fumée, regarde le mégot et fronce les sourcils.

— J'ai *vu* la source de cette chose à l'est, dit-il. Je n'avais peut-être pas tous mes esprits quand on m'a conduit à l'hôpital, et je ne me suis sans doute pas exprimé clairement, mais je suis sûr que je ne me trompais pas. C'est curieux, ajoute-t-il avec un petit sourire, la manière dont Oeneme a choisi de ne pas tenir compte de ça. L'Ancienne Expo était simplement plus pratique pour lui, en plein centre, à côté du Centre de Transmission, ce qui facilitait les choses pour ses communiqués de presse et lui évitait de faire la navette avec les Tours.

Il plonge la main dans sa poche et la ressort avec un étui à cigarettes qu'il ouvre du pouce.

— Vous ne vous êtes jamais demandé pourquoi la station pneuma avait été abandonnée ? reprend-il.

C'est précisément le raisonnement qui a guidé Ayah vers la vieille usine de plastique. Et elle n'aime pas du tout voir Rohder suivre la même ligne de pensée.

— Non, réplique-t-elle vivement. Les transparents indiquent des tas de vieilles constructions.

Rohder allume méthodiquement sa cigarette. Il laisse monter la fumée vers le plafond.

— Ce quartier est très vieux, dit-il. Quatre cents ans. J'ai demandé à des gens de Rocketman de faire des recherches.

Ayah s'efforce de sourire.

— J'aurais bien aimé avoir l'autorité pour leur demander ça, dit-elle. J'aurais gagné une journée entière.

— L'usine a sans doute été édifiée sur un site où il y avait déjà une construction. Mais nous n'avons trouvé aucun document. Quelque chose comme une station d'épuration, une conserverie, un truc important. Et quand les gens ont cessé de faire la navette entre leur domicile et la station Terminus, cette section du pneuma a été désaffectée.

Ayah s'efforce de prendre un air songeur.

— Si vous m'obtenez l'autorisation, je veux bien reprendre les recherches.

Et m'assurer, ajoute-t-elle mentalement, *qu'elles n'aboutissent à rien.*

— Je commence à connaître ce secteur comme ma poche, dit-elle à haute voix.

Rohder secoue la tête.

— C'est Oeneme qui s'occupe de ça. Et il a annoncé à tout le monde que le problème était résolu. Si j'insistais pour reprendre cette affaire en main, cela créerait des conflits, et j'ai déjà suffisamment d'ennemis dans la place. Non, il vaut mieux attendre un moment plus favorable. Mais cela ne nous empêche pas de demander aux clopos du secteur d'ouvrir l'œil. Si une personne tire du plasma de ces vieilles structures, tôt ou tard elle nous sera dénoncée.

Elle !

Ayah sourit, mais elle a l'impression que des araignées montent et descendent le long de son épine dorsale. Rohder lui rend son sourire puis se lève.

— Je voulais juste satisfaire ma curiosité, dit-il. Mengene vous trouve brillante, je voulais voir par moi-même.

Ayah se lève pour le raccompagner. Mais le cordon de son casque l'oblige à pencher la tête.

— Ravie de vous voir rétabli, dit-elle.

Il lui serre la main en la scrutant de ses petits yeux bleus, puis s'éloigne.

Ayah se demande si elle doit parler de cette visite à Constantin. Quelle serait sa réaction ? *Vous pouvez oublier cet homme. Le problème est réglé.*

Non, décide-t-elle. Elle ne veut pas avoir un truc comme ça sur la conscience.

Mais il faut envoyer quelqu'un d'urgence à la station Terminus pour murer cette salle.

Mission accomplie dès le lendemain.

La Revanche du Pendu
Le nouveau chromo palpitant d'Aldemar
« Terreur au premier degré »
Sortie la semaine prochaine !

Le lendemain du jour où les toilettes ont été murées, Ayah demande à disposer de la deuxième moitié de sa vacation pour se rendre dans le Vieux Rivage. Esmon est sorti de l'hôpital, et elle a promis de lui rendre visite. Elle achète un gâteau au chocolat pour ne pas arriver les mains vides. Mais son vrai cadeau, ce sont les renseignements qu'elle s'est procurés sur Guvag, et elle ne veut pas qu'il se prenne la tête avec ça.

Elle les donnera à Khorsa. C'est son problème à elle, de toute manière.

Le Temple de la Sagesse et de la Destinée est au premier étage d'un immeuble de bureaux à la façade de grès rouge. Il y flotte une forte odeur d'herbes aromatiques cultivées sur les terrasses ou à l'intérieur puis soigneusement conditionnées en sachets de plastique rangés dans des présentoirs vitrés. Sur les étagères, des bougies attendent d'être enduites d'essences magiques qui portent bonheur en se consumant. Il y a aussi des sachets de soupe déshydratée que les gens achètent pour consommer en famille et régler leurs petits problèmes, voire ceux de l'univers.

Au-dessus du comptoir, il y a une photo de Karlo dans un cadre argenté identique à celui qu'elle a chez elle.

Derrière un rideau de perles, c'est le temple proprement dit. Il y a des bancs contre le mur pour les infirmes et les personnes âgées, mais Ayah sait que la plupart des rites se pratiquent autour du cercle tracé sur le carrelage à bon marché au centre de la salle, où les fidèles viennent s'agenouiller en costume de prière sur un coussin qu'ils ont apporté spécialement et oscillent d'avant en arrière au son des psalmodies. À l'intérieur du cercle est dessinée la Branche de Tangid, au centre de laquelle est incorporé un circuit de plasma sous tension. Sur les murs, des icônes de Tangid, Karlo et Dhoran des Morts voisinent avec les Miroirs jumeaux, le Cheval blanc et autres foyers géomantiques.

Dieu ou les dieux sont trop loin de l'humanité pour être vénérés de manière individuelle. Ils sont séparés de la Terre par le Bouclier. Les gens adressent plutôt leurs prières aux immortels, et c'est eux qu'ils invoquent dans leurs cérémonies. Les immortels, jadis, étaient des humains comme les autres, et ils comprennent très bien les désirs et les faiblesses de ceux qui les implorent. Ils sont présumés capables d'intercéder en faveur des humains auprès des divinités plus lointaines ou des Élevés.

Ayah a connu tout cela quand elle était enfant : le parfum des herbes, les cantiques, les tambours et les battements de mains, la congrégation se balançant en rythme, poussant des cris, interpellant les immortels. Certains tombent en transe et transmettent des messages des immortels ou sont pris de spasmes qui, pour un observateur médisant, ont un air étrangement sexuel. Mais Ayah sait que la congrégation est surtout composée de femmes d'âge moyen, de leurs enfants et, pour une mystérieuse raison, d'homosexuels mâles. Elle connaît tous les trucs de Khorsa, sa manière hypnotique de leur parler pour induire chez eux une transe légère, afin de les préparer à des demandes d'argent exceptionnelles, pour la réfection du temple, par exemple, ou même l'envoi d'un disciple dans le secteur barkazi pour étudier aux pieds de quelque gourou.

Khorsa est assise derrière le comptoir, dispensant ses soupes, ses bénédictions ou ses conseils. Elle paraît surprise de la voir et se lève pour l'accueillir.

— Comment va Esmon ? demande Ayah.

— Il se la coule douce à la maison. Mais ça va très bien. Les traitements au plasma ont fait merveille.

— J'allais justement le voir. Je suis passée vous remettre ceci.

Elle prend dans son sac les documents qu'elle a rassemblés sur Guvag et les pose sur le comptoir.

— C'est tout ce que j'ai trouvé, dit-elle. Ça ne va pas beaucoup vous aider. J'ai parlé de lui à des gens du Département de la Sécurité. Ils le connaissent et seraient ravis de le renvoyer quelque temps à Chonmas, mais ils ne peuvent rien faire en l'absence de plainte et de témoins. Et il a l'art de dissuader les témoins.

Khorsa se mord la lèvre.

— Ils sont prêts à nous protéger ?

— Je ne pense pas, à moins que vous ne deveniez indics. Il faudrait fréquenter Guvag pendant quelque temps, gagner sa confiance et découvrir ses vraies activités criminelles. J'ai supposé que vous refuseriez de faire ça.

Khorsa secoue la tête.

— Qu'est-ce que vous comptez faire ? demande Ayah.

— Pas question de devenir indic ni de fermer le Temple. Peut-être que par la magie... En faisant appel à la congrégation...

— J'aurais voulu vous aider davantage. Je vous souhaite bonne chance.

Elle reprend son gâteau et sort. Un pressentiment tragique la hante sourdement. Ça va être pire que pour Henley. L'inévitabilité de la chose fait naître en elle une vague de tristesse.

Elle arrive chez Khorsa et Esmon. C'est un joli petit appartement, avec un vrai balcon et non un échafaudage, assez grand pour y faire pousser des courges, des oignons, des piments et des herbes. Esmon est là, il a retrouvé son look habituel. Il y a encore quelques ecchymoses visibles sur son visage, et l'arête de son nez fait une nouvelle bosse, mais il accueille Ayah avec un sourire et l'invite à entrer. Il coupe deux parts de gâteau et lui demande si elle a des nouvelles de Gil. Elle répond par l'affirmative.

Esmon s'étend sur le canapé pendant qu'elle lui répète à peu près ce qu'elle vient de dire à Khorsa. Au milieu de ses explications, on frappe à la porte. C'est son frère Stonn, avec le frère d'Esmon, Spano. Elle soupçonne aussitôt le coup monté.

— Merci d'avoir fait ton possible, lui dit Stonn.

C'est un voyou patenté, avec des épaules et des bras de déménageur aux biceps tatoués. Rien de plus qu'un petit malfrat sans envergure, mais ses muscles font qu'il est occasionnellement recruté par certains gangsters fastanis du Vieux Rivage.

— Je n'ai jamais cru qu'il en sortirait quelque chose, reprend-il, mais ne t'en fais pas. On s'en occupe.

— De quelle manière ? demande Ayah, inquiète.

Les deux hommes haussent les épaules.

— On s'en occupe, répète Stonn.

— De Guvag ?

— C'est pareil.

— Tu n'as aucune chance, Stonn.

Il a un regard de dépit.

— Il suffit de bien préparer le coup.

Il est incorrigible. Elle aurait dû s'en douter. Elle se tourne vers ses deux cousins.

— Il s'agit de l'Organisation. Ce sont des pros. Ils ont des spécialistes qui ne font rien d'autre que tuer. Vous n'avez jamais eu affaire à des gens comme eux. Vous allez vous faire massacrer pour rien.

Esmon et Spano échangent des regards gênés.

— Stonn dit qu'on peut l'attendre à la sortie de son club, déclare Spano.

— Il y a des longs-nez de l'Organisation qui entrent et qui sortent sans arrêt. Vous croyez qu'ils ne vont pas remarquer trois Barkazis qui les guettent dans une entrée d'immeuble ? Avec parmi eux un mec qu'ils viennent de tabasser ?

— Je peux me procurer un flingue, murmure Stonn.

— Tu crois qu'ils n'en ont pas, eux ?

— On n'est pas obligés de le coincer devant son club, suggère Spano. On peut se renseigner pour savoir où il habite.

Folle de frustration, Ayah leur dit exactement le fond de sa pensée. Ce qui, naturellement, ne fait que renforcer leur détermination.

— On ne peut pas rester les bras croisés, estime Spano. Tu te rends compte qu'il a tabassé mon frère ?

— Bien sûr, dit Ayah en se levant. Je comprends très bien. Mais ne faites rien sans m'en parler d'abord. Attendez quelque temps. C'est bien compris ? (Elle regarde Esmon.) Tu promets ?

— Que vas-tu faire ?

La fureur lui tord le coin de la lèvre.

— C'est moi qui m'en occupe, dit-elle.

Des revendeurs de drogue condamnés !
Ils paieront de leur vie leur crime abominable.
Que justice s'accomplisse !

La fureur d'Ayah dure jusqu'à mi-chemin de la station Terminus pour être remplacée par l'angoisse. Dans quoi va-t-elle se lancer exactement ? Ce n'est pas le genre de situation où l'on peut improviser et espérer s'en tirer indemne. Si l'Organisation remonte par elle jusqu'à l'ancienne fabrique, Constantin peut dire adieu à tous ses beaux projets.

Lorsqu'elle quitte la Nouvelle Ligne du Centre à la station Garakh près de Terminus, elle a déjà élaboré une ébauche de plan dans sa tête. Tout en grimpant l'escalier pour émerger à la lumière du Bouclier, elle rajuste sa coiffure pour faire retomber ses cheveux en avant et met ses verres fumés. Avec un peu de chance, personne ne fera le rapprochement entre la femme d'affaires barkazie au tailleur gris agrémenté de dentelles et la technicienne barkazie en combinaison jaune qui a grillé le visage d'un habitant du quartier il y a une quinzaine de jours.

D'une cabine, elle appelle la messagerie de Constantin pour demander qu'on n'aille pas la chercher à la sortie de son travail. Les ouvriers, habitués à sa présence, la font entrer dans l'ancienne fabrique quand elle frappe à la porte et ne s'occupent plus d'elle.

Elle a pris ses dernières leçons ici, où le plasma est gratuit, même si les équipements sont encore rudimentaires. Il n'y a pas de station de travail digne de ce nom, mais on a improvisé quelques postes en attendant que tout soit installé. Elle prend une chaise en plastique à bon marché, essuie un peu la poussière et s'assoit. La console de fortune consiste en un panneau de plastique où sont fixés quelques cadrans et compteurs à l'aide d'un adhésif blanc caoutchouteux. Elle prend la poignée de transfert qui est restée là où elle l'a posée à l'issue de sa dernière leçon.

Elle a la bouche sèche. Quelque part dans la fabrique, on entend le ronflement d'une scie circulaire. Peut-être faudrait-il, se dit-elle, demander son aide à Constantin.

Mais non. Ce n'est pas à lui d'intervenir. Il la paie pour ses connaissances et non pas pour qu'elle le mêle à de sombres histoires de famille.

Vas-y, se dit-elle. *Fais-le maintenant, avant de changer d'avis.*

Elle retire le trigramme qu'elle porte autour du cou et le pose devant elle sur la table. Puis elle insère la poignée de transfert dans son logement. L'énergie envahit soudain ses sens. La perspective change, comme si elle était à moitié aveugle avant cela. Elle y voit pleinement, elle perçoit la nature essentielle de la réalité, l'énergie qui constitue le cœur de la matière.

Mille anges du pouvoir chantent dans sa tête. Elle se construit une anima et quitte la bâtisse. Sous l'éclat du Bouclier, elle vole en direction du Vieux Rivage et, de là, vers le Pavillon 3, le quartier jaspeeri voisin.

Guvag passe une partie de son temps au Shade Club, dans Elbar Avenue. Et, s'il n'est pas là-bas, elle connaît son adresse.

Elbar Avenue est, en fait, une petite artère miteuse de la longueur de deux immeubles de grès rouge cachés par un enchevêtrement d'échafaudages et de plastique. Elle ne comprend pas comment des constructions de ce genre ont pu résister au dernier séisme. Le Shade Club est une petite boîte d'allure discrète, mais sous la peinture noire écaillée Ayah perçoit le blindage en bronze censé empêcher une attaque au plasma. Même la fenêtre piquetée de chiures de mouches est protégée par un discret maillage en bronze.

L'énergie rugit à ses oreilles. Elle lui souffle de faire irruption dans le club et de tout nettoyer d'un jet de flammes purificateur. Mais c'est impossible. Le blindage en bronze aspirerait son anima, qui se dessécherait. Ayah concentre sa volonté pour camoufler sous terre le cordon ombilical qui la relie à l'ancienne fabrique. Elle ne veut pas que quelqu'un remonte à son point d'origine.

Prudemment, elle élève son anima au niveau de la fenêtre et jette un coup d'œil à l'intérieur, ajustant ses perceptions à la lumière ambiante. Elle repère très vite Guvag, bien qu'il soit plus vieux et plus gros que sur ses chromos. Mais c'est bien son homme. Il est assis en manches de chemise, un verre de whisky devant lui, à une table ronde qui occupe le centre de la salle. Il est entouré de quelques-uns de ses copains, des jeunes aux vêtements extravagants ou des vieux au visage sans expression. Aucun ne semble se livrer à une activité particulière.

Ayah n'a qu'à attendre, se dit-elle, qu'il quitte le club.

Mais le plasma gronde, impatient, à ses oreilles. Elle n'aura peut-être pas le temps. Constantin ou Sorya vont arriver d'un instant à l'autre. Elle augmente les perceptions de son anima pour inclure la rue. La grosse limousine Carfacin, garée en infraction devant la bouche à incendie, doit être celle de Guvag.

Autant commencer par là. Ayah s'avance vers la voiture, se sculpte soigneusement des mains ectomorphiques, les place sous le châssis. L'énergie pulse le long de son câble virtuel. La voiture vibre, s'élève, s'équilibre précairement. Ayah sent les muscles invisibles de son dos et de ses épaules se tendre sous le poids de la Carfacin qu'elle hisse au-dessus de sa tête. Puis, impatiente, elle la froisse en une masse de feu qu'elle projette violemment à travers la rue comme un boulet de canon.

La fenêtre du club éclate vers l'intérieur lorsque les chromes massifs de l'avant la percutent. Les tables et les chaises s'envolent dans un jaillissement d'éclats de verre et de bois. Ayah s'engouffre par la déchirure du bouclier de bronze et voit Guvag, étonnamment alerte pour son poids, qui s'enfuit en courant.

Elle lui envoie une onde mentale en forme de gifle, et il trébuche. Elle le rattrape par le col avec une main virtuelle et le tire violemment en arrière jusqu'à la table.

Elle décide de se montrer à lui et se façonne un corps géant, terrifiant, à la tête de fauve et aux griffes acérées, d'où sortent des flammes à la mesure de sa fureur.

Le feu jette des reflets sur les murs du club minable tandis que son corps au plasma prend forme. Guvag, à quatre pattes sous la table, la regarde avec une expression horrifiée. Tous les autres se sont enfuis. Ayah le regarde de ses yeux perçants d'oiseau de proie.

— Tu m'entends ? demande-t-elle.

Il acquiesce muettement. La nappe prend soudain feu, et Ayah l'arrache de sa main libre.

— Tu as commis une erreur, lui dit-elle. Le Temple de la Sagesse et de la Destinée est sous ma protection. Tu as compris ?

— Oui, oui ! s'écrie-t-il. J'ai compris.

Les flammes lui lèchent le visage.

— Tu ne sais pas qui je suis, et tu ne le sauras jamais. Mais si tu t'approches encore du Vieux Rivage, je reviendrai. C'est compris ?

— Oui ! Compris ! Je les laisserai tranquilles !

Ayah le lâche, et il s'affaisse comme un sac de pommes de terre. Elle aperçoit son reflet dans les miroirs derrière le bar, c'est celui d'un prédateur penché en avant, un ange de feu et de destruction. Ses pieds ont fondu le revêtement de plastique du club. La voiture de Guvag, encastrée dans la fenêtre, repose sur son nez. Ayah éclate d'un rire qui se répercute sur les murs. Jamais dans sa vie elle n'a ressenti une telle gloire.

— Au revoir, Guvag, dit-elle. Souviens-toi, je peux revenir à n'importe quel moment.

Elle voudrait faire une sortie triomphale, mais elle a peur de toucher au passage la résille protectrice en bronze, aussi elle se contente de débrancher la poignée dans la vieille fabrique. Aussitôt, la réalité lointaine du Shade Club s'estompe et disparaît de ses perceptions.

— Déjà au travail ? fait la voix de Constantin.

Il se tient derrière elle. Il est arrivé pendant qu'elle était occupée là-bas.

— Oui, dit-elle, les lèvres sèches. Je m'exerçais à perfectionner ma technique de téléprésence.

Un tremblement l'agite. Elle se sent diminuée, insignifiante à côté de la créature de feu et de vengeance, la femme-torche dont elle vient de partager l'exaltante existence.

— Avec succès ? demande Constantin.

— Je pense.

Ou elle a réussi à terroriser Guvag, ou elle a condamné toute sa famille à mort. Sa démonstration a été spectaculaire. Si le plasma qu'elle a consommé lui était facturé, il y en aurait pour dix mille dalders au bas mot. Elle espère que l'idée d'avoir un ennemi capable de le gaspiller de manière si extravagante va donner à Guvag matière à réflexion.

— Si on faisait quelque chose d'un peu plus structuré ? demande Constantin.

Il prend une chaise, remonte son pantalon gris aux genoux et s'assoit.

— D'accord, répond Ayah.

Docilement, elle tend son poignet à Constantin.

STOKA 17
La montre de ceux dont la parole est loi

C'est Khoriak qui raccompagne Ayah dans une petite Geldan à deux places. Elle lui demande de la laisser au supermarché, où elle téléphone à Esmon chez lui.

— Je me suis occupée de Guvag, dit-elle. Il devrait te laisser tranquille à l'avenir.

Esmon prend le temps de méditer ce qu'elle vient de dire, puis demande :

— Tu t'en es occupée ? Comment ?

— S'il t'embête encore, toi ou Khorsa, fais-le-moi savoir. Mais ça m'étonnerait. Tu n'as plus rien à faire, d'accord ?

— Euh... oui, mais...

— Et empêche Stonn de faire une connerie. Je sais que c'est difficile, mais s'il fait quelque chose contre Guvag maintenant il risque de tout foutre par terre.

— Je lui parlerai.

Ayah raccroche. Elle achète quelques bouteilles à mettre au frigo et rentre.

Le souvenir de la femme-torche la hante encore.

Le Titan Bleu menace...
Mais les frères Lynxoid sont là !
N'attendez pas pour aller voir leur nouveau chromo !

Le sifflement de l'air et le tiraillement au niveau de son oreille interne annoncent à Ayah que la cabine, qui roulait à plus de 450 rads à l'heure, a commencé à décélérer. Le pneuma intermétropolitain qui l'emmène à Gunalaht est à grande vitesse, et il passe plus de temps à l'arrêt dans les stations que pour aller de l'une à l'autre.

Elle fait une corne à la page de son livre sur la théorie des plasmas et se prépare à l'arrivée. Les petites lumières vertes placées à intervalles réguliers, la seule chose que l'on voie par les fenêtres, commencent à s'individualiser au lieu de former une ligne floue continue. Puis l'estomac d'Ayah lui remonte dans la gorge tandis que la rame se décroche du système pour s'immobiliser à son poste dans la station.

La première chose qu'elle aperçoit par la fenêtre est une rangée de panneaux publicitaires multicolores en faveur du casino. Ils ont tous cette riche couleur dorée évocatrice de luxe, et multiplient les promesses de spectacles et de gains. Elle range son livre dans son sac, qui pèse une tonne à cause de toutes les pièces de Constantin. Elle le met en bandoulière et descend.

Elle a pris son billet pour l'arrêt suivant Gunalaht, dans une autre métropole. C'est l'une des procédures de sécurité que lui a recommandées Martinus.

Elle passe devant les panneaux publicitaires, repère les flèches indiquant les moyens de transport locaux, puis se rend compte qu'il faut qu'elle change un peu d'argent pour payer son titre de transport. Il y a une demi-douzaine de kiosques de change, et ils pratiquent tous à peu près le même taux. Cela fait, elle prend l'omnibus qui la conduit à proximité de sa banque.

Si elle avait l'habitude de dépenser, elle aurait sans doute pris un taxi. Mais elle n'a pas encore le réflexe des riches.

La banque ne ressemble à rien de ce qu'elle connaît. Un grand hall silencieux et moquetté, avec des employés chuchotant derrière leurs bureaux. Des piliers cannelés en émail blanc soutiennent les voûtes en éventail, richement ouvragées. Une hôtesse en velours noir et gants blancs la conduit au bureau d'un M. Nar-Ombre, qui parle si bas qu'elle doit se pencher pour l'entendre.

Les formalités sont rapidement expédiées. Elle donne les codes fournis par Constantin, montre sa plaque d'identification et signe. Elle demande la position de son compte. L'ordinateur de Nar-Ombre ronronne quelques instants et sort un total.

200 141,81. Avec quelques jours d'intérêts pour faire bon poids.

— Merci, dit-elle.

Elle feint une hésitation de quelques secondes.

— Quelqu'un d'autre a-t-il accès à ce compte ? demande-t-elle.

Le banquier consulte ses dossiers.

— Nous avons communiqué les codes à la personne qui a ouvert le compte, M. Cangene. Nous avons sa signature et son logo d'identification.

Elle réprime un sourire.

Constantin devrait savoir qu'elle n'est pas une *passue* née de la dernière pluie.

Cela dit, à sa place, elle aurait peut-être agi de la même manière.

— Dans ce cas, dit-elle, je voudrais retirer tout l'argent et ouvrir un nouveau compte à mon seul nom.

L'expression de Nar-Ombre semble indiquer qu'on lui demande tous les jours des choses comme ça.

— Il y a une pénalité à payer à la fermeture de ce type de compte, et un droit d'entrée pour l'ouverture du nouveau.

— Très bien, fait Ayah en soulevant son sac. Je voudrais également déposer de l'argent.

Nar-Ombre tend ses longs doigts vers le clavier de son ordinateur.

— Je m'en occupe, dit-il.

En quelques jours, les intérêts auront payé les pénalités.

En quittant la banque, elle demande à l'hôtesse de lui indiquer un bon hôtel. Et pour y aller, cette fois, elle prend un taxi.

À nous la belle vie, se dit-elle.

Elle passe toute la journée à Gunalaht sans mettre les pieds dans un seul casino. Si elle a décidé de ne pas être la *passue* de Constantin, ce n'est pas pour être celle d'une métropole.

Fuite de plasma type B à Karapoor !
Des centaines de blessés !
Tous les détails sur le *Câble* !

Une fois de plus, elle est sidérée de voir à quelle allure les travaux avancent. Pendant le week-end où elle a fait l'aller et retour à Gunalaht, la fabrique a changé de visage. Des consoles de travail ont été installées à l'intérieur du collecteur, chacune dotée d'un fauteuil confortable et de deux moniteurs vidéo ovales qui ressemblent à deux yeux chargés des liaisons avec l'extérieur. Une toiture de hangar en métal surmonte maintenant toute l'installation pour la protéger d'un éventuel effondrement du plafond tendu. Les fenêtres hautes ont été si bien renforcées par du ruban adhésif que la lumière du Bouclier n'entre pratiquement plus.

Trois hommes sont installés devant les consoles, une poignée de transmission dans la main, les yeux fermés, l'expression concentrée. Deux sont des Jaspeeris, étonnamment jeunes, vêtus de gris, comme s'ils sortaient d'une école d'élite, mais cela les fait paraître encore plus jeunes. L'un d'eux murmure quelque chose d'inaudible entre ses dents et son corps oscille de droite à gauche. Le troisième est plus âgé, il a la peau noire, c'est probablement un Cheloki. Son visage osseux au nez busqué donne l'impression qu'il a une dague fichée entre les deux yeux. C'est peut-être un vétéran des campagnes militaires de Constantin.

À travers la fenêtre du petit bureau, qui n'a pas encore été obstruée, Ayah aperçoit un camion qui livre des sacs de sable. Elle se tourne vers Constantin, le front plissé, pour demander :

— Qui comptez-vous attaquer ?

— Sorya m'a dit que vous manifestiez de la curiosité, répond-il en levant les yeux du document posé sur son bureau.

Il ne semble pas particulièrement contrarié, mais elle demeure prudente.

— Qui ne le ferait pas, à ma place ?

Il a un petit sourire.

— Vous n'avez pas besoin de savoir la réponse.

— Il est évident que vous vous préparez pour une sorte de guerre.

— Je me prépare pour un changement. Une évolution. Et le prix à payer ne devrait pas être trop élevé. Si rien ne change dans le monde où nous vivons, c'est parce que cela coûte généralement trop cher. Voyez tout ce qu'il faut faire pour construire un nouvel immeuble, par exemple. Le site est nécessairement déjà occupé. Il faut donc acheter un vieux local, et faire partir les gens qui y vivent ou y travaillent. Il faut les reloger, et tout cela revient très cher. Même si ce ne sont pas les acheteurs qui paient, quelqu'un devra le faire à leur place. Chaque nouvelle structure, avant même d'exister, est un poids pour l'économie. Peu de banques sont capables de financer de telles charges, à moins qu'elles ne soient épaulées par le gouvernement ou une banque centrale, ce qui ne fait qu'ajouter plusieurs degrés de complexité à l'opération. Jaspeer ne peut s'offrir une Tour des Mages que tous les dix ou douze ans. Rien ne peut évoluer de manière significative parce que les coûts de transformation sont prohibitifs. La plupart des gens n'ont pas les moyens de construire du neuf, ils ne peuvent que remodeler ce qui existe déjà. Ce qui signifie beaucoup de contraintes liées à la conception et à l'infrastructure. Eh bien, ce que je veux, moi, c'est refaire le monde. Le repenser, le transformer radicalement.

— Et vous comptez vous y prendre de quelle manière ? demande Ayah. En démolissant tout pour reconstruire ?

Il éclate de rire.

— J'aimerais que ce soit possible ! J'aurais aimé être là quand Senko et ses amis ont tout mis en place.

Ayah indique d'un mouvement de menton les trois hommes qui travaillent à leurs consoles.

— Que font-ils ?

— Ils se préparent à renverser quelques idoles, répond Constantin avec une lueur amusée dans les yeux.

— Sérieusement ?

— Ils sont... en chasse. (Il fronce les sourcils.) Vous vous rappelez ce que je vous ai dit sur les mages de combat ? Sur leur courte durée de vie dans l'action ? Il s'agissait d'une seule sorte de mages, ceux que l'on utilise dans les combats. Ceux qui (il regarde Ayah en souriant) se transforment en femme-torche pour harceler leurs ennemis à grands coups d'énergie brute.

Ce sourire la met mal à l'aise. Elle se demande s'il n'a pas appris ce qui est arrivé à Guvag. Mais il continue.

— La seconde catégorie de mage militaire est un peu plus subtile. Aux attaques frontales, ils préfèrent l'infiltration en douceur, la recherche des points faibles dans les défenses de l'adversaire, leur évaluation et la mise au point d'une stratégie adaptée qui évite d'alerter le camp opposé. On utilise moins de combattants que d'espions, et chacun de ces derniers vaut cent soldats. Ces hommes (il indique les trois opérateurs assis à leurs consoles) sont les meilleurs éléments que l'on puisse trouver.

— Ces deux jeunes...

— Ils ont un don. Exactement comme vous, Miss Ayah. Ils ont appris sur le tas, sans avoir besoin de passer par des écoles sophistiquées. Les jeunes sont particulièrement indiqués pour ce genre de travail, car ils sont relativement exempts d'inhibitions et de préjugés. (Il hoche la tête.) Ils font très bien leur boulot.

— Ce n'est pas dangereux ? S'ils se font repérer...

— Je pense qu'ils connaissent mieux que vous les risques de leur métier.

Ayah reformule son objection.

— Ils sont jeunes. Il est impossible qu'ils sachent dans quoi ils se sont embarqués. Vous vous servez d'eux.

Constantin sourit, exhibant ses longues dents blanches.

— Miss Ayah, vous êtes jeune, vous aussi, et je me sers de vous. Croyez-moi, vous ne savez pas plus qu'eux dans quoi vous vous êtes embarquée. (Il écarte les mains.) Mais vous êtes ici, n'est-ce pas ? De par votre propre volonté. Quant à la mienne, elle a permis à tout ceci (il fait un geste qui englobe la fabrique, les accumulateurs géants et les stations de travail) d'exister, et qui permettra bientôt à nos idées de se concrétiser dans le monde de la réalité.

Ayah n'a pas envie de le laisser s'échapper dans l'univers de la métaphysique. Pas encore, tout au moins.

— Je suis tout de même un peu plus vieille qu'eux, dit-elle. Et il est impossible qu'ils...

Le regard de Constantin se durcit.

— Pourquoi accorder plus de prix à une jeune existence qu'à une vieille ? Ce qui m'intéresse, et qui intéresse tout le monde, à ce stade, ce sont les qualités qui vont de pair avec la jeunesse. Dans quelques années, ils se pencheront sur cet épisode avec attendrissement, en se disant que c'était leur période dorée, celle où ils ont découvert, comme peu de jeunes en ont l'occasion, qui ils étaient et de quoi ils étaient capables. Et s'ils ne survivent pas à l'aventure... (il se rapproche d'Ayah, pose une main massive sur son épaule et lui lance un regard de pierre) j'ai appris, il y a très longtemps, que les actions des grands ont des conséquences. À la suite de certaines de mes actions, des *milliers* de jeunes hommes sont morts, mais aussi des femmes, des enfants, des bébés et des dizaines de milliers d'innocents qui n'avaient rien à voir avec moi. Je ne les ai pas tués de mes mains, je n'ai jamais souhaité leur mort, et je l'aurais empêchée si la chose avait été possible. Mais le fait est qu'ils sont morts. Ceux-là au moins (il désigne les deux mages) se sont portés volontaires.

Ayah avait oublié le coût élevé des guerres de Cheloki, la destruction d'une métropole, aussi radicale que les dévastations infligées à Barkazi. Elle s'humecte les lèvres en disant :

— Je ne voudrais pas porter sur les épaules une responsabilité pareille.

Il se penche plus près pour parler d'une voix grave, presque un souffle, mais portée par une formidable énergie, un grondement profond qu'elle ressent jusqu'au bout des orteils.

— Miss Ayah, vos bons sentiments arrivent trop tard. Vous m'avez donné le pouvoir, et vous serez plus responsable que n'importe qui de ce que je vais en faire. Sans compter, ajoute-t-il, presque désinvolte, qu'il y a *déjà* eu des morts.

Ayah le regarde, horrifiée. *Vous pouvez oublier cet homme, le problème est réglé*, se souvient-elle.

— C'étaient des gens méchants et dangereux, lui dit Constantin. Si ça peut vous aider à dormir sur vos deux oreilles.

— Je ne crois pas que cela m'aidera.

Il fait un pas en arrière, lui lâche l'épaule, lui jette un regard évaluateur.

— J'ai eu mes moments d'insomnie, moi aussi, mais c'est fini.

Il lui prend le poignet, comme il le fait toujours quand ils travaillent ensemble.

— Si nous attaquions une petite leçon ? demande-t-il. Ou peut-être en avez-vous appris assez pour aujourd'hui ?

Notre objectif est d'élargir notre rayon d'action. De faire rayonner notre puissance. Les paroles de Sorya.

Il serait peut-être temps qu'elle se familiarise avec le pouvoir.

— D'accord pour une leçon, dit-elle.

Et elle se laisse guider vers un pupitre.

Gargelius Enchuk porte des chaussures Gulman !
Pourquoi pas vous ?

— L'école de Radritha distingue trois sortes de pouvoir, explique Constantin. Le pouvoir sur soi-même, le pouvoir sur les autres et le pouvoir sur la réalité. Et le seul valable est le premier, car l'unique chose qu'un homme puisse connaître vraiment est son propre esprit, tout le reste n'étant qu'un reflet de ses perceptions intérieures. C'est pour cela que j'ai fini par rompre avec leur doctrine, parce qu'ils se limitaient à la connaissance et à la maîtrise de soi, sans chercher à savoir à quoi cette maîtrise pouvait servir. Je suis d'accord pour penser que le pouvoir que l'on a sur soi-même est primordial, mais les deux autres ne sont pas négligeables et doivent suivre nécessairement. Cette école de pensée détenait un certain pouvoir – avec quelques-uns des esprits les plus puissants que j'aie jamais rencontrés –, mais elle accordait trop de place à la contemplation intérieure, et cela lui donnait, à vrai dire, un peu trop de suffisance.

Ayah boit lentement son vin tandis que la Elton s'éloigne de l'ancienne fabrique. La leçon qu'elle vient de prendre l'a saturée de plasma. La puissance vibre dans ses veines, en chœur avec un sentiment de plénitude et de parfaite maîtrise. Mais le vin a un goût légèrement amer, et les théories de Constantin sur le pouvoir l'ont refroidie.

Déjà des morts...

Elle refusait d'y penser jusqu'à ce que Constantin l'y oblige. Et elle se demande, à présent, si ses efforts pour apprendre à utiliser le plasma valent qu'on en meure.

— Le mouvement voulait donner plus de liberté à ses initiés, reprend Constantin. Liberté par rapport aux passions, aux impulsions et même par rapport au monde extérieur tout entier. Vous imaginez la réaction de ma famille lorsque je leur ai annoncé que je voulais étudier à Radritha. Leur enseignement prenait le contre-pied de toutes les valeurs auxquelles mes parents étaient attachés. Je suppose, en fait, que c'est justement pour cela que je tenais à y aller.

Il hausse les épaules.

— Le détachement de tout, murmure-t-il, n'est-ce pas aussi un piège, en quelque sorte ? Proclamer que rien n'a d'importance, ou ne devrait en avoir, à l'exception de ce qui se passe à l'intérieur d'un esprit parfaitement dépourvu de passions... c'est cela qu'ils appellent liberté ? S'enfermer dans le noir pour méditer, se cacher aux yeux du monde, ne contempler que le paysage monotone de son propre esprit, dans la terreur d'être soudain victime d'une émotion, d'un élan, d'un désir...

Le détachement, est en train de se dire Ayah, *ce ne serait peut-être pas une mauvaise chose pour certains, en ce moment. Considérons objectivement le problème*, réfléchit-elle. *Des gens – il paraît que ce sont des méchants – sont morts. Bien que je n'aie aucune certitude que ce soient ceux qui m'ont agressée, j'ai de sérieuses raisons de le penser. Auquel cas je possède la preuve, inscrite dans mes os à coups de pied, que ce sont vraiment des méchants et qu'ils méritaient un tel châtiment.*

— Éviter les passions, poursuit Constantin, n'est pas les conquérir. L'école de Radritha, malgré ses puissants cerveaux, n'a pas su voir cette évidence. Au lieu de chercher à conquérir les passions, elle les a simplement bannies. C'est la raison pour laquelle le pouvoir lui faisait si peur. Elle savait qu'il était dangereux pour elle. Le pouvoir devient vite l'esclave de la passion, particulièrement une passion non reconnue.

S'ils sont vraiment morts, se dit Ayah, *ce n'est pas moi qui les ai tués. Je n'ai demandé à personne de le faire. Je n'ai aucune responsabilité*.

Des lumières multicolores illuminent la voiture. On entend un cri lointain. Une publicité est en train de débouler dans l'avenue en forme de ravin, annonçant ses marchandises d'une voix de sirène.

— Bien qu'il soit exact que celui qui est esclave de ses passions n'est pas un homme libre, continue Constantin, on peut dire la même chose de celui qui les fuit. Les passions sont une conséquence inévitable de la nature humaine. Impossible de les éliminer si nous voulons demeurer des hommes. Radritha était dans l'erreur. Ce ne sont pas toutes nos passions qui nous rendent faibles, mais uniquement celles que nous ne contrôlons pas. Qu'on les harnache à la raison, et l'individu libéré devient capable de libérer les autres à leur tour. C'est là le seul usage défendable du pouvoir.

Si ces morts n'ont aucun rapport avec moi, se dit Ayah, *pourquoi est-ce que je ne demande pas tout simplement à Constantin ce qui s'est passé ?*

Parce que j'ai peur, conclut-elle, *de la réponse*.

Le flot de paroles de Constantin s'est tari. Il regarde Ayah en hochant la tête.

— Je vois que mon petit discours n'a pas porté ses fruits, murmure-t-il. Vous restez prisonnière de vos pensées.

— Oui, admet-elle.

Elle ne sait pas pourquoi, mais elle est incapable de le regarder en face, d'établir avec lui un contact personnel, quel qu'il soit. Elle se contente de fixer la chaise vide en face d'elle. Comme si elle voulait détacher vraiment son esprit.

— Mes propos sur le pouvoir ont peut-être été un peu trop abstraits pour les besoins de la cause, dit-il. Je voulais surtout souligner que mon objectif final est on ne peut plus concret : la Cité Nouvelle – le pouvoir – et la liberté. Pas seulement pour moi, mais pour tous. Cela demande des sacrifices. Dans un monde aussi retranché que le nôtre, qui a connu des milliers d'années sans changement substantiel, il n'est pas facile de faire une révolution sans casse. D'un point de vue strictement pratique, une certaine dose de fermeté aujourd'hui peut sauver bien des vies plus tard.

Il s'interrompt un instant, puis écarte impatiemment d'un geste méprisant ses propres arguments. Sans aucun avertissement, avec une brusquerie intense, il saisit le poignet d'Ayah, comme quand il lui donne une leçon, mais ce n'est plus l'énergie du plasma qui passe en elle, c'est le feu qui brûle dans ses yeux, la passion. Une passion dévorante, sans contrainte ni compromis. Aucune école de Radritha ne sera jamais capable, pense-t-elle, de détruire cela.

— Écoutez-moi bien, Miss Ayah, dit-il de la même voix grave et puissante qui résonne jusque dans ses os. Si la Cité Nouvelle existait un jour, tous les sacrifices – je dis bien *tous* – seraient justifiés. Sinon, je ne vois pas d'espoir, nulle part, dans notre monde-prison.

La main qui lui étreint le poignet est comme un étau. Elle sait qu'il est inutile d'essayer de se libérer. Le feu qu'il fait passer dans ses veines est en résonance avec la frénésie qui embrase l'esprit de Constantin.

— Et si la Cité Nouvelle échoue, reprend-il, c'est que les anciens condisciples de Sorya à Torgenil ont raison et que nous sommes tous damnés, prisonniers d'un enfer. Auquel cas... (l'éclat dans ses yeux s'éteint, et il lui lâche le bras) rien n'a plus d'importance, plus rien, et surtout pas la mort.

Ayah, une fois de plus, éprouve le besoin de le réconforter. Mais elle trouve l'idée ridicule.

La voiture glisse silencieusement sous le ciel rayé de traînées de plasma. Ayah se représente l'énergie qui court sous la chaussée comme du sang artériel, les cités qui émaillent la surface du globe étant des parasites alimentés par les brèves vies humaines qui flambent dans le noir comme des allumettes pour s'éteindre aussitôt après.

— Que puis-je faire pour aider ? demande-t-elle.

Une voix grave, ancestrale, gémit dans sa tête : *C'est un* passu *! Il n'est rien de plus pour toi !* Elle n'a pas à le réconforter, elle n'en a qu'après son argent.

— Vous êtes capable de respirer sous l'eau ? lui demande Constantin.

Elle le regarde sans comprendre.

— C'est une blague ?

— Non, non. Vous ne connaissez pas l'appareil ?

— J'en ai seulement entendu parler.

— Vous pouvez prendre deux jours de congé la semaine prochaine ? Nous vous entraînerons entre-temps.

Elle ouvre la bouche pour dire quelque chose, puis la referme.

— Je peux prendre deux jours, murmure-t-elle.

Elle n'arrive pas à croire qu'elle a accepté de s'embarquer là-dedans. Constantin a fait en sorte de récupérer quand il veut l'argent qu'il lui a donné, et elle continue à lui faire des faveurs.

C'est pour la Cité Nouvelle, se dit-elle.

Pour le rêve.

Même une Barkazie du Vieux Rivage a besoin de croire en quelque chose.

14

Pour une fois, Constantin s'efforce de ne pas ressembler à lui-même. Avec des passeports de Gunalaht qu'il a fait surgir comme par enchantement, il prend en compagnie d'Ayah un aéro qui les conduit à la métropole de Barchab, au bord de la mer de Caraqui. Constantin voyage sous l'identité du Dr Chandros, complet gris et dentelles conventionnelles. Sa trop célèbre natte est roulée sous une immense perruque rousse qui lui tombe aux épaules. Ayah est Miss Quelger, son assistante. Elle ne peut s'empêcher de se répéter que Constantin en perruque rousse attire encore plus l'attention qu'avant.

De toute manière, on ne leur demande pas leur passeport.

L'aéro se pose dans un gémissement de turbines sur la terrasse de l'hôtel Volcano, un gros édifice en forme de ziggourat. Ayah a encore la tête qui tourne lorsqu'elle traverse l'aire pour diriger ses pas vers l'entrée de l'hôtel. Au loin, elle est émerveillée de voir les pitons volcaniques bleutés qui occupent tout l'horizon à l'ouest, leurs sommets neigeux à l'écart de l'agglomération grise qui s'avance comme une marée à mi-chemin de leurs flancs escarpés pour s'arrêter net. C'est la première fois de sa vie qu'elle voit des terrains libres de toute construction.

— Ils sont encore en activité, lui dit Constantin. Il y a seulement quarante ans, ce pic que vous voyez là-bas, Chukmarkh, a fait éruption, tuant cinquante mille personnes.

— C'est pour cela qu'ils ne construisent pas plus près des sommets ?

Elle trouve dommage de laisser perdre tout ce plasma potentiel.

— Trop dangereux, confirme-t-il.

— Je suis surprise que les gens n'y aillent pas quand même.

Les gens sont comme une inondation qui s'infiltre dans tous les passages et fissures, jusqu'à ce qu'elle se heurte à un vrai obstacle.

— Il y en a sûrement quelques-uns qui le font, lui dit Constantin. Mais il faut une infrastructure trop importante pour faire vivre toute une population à cette altitude et sous des températures aussi extrêmes.

Des ascenseurs et une armée d'employés les conduisent dans leur suite, où le décor est tout argent, noir et miroirs. Sorya les y attend. Elle porte une robe verte brillante et forme un contraste chromatique vibrant par rapport au reste. Ayah ne s'attendait pas à la trouver là. Elle ne cesse d'aller et venir, son écharpe de soie transparente flottant derrière elle en même temps que ses mèches blondes. Les foyers dorés entrelacés dans sa ceinture tintent légèrement tandis qu'elle s'approche de Constantin, noue ses mains autour de sa nuque et l'embrasse avec force.

Momo aime de nouveau Bobo, se dit Ayah.

Elle ressent un agacement qui ne lui est pas coutumier.

— Geymard est d'accord, annonce Sorya avec un sourire de triomphe. Mais il faut quand même que tu ailles lui parler d'abord.

Le regard de Constantin se fait calculateur.

— Bravo ! Il est ici ?

— Tu peux le rencontrer quand tu voudras.

— Et Drumbeth ?

— On peut lui faire passer la frontière, mais il faudra faire attention.

— Je voudrais d'abord partir en reconnaissance avec Ayah. Ensuite, j'aurai quelque chose à lui dire, d'une manière ou d'une autre.

Sorya jette un regard à Ayah, juste le temps de lui adresser un bref signe de tête. Puis elle se concentre de nouveau sur Constantin. Elle lui prend la main et l'attire à l'écart.

— Il faut que je te dise une chose sur Geymard, murmure-t-elle. J'ai employé une certaine approche avec lui, et je ne voudrais pas que tu t'en écartes.

Ayah reste quelques instants sur le seuil, embarrassée. Puis un assistant de Sorya vient la chercher pour la conduire dans sa chambre. Elle a une terrasse privée – avantage de la conception en ziggourat – avec des orangers odorants en pots, et vue sur les volcans.

La présence rassurante de Martinus lui manque, mais il est trop aisément reconnaissable et pourrait mener facilement jusqu'à Constantin. C'est pourquoi il est resté à Jaspeer.

Ayah dîne seule sur sa terrasse, dans une luxueuse vaisselle en porcelaine tendre disposée avec art sur une table roulante à nappe blanche. Les dorures élégantes de la porcelaine rappellent les couleurs des réclames au plasma qui illuminent le ciel. On fait beaucoup de publicité ici pour *Les Maîtres de la Cité Nouvelle*. Autant qu'à Jaspeer.

Constantin et Sorya dînent dans leur chambre avec Geymard, un personnage raide, aux cheveux en brosse, qui, malgré ses vêtements civils, semble sorti tout droit de la Timocratie de Garshab.

Ayah mange nerveusement et boit la moitié de sa bouteille de vin. Une brise aux senteurs de fleur d'oranger lui dérange les cheveux. Elle se lève pour aller s'accouder à la rampe en aluminium de la terrasse et admirer les pitons volcaniques à l'horizon. Un aérostat lointain brille d'un éclat argenté à la lumière du Bouclier. Sur le pourtour d'une terrasse voisine, il y a une piste d'entraînement en mousse de plastique bleue, et elle voit un homme en survêtement bleu et blanc qui en fait le tour inlassablement, sans lever une seule fois les yeux vers les volcans.

Quelque chose traverse le ciel au-dessus des pitons, et le cœur d'Ayah fait un bond quand elle comprend qu'il s'agit d'un aviaire, un humanoïde ailé. Il plane, sa silhouette noire se détachant sur le Bouclier, puis replie ses ailes et fond comme un épervier vers une destination inconnue. Ayah cherche à le retrouver, mais il a disparu.

Elle retourne dans sa chambre, passe la main sur le couvre-lit en satin azur et se regarde dans les miroirs en losange accrochés aux murs. Elle pourrait sortir, mais elle ne connaît aucun endroit où aller. Elle ne sait même pas ce qu'elle fait ici. Sa chambre a une porte qui communique avec celle de Constantin, et elle les entend parler à voix basse. Ils ont également une terrasse, mais ils dînent à l'intérieur de peur des oreilles indiscrètes.

Elle se demande si elle en fait partie.

Le vin lui tourne la tête. Elle pose la main sur la poignée de la porte.

Elle a un goût de danger sur la langue. Mais pourquoi pas ? Elle se décide, puis abaisse doucement la poignée. Elle ouvre tout doucement la porte, jusqu'à ce qu'elle voie une petite partie de l'autre chambre. Geymard, Sorya et Constantin sont assis autour d'une table à moins de cinq pas de là. Ayah colle sa tête contre l'ouverture minuscule.

— L'aérodrome n'a pas d'importance, est en train de dire Geymard.

Ayah ne voit de lui que la nuque, une oreille et un bout de pommette. Il a un accent traînant qu'elle a du mal à situer.

— Ils ne peuvent pas acheminer de renforts par là, poursuit-il. De toute manière, toutes leurs unités importantes sont stationnées au voisinage du palais du métropolite.

— L'aérodrome est très important, au contraire, réplique Constantin d'une voix calme. Nous ne voulons pas que les gens puissent s'enfuir par cette voie.

Ayah le voit de profil. Son corps et son visage masquent Sorya.

— De plus, ajoute Constantin, il est vital de montrer que nous contrôlons tous les transports.

— Cela divise nos forces, qui pourraient être mieux utilisées ailleurs.

— Il ne faut pas tellement d'hommes pour contrôler un aérodrome. Contentez-vous de mettre des véhicules en travers des pistes et des tireurs isolés dans les bâtiments voisins pour empêcher le personnel de l'aérodrome de les déplacer.

Il se penche en arrière, et le cœur d'Ayah fait un bond quand elle voit Sorya, dont le regard est tourné dans sa direction. Mais elle a l'air absent et caresse son verre sans donner signe d'avoir vu Ayah.

Lentement, sans bruit, elle referme la porte et recule.

Il ne se passe rien, naturellement. Personne ne fait irruption dans sa chambre, pistolet au poing.

Elle retire ses chaussures, opacifie les fenêtres et s'étend sur le lit. Elle appuie sur le bouton du panneau de télécommande pour avoir la vidéo. L'écran ovale scintille puis se stabilise sur une chaîne. C'est un film sur une chanteuse qui essaie d'atteindre le sommet de la gloire tout en se battant contre l'Organisation qui cherche à contrôler sa carrière.

Ridicule. Comme si ces gens hésiteraient à la défigurer d'un coup de rasoir en travers du visage pour faire d'elle un exemple. Des chanteuses qui montent, ils peuvent en trouver à la pelle.

Aérodrome. Le mot se forme tout seul sur la langue d'Ayah.

L'objectif de Constantin semble être une métropole entière. Autrement, pourquoi s'emparer d'un aérodrome ? Et surtout, dans le but d'empêcher les gens de s'enfuir ?

Cheloki, encore ? Essaierait-il de s'emparer par la force de son ancienne métropole ?

Mais cela n'a pas de sens. Cheloki est de l'autre côté du globe. Pourquoi venir conspirer ici ? Pourquoi l'avoir entraînée une journée entière à respirer avec un équipement de plongée et conduite ici sous un faux nom ?

Cela demande, décide-t-elle, une bonne réflexion.

Elle se lève et va chercher la bouteille et un verre sur la table.

Le reste du vin l'aidera peut-être à y voir plus clair.

La vidéo jacasse et Ayah n'entend pas tout de suite les coups frappés à la porte. Quand ils reprennent, elle se redresse trop vite et le vin qu'elle a bu fait soudain plusieurs tours dans sa tête. Elle se passe les doigts dans les cheveux, prend une profonde inspiration pour s'éclaircir les idées et crie :

— Entrez !

C'est Constantin, toujours en tenue de soirée. En l'honneur de son invité, peut-être, son smoking a une coupe toute militaire, bien qu'il ne porte ni insigne ni indication de grade.

— Désolé de vous avoir laissée si longtemps seule, dit-il. J'aurais dû penser à prier l'un des gardes de vous faire faire un petit tour en ville.

Il aperçoit la bouteille de vin vide, et une lueur d'amusement brille dans son regard.

— En cas d'effets indésirables, prenez un peu de plasma au réveil demain matin, et vous vous sentirez comme neuve.

— Je ne sais pas.

Elle tend la main pour éteindre la vidéo.

— Je ne pensais pas trouver Sorya ici, dit-elle.

— Nous avons pris des chemins différents, pour plus de sécurité. Et je n'ai pas voulu que vous participiez au dîner pour éviter que Geymard vous identifie.

— Auprès de qui ? demande-t-elle en cillant.

— Peu importe auprès de qui. Mais vous auriez été toute votre vie exposée au chantage.

Elle ne pense pas qu'il apprécierait de savoir qu'elle les a entendus parler d'aérodrome, de palais du métropolite et autres objectifs militaires. Mais elle sait gré à Constantin d'avoir trouvé une excuse élégante.

— Métropolite, dit-elle en relevant la tête, pouvez-vous me dire ce que je fais ici ?

— C'est pour cela que je suis venu. Vous permettez ?

Il s'assoit sur le couvre-lit en satin. Ses cheveux exhalent un parfum huileux qui se mélange à l'odeur de lavande dont les draps sont imprégnés.

— Demain, vous allez m'accompagner de l'autre côté de la frontière, à Caraqui.

Tout ce qu'elle sait de Caraqui, c'est qu'il y a là-bas le célèbre Palais Aérien.

— On va plonger là-bas ? demande-t-elle.

— Je veux d'abord vous faire voir quelques connexions plasmiques analogues à celles que j'ai besoin de... détruire ou, de préférence, neutraliser. Ce sont des câbles sous-marins qui se ressemblent tous plus ou moins. Dans notre objectif réel – qui n'est pas Caraqui, comprenez-le bien –, ces câbles alimentent une plate-forme de combat que nous voulons couper de son infrastructure logistique. Son cœur est constitué de faisceaux de câbles d'acier – cent soixante-quatre, pour être précis –, blindés de plaques de céramique. Le tout est entouré de multigaines de plastique et protégé à l'extérieur par une résille de captation en bronze.

Ayah ne peut s'empêcher de rire.

— Et vous voulez que je fasse quoi avec tout ça ?

— Que vous me suggériez tous les moyens qui vous viennent à l'esprit.

Elle se laisse aller en arrière contre ses oreillers tandis que Constantin continue avec le plus grand sérieux.

— La méthode traditionnelle, pour venir à bout de ce genre de faisceaux, est de les envelopper dans une guirlande d'explosifs et de faire tout sauter. Mais je ne sais pas si c'est possible ici, et ça ne marche pas à tous les coups, au demeurant. L'objectif comporte plus de quarante câbles de ce type, fortement redondants, sans compter les conduits de plasma plus traditionnels qui passent sous les ponts au-dessus de l'eau.

Ayah rit de plus en plus fort.

— Pourquoi se casser la tête ?

— Parce que la seule autre solution consiste à lancer une attaque surprise contre la plate-forme avec tous les moyens dont nous disposons. Cela entraînerait la mort de centaines, probablement de milliers de personnes que j'aimerais autant ne pas envoyer au Bouclier.

Le rire d'Ayah s'éteint, et il y a quelques secondes de silence glacé. Puis elle secoue la tête.

— D'accord, dit-elle. Je vais voir ce que je peux faire.

— Merci, Miss Ayah.

Il lui prend la main, se penche vers elle et dépose un baiser sur ses lèvres. Elle a les joues brûlantes sous l'effet du vin. Il se lève.

— À demain, murmure-t-il. Petit déjeuner sur la terrasse ?

— Bien sûr.

Il s'éloigne vers la porte, abaisse la poignée.

— Vous êtes déjà montée sur un hors-bord ? demande-t-il en se retournant.

— Jamais sur aucun bateau.

— J'espère que vous trouverez ça agréable. Bonne nuit, Miss Ayah.

— Merci, métropolite.

Il referme silencieusement la porte derrière lui. À travers la paroi, elle entend sa voix grave, suivie du rire trillé de Sorya, puis d'un silence complet.

Elle ferme les yeux et se voit avec Constantin sur un hors-bord aux formes effilées qui glisse sur une mer plate, lisse comme un miroir, en direction d'un horizon bleu tel qu'il n'en existe plus nulle part sur la planète.

Les lumières halogènes de la vedette rapide de Constantin sculptent un tunnel éclatant dans l'obscurité qui règne sous la cité de Caraqui. Les gros moteurs marins résonnent bruyamment dans la caverne de béton. Ayah sent le goût du sel dans la brise.

La métropole de Caraqui forme une peau sur la mer, comme une feuille de nénuphar géante étalée en travers d'un bassin. D'énormes plates-formes en béton reliées par des câbles de l'épaisseur d'un tronc d'arbre et couvertes de constructions sont réparties sur l'eau. Les ponts qui les relient portent la plus grande partie des systèmes utilitaires et de communications. Sur les plus larges d'entre eux, il y a des gens qui vivent dans des extensions tellement plus volumineuses que la structure d'origine qu'il est parfois impossible de distinguer le pont proprement dit. Les transports publics empruntent la voie des airs ou, parfois, sous-marine.

Il y a d'énormes artères marines utilisées par la majorité des transports commerciaux, mais la plupart des voies aquatiques sont sombres et étroites, écrasées dans l'ombre des plates-formes et des pontons, des ponts hypertrophiés et des passerelles qui dansent infatigablement sur les eaux noires. Des grappes de moules et de coquillages recouvrent, jusqu'à la limite de la ligne des eaux, les pontons et les échelles de fer disposées un peu partout, sans doute au bénéfice de celui qui aurait l'infortune de tomber dans ces eaux peu ragoûtantes.

Traverser la frontière quand on vient de Barchab ne pose aucun problème. Il y a des centaines de ces chenaux, et la police ne peut pas les surveiller tous.

Une tache de lumière apparaît devant eux. Elle s'élargit rapidement. La vedette fonce au milieu d'un canal et prend à gauche. Le bateau des gardes du corps, discipliné, suit à une demi-seconde d'intervalle. L'eau est verte. Il y a un tapis d'algues interrompu de temps à autre par des paquets d'ordures flottantes. Des oiseaux à l'air dépenaillé nagent dans cette soupe. Les boulevards, de part et d'autre du chenal, sont bordés d'arbres. De hauts immeubles aux parois de verre et des temples aux pinacles effilés dominent les eaux vertes. C'est un quartier résidentiel, de toute évidence. On ne voit que quelques personnes dans les rues, et la circulation des marchandises sur l'eau, à part quelques petites péniches, est inexistante.

— Le Canal des Martyrs, explique Constantin. Les aviaires ligotaient les Dalavites tous ensemble avant de les y précipiter.

Ayah est debout, la tête au-dessus du pare-brise. Elle adore sentir le vent sur sa figure. Elle cherche le fameux Palais Aérien, mais ne le trouve pas. Sur sa gauche, Constantin a relevé son col, et son profil sombre se détache dans la lumière. Les mains sur le volant, il manœuvre le bateau avec une légèreté qui dément l'intensité de son expression. L'école de Radritha, se dit-elle, malgré le mépris que Constantin affiche à son égard, a néanmoins laissé sur lui sa marque dans la mesure où il se donne à fond, intensément, dans tout ce qu'il fait.

Mais qui sait ? Ce sont peut-être les effets cumulés du plasma absorbé à trop fortes doses qui forgent cette impression.

Le visage aux traits durs de Kherzaki surgit soudain dans le ciel. Encore une publicité pour *Les Maîtres de la Cité Nouvelle*.

Constantin réduit les gaz. Il balaie du regard les numéros à demi effacés sur le ponton, les plaques rouillées qui pendent sous les ponts. Il trouve ce qu'il cherchait, s'engage sur la droite dans une caverne étroite et fraîche, l'équivalent local d'une ruelle obscure. Un vol d'hirondelles fait explosion à partir de nids construits au creux des poutrelles courbes et prend son essor vers la lumière. Constantin conserve une vitesse modérée. Il continue de scruter les murs illuminés par ses halogènes à la recherche d'un repère. Le Bouclier forme une mince bande lumineuse au-dessus de leurs têtes, comme un tube fluorescent lointain. Le bruit des moteurs se réverbère sur les murs en béton.

Au bout d'un moment, Constantin ralentit. Il n'y a aucune lumière visible au-dessus d'eux. Les pontons ont été complètement couverts de constructions, ils se sont transformés en radeau géant. Constantin allume des projecteurs sous-marins. Le bateau avance doucement sur son erre le long de l'une des plates-formes. Sous la lumière des halogènes, l'eau a l'aspect d'une soupe laiteuse. Constantin court à l'avant, prend un cordage et s'amarre à une échelle. Le bateau de l'escorte vient se ranger bord à bord avec lui.

— Mettez la brouette à l'eau, ordonne Constantin aux gardes avant de se tourner vers Ayah. Préparons-nous, lui dit-il.

Les hommes de l'escorte descendent l'engin dans l'eau. Il entre en contact avec la surface dans une grande gerbe d'écume. Ayah commence à enlever son sweater et son gros pantalon de laine.

— Nous avons prévu de réaliser l'opération à marée descendante, lui dit Constantin. Les marées peuvent causer de la houle, des courants qui s'engouffrent entre les pontons. Il y a des gens qui en profitent pour surfer.

— J'ai vu ça un jour en vidéo.

C'était dans l'émission « Curiosités du monde », qu'elle regardait quand elle était petite.

Les marées sont la preuve de l'existence d'un univers derrière le Bouclier. C'est ce qu'elle a appris à l'école. Il fut un temps où le ciel était noir, à l'exception d'un objet qu'on appelait Soleil et d'un autre qui portait le nom de Lune. Ils étaient fluorescents ou quelque chose comme ça, et cela éclairait le ciel par intermittence, à la manière des publicités au plasma émises à l'extérieur de l'atmosphère. C'était leur gravité qui provoquait les marées. Ils n'étaient donc pas faits de plasma, mais de matière, car le plasma n'a pas de gravité. Ayah se les représentait toujours sous la forme de deux gros néons spiralés. Le Bouclier empêchait de les voir, mais ils étaient censés être juste derrière, et c'étaient eux qui étaient responsables des marées. Jusqu'à preuve du contraire, la gravité était la seule force capable de traverser le Bouclier. Ayah voulait bien croire à l'existence d'un Soleil et d'une Lune dont la présence remontait à une époque antérieure à celle du Bouclier, mais elle avait du mal à accepter certains détails traditionnellement associés au monde prémétropolitain. On disait, par exemple, que certaines parties du monde existaient simultanément à des époques différentes. Elle ne comprenait vraiment pas ce concept. Comment pouvait-on se déplacer dans l'avenir ou dans le passé simplement en allant d'un endroit du globe à un autre ? Si l'on pouvait aller du présent vers le passé rien qu'en changeant d'endroit, par exemple de Jaspeer à Caraqui, cela signifiait-il que l'on pouvait modifier le présent en remontant le temps pour altérer le cours des choses ?

Toute cette histoire était bien difficile à admettre.

Le froid donne la chair de poule à Ayah sous son maillot de bain. En frissonnant, elle commence à enfiler sa lourde combinaison. Le plastique lui colle à la peau comme une serviette mouillée et rend le moindre mouvement difficile. Malgré le froid, la sueur perle sur son front. Lorsqu'elle remonte la fermeture à glissière jusqu'à son menton, elle a l'impression d'être un colis bien ficelé, prêt à poster.

— Salut au glorieux et immortel métropolite Constantin.

Les poils se hérissent sur la nuque d'Ayah lorsque les voix désincarnées surgissent de la plage arrière du bateau. La consonne initiale de « Constantin » est prononcée comme un coup de glotte aspiré.

Il va à la proue et se penche par-dessus bord. Sa silhouette massive, bien que torse nu et combinaison pendante à la taille, a conservé une étrange dignité.

— Toutes mes félicitations, Prince Aranax, dit-il. Votre Illumination fait preuve d'une grande condescendance en acceptant de s'adresser à moi sans intermédiaire.

On entend un clapotement à l'arrière de la vedette. Cette voix, se dit Ayah, ne peut rien avoir d'humain.

— Il y a des tâches qu'il est préférable d'accomplir soi-même, poursuit la présence, afin d'avoir la certitude que certains échanges se font dans un climat de parfaite compréhension. Nous devons parler, comme ci comme ça, de ceci cela, d'une manière totalement dépourvue d'appréhension.

— La sagesse de Votre Illumination surpasse celle des immortels, réplique gravement Constantin. Il ne fait aucun doute que votre lumière restera inégalée durant cent mille ans.

— Ma modeste compréhension des choses n'est que le pâle reflet de la gloire et de la sagesse du grand Constantin. Le rayonnement de votre génie illumine le monde à la manière d'une boule incandescente plongeant dans les eaux noires et attirant par sa magnificence la pauvre créature indigne que je suis.

— La courtoisie dont Votre Illumination fait preuve en me décrivant ainsi n'a d'égale que votre noblesse, fait Constantin en se redressant. Permettez-moi, Votre Illumination, de vous présenter ma collaboratrice Miss Ayah, dont les connaissances patentes vont nous guider infailliblement sur la route du succès.

La bouche sèche, Ayah s'avance vers l'arrière du bateau. Elle se sent, dans son épaisse combinaison poreuse, aussi volumineuse qu'un ballon dirigeable, et à peu près aussi maladroite.

Constantin, naturellement, ne l'a jamais préparée à ça. Encore une de ses petites surprises.

Le dauphin est au milieu du cercle de lumière halogène et la regarde de ses petits yeux noirs enfoncés derrière la bosse de son front. Il a la peau d'un blanc albinos tirant sur le rose, avec des entailles, des bosses et quelques balafres profondes. Son dos est fortement arqué. Son nez est en arrière sur le dessus de la tête. Sa mâchoire inférieure est prognathe, rigide, en forme de bec et figée en rictus.

Elle sait qu'à une époque les dauphins étaient les ennemis de l'humanité. Ils régnaient en maîtres sur toutes les mers et se battaient avec férocité pour dominer le monde. Depuis leur défaite, ils ont joué un rôle de moins en moins important dans les affaires de la planète, et les hommes ont empiété largement sur leur territoire. Ayah n'a eu l'occasion d'en voir de près que dans les défilés de la fête de Senko.

Elle jette un coup d'œil à Constantin pour avoir son approbation, puis s'humecte les lèvres avant de murmurer timidement :

— Que Votre Illumination me pardonne si je suis à tel point impressionnée par sa présence... euh... majestueuse... que je ne trouve plus mes mots.

Le dauphin agite sa « main », munie de longs doigts en spatule qui font bouillonner l'eau autour de lui.

— Les compagnons de Constantin sont des phares de sagesse dans un océan de ténèbres et d'ignorance.

Heureusement, Constantin prend la conversation en charge à partir de là. Tous ces ridicules salamalecs paraissent encore plus absurdes lorsque l'on songe qu'il s'agit de deux exilés qui se cachent pour comploter.

La conversation, de flatteries en compliments extravagants, arrive enfin à son terme, et le prince Aranax bascule, agitant ses larges pieds à la surface, pour s'immerger dans son élément.

Constantin et Ayah reprennent leurs préparatifs de plongée. Ayah revêt son harnais de flottaison, qui comporte à la fois des poches pour les plombs et des compartiments gonflables pour régler la profondeur. Constantin l'aide à ajuster le conteneur d'air ultra-plat qui épouse confortablement la forme de son dos.

Dans sa combinaison en mousse de plastique, Ayah entend les cognements de son cœur et le sifflement de sa respiration précipitée. Le simple fait de s'adapter à un équipement dont elle n'a pas l'habitude l'épuise. Quand elle a eu fini de pomper l'air pour s'équilibrer, qu'elle a mis ses palmes et son masque, et qu'elle se laisse glisser dans l'eau, elle est soulagée d'être enfin à l'œuvre.

L'eau est plus salée qu'elle ne s'y attendait. Ses deux heures d'entraînement, elle les a faites en piscine d'eau douce. La combinaison laisse passer une couche d'eau de mer isolante au contact huileux sur sa peau. Elle se laisse porter par son harnais de flottaison, essaie de régulariser son cœur et sa respiration. Elle sent la panique pas loin.

Constantin la suit dans l'eau, puis nage jusqu'à la brouette et y grimpe. Il se déplace avec la même aisance que sur la terre ferme, et elle l'envie pour la facilité qu'il a à se sentir chez lui partout. Les moteurs électriques ronronnent tandis qu'il essaie les propulseurs l'un après l'autre. Les bulles de cavitation montent en colonne à la lueur de l'halogène. Constantin commence à ballaster. L'air siffle dans les valves. L'engin se stabilise dans l'eau. Le cœur d'Ayah fait un bond lorsqu'un éclair blanc passe sous ses pieds. Le dauphin.

— Grimpez, lui dit Constantin, si vous êtes prête.

Elle l'est autant qu'elle pourra jamais l'être. Elle se hisse à bord, se laisse tomber sur les sangles tendues entre les deux propulseurs. Tant qu'elle est sur la brouette, elle peut utiliser la réserve d'air de l'engin. L'air comprimé s'échappe en sifflant quand elle teste l'un des détendeurs de la brouette et met l'embout dans sa bouche. Le sel lui pique le palais quand elle aspire sa première goulée.

— Videz l'air de votre harnais, lui dit Constantin. Nous allons nous servir de la brouette pour régler la flottabilité.

Ayah tâtonne avec ses doigts gantés pour trouver la tirette qui permet de chasser l'air des poches de son harnais. Constantin met son masque et son régulateur en place, décompresse ses oreilles et entreprend d'immerger la brouette. Les bulles d'air s'échappent bruyamment dans l'eau noire.

Le dauphin refait surface un bref instant. Il souffle à plusieurs reprises, fixe les humains de ses petits yeux et replonge. L'eau bouillonne à la figure d'Ayah. La claustrophobie la saisit. Elle se pince les narines et essaie de décompresser.

Sous la surface, tout est d'un vert opalescent irréel. Les parties immergées des pontons, couvertes de coquillages, s'enfoncent dans les profondeurs noires. Aranax ne cesse de passer et repasser de la lumière à l'ombre. Son corps pâle file comme un éclair dans son élément. Il a une nageoire dorsale qu'Ayah remarque pour la première fois et porte un harnais discret dont les poches plates ne nuisent en rien à son profil hydrodynamique.

La brouette s'enfonce lentement, le nez légèrement incliné vers le bas. Les projecteurs taillent un cône de lumière dans le noir. Le tableau de bord de l'engin émet une lueur phosphorescente. Ayah n'a rien d'autre à faire que regarder autour d'elle et essayer de décompresser ses oreilles. La droite résiste et la douleur monte à mesure que la brouette descend. Mais quand elle serre l'embout entre ses dents et déglutit très fort, un drôle de bruit se fait entendre, comme une baudruche qui se dégonfle. C'est l'air qui passe dans son oreille moyenne.

Lorsque Constantin met en marche les moteurs de la brouette, les vibrations semblent se transmettre par conduction dans ses os et jusque dans ses dents. L'obscurité s'épaissit à mesure qu'ils descendent et s'éloignent de la lumière des projecteurs de leurs deux bateaux. Aranax n'est plus qu'une ombre dont on distingue à peine les longs pieds incurvés vers l'extérieur qui battent à l'unisson pour le propulser rapidement. Constantin le suit. Ayah éprouve un nouveau moment d'angoisse claustrophobe lorsqu'ils passent sous le fond plat d'une énorme plate-forme. Par-dessus le bourdonnement de leurs propres moteurs, Ayah perçoit le sifflement continuel des moteurs des bateaux de surface. La plate-forme répercute leur bruit de telle manière qu'ils donnent l'impression de se trouver juste au-dessus d'eux. En écoutant bien, elle distingue mille bruits différents : le gémissement des pompes, le déchirement des vedettes rapides, le fracas lointain, irrégulier, des machineries qui résonnent comme des coups de gong. À la lumière de leurs projecteurs, elle voit des grilles, des entrées de sas, des évents, tous entourés d'une vie marine pullulante qui semble bleue ou grise jusqu'à ce que la lumière l'inonde et la révèle multicolore : jaunes et rouges éclatants, verts agressifs.

Les minutes passent. Ayah se relaxe, admire cet environnement étrange. Des ombres pâles passent au loin, les masses noires des plates-formes défilent au-dessus d'eux, sinistres et impressionnantes. Régulièrement, Aranax remonte respirer à la surface, puis il file en avant.

L'eau s'éclaircit devant eux. La lumière du Bouclier filtre d'en haut. La brouette ralentit. Elle passe sous un ponton. Constantin remplit les ballasts et ils remontent lentement. Elle lève la tête pour essayer d'y voir quelque chose malgré son masque. L'eau est trouble, verdâtre, saturée d'algues qui laissent un goût de cuivre sur la langue d'Ayah.

Une structure se profile au-dessus d'eux. Son ombre est immense. La brouette grimpe encore. Constantin règle la flottabilité, et des bulles d'air s'échappent. La structure grossit peu à peu. C'est un nœud de communication rond et flexible, une galette de câbles reliés par des attaches d'un jaune éclatant à la lueur du Bouclier.

Constantin stabilise l'engin sous la structure, retire un gant et saisit une poignée de transfert incorporée au tableau de bord de la brouette. Celle-ci est équipée de batteries au plasma. De l'autre main, il prend le poignet d'Ayah à la jonction du gant et du gilet isolant. Ses pensées font délicatement irruption dans les siennes.

« *Vous voyez mon problème.* »

« *Oui.* »

Elle réfléchit un instant.

« *Je vais faire un tour. Il faut que je voie ça de plus près.* »

Elle passe sur son régulateur, se détache de la brouette, s'écarte d'un coup de palme... et s'aperçoit qu'elle coule.

Elle s'agite pour trouver la tirette tandis que ses jambes battent désespérément pour la maintenir au même niveau. Elle fait enfin entrer de l'air dans le harnais et se stabilise. Aranax l'observe avec son rictus figé. Elle donne des coups de palme pour examiner de plus près la galette de connexion, constate qu'elle est entourée d'une résille de protection couleur miel, rendue flexible et inaltérable par quelque procédé secret et probablement rebrunie quotidiennement par un groupe d'apprentis mages.

Le plasma circule à travers tout cela. Il y en a des quantités énormes, qui aboutissent à la « plate-forme de commandement » de Constantin. Les connexions sont si nombreuses que le niveau de redondance est parfaitement ridicule.

Et elle est censée trouver le moyen de saboter tout cela. Bravo !

Elle examine les câbles sur les côtés, puis monte en battant des palmes. Aucune différence. Aranax file en direction du ponton le plus proche. Elle se propulse le long du faisceau, mais il n'y a vraiment rien de spécial à voir. Même la vie aquatique semble se tenir à distance. Elle retourne à la brouette. Constantin lui prend le poignet.

« *Emmenez-moi revoir ce nœud de connexions.* »

Sans sourciller, Constantin remet les moteurs en marche, tourne le nez de la brouette dans la direction d'où ils sont venus et repart.

« *Où est allé Aranax ?* » demande Ayah.

« *Il avait sans doute besoin de respirer.* »

« *Pourquoi pas directement à la surface ?* »

« *C'est une zone interdite. Ils pourraient lui tirer dessus.* »

Le rire d'Ayah fait naître des bulles à travers son respirateur. Constantin lui réserve des surprises, aujourd'hui.

Un ponton se profile devant eux. Les câbles y sont reliés par l'intermédiaire d'un mécanisme de support complexe, à base de bras massifs en métal inoxydable qui en soutiennent le poids mais paraissent plutôt superflus. Elle doute que leur destruction fasse une grande différence. En tout état de cause, elle ne voit pas où ils vont quand ils arrivent au ponton. Elle quitte la brouette et fait de nouveau le tour du faisceau, mais rien d'utile ne lui vient à l'esprit.

Aranax arrive comme une flèche et exécute une roulade sans effort au-dessus du faisceau. Quand il se laisse porter, elle s'aperçoit qu'il est en train de manger un poisson. Ses dents triangulaires brillantes le déchirent, et le sang forme une corolle rouge autour de son bec. Le poisson semble regarder la surface de ses yeux morts.

Ce spectacle rappelle à Ayah que sa présence ici est totalement déplacée.

Elle retourne à la brouette et touche le poignet de Constantin.

« *Je ne trouve rien*, avoue-t-elle. *Vous pourriez essayer de faire sauter le nœud de connexions, mais...* »

« *Nous y réfléchirons. Vous voulez voir autre chose ?* »

« *Non.* »

Puis elle ajoute, au bout d'un moment de silence :

« *Désolée.* »

Constantin hausse ses épaules massives.

« *Cela valait le coup d'essayer.* »

La brouette suit Aranax jusqu'à la tache de lumière marquant l'emplacement des bateaux qui attendent. Des centaines de petits poissons vont et viennent comme des papillons attirés par la lumière. Constantin règle la flottabilité de la brouette de manière à rester stationnaire pendant cinq minutes pour observer un palier de décompression. Ayah imagine les bulles d'azote toxique formant de l'écume dans son sang, poussées vers ses poumons par chaque pulsation cardiaque. À la fin du palier, la brouette s'élève lentement vers la surface, dans un sifflement d'air.

Les gardes de Constantin la hissent à bord à la force des bras et l'aident à ôter son harnais et ses palmes. Elle retire sa cagoule, secoue ses cheveux et saisit une serviette. Soudain, elle tremble de froid et un bon bain chaud lui paraît la chose la plus désirable au monde.

Les gardes s'occupent déjà de Constantin. Ils hissent la brouette à bord. Aranax forme une tache blanche dans l'eau illuminée. Soudain, il y a d'autres dauphins autour de lui, à peu près une dizaine, qui émergent au même moment et regardent Constantin de leurs yeux vitreux. Les gardes ont l'air nerveux. Ayah frissonne et baisse les yeux vers la petite mare qui s'étale à ses pieds.

Constantin a un long conciliabule avec Aranax, dont elle ignore le contenu car ils se servent des accus au plasma du bateau pour communiquer mentalement.

— Votre Illumination, déclare finalement Constantin à haute voix, guide par sa sagesse mes efforts maladroits et mal informés vers le succès.

Après quelques échanges de compliments du même acabit, la conversation prend fin. Les dauphins pirouettent dans l'eau et disparaissent subitement.

— Tout s'est bien passé, je pense, déclare Constantin en reprenant les commandes de leur vedette.

— Aranax est vraiment prince ? demande Ayah.

Le titre a quelque chose d'étrange, de poussiéreux, comme s'il sortait tout droit de la mythologie de l'époque de Karlo ou de Vida le Généreux.

Constantin lui sourit tout en mettant les moteurs de la vedette en marche.

— Je n'ai jamais rencontré un dauphin qui ne soit pas prince, ou roi, ou reine, ou pacha. Ils ne sont pas avares avec les titres, les dauphins. Mais il faut reconnaître qu'Aranax exerce une certaine influence sur les autres, dans la mesure où une telle chose existe chez eux. Et il est honnête, pour un dauphin.

— Quel avantage retire-t-il de tout ça ?

Ayah reconnaît le regard que lui lance Constantin, ce plaisir malin qu'il éprouve à ne dévoiler que peu à peu ses petits secrets.

— Seriez-vous très surprise si je vous disais que les dauphins ont des comptes en banque ?

— Je suppose que non, maintenant que j'y pense. Comment l'avez-vous connu ?

— Ce n'est pas la première fois que je viens ici. J'étudiais l'organisation sociale des dauphins – on ne peut guère appeler cela une forme de gouvernement, avec tous ces princes et aucun roturier. Je me disais qu'ils avaient peut-être des choses à nous apprendre.

— Et c'est le cas ?

— Non, à moins que nous ne devenions tous subaquatiques. Mais c'est un idéal intéressant.

Il va à l'avant dégager les amarres puis revient au poste de pilotage. Il écarte la vedette de celle de l'escorte, met les gaz à fond et entame le voyage retour. Ayah s'installe sur la banquette à côté de lui. Elle est transie.

— Désolée de n'avoir rien pu faire, dit-elle.

— Ce n'est pas grave. Vous avez une manière personnelle de voir les choses qui nous a déjà été utile en d'autres circonstances. Cela valait la peine d'essayer ici. Sans compter, ajoute-t-il en souriant, que vous aviez besoin de vacances.

Ça, des vacances ? se dit-elle. Peut-être pour Constantin.

— Merci, réplique-t-elle à haute voix. En y réfléchissant bien, la seule façon d'y arriver serait de s'attaquer directement à la station de contrôle ou aux aiguillages. Ils sont obligés d'utiliser des aiguillages quand ils décident que leur plasma doit passer par tel ou tel câble. Ce sont des systèmes électriques. Si vous coupez leur alimentation, il en résultera... quelques inconvénients pour eux.

Constantin hoche la tête, puis sourit de son petit sourire malin.

— Je vais examiner cette possibilité, dit-il.

Les cheveux poisseux, frissonnant de la tête aux pieds, Ayah retourne à l'hôtel Volcano avec Constantin et ses hommes. Le métropolite a remis sa perruque rousse pour le bref moment qu'il passe dans le hall et l'ascenseur. Sorya les attend dans leur suite. Elle porte une délicate robe en soie rouge et des bijoux en or. Elle accueille Constantin en hurlant :

— Parq vient dîner ? C'est toi qui l'as invité ?

Constantin retire sa perruque et la tend à l'un des gardes.

— Bien sûr, dit-il.

— Je t'avais prévenu de ne pas te fier à lui !

— Je ne m'y fie pas, répond tranquillement Constantin. Je me sers de lui.

Les doigts de Sorya aux ongles démesurés fendent l'air comme des couteaux.

— Il a trahi tous ses chefs, tous ses camarades...

Constantin hoche la tête.

— Ce qui le rend parfaitement prévisible.

La rage de Sorya s'accroît. Les gardes, avec tact, vont se poster dans d'autres endroits de la suite où risquent de se pointer des intrus. Ayah se dit qu'elle ferait mieux de laisser Bobo et Momo régler leurs comptes dans l'intimité, et gagne discrètement sa chambre.

Elle se fait couler un bain très chaud et laisse le parfum et la texture de l'eau, agrémentée de sels de bain, apaiser ses nerfs. Mais c'est sans espoir, avec ces éclats de voix qui font trembler la porte. Elle ne saisit pas ce qu'ils se disent, mais c'est sans doute sans grande importance. Quand elle était petite, souvent, les voisins se disputaient de la même manière, et elle se sentait gênée de pénétrer malgré elle dans leur intimité.

Bobo et Momo... Ayah ne sait presque rien de Sorya, mis à part le fait qu'elle est de Carvel et qu'elle est riche. Elle ignore depuis combien de temps Constantin et elle sont ensemble, s'ils se disputent souvent de cette manière ou uniquement quand ils préparent une guerre...

Des portes claquent, et c'est le silence. Ayah s'immerge complètement, à part les deux îlots de ses genoux. Encore un souvenir d'enfance, quand elle regardait le plafond craquelé à travers une petite épaisseur d'eau trouble. La différence, c'est qu'ici le plafond est carrelé en mosaïque formant des motifs abstraits.

L'hôtel fournit de merveilleux peignoirs de bain avec « VOLCANO » brodé sur la poitrine. Ayah en revêt un et passe un bon moment à se démêler les cheveux devant la glace. Il règne à présent un silence total.

Elle se regarde dans la glace et se demande si ses nouveaux souvenirs sont visibles, d'une manière ou d'une autre, dans ses yeux, si un étranger, en la regardant, peut sentir la différence apportée par le goût de l'eau salée sur sa langue, le regard du dauphin avec son rictus figé, les couleurs vives des fonds marins illuminés par les projecteurs, le profil de Constantin fendant l'air aux commandes de la vedette...

Un coup discret se fait entendre à la porte. Elle va ouvrir. C'est Constantin, à moitié habillé pour son rendez-vous, son pantalon en accordéon sur ses chaussettes en soie, en bretelles, sa chemise blanche immaculée à moitié en place.

— Je suppose que vous avez entendu, dit-il.

— J'ai fait de mon mieux pour l'éviter.

— Sorya est partie.

— Elle reviendra ?

Il hausse les épaules.

— Cela dépend d'elle, j'imagine.

Elle s'écarte pour le laisser entrer. Ses chaussettes en soie crissent légèrement sur la moquette.

— Ce que nous faisons là n'est pas très orthodoxe, lui dit Constantin. Je ne saurai peut-être jamais si mes tractations avec Parq aboutissent à quelque chose, mais une chose est certaine, c'est que, sans Sorya, notre cause est sérieusement affaiblie.

Elle le regarde dans les yeux.

— C'est Caraqui, n'est-ce pas ? Vous vous préparez à renverser leur gouvernement. Et il vous faut l'aide des dauphins pour y arriver.

Toute trace d'amusement disparaît subitement de l'expression de Constantin. Ayah se sent visée par son intensité, par toute la puissance qui émane de lui, comme si le rayon d'un projecteur venait de l'épingler et ne la quittait plus.

Que va-t-il se passer, se demande-t-elle, s'il décide qu'elle n'est pas digne de posséder cette information ?

D'une voix songeuse, caverneuse, il murmure :

— Je suppose que c'était évident.

— Vous ne vous donneriez pas toute cette peine sous l'eau, avec les dauphins, si c'était juste un exercice théorique. Ces câbles alimentent le Palais Aérien en plasma, pas vrai ?

Il hoche la tête, les yeux toujours fixés sur elle avec la même intensité. Ayah s'aperçoit qu'elle retient sa respiration. Puis Constantin hoche la tête, son regard s'adoucit.

— Acceptez-vous de m'aider à mener mes projets à bien ? demande-t-il. Je ne sais pas si je pourrais supporter qu'une autre femme exceptionnelle me laisse tomber aujourd'hui.

Ayah a la bouche sèche.

— Bien sûr que j'accepte.

Ils se font face un long moment. Ayah a la chair de poule sous son peignoir en éponge. Les miroirs muraux en losange renvoient leurs images multipliées. Soudain, Constantin, en un mouvement d'une vivacité surprenante chez un homme de sa corpulence, fait un pas en avant, et elle a à peine le temps de lever les bras qu'il a déjà franchi la distance qui les sépare. Elle a un bref moment de surprise avant de se retrouver dans ses bras. Elle ouvre les siens, se laisse aller contre ses dentelles, cherche ses lèvres, ne voulant pas le laisser penser que l'initiative vient entièrement de lui.

Les draps en percale très fine sont parfumés à la lavande. Constantin fait l'amour avec la même intensité qu'il met en tout. Le fait d'être l'objet d'une telle concentration procure d'abord un certain embarras à Ayah. Elle ne veut pas que son corps efflanqué soit l'objet d'un examen aussi détaillé et impitoyable. Mais elle comprend que la seule manière de contrer une telle intensité est de l'égaler de son côté. Elle ouvre les yeux, le regarde, le défie muettement de lui donner du plaisir. Il semble parfaitement désireux de s'acquitter de cette tâche.

Il évite de se servir de sa force physique. Il l'aborde avec délicatesse, comme s'il avait peur qu'elle se casse. Elle apprécie sa considération, mais elle en demande davantage. Elle veut sentir toute sa puissance, et elle l'attire vers le bas, pour avoir son poids sur elle, s'imprégner de son odeur, l'avoir sur le dos de sa langue. Elle se rend compte qu'elle est en train de se constituer un sensorium exactement comme avec le plasma, en invoquant tour à tour chaque sens, chaque centimètre carré de chair nue, chaque impulsion de plaisir...

Elle passe le bout de sa langue sur sa peau, et découvre que son goût a la richesse de l'océan.

— Je ne veux pas que Parq te voie, lui dit-il. Pour toutes les raisons dont je t'ai parlé hier. Geymard ne te vendrait pas – mais il pourrait très bien laisser échapper une parole devant quelqu'un qui le ferait –, tandis que Parq n'hésiterait pas à nous trahir, toi et moi et le monde entier, s'il y trouvait un avantage.

Il lui sourit. Devant l'un des miroirs en losange de la chambre d'Ayah, il ajuste sa veste, ses poignets de chemise. L'un de ses employés vient d'appeler pour dire que Parq est dans l'hôtel. Ayah est assise dans le lit, la couverture remontée jusqu'au menton, car il fait froid dans la chambre climatisée.

— S'il est si dangereux, demande Ayah, pourquoi traiter avec lui ?

— Parce que c'est le grand prêtre de la secte des Dalavites. C'est la raison pour laquelle il est corrompu, naturellement. Ils ne donneraient jamais ce poste à quelqu'un d'honnête. À ce titre, il contrôle l'unique centre de diffusion indépendant de Caraqui. (Il ajuste la dentelle sous son menton et regarde Ayah par-dessus son épaule.) Il faut quelqu'un pour annoncer aux Caraquis qu'ils ont un nouveau gouvernement, tu ne crois pas ?

Il s'avance vers le lit et s'assoit à côté d'Ayah. Il lui touche gentiment la joue du dos de la main, puis arrange une boucle de ses cheveux pour qu'elle soit plus à son goût.

— Veux-tu faire un tour dehors un peu plus tard ? demande-t-il. Tu pourras t'éclipser pendant que Parq et moi nous serons en conférence. Je te donnerai un chauffeur et un crédicyl.

Des images de chromo dansent devant les yeux d'Ayah : une succession de clubs, de spectacles sur scène, de boutiques, de joailliers, une limousine pleine de paquets entourés de rubans, un chauffeur attentionné... Il ne manquerait plus, pour compléter le tableau, qu'un carlin au bout d'une laisse sertie de diamants.

Et dire que Tella l'accusait, avant ça, de se faire entretenir !

Elle met le menton sous les couvertures et secoue la tête.

— Je préfère t'attendre ici.

— Cette réunion risque de durer des heures. Hier, tu es déjà restée enfermée dans ta chambre.

— Ça ne fait rien. La vue est tellement belle, de la terrasse.

Il se penche pour déposer un baiser sur ses lèvres.

— Ma jolie Miss Ayah, j'espère que ça en vaudra la peine.

— Merci pour cette flatterie.

— Flatterie ? (Il paraît surpris.) Mais pas du tout !

— Je n'ai que la peau sur les os. Tu peux compter mes côtes.

Il écarte sa remarque d'un geste vague.

— Tu as tout ce qu'il faut là où ça compte, dit-il en lui posant un doigt sur le front. Et n'oublie pas ce que je vais te dire. Les moments où ta beauté ressort le plus, c'est quand tu voles dans les airs.

Surprise, Ayah demeure sans réponse tandis que Constantin s'en va à son rendez-vous. Elle se drape de nouveau dans son peignoir en éponge et sort sur la terrasse. Elle cherche l'aviaire dans le ciel, mais il n'y est pas.

Durant les vingt-quatre heures qui suivent, Ayah découvre quelques fonctions inattendues des lits. Comploter pour renverser un gouvernement, tout d'abord. Il y a beaucoup plus de détails à régler qu'elle ne l'aurait cru, et Constantin les énumère point par point, depuis la meilleure manière d'approcher les officiers de haut grade jusqu'à la subversion des communications au moyen de faux messages.

— Caraqui a connu des siècles de gouvernement néfaste, explique-t-il, depuis les oligarques qui, après s'être génétiquement transformés en aviaires, se sont construit leur Palais Aérien, jusqu'à la famille Keremath, qui les a renversés avec l'aide des Dalavites et règne maintenant depuis trois générations... Le pouvoir, aujourd'hui, est concentré en un si petit nombre de mains qu'il suffit d'en trancher quelques-unes pour qu'il tombe tout cuit dans le giron du premier prétendant.

— Et ce prétendant, c'est toi.

— Non. Est-ce que cela me diminue à tes yeux, si je te dis que ce n'est pas moi ?

Il s'allonge sur le dos à côté d'elle. Elle se glisse en travers contre lui, croise les bras sur son large torse pour y poser le menton.

À la grande surprise d'Ayah, il lui explique qu'il n'est pas le moteur de cette conspiration.

— C'est le colonel Drumbeth qui m'a contacté le premier, par l'intermédiaire de personnes de confiance, des membres de sa propre famille. Beaucoup de gens viennent me trouver avec des projets plus ou moins farfelus pour des révolutions ou des actes de violence ou de pillage. J'allais l'écarter comme les autres quand tu es arrivée, toi, ma petite Miss Ayah, avec ton plasma que tu m'offrais contre un million de dalders. Je t'ai presque considérée, alors, comme un signe envoyé par le ciel, et je ne me suis pas trompé de beaucoup, je pense.

Il l'embrasse soudain sur le bout du nez. Elle rit.

— Qui est le colonel Drumbeth ? demande-t-elle.

Un sourire tord la lèvre de Constantin.

— Un sympathisant du Mouvement pour la Cité Nouvelle. C'est du moins ce que me disent ses envoyés. Il me demande mon assistance pour rétablir sa métropole dans son droit. J'ai hâte de faire sa connaissance.

— Tu ne le connais pas ? demande-t-elle, de nouveau surprise.

— Trop dangereux. Il est à la tête du contre-espionnage militaire, il ne peut pas se déplacer comme il veut. Mais... (il lève la main) si quelqu'un dans l'armée soupçonne une révolution en préparation, qui sera averti le premier ? Commode, n'est-ce pas ?

Il rentre le menton pour la regarder.

— Nous l'attendons ici. Il viendra dès qu'il pourra.

Ayah sourit. Elle a chaud au cœur. Elle enfonce son menton pointu dans les larges muscles du torse de Constantin, le fait grimacer.

— Qu'allons-nous faire en attendant ? demande-t-elle.

Il lui saisit les épaules dans ses mains massives, l'attire pour l'embrasser.

— J'ai ma petite idée, murmure-t-il.

Drumbeth arrive tard, et seul. C'est un petit homme que son maintien militaire et ses cheveux en brosse font paraître plus grand. Son visage est soigneusement dénué de toute expression, ses yeux sont de simples fentes. Avec l'accord de Constantin, Ayah les regarde à travers l'entrebâillement de la porte de communication entre les deux chambres. Les deux hommes bavardent, boivent du thé et mangent du poulet froid, puis discutent du coup d'État.

Elle sait, par Constantin, que les jeunes officiers de l'armée sont favorables au coup d'État. Du moins, ils ne s'y opposent pas. Ils veulent se débarrasser de leurs supérieurs corrompus, et s'ils peuvent avoir une promotion par la même occasion, tant mieux. Si les généraux ne peuvent plus se faire obéir, ils sont hors circuit, quel que soit le camp qu'ils choisiront finalement. La marine hésite, mais elle ne peut pas faire grand-chose pour s'opposer à un coup d'État, de toute manière. Les voies d'eau sont toutes bordées d'immeubles que l'armée de terre peut occuper. Les forces de police sont importantes, mais dispersées à travers toute la métropole, et leur armement est bien léger. Les Forces Spéciales – la police politique, redoutée de tous en raison de son pouvoir d'arrestation discrétionnaire, de son réseau d'informateurs particulièrement efficace et des horribles tortures qu'elle inflige à ses victimes – sont loyales aux Keremath, mais relativement pauvres en effectifs, et leur armement est militairement négligeable. Le plus grand danger qu'elles présentent se situe avant le coup d'État, au cas où elles viendraient à en avoir connaissance. Une fois le mouvement lancé, on peut les ignorer sans problème.

C'est la Garde Métropolitaine qui leur cause le plus de préoccupation. Il s'agit d'un corps de mercenaires relativement important, recruté par les Keremath et encadré par les membres cadets de la famille. Ils sont loyaux envers ceux qui les paient et ont priorité absolue sur les fournitures et équipements. Leurs effectifs représentent un bon tiers de ceux de l'armée, leurs casernes ne sont pas loin des états-majors militaires ni du Palais Aérien et des principaux bâtiments gouvernementaux. De plus, ils disposent d'un nombre important de mages qui ont, comme leurs maîtres, un accès illimité au plasma.

Les voix des comploteurs montent d'un cran lorsqu'ils discutent de la Garde. Les mercenaires ne sont pas faciles à corrompre, et leurs cantonnements ont une position trop centrale pour qu'on les ignore. S'il y a des combats de rue, cela fera beaucoup de victimes. Pour Constantin, la chose est inévitable, mais Drumbeth exprime l'espoir qu'ils pourront éviter la bataille.

— Si nous tuons suffisamment de Keremath, peut-être, admet Constantin, mais à condition que nous empêchions la Garde de quitter ses quartiers quoi qu'il arrive.

Drumbeth n'a pas l'air convaincu.

— Croyez-moi, insiste Constantin, cela nous évitera de sérieux désagréments par la suite.

Drumbeth secoue la tête, mais finit par murmurer :

— D'accord.

Une autre divergence apparaît en ce qui concerne les dauphins. Constantin les considère comme un plus, mais Drumbeth refuse de les armer. Ayah n'arrive pas à voir comment ils finissent par régler leur problème.

— Souvenez-vous, déclare Constantin, que vos hommes doivent dresser partout des barrages pour bloquer les accès aux édifices gouvernementaux. Ces barrages ont une importance psychologique bien plus que militaire. C'est là que les deux camps s'affronteront aux yeux de tous. Nos hommes se tiendront derrière leurs barricades. Tout ce qu'ils auront à faire, c'est s'y maintenir, alors que les autres devront avoir le courage d'attaquer leurs positions sans avoir pu évaluer leurs forces. Ils devront donner l'assaut à des soldats portant le même uniforme qu'eux, les chasser, les forcer à battre en retraite. Avec un peu de chance, ils ne trouveront pas en eux l'énergie nécessaire.

Drumbeth hoche la tête.

— Je m'inquiète, dit-il, de ne pas avoir la même expérience militaire que vous. Aucun de nous, en fait. Notre pays n'a pas connu de guerre depuis cinq cents ans.

— Nos ennemis ont le même handicap. Et nous avons Geymard et ses brigades de la Timocratie.

Une expression indéchiffrable traverse la physionomie de Drumbeth.

— C'est vrai, dit-il. Nous les avons.

La séance de planning ne dure pas plus de deux heures. Les choses sont déjà bien en place. Constantin dit au revoir à Drumbeth, dont la main paraît minuscule et fragile dans celle du métropolite. Dès que le colonel a disparu, Constantin passe la tête dans l'ouverture de la porte d'Ayah pour murmurer :

— Fais tes valises. On retourne à Jaspeer.

L'aéro prend son essor de la plate-forme de l'hôtel, survolant les populations massées par milliards à la surface du globe. C'est le début de la troisième période, et la plupart des gens dorment. Ayah prend la main de Constantin et contemple, à travers la verrière transparente, le paysage qui défile sous elle, uniformément gris à cette altitude, avec, de temps en temps, un éclat de lumière reflété par du verre. Un front de gros nuages noirs agités de l'intérieur par des décharges électriques dérive sur plusieurs centaines de rads.

Elle se tourne vers Constantin, qui l'observe avec une lueur d'amusement dans ses yeux.

— Merci de me montrer le monde où j'habite, dit-elle.

Elle l'embrasse. Le baiser se prolonge. Elle respire le parfum de Constantin et se demande si tout ce qu'elle est en train de vivre n'est pas juste un rêve, une bulle qui va éclater lorsqu'ils se retrouveront dans la froide réalité de Jaspeer.

La turbine tourne. Il y a un changement dans le bruit des moteurs, qui devient plus grave. Les nuages couvrent tout comme un manteau noir. Les éclairs sont restés derrière, mais une lumière tremblante comme un néon monte de la surface. L'aéro se laisse tomber à travers le tapis de nuages. Ses phares trouent l'obscurité comme les projecteurs de la vedette dans les profondeurs sous-marines de Caraqui. Soudain, ils émergent de l'autre côté, et Jaspeer s'étale au-dessous d'eux. Là, les lueurs de l'orage forment des motifs en étoile qui font ressembler la métropole à un réseau de toiles d'araignée parsemées de points de rosée brillant comme des joyaux.

Sur l'aire d'atterrissage flotte une odeur de pluie récente. Les lampadaires au sodium se reflètent dans des mares d'eau stagnante. Martinus les attend, massif à côté de la grosse voiture. À l'intérieur, comme d'habitude, il y a des fruits et du vin. Ayah baisse la vitre pour respirer un peu d'air frais. Les rues sont pratiquement désertes. Son cœur sombre à la vue des Tours de Loeno qui surgissent à l'horizon.

— Je n'ai pas encore vu l'endroit où tu habites, lui dit Constantin comme s'il lisait ses pensées. Je peux monter ?

— Bien sûr.

Dans la voiture, avec Martinus et l'autre garde du corps, elle s'est efforcée de bien se tenir, sans céder à l'envie de toucher Constantin ou même de reposer sa tête contre son épaule massive. L'appartement est l'endroit idéal pour lui dire au revoir.

Constantin, qui a capté le regard de Martinus dans le rétroviseur, ajoute :

— Personne ne nous verra à cette heure-ci. Je n'en ai pas pour longtemps.

La Elton glisse silencieusement en direction de la tour d'Ayah. Le garde descend d'un bond lui ouvrir la portière arrière. Constantin, toujours prévenant, lui prend sa petite valise. Personne ne les voit passer au milieu des jardinières de chrysanthèmes puis devant la loge vitrée du portier de nuit, qui dort à poings fermés et ne se réveille que si quelqu'un sonne. Dans l'ascenseur qui grimpe rapidement, ils sont enfin libres de s'embrasser, entourés de miroirs.

— J'ai un cadeau pour toi, lui dit Constantin en lui donnant un écrin plat.

C'est un collier en ivoire, avec des boucles d'oreilles assorties. La matière précieuse, fabuleusement rare, est soigneusement polie en forme d'osselet, avec un pendentif central qui tient lieu de trigramme. Elle est si éblouie qu'elle ne peut que bredouiller un remerciement. La porte s'ouvre, elle sort, et Constantin lui agrafe le précieux collier autour du cou. Il dépose un baiser sur sa nuque, et le frisson de plaisir qui en résulte se propage jusqu'au bout de ses doigts. C'est sans doute Martinus qui a fait l'achat du collier, se dit-elle. Il n'a pas eu matériellement le temps de s'en occuper lui-même.

Elle décèle chez Constantin une expression de curiosité tandis qu'elle le guide dans le couloir. Il est ici en visiteur. Il a sans doute connu des tas d'endroits de ce genre, mais toujours avec la certitude de se retrouver dans son univers avant la fin de la période suivante. Il n'a jamais vécu dans cet environnement bourgeois, et encore moins dans des quartiers douteux comme le Vieux Rivage. Ce mode de vie lui est aussi étranger que, pour elle, une suite en penthouse à l'hôtel Volcano.

— Ne fais pas attention à la pile de linge sur le lit, lui dit-elle en riant.

Elle ouvre avec sa clé, allume. Soudain, elle a le froid pressentiment qu'elle a fait une énorme bêtise, même si elle ne sait pas exactement pourquoi.

Gil les regarde, dans le lit, la main en visière sur son front pour s'abriter de la lumière qui l'éblouit.

— Salut, dit-il.

Elle s'avance au milieu de la chambre en s'efforçant instinctivement de dire d'une voix normale :

— Je ne t'attendais pas si vite.

Il bat des paupières, repousse une mèche blonde sur son front.

— J'ai appelé. J'ai laissé un message, il y a plus de huit jours, pour te dire que je venais passer le week-end.

On est déjà dimanche matin. Elle pense à sa tête de lecture qui s'enraye et qu'elle oublie tout le temps d'huiler. Cette fois-ci, on dirait bien qu'elle a rendu l'âme.

— J'ai téléphoné à l'Office, continue Gil, et ils m'ont dit que tu étais en congé. Ta sœur n'a pas su me donner de nouvelles non plus.

Ce qui signifie, naturellement, que toute la famille, à l'heure qu'il est, est au courant.

— Ton frère Stonn voudrait te parler. Il n'a pas dit pourquoi. J'ignorais qu'il était sorti de prison.

Les yeux de Gil, qui s'accoutument peu à peu à la lumière, se tournent lentement vers Constantin. Il est trop fatigué pour savoir comment prendre cet homme noir aux épaules massives qui porte la valise d'Ayah et se tient sans rien dire sur le pas de la porte.

Elle porte la main à son cou et touche le collier en ivoire. Elle se rappelle la fierté de Gil quand il lui a offert son bracelet avec l'unique pendeloque en ivoire, celui que Fredho a volé.

Elle se dit qu'elle va avoir quelques explications à fournir.

— Gil, je te présente le métropolite Constantin.

Elle prend une inspiration profonde et se tourne vers ce dernier avec un regard implorant.

— Vous avez dû m'entendre souvent parler de Gil.

Constantin dépose la valise d'Ayah dans l'entrée et s'avance avec son assurance habituelle.

— Heureux de vous connaître, dit-il. Miss Ayah m'a dit beaucoup de bien de vous.

Gil est encore trop groggy pour s'expliquer la présence chez lui, au milieu de la nuit, de l'un des personnages les plus célèbres et les plus controversés du monde.

Mais elle sait qu'il ne va pas tarder à poser des questions.

15

Constantin prend congé. Gil continue de regarder la porte.

— C'était vraiment...

— Bien sûr. (Elle contemple la porte, en se demandant sur quoi, exactement, elle vient de se refermer.) Je t'expliquerai plus tard, dit-elle. Je suis trop fatiguée pour le moment.

Et elle éteint la lumière.

Elle a intérêt, se dit-elle en se déshabillant, à trouver une bonne explication.

Elle embrasse Gil et se couche en boule, le dos vers lui. Les calculs se bousculent dans sa tête, lourds, maladroits, peu plausibles. Ils se désagrégeront sans doute à la première lueur du Bouclier. Elle a les nerfs en pelote, ils vibrent à l'unisson de chaque respiration, chaque mouvement, chaque effleurement involontaire de Gil.

Plusieurs heures plus tard, après le changement de période, Ayah sombre dans une espèce de demi-torpeur agitée d'où les bras de Gil, qui l'enlacent par-derrière, la tirent brusquement. Il lui embrasse délicatement la nuque, créant une sensation qui lui fait crisser les nerfs.

— Désolé de te réveiller, dit-il, mais il est tard, et c'est notre unique journée ensemble. Il y a si longtemps qu'on est séparés...

Elle se tourne légèrement vers lui, et il enfouit son visage dans son cou. Sa barbe naissante la pique au niveau de la clavicule. Elle écarte une mèche de cheveux sur son visage, plus par habitude qu'autre chose, et lui caresse distraitement la nuque avec deux doigts.

— Tu sens bon, lui dit-il.

Mais elle ne voit pas pourquoi ce serait le cas.

Une nouvelle partie de son existence commence, se dit-elle, et une autre prend fin. Mais laquelle ? Et avec qui ?

La main de Gil glisse avec détermination sur son corps. Il essaie de lui inspirer quelque chose, peut-être pour s'excuser de l'avoir tirée du sommeil. Mais chaque mouvement de ses doigts courts crée une cacophonie dans ses nerfs à vif. Ses neurones envoient des signaux de panique, de plaisir et de fuite, tout en même temps. Il lui vient à l'esprit qu'elle aimerait probablement tout cela un peu plus si elle était capable de se relaxer. Elle ferme les yeux, penche la tête en arrière et laisse l'air s'échapper de ses poumons.

Qui, se demande-t-elle, a des droits sur sa chair, son cœur, son allégeance ?

Gil s'est mis à genoux entre ses jambes. Il broute son corps avec ses lèvres, sa langue. Elle essaie de se détendre, mais en est incapable. Quand il lui lèche le sexe, un éclair de sensation la plie presque en deux, trop intense pour être du plaisir. Elle crie, appuie ses poings sur ses yeux. Il prend cela comme un encouragement et n'arrête pas.

— Doucement, siffle-t-elle entre ses dents serrées.

Il hésite. Il a toujours été un amant attentionné, raisonnable. Sa langue trace des arabesques délicates autour de son clitoris. L'intensité des sensations décroît jusqu'à un niveau acceptable. Mais elle a un élan de terreur. Essaie-t-il de déceler ici l'odeur ou le goût de son rival ?

Non. Gil est quelqu'un d'éminemment pratique. S'il avait des soupçons, il lui poserait simplement la question.

Cela lui rappelle les raisons pour lesquelles elle l'aime. Sa manière de voir les choses, son approche des problèmes, qui ne peuvent qu'être résolus, désassemblés comme un puzzle, écartés par ses doigts courts, et *assimilés.* S'il ne comprend pas quelque chose, il *demande*. Il n'est ni retors ni comédien ni esclave de ses pulsions. Il est juste lui-même, un optimiste à toute épreuve, pour qui aucun problème ne saurait résister à une approche rationnelle.

Elle essaie une fois de plus de se relaxer ; elle ferme les yeux, respire lentement. Le plaisir l'envahit comme une onde de plasma brûlant. Ses hanches se soulèvent à la rencontre des coups de langue délicats de Gil. Le plaisir monte, vibre au bord de la coupe, déborde...

Il se dresse à genoux, s'essuie délicatement la bouche avec un coin du drap, puis entre en elle. Elle se plaque contre son torse velu. Chaque mouvement est familier, sans surprise, comme des retrouvailles. Elle est heureuse de constater qu'elle ne cherche pas à faire des comparaisons entre Gil et Constantin. Elle sait qu'aucune comparaison n'est possible entre son compagnon de toujours et un personnage aussi évanescent que son amant métropolite, dont la réalité décroît déjà par contraste avec l'homme qui se glisse, authentique et solide, entre ses cuisses.

Ils achètent du pain frais et des gâteaux à la boulangerie du quartier, font du café, déploient la petite table escamotable. Tomates et concombre sont cueillis dans le jardin suspendu. Un plantureux petit déjeuner s'étale sur le dessus-de-table en plastique, couvert de miettes de pain et de marques de tasses à café.

— J'ai vu nos relevés bancaires, hier, déclare Gil entre deux gorgées de café. Il y a plus de mille dalders.

— Les huit cents que tu as envoyés de Gerad, plus ce que j'ai gagné dans mon boulot de consultante.

Sans compter les six mille et des poussières en petites pièces, planqués dans un sac d'engrais sous les plants de tomates.

Il fronce les sourcils.

— C'est quoi, exactement, ce boulot de consultante ?

Elle sent comme un poing qui se ferme entre ses omoplates.

— C'est un ensemble de petites besognes, en fait. Le métropolite Constantin veut me faire faire...

Le souvenir semble prendre Gil par surprise.

— J'avais oublié ! Il était donc bien ici hier soir ?

Elle se sent soudain soulagée.

— Bien sûr. Nous avions une chose à...

— Et tu bosses pour ce vieux forban ! Je serais curieux de savoir ce qu'en pense la Juridiction !

Embarrassée, elle change de position sur son siège.

— Ils ne sont pas au courant. Je ne leur ai pas demandé la permission. Nous avions trop besoin de cet argent. Si tu pouvais être discret là-dessus...

Avec un sourire un peu forcé, il tend la main pour prendre un gâteau.

— Comment as-tu fait sa connaissance ?

— Je lui ai envoyé... euh... une lettre d'admiratrice.

Il fronce les sourcils, le gâteau levé.

— Par la poste ? s'étonne-t-il.

Les lettres coûtent plus cher qu'un câblogramme.

— Oui. J'avais lu sur le *Câble* qu'il s'était installé aux Tours des Mages. On parle beaucoup, en ce moment, de son chromo, *Les Maîtres de la Cité Nouvelle*, et j'ai voulu...

Il tombe des nues.

— Tu veux dire que tu l'admires vraiment ?

Les joues d'Ayah s'empourprent.

— Oui, répond-elle.

Gil mord consciencieusement dans son gâteau en attendant que cette révélation fasse son chemin.

— Mais il a détruit sa propre métropole, né ? Cheloki est devenu un égout. Et Constantin se prélasse sur son butin.

Elle est elle-même surprise de la fureur que cela fait monter en elle. Elle fait un effort pour la refouler et parler sur un ton normal.

— Il n'a pas détruit sa nation ! Il a été attaqué de toutes parts ! Une vraie coalition de gangsters, de politiciens véreux et...

— Ils ne l'auraient pas attaqué s'ils ne s'étaient pas sentis menacés par lui, fait Gil d'une voix raisonnable. Tous ces préparatifs pour renforcer ses réserves de plasma et se constituer une armée... à quoi lui auraient-ils servi, sinon à attaquer ses voisins ?

Les ongles d'Ayah s'enfoncent dans ses paumes.

— Il essayait, réplique-t-elle, d'aider les populations.

— Les gens comme Constantin n'aident jamais personne.

— Il voulait changer les choses ! (Elle agite un bras.) Des choses qui ont sérieusement besoin de bouger !

— Rien n'a besoin de changer à ce point.

L'espace d'un instant, elle éprouve un élan de haine glacée. Gil, suffisant et sûr de son jugement, en train de lécher la margarine sur ses doigts, n'est en rien différent, en cet instant, des Jaspeeris pleins d'eux-mêmes qui se sont toujours dressés, bien-pensants, indifférents, comme un mur de béton, entre elle et ses occasions de s'élever.

— Qu'est-ce que tu en sais ? demande-t-elle. Tu fais partie de la classe privilégiée.

Une lueur d'alerte, dans son regard, indique qu'il a conscience de pénétrer dans une zone dangereuse.

— Je n'ai jamais eu l'impression d'être particulièrement privilégié, dit-il.

— Tu l'es. Crois-moi. Et permets-moi de te dire, de mon point de vue non privilégié, qu'en ce qui concerne le changement, *tout est bon.* Ou tu donnes aux gens leur liberté, ou tu la leur refuses. Si tu la refuses, tu ne vaux rien. Et sans liberté, plus rien n'a de valeur.

Ce sont les idées de Constantin qu'elle exprime, mais la véhémence ne vient que d'elle, née de son expérience.

Les pensées de Gil cheminent en laissant une trace presque visible sur ce terrain dangereux. Ayah et lui n'ont jamais, chose étonnante et presque incroyable, discuté jusque-là de ces questions fondamentales. De leur différence de milieu, de leurs castes et de leurs origines. Ayah, quant à elle, s'est toujours dit que ces choses-là n'ont pas d'importance. Aujourd'hui, elle s'aperçoit qu'elle a eu tort, que c'est soudain devenu d'une urgence primordiale.

Gil ouvre la bouche, hésite, parle en choisissant soigneusement ses mots.

— As-tu l'impression que je t'ai maltraitée en quoi que ce soit ? Que j'ai entravé... ta liberté ?

La fureur d'Ayah s'éteint aussitôt pour faire place à un élan de chagrin. Il a fait dévier la conversation de la pure abstraction où elle se plaçait pour la ramener à deux personnes en train de prendre leur petit déjeuner sur une table escamotable. Ses doigts partent à la recherche de la main de Gil.

— Non, dit-elle. Tu es le seul homme que j'aie jamais rencontré qui n'ait jamais rien trouvé à redire contre moi.

À part Constantin. La pensée, perfide, refuse de rester confinée.

Gil est quelque peu perplexe.

— C'est vrai ?

Elle hoche la tête.

— Si les autres te ressemblaient davantage, il n'y aurait pas de problème. Mais ça ne te ferait pas de mal, tout de même, de changer parfois de perspective.

Il sourit faiblement.

— Je commence à m'en apercevoir.

— Tu n'as pas idée de ce que cela m'a coûté pour arriver là où je suis. Dans ce petit appartement où nous vivons. C'est naturel, pour toi, de trouver un endroit comme Loeno à ce stade de ta vie. Pour moi, c'est le résultat d'une âpre bataille qui dure depuis des années. Si je n'avais pas eu l'énergie de me battre pour obtenir tout ce que tu considères comme allant de soi, qui sait où je serais aujourd'hui ?

Il hoche la tête, mais elle ne saurait dire s'il a vraiment compris. Compris que chaque échelon gravi est une victoire contre un grand poids qui la tire vers le bas, contre sa famille qui l'entraîne en arrière, contre ceux de la hiérarchie au-dessus d'elle qui pèsent de toute la force de leurs privilèges... Un combat sans fin, sans espoir, qui l'use et accumule les frustrations sur elle au point que, finalement, elle a fait quelque chose de si dangereux qu'elle n'ose pas lui en parler.

Elle en a fait son *passu*, et il ne méritait pas ça.

La querelle, si c'en était une, s'éteint par épuisement. Ayah est vannée, et il a mal dormi dans le train qui le ramenait de Gerad. De plus, il a trop travaillé ces derniers temps. Ils passent le reste de la journée à la maison, d'où ils ne sortent que pour une brève promenade.

Gil ne lui pose pas de questions sur son travail. Il a peut-être peur de déclencher une nouvelle dispute. Mais elle commence à croire que c'est plutôt un manque de curiosité de sa part. Constantin est pour lui si éloigné des réalités pratiques de l'existence qu'il n'arrive pas à s'intéresser à cet homme.

Il ne se souvient pas non plus du collier d'ivoire, qu'elle a soigneusement caché depuis. Mais, même s'il s'en souvenait, il supposerait sans doute que c'est du toc.

Elle pensait que sa liaison avec Constantin était quelque chose de si énorme que vouloir la cacher reviendrait à essayer de camoufler le prince Aranax au fond de sa baignoire. À son grand étonnement, Gil ne semble s'être aperçu de rien. Elle s'émerveille de voir comment sa vie recoupe celle des autres, à la manière de cercles qui s'entrecroisent. La zone qu'elle partage avec Gil n'est qu'une fraction de leurs deux existences, bien plus petite, s'aperçoit-elle, que ce qu'elle imaginait. Constantin a superposé son cercle au sien au point de le recouvrir en grande partie, mais il ne fait que commencer à empiéter sur la partie où Gil inscrit le sien.

Constantin ne s'est pas contenté de faire ça. Il a aussi dévoilé une partie de l'existence d'Ayah qu'elle ne soupçonnait pas elle-même.

Les moments où ta beauté ressort le plus, c'est quand tu voles dans les airs.

Elle est encore capable, cependant, d'apprécier la partie de sa vie qui recoupe celle de Gil. Ils passent la journée ensemble, ils font des choses utiles, en particulier la remise en état du panneau de messagerie, puis ils refont l'amour, très agréablement, et elle le met dans le train qui le ramène à Gerad, heureuse de le savoir loin.

Elle se demande alors si, la prochaine fois qu'elle le verra, ce ne sera pas à travers le grillage d'un parloir de prison.

— Ici Miss Quelger. Veuillez dire au Dr Chandros que mon invité est reparti et que je suis en mesure de reprendre le travail s'il a besoin de moi.

Elle attend quelques instants, pour le cas où quelqu'un répondrait, puis lâche le bouton de transmission. Elle quitte la cabine et lève les yeux vers la façade massive de l'immeuble de l'Office, avec ses énormes statues dans leurs niches qui la regardent d'un air grave et la forêt d'antennes qui se profilent tout en haut. Des messages au plasma s'écrivent dans le ciel, mais aucun ne lui est adressé.

Le numéro fait partie de ceux que Constantin lui a demandé d'apprendre par cœur, pour y laisser un message en cas d'urgence. Elle doit impérativement les appeler d'une cabine, et ne pas attendre de réponse.

Il y a eu un accident devant l'immeuble de l'Office. Deux voitures et un camion de bétail qui s'est renversé. Des bœufs miniatures terrifiés, à peine plus gros que des moutons, courent frénétiquement dans tous les sens, entre les roues des voitures qui arrivent dans la direction opposée. Les flics de l'Office, sidérés, s'agitent pour faire quelque chose. Ayah se demande si l'accident ne pourrait pas être une diversion pour le coup d'État de Constantin, pour attirer les forces de sécurité à l'extérieur, où il est plus facile de les attaquer.

Elle ne s'étonne pas du tout d'avoir de telles pensées.

Quand elle arrive au bureau, Tella est anxieuse de savoir ce qui s'est passé pendant son week-end avec le patron. Ayah a depuis longtemps préparé l'histoire qu'elle va lui raconter.

— Bobo s'est déclaré, dit-elle en s'asseyant à sa place sous le regard brillant de Tella. Mais je lui ai dit non, achève-t-elle.

L'expression de Tella se désagrège.

— Pourquoi ? C'était si prometteur !

Ayah allume son ordinateur et lui laisse le temps d'installer ses programmes.

— Tu aurais dit oui ?

— Ce n'est pas de moi qu'il s'agit ! s'insurge Tella. Pourquoi non ?

Ayah coiffe ses écouteurs, sourit et dispense une parcelle de la sagesse de sa grand-mère.

— Parce que, s'il est sérieux, ce n'est pas un non qui l'arrêtera.

Tella médite un instant cette réponse et doit reconnaître, malgré elle, son mérite.

— Tu me tiendras au courant de l'évolution, dit-elle.

— Naturellement, fait Ayah, qui savoure le goût du mensonge sur le bout de sa langue.

Le cœur d'Ayah devient plus léger quand elle aperçoit la Elton à la fin de la période. Constantin attend à l'intérieur, isolé de son chauffeur et garde du corps par la paroi vitrée levée. Il y a une bouteille de vin frappée, des fruits et des fleurs dans des vases en verre taillé. Constantin est vautré à l'autre extrémité du coussin, emmitouflé dans sa veste en cuir noir. Il se contente d'un signe de tête lorsqu'elle monte dans la voiture. L'expression impénétrable de son visage transmet de petites pulsations d'angoisse dans les nerfs d'Ayah.

— Ça s'est bien passé hier avec ton ami ? lui demande-t-il.

— Oui, répond-elle. Pas de problème.

— C'est bien. Je ne voudrais pas m'immiscer entre vous.

Réalisant à quel point ces mots sonnent faux comme un lieu commun, il s'empresse d'ajouter avec un petit sourire :

— Pas sans y être invité, en tout cas.

En réponse à la lueur secrète qu'elle voit briller dans ses yeux, elle se rapproche de lui sur le siège et lui prend la main. Il soupire, les yeux fixés droit devant lui.

— Sorya est revenue, dit-il. Aux Tours des Mages.

L'impact de ce qu'il vient de dire lui coupe littéralement la respiration. Elle réussit à dire :

— Je vois.

Encore un lieu commun.

Tassé dans son coin, Constantin a l'air malheureux comme tout.

— Je ne peux pas mener à bien sans elle l'affaire de Caraqui. J'ai besoin... (il s'humecte la lèvre, puis la regarde) de tout le monde.

Ayah laisse s'envoler les mots soulevés par la tempête de ses pensées.

— Et moi... Pourquoi as-tu... *besoin* de moi ?

Il réfléchit un instant avant de parler :

— Je ne crois pas pouvoir te demander plus qu'un peu de patience.

— Euh..., fait-elle, hésitante.

— Quoi qu'il en soit... (une lueur d'amusement brille dans son regard, et sa main se referme sur celle d'Ayah), j'ai demandé à Khoriak de te réserver une suite à l'hôtel Landmark, si tu es disposée, malgré tout ça, à passer un peu de temps avec moi. Si tu refuses, je comprends très bien.

L'espace d'une ou deux secondes, Ayah est tentée d'éclater de rire. C'est donc à elle que la décision revient.
— Ah ! finit-elle par dire. Et pourquoi pas ?

Il y a quelques manœuvres de sécurité préliminaires, destinées à garantir l'anonymat de Constantin, mais après cela tout se passe relativement bien. Les murs sont blancs, la moquette épaisse et moelleuse, et les draps sont en satin bleu. Des quartiers d'oranges sanguines provenant des jardins suspendus de l'hôtel sont artistiquement disposés sur un plateau d'argent, saupoudrés de chocolat.

Ayah se lèche les doigts à l'endroit où un peu de jus a coulé.

— Il y a une nette amélioration, dit-elle, depuis l'époque de l'amour dans la cage d'escalier.

Constantin a l'air étonné par cette idée.

— Pourquoi ? demande-t-il.

— Impossible de trouver un endroit privé là où j'ai grandi. La cage d'escalier, c'était le plus d'intimité qu'on pouvait avoir.

— Et la terrasse ?

— Occupée par des jardins privés clôturés de partout. Il aurait fallu avoir la clé. Le seul autre endroit, c'était une sorte de petite chapelle où une sorcière faisait brûler des cierges et sacrifiait des pigeons. Certains gamins y allaient, mais ça nous faisait peur.

Il la regarde en plissant le front.

— C'était agréable, l'amour dans l'escalier ?

Ayah est de nouveau tentée de rire. Il se montre si naïf, pour certaines choses.

— Pas particulièrement, répond-elle. Il fallait faire vite, parce que quelqu'un pouvait passer à tout moment, et la rampe laissait un sillon sur les fesses. Certaines filles de joie du quartier, on les appelait « les sillonnées » à cause de ça. Tiens, j'avais presque oublié ce truc-là !

Elle rit à cette évocation du passé.

— Pourquoi le faire, alors ?

Elle rit, non pas de la question mais du sérieux avec lequel il la pose.

— Parce qu'il y avait un garçon que je voulais, et c'était la seule façon de l'avoir. Naturellement, il y avait aussi un bouton qui me démangeait, même s'il n'a pas été gratté de la meilleure manière possible. Mais, ho ! Les pauvres ont l'habitude de faire des compromis avec leurs plaisirs. Ils prennent ce qu'ils peuvent, quand ils peuvent. Et le sexe, c'est un truc qu'on peut faire même quand on est fauché.

— Qu'est-il devenu, ce garçon ?

— Il s'est trouvé une autre nana, qui avait un boulot et du fric à dépenser pour lui. Elle l'a laissé faire ça sans protection, ce qu'il préférait, bien sûr, et elle est tombée enceinte, comme il se doit. Ils sont restés mariés, euh... six mois, quelque chose, comme ça, puis la vie a repris son cours.

Constantin lui caresse la joue d'une main qui sent l'orange et le sexe.

— J'éprouve de la tristesse pour cette petite Ayah, murmure-t-il. Elle a eu le cœur brisé ?

— Non, j'ai eu ce que je voulais.

— C'est-à-dire ?

— Quelques leçons de vie. Et le prestige. C'était un garçon très recherché. J'étais une gamine bizarre, les autres ne savaient pas s'ils devaient m'accepter ou non. J'avais obtenu une bourse pour cette école de riches, ce qui me rendait suspecte à leurs yeux, et quand j'ai eu ce garçon ça a fait de moi une des leurs. (Elle sourit.) Mais je ne l'ai pas conduit dans l'Endroit secret, alors je ne pouvais pas l'aimer vraiment.

— L'Endroit secret ? fait Constantin, dont le sourire rusé fait écho au sien. On y arrive par l'anatomie ou la géographie ?

Ayah laisse entendre un petit rire.

— Par la géographie, dit-elle en prenant un quartier d'orange pour en lécher le chocolat. C'était un temple très ancien du Vieux Rivage. Un tout petit truc, entouré d'énormes immeubles d'appartements. Ils l'ont fermé quand le quartier est devenu barkazi. Je ne sais même pas quelle divinité on y adorait, mais c'était un lieu étonnant, en pierre grise sculptée d'arbres et de feuilles, d'oiseaux, de fleurs, de monstres et d'anges... Tu ne peux pas imaginer la profusion. Ils ont mis ensuite de gros barreaux et des volets en fer. Mais, toute petite, je *savais* qu'il se passait encore des choses à l'intérieur, que quelque chose ou quelqu'un habitait cet endroit, peut-être des fantômes, des vampires, des Mods ou un pendu... Je savais qu'il y avait quelqu'un à l'intérieur, parce que les gens du quartier déposaient des offrandes devant le portail en fer, du riz, des fèves, quelques pièces... Et ils inscrivaient leurs vœux sur des bouts de papier qu'ils glissaient sous la porte, pour que les habitants du vieux temple les exaucent.

Ayah lève les yeux vers Constantin, excitée par ces réminiscences.

— C'était l'idée de la magie que je me faisais quand j'étais petite. Je me disais que, quand je tomberais vraiment amoureuse d'un garçon, je le conduirais devant ce temple, et nous jetterions un peu de riz à travers les barreaux en faisant chacun un vœu.

— Quel était le tien ?

— J'en avais plusieurs. Mais celui qui revenait le plus souvent, c'était de pouvoir passer ensemble une période entière à l'intérieur du temple, tout seuls. C'était le vœu le plus extravagant auquel je pouvais penser, un rêve d'intimité impossible à obtenir. (Elle croque l'orange tandis que le parfum du souvenir explose sur sa langue.)

— Et il t'est arrivé de conduire quelqu'un au temple ? demande Constantin.

La bouche pleine de pulpe, elle secoue la tête.

— Pas même Gil ?

Elle secoue de nouveau la tête. Il lui touche la joue.

— Dans ce cas, je suis encore triste pour cette petite fille.

— Tu n'as aucune raison de l'être, lui dit Ayah. Elle ne s'est pas trop mal débrouillée jusqu'à présent.

Il acquiesce, mais la lueur de tristesse persiste dans son regard. Elle lui touche le bras du bout d'une phalange.

— Et toi ? demande-t-elle. Je suppose que ça ne t'est jamais arrivé de faire l'amour dans une cage d'escalier ?

— Non. Je pensais avoir bénéficié d'une éducation assez complète, mais c'est un domaine, apparemment, qui a été un peu négligé. (Il plisse le front tout en démembrant un quartier d'orange.) Mon oncle m'a donné une de ses filles parmi les plus jeunes. Il en avait toute une flopée, et elles tournaient dans la famille. Plusieurs sont passées dans mon lit, sans plan de rotation bien défini. Il y a un aspect politique dont je n'ai apprécié que plus tard le côté pratique. Si tu as déjà acquis l'expérience de toutes les combinaisons possibles avant d'avoir quinze ans, il est peu probable, quand tu te retrouves au pouvoir, que quelqu'un réussisse à faire pression sur toi par le truchement de la sexualité.

— Il faudra que je me souvienne de ne pas essayer, dans ce cas.

Il lui jette un regard rusé et engloutit un nouveau morceau d'orange.

— Dommage. Ça aurait pu être amusant, dit-il.

Elle sourit tandis que sa main caresse le satin bleu entre eux.

— Et maintenant ? demande-t-elle.

— Maintenant ? Je te raccompagne chez toi dès que tu seras prête. Mais pas tout de suite, j'espère, parce que je commençais juste à me détendre.

— Oui, mais ensuite ? On continue à se voir dans des chambres d'hôtel ?

Constantin pose le bout d'orange qui lui restait dans la main, s'essuie les doigts et se redresse dans le lit.

— Ce qui se passe ensuite, dit-il, ça dépend de ce que Miss Ayah désire.

La frustration fait vibrer les nerfs d'Ayah.

— Il faut vraiment que ce soit moi qui décide de tout ? demande-t-elle.

L'espace de quelques secondes, Constantin a l'air très vieux. Le regard qu'il pose sur elle est celui d'un homme chargé d'années et d'expérience.

— C'est toi qui es la plus vulnérable, dit-il.

— Je ne suis pas facile à ébrécher, réplique-t-elle, la bouche sèche.

— Quel est ton désir ? Passer quelque temps avec moi, puis retourner vivre dans ta tour noire ? Ça c'est faisable. Ou bien risquer le tout pour le tout et venir avec moi à Caraqui ? Je ne peux pas choisir à ta place, tu sais. Et il faut décider vite... Nous n'avons plus que quelques jours.

Elle est surprise. Elle n'avait pas réalisé que son calendrier était si avancé.

— Suppose que je t'accompagne à Caraqui, dit-elle, prudente. J'aurais ma place là-bas ?

— Une place dans la Cité Nouvelle ? Naturellement. Une place à mes côtés ? (Il fronce les sourcils, les yeux rivés au plafond.) Trop de choses sont liées au hasard.

— Quelle sorte de hasard ? Tu auras encore besoin de Sorya après le coup d'État ?

— Peut-être.

Il se laisse retomber au creux du lit, l'air si malheureux qu'elle a presque envie de le consoler.

— De toute manière, reprend-il, j'aurai très peu de temps à vous accorder, aussi bien à elle qu'à toi.

Il la regarde, et elle lit une sorte de douleur dans ses yeux.

— Je ne peux pas te promettre grand-chose à Caraqui, à part un poste de fonctionnaire au gouvernement. Je suis en train de me servir de toi d'une manière éhontée ; tu t'en apercevras un jour, et je te deviendrai odieux.

— Je ne vois pas en quoi tu te sers de moi plus que je ne me suis servie de toi jusqu'à présent.

Le regard brûlant de Constantin la transperce.

— Tu es jeune.

Elle se sent rougir. *Je ne suis pas ta fichue* passue, songe-t-elle avec véhémence.

Elle se détourne. L'orange a un goût amer sur sa langue.

— Je ne sais pas ce que je veux, admet-elle finalement. Je désirais la sécurité, un compte en banque, ne plus avoir à me battre continuellement... Je n'ai jamais regardé au-delà. Aujourd'hui, tu m'as donné tout ça, et tellement plus que j'ai peur d'être devenue cupide.

Il se penche pour déposer un baiser sur son épaule nue.

— Tu peux prendre de moi tout ce que tu veux pendant le peu de temps qu'il nous reste, dit-il.

— Je suis très gourmande, tu sais.

Constantin doit être content de cette réponse, car elle le fait sourire.

— Prends tout ce que tu voudras, répète-t-il. Tu aurais tort de te limiter.

Il y a des messages de Stonn sur le communicateur quand elle rentre chez elle, et il rappelle pendant qu'elle prend son petit déjeuner.

— C'est très fort, ce que tu as fait, dit-il.

Elle devient aussitôt méfiante.

— Tu crois ? Et qu'est-ce que j'ai fait, d'après toi ?

— La façon dont tu t'es occupée de Guvag. C'était partout dans les vids et tout ça. Ses brûlures l'ont envoyé à l'hôpital. Il ne risque plus d'emmerder qui que ce soit avant longtemps.

— Et qui te dit que c'était moi ?

— Allons, Ayah ! Tu as dit que tu t'en occuperais, et tu l'as fait !

— Je ne vois pas pourquoi ce serait forcément moi. Il avait des tas d'ennemis.

Stonn laisse entendre un petit rire.

— Comme tu voudras. En tout cas, j'ai un tuyau pour nous faire un paquet de fric.

— Non.

Catégorique.

— Avec un accès à de telles quantités de plasma, je sais ce qu'on...

— Désolée, impossible.

— Tout ce que je te demande, c'est de m'écouter...

— Pas question !

Le café vole de la tasse tandis qu'elle abat sa main sur la table.

Il y a quelques moments de silence peiné.

— Tu as sûrement trouvé un moyen d'écouler ton truc, dit-il. Et tu refuses de partager ton chonah avec ta famille ?

— Écoute, Stonn...

Elle cherche ses mots. *Tu vas me faire jeter en prison* serait le plus exact, mais trop agressif en l'occurrence.

— On n'a rien pour rien, d'accord ? dit-elle. Ce n'est pas comme si j'avais du plasma à moi. Si j'ai pu accomplir quelque chose, c'est parce que quelqu'un m'a fait une faveur. Et maintenant, il faut que je rembourse, tu saisis ?

— Tu veux lui faire une faveur, à ton type ? Présente-le-moi. J'ai une occasion en or à lui proposer.

— Impossible.

— Qui c'est, ce type ?

Elle se frotte les yeux pour en chasser la contrariété.

— Écoute, Stonn, je regrette, mais c'est impossible.

La voix de son frère est pleine de ressentiment quand il réplique :

— D'accord, laisse ta famille en dehors du coup. C'est ça.

— Je ne peux rien faire pour t'aider, Stonn. Je t'assure que si je pouvais, ce serait avec plaisir !

Il a coupé la communication avant d'avoir entendu la fin de la phrase. Elle repose rageusement le combiné sur son support.

Elle a fait *passue* toute sa famille, maintenant, en lui mentant comme aux étrangers. Elle se demande ce qui va se passer quand ses mensonges commenceront à se recouper. Si Gil parle de Constantin à quelqu'un de la famille, par exemple, ou si Rohder entend parler de Bobo et Momo.

Il faudra régler ça au coup par coup, se dit-elle. Elle ne voit pas ce qu'elle peut faire de plus.

Le bébé de Tella braille si fort, et sans raison apparente (tous les motifs habituels ayant été envisagés puis éliminés) qu'elle n'entend pas le bruit du cylindre qui chute du tube pneumatique dans sa corbeille en fil de fer. Soudain, quand son regard tombe dessus, il est là, et elle se demande depuis combien de temps. Le message écrit au stylo bleu est signé Rohder. Il veut la voir immédiatement.

Un souffle glacé lui caresse la nuque.

Elle ne sait même pas si Rohder est qualifié pour lui donner des ordres. Il n'est pas son supérieur immédiat, mais sa place est si élevée dans la hiérarchie qu'il a probablement autorité sur elle sans qu'elle l'ait jamais su. Elle appelle la Tabulation et explique qu'elle a une réunion et qu'elle doit s'absenter. Les braillements du bébé sont si forts qu'elle entend à peine la réponse du tabulateur.

Elle se dirige vers les ascenseurs hydrauliques de l'immeuble, et leur mouvement liquide très particulier lui retourne l'estomac, qu'elle a fragile en ce moment.

Rohder est au 106e étage, actuellement en travaux. Les cloisons sont éventrées ou démolies, il y a des piles de briques ou de parpaings le long des murs, avec des feuilles de plastique tendues et des échafaudages. Malgré ce désordre apparent, on n'entend pas le moindre bruit en dehors du crissement du gravier sous les semelles d'Ayah. Elle a l'impression que plus personne ne travaille sur ce chantier depuis longtemps.

Même si Rohder ne semble plus avoir aucune fonction dans la compagnie, il est assez important pour qu'on lui attribue un bureau d'angle. La table et la chaise de la réceptionniste sont couvertes d'une couche uniforme de poussière de ciment, mais la porte est ouverte, et Ayah perçoit l'odeur des cigarettes de Rohder avant de franchir le seuil.

Il y a de gigantesques statues d'une dizaine d'étages de hauteur à chaque angle de l'immeuble. Elles contemplent la cité de leurs yeux bridés au-dessus d'un nez cuivré en bec d'aigle. Ce sont les Anges du Pouvoir, quelque chose comme ça. Les baies vitrées du bureau de Rohder offrent une vue somptueuse sur le profil impassible de deux de ces statues. Rohder, insignifiant en comparaison, est assis derrière un énorme bureau à la façade en bronze gravée de motifs en rayons. Il porte, semble-t-il, le même costume mal ajusté que la dernière fois qu'elle l'a vu, et une cigarette pend au coin de sa bouche.

Il lève vers elle ses petits yeux bleus chassieux et ne semble pas, l'espace de quelques secondes, la reconnaître. Puis il hoche la tête, se lève et chasse d'un revers de main la cendre de cigarette qui colle à la dentelle sous son menton.

— Je vois que vous avez trouvé votre chemin, dit-il.
— Vous désiriez me voir ?
— Oui. C'est à propos de la station Terminus.

Les anciennes toilettes sont murées, et le puits de plasma est en dérivation. Même si Rohder s'aperçoit de son existence, il n'y décèlera pas un grand potentiel et ne pourra pas prouver qu'il est utilisé illégalement.

Aucune raison d'avoir peur, se dit Ayah en s'avançant. Mais cela ne l'empêche pas de sentir des insectes courir le long de ses nerfs.

La moquette de Rohder est couverte de feuilles de plastique qui craquent sous ses talons. Il y a un gros fauteuil en tapisserie dans un coin du bureau, avec des poignées de transfert incorporées aux deux bras. Il a donc accès au plasma avec vue sur un angle entier de l'immeuble.

Il y a aussi des cartes étalées sur son bureau, maintenues dans l'un des coins par un cendrier rempli de mégots. Elle connaît bien ces cartes.

— Comment fait-on pour aller dans cette vieille station du pneuma ? demande Rohder.

— L'accès est dangereux. Je peux vous y conduire, si vous le désirez.

— Ah ! (Sa main tâte les poches de sa veste à la recherche d'un paquet de cigarettes, puis le trouve dans un tiroir du bureau.) C'est gentil de votre part, mais j'ai l'intention de faire ça d'ici, par téléprésence.

Un élan de terreur s'insinue dans les os d'Ayah.

— Je vois, dit-elle.

Rohder allume une cigarette avec le mégot de la précédente. Son teint rougeaud et ses yeux bleus forment un contraste frappant avec les rides de son visage, accentuées sans pitié par la lumière du Bouclier que les baies vitrées laissent pénétrer à flots.

Tout dépend de sa compétence, réfléchit-elle. S'il est capable de repérer l'ossature de l'ancienne usine de plastique, il risque de tout découvrir. Mais pour cela, il lui faut être capable de projeter une anima à travers la matière, chose qui demande un savoir-faire complexe dont Ayah n'a en réalité que très peu d'expérience. En théorie, c'est plutôt inquiétant : il s'agit de se constituer un sensorium capable de percevoir la différence entre les masses et les textures variées, de distinguer la brique de la roche et de l'acier, de repérer la nature de chaque obstacle et, naturellement, de naviguer sans jamais perdre son chemin.

Mais Rohder est très fort pour ça. D'après Mengene, c'est un vrai magicien. Ayah fourre la main dans sa manche en dentelle et saisit son poignet pour s'empêcher de trembler.

— Euh..., lui rappelle Rohder, pourriez-vous m'indiquer par où je dois passer ?

Ayah se penche sur les cartes et s'oriente. Elle plante fermement l'index sur un point pour que sa main ne tremble pas.

— Ici, dit-elle. Côté sud de la rue. Je ne me rappelle pas le numéro de l'immeuble.

— Il n'y a pas d'accès public ?

La loi est stricte sur l'envoi d'une anima dans un « espace domestique privé ». Il faut toute une série d'autorisations officielles complexes. Mais Rohder a le droit de se déplacer dans les « espaces publics » tels que la loi les définit, c'est-à-dire les halls d'entrée, les cages d'escalier et les couloirs d'un immeuble.

— Je n'ai pas exploré la question à fond, dit-elle, mais je suppose qu'il s'agit uniquement d'un espace public.

Rohder tire sur sa cigarette, les yeux rivés sur la carte.

— Ce serait peut-être plus facile, murmure-t-il, de quadriller le secteur à partir des airs. Si je repère une utilisation massive de plasma, je pourrai ensuite remonter jusqu'à la source.

— Vous avez toutes les chances de tomber sur une source enregistrée. Combien de milliers de personnes font appel en même temps au plasma à un moment donné de la journée ?

— Dans un quartier comme ça ? Je ne crois pas qu'il y ait beaucoup d'utilisateurs importants. Il n'y a pas d'industries locales. Les gens sont pauvres.

Et il n'y en a pas beaucoup, se dit Ayah, qui retransmettent le plasma au moyen de cornets camouflés en panneaux publicitaires. Elle sent la sueur qui dégouline sur sa nuque.

— Vous avez besoin d'autre chose ? demande-t-elle.

— Euh ? (Il est déjà perdu dans ses pensées.) Non, je ne crois pas. Merci.

Elle sort. La poussière de ciment crisse sous ses pas. Elle a envie de se précipiter vers le téléphone le plus proche pour appeler le numéro d'urgence que Constantin lui a donné, sous le nom du Dr Chandros, mais...

Une terreur glacée s'empare d'elle. Et si elle était déjà sous surveillance ? Si les clopos de l'Office attendaient justement qu'elle panique de cette manière ? Si Rohder l'avait fait appeler pour la tester ?

Elle regagne son bureau. La transpiration est en train de refroidir dans son cou. Tant bien que mal, elle finit sa journée de travail.

Quand elle s'en va, l'ascenseur hydraulique lui semble étouffant et confiné. Il met un temps infini à arriver en bas. Elle sort de l'immeuble aussi vite qu'elle l'ose et doit patienter quelques interminables minutes au bord du trottoir parce que la voiture n'est pas encore là. Quand la Elton arrive, elle n'attend pas que Martinus lui ouvre la portière, mais s'engouffre à l'intérieur et se cogne à un Constantin sidéré. Ils peuvent parler ici, la voiture est munie d'un collecteur en bronze qui ferait éclater l'anima de n'importe quel intrus.

— L'Office va entreprendre une recherche de ponction clandestine de plasma dans le secteur de Terminus, dit-elle. Il faut arrêter la fabrique immédiatement.

Constantin plisse le front.

— C'est quoi, cette recherche ?

L'accélération de la limousine lui fait perdre l'équilibre, et elle se cale en arrière contre les coussins.

— Recherche par anima, répond-elle. Aérienne, pour détecter toute utilisation anormale de plasma, puis souterraine, pour repérer des structures non exploitées. Je viens de l'apprendre.

— Quand vont-ils commencer ?

Elle hésite.

— Je l'ignore. Demain, probablement. Mais c'est peut-être déjà lancé. Les ponctions importantes ont plus de chances de ressortir pendant la deuxième période que pendant la première. Et si tu transmets du plasma à partir de cette terrasse...

— Arrête-moi à une cabine publique, ordonne Constantin à Martinus.

Il appelle la fabrique et demande aux responsables de cesser toutes leurs opérations et de se rendre aux Tours des Mages pour une réunion d'urgence.

Tandis que la limousine fonce vers les Tours des Mages, Ayah se demande si elle doit préciser à Constantin que la recherche, à moins de mobiliser secrètement tous les clopos de Jaspeer, est probablement conduite par un seul homme d'âge avancé opérant de son propre chef.

Mais elle sait parfaitement bien ce qui se passerait si elle parlait, aussi elle ne dit pas un mot.

Elle suit Constantin dans son appartement. Son dos puissant se déplace devant elle comme une muraille enrobée de cuir. Il avance à toute vitesse, le corps incliné en avant en signe d'intense concentration. Ayah entend la voix de Sorya : « Qu'est-ce qui se... » avant même de la voir au pied de l'escalier spiralé, tapant le sol du pied et pointant son fume-cigarette vers le plafond comme un pistolet au cran de sûreté relevé. Son expression est un mélange de colère et d'alarme. Elle n'accorde pas le moindre regard à Ayah. À ses côtés se trouvent Geymard le soldat et un petit homme maigre qu'Ayah ne connaît pas.

— C'est l'Office, leur dit Constantin.

Il se met à grimper les marches quatre à quatre. Ayah le suit aussitôt, et Sorya leur emboîte le pas ainsi que Geymard, Martinus et les autres. Arrivé dans la salle de commande, Constantin fait une volte comme un danseur, pose ses yeux brûlants sur Ayah et lui dit :

— Explique.

Ayah leur livre tout ce qu'elle ose. Elle n'a jamais eu autant d'attention de la part d'un auditoire. Celui-là forme un demi-cercle de visages à l'expression intense et disciplinée.

— Ça durera combien de temps ? demande Sorya.

Ayah sent la peau de son front se tendre d'inquiétude quand elle voit le regard que lui jettent les yeux verts de cette femme.

— Je l'ignore, répond-elle.

Sorya se tourne vers Constantin.

— Obvertag s'est rallié à nous ce matin au petit déjeuner. Cela met la Brigade des Marines de notre côté. Mais si nous tardons trop, il risque de céder à la panique.

— Nous ne changerons pas le calendrier, dans ce cas, déclare Constantin. Pas pour le moment, en tout cas. Le reste du travail au plasma (il se tourne vers l'homme aux lunettes) peut être accompli à partir d'ici. Cela reviendra très cher, mais... (il hausse les épaules) c'est inévitable à ce stade.

L'homme hoche docilement la tête.

— Très bien, dit-il.

Sorya et Constantin suggèrent alors différentes solutions pour continuer à travailler dans l'ancienne fabrique, mais Ayah, à son grand regret, doit les démolir l'une après l'autre.

— Il peut se passer des tas de choses quand l'Office a le dos tourné, explique-t-elle. Les mailles du réseau sont suffisamment larges. Mais dès l'instant où quelque chose a attiré leur attention, plus rien ne peut les arrêter. (Elle soupire.) Ils sont – nous sommes – comme ça à l'Office.

Sorya écrase le bout de sa cigarette dans un cendrier.

— Qu'est-ce qu'on fait, alors ? On reporte l'opération ?

— Impossible, murmure Constantin.

— On dégote un voleur de plasma, propose Ayah. Un gros, quelque part dans le quartier. On l'emballe dans un paquet cadeau, avec un gros nœud autour, et on le livre à l'Office.

Elle est heureuse de constater qu'elle a totalement capté, une fois de plus, l'attention générale.

— Qui ? demande Constantin.

— Quelqu'un de l'Organisation. Un îlotier ou plus haut. Un colonel ou un général, si on en trouve un. Ou alors quelqu'un de la Nation Jaspeer. Peut-être une sorcière de première catégorie, ou un prêtre véreux qui vend le truc en sous-main. Je ne sais pas, moi. On trouvera bien quelqu'un.

Il y a un silence tendu durant lequel le groupe échange des regards perplexes. Puis Constantin éclate d'un grand rire sonore.

— Parfait ! dit-il. Encore un défi à relever !

Les lèvres de Sorya prennent un pli de dédain.

— Voilà qu'il faut tout laisser tomber, à présent, pour aider l'Office à faire son travail ?

— On ne laisse pas tout tomber, réplique Constantin. On constitue une cellule de travail autour de Miss Ayah, et les autres continuent comme précédemment.

— Je vais tâcher de me faire affecter à l'équipe d'investigation, déclare Ayah. De cette manière, je pourrai orienter les recherches vers la bonne cible.

— Quand nous l'aurons trouvée, fait Sorya.

Il y a quelques instants de silence.

— Comment allons-nous repérer l'objectif ? demande Geymard en bon militaire qu'il est.

— Il faut d'abord savoir exactement ce qu'on cherche, réplique Ayah. J'ai grandi dans un quartier du même genre. Voyons voir...

Elle essaie de se rappeler pendant que le cercle de visages tendus est pendu à ses lèvres. Elle revoit la station Terminus, évoque la musique, les odeurs où domine le cumin, les étals des petits commerces groupés sous l'échafaudage, le petit homme qui lui a vendu son trigramme à bon marché...

— Quel jour sommes-nous ? demande-t-elle finalement. Mardi ? Mercredi, en principe, c'est le jour de la collecte, en tout cas dans mon ancien quartier. Je me demande si c'est pareil pour Terminus.

— Quelle collecte ? demande l'homme aux lunettes.

— Lorsque les petits commerces illicites paient pour leur protection. Tous ces marchands à la sauvette, sous les échafaudages, par exemple, vous croyez qu'ils paient patente ? Et même s'ils étaient en règle, vous croyez que la police les protégerait ? Non, ils paient le collecteur, qui transmet le fric aux îlotiers, qui arrosent les flics et filent le reste aux colonels et aux généraux. Suivez le pognon, et vous tomberez sur le pouvoir.

— Nous ne savons même pas si c'est le mercredi que cela se passe, objecte Sorya.

Ayah hausse les épaules.

— Quelqu'un a une meilleure idée ?

Seul le silence lui répond. Sorya sort son étui à cigarettes et l'ouvre.

— Il y a d'autres indices à rechercher, reprend Ayah. Les immeubles de bureaux normaux qui vous semblent exagérément protégés par des alarmes, des caméras extérieures, des trucs comme ça... Les concierges qui ressemblent plutôt à des gardes du corps... Même chose pour les immeubles résidentiels. Mais pour ceux de Terminus, parfois, on devient fou quand on cherche un appartement précis. Certains doivent en avoir plus de mille. Et quelquefois, l'Organisation s'affiche ouvertement. Cherchez dans l'annuaire sous la rubrique « clubs sociaux ». Bien que le plasma ne soit probablement pas là, vous y trouverez les gens qui l'utilisent. Vous êtes capables de dire qui s'en est servi récemment juste en observant les visages ?

— Recherche aérienne d'anima, fait Constantin. À partir d'ici. (Il se tourne vers Sorya.) Convoque nos mages. Qu'ils viennent tous.

— C'est contraire à nos règles de sécurité, métropolite, proteste Martinus. Il n'est pas très avisé de mettre certains d'entre eux directement en liaison avec nous.

Constantin hoche la tête.

— Très bien. Louez trois suites d'utilisateurs de plasma à l'hôtel Landmark. Payez avec le compte BMG. J'expliquerai à tout le monde ce qu'il faut rechercher.

— J'aimerais aller sur place à Terminus, déclare Ayah. Puis-je avoir une voiture et un chauffeur ?

— Oui, acquiesce Constantin, dont le regard d'aigle rencontre un bref instant le sien. Tu me feras ton rapport plus tard au Landmark.

— Miss Ayah connaît bien le chemin, j'en suis sûre, murmure Sorya de sa voix de velours.

Un frisson de peur glacée descend comme une cascade le long de l'épine dorsale de l'intéressée. L'expression de Constantin demeure impassible.

— Allons-y, dit-il.

— Monsieur Rohder ? Ici Ayah.

Elle l'appelle d'un restaurant bondé situé à mi-chemin des Tours des Mages et de la station Terminus. Les bruits de vaisselle et de conversations ne sont pas bien filtrés par le vieux rembourrage déchiré des lourds écouteurs en céramique, et elle est obligée de hurler dans le micro scellé au mur.

— Ah ? Oui ?

Ayah sent son cœur cogner contre sa cage thoracique. Elle ne savait pas si elle allait encore trouver Rohder dans son bureau à cette heure tardive, mais apparemment il n'a pas d'autre endroit où aller.

— J'ai réfléchi, au sujet de Terminus, lui dit-elle.

— Oui. J'y suis allé.

Elle se mord la lèvre pour s'empêcher de lui demander s'il a découvert quelque chose.

— Je pense pouvoir vous aider, monsieur, dit-elle. Je me suis dit que je pourrais éplucher les dossiers, pour voir si les compteurs permettent de déceler une activité suspecte.

— Vous croyez ? demande-t-il en prenant son temps. Cela représente beaucoup de travail, ajoute-t-il. Comment vous y prendriez-vous ?

— Je rechercherais les compteurs qui ont été récemment révisés, les entreprises qui se sont installées au cours de ces dernières années mais vendent des quantités importantes de plasma à l'Office. Je pourrais également me rendre sur place à la station Terminus et vérifier les adresses indiquées dans les dossiers.

— Hum... (Elle l'entend tirer sur sa cigarette.) Peut-être. C'est très aimable à vous. Mais je me demande...

Il y a un long silence.

— Oui ? fait Ayah au bout d'un moment. Que vous demandez-vous ?

— Pourquoi êtes-vous si intéressée par cette recherche ?

— Parce que mon travail actuel est la chose la plus ennuyeuse que l'on puisse concevoir, et que ce serait un grand changement pour moi.

Rohder soupire. Ayah imagine la fumée sortant de ses poumons en petits tourbillons.

— Je vais voir si je peux vous faire transférer, dit-il.

— Merci.

Encore un *passu*, se dit-elle. Il semble qu'elle en soit entourée, depuis quelque temps.

16

Khoriak lui fait faire le tour de la station dans la Geldan biplace. Soudain affamée, elle a pris la corbeille de fruits dans la Elton et la tient sur ses genoux. Le jus dégouline sur son poignet tandis qu'elle se penche pour observer à travers la vitre teintée les immeubles et les gens. Mais quand elle fait son rapport à Constantin après la permute, elle n'a pas grand-chose à lui annoncer. Ils ont suivi d'un endroit à un autre quelques individus qui appartiennent de toute évidence à l'Organisation, ils ont découvert quelques locaux protégés par des résilles de bronze adroitement camouflées, chose qui ne signifie probablement pas grand-chose, car il est impossible de déterminer l'âge de ces résilles, et ce qu'elles protégeaient n'existe peut-être plus depuis un siècle.

— Nous avons détecté quelqu'un en train de fouiner dans le quartier, annonce Constantin.

Il fait les cent pas en parlant, et ses talons ont déjà profondément imprimé leurs marques d'angoisse dans la moquette épaisse. Derrière lui, les mages sont rivés à leurs poignées de transfert, les yeux fermés. Ils naviguent dans leur espace géomaturgique tandis que les gardes de la sécurité sont plantés dans leur coin comme des palmiers en pots.

— J'ignore qui c'est, murmure Constantin, mais il est très fort. Très méthodique. Rien ne semble lui échapper. Pas question de remettre la centrale en marche.

— Demain, déclare Ayah, sur qui la fatigue est tombée comme un manteau de pluie. Le jour de la collecte. Nous apprendrons peut-être quelque chose.

Constantin s'immobilise brusquement pour la regarder à sa manière intense.

— Viens, dit-il en lui prenant le bras. Une bonne dose, ça te remontera.

La chambre lui est familière avec ses oreillers dodus et son couvre-lit en satin bleu. Elle est équipée de poignées de transfert rangées dans un tiroir de la commode. Ayah perçoit l'odeur d'une orange sanguine. Elle retire le trigramme qui pend à son cou et dirige ses énergies à travers le reste de son corps, brûlant les toxines de fatigue, remplissant chacune de ses cellules d'un pouvoir flamboyant. Elle lève les yeux vers Constantin, voit son regard rivé sur elle, qui l'absorbe... Elle sent une résonance entre leurs deux énergies, comme deux immeubles dressés exactement à un demi-rad l'un de l'autre, constituant ensemble une plus grande charge de plasma que celle qu'ils pourraient représenter séparément...

Ses tissus sont imprégnés de plasma et d'excitation. Ses lèvres, involontairement, se retroussent en un rictus farouche, elle éclate d'un rire sonore. Elle lâche les poignées et se précipite sur Constantin, soudain si débordante d'énergie qu'elle est persuadée de pouvoir entraîner le colosse avec elle pour le faire basculer en arrière sur le lit. La joute sexuelle qui s'ensuit est directe et féroce, et leurs vêtements jonchent la chambre.

— Tu es en train d'apprendre à profiter de ta puissance, lui dit-il, et c'est bien.

Il la regarde avec une sorte d'approbation indolente, à travers la fente de ses paupières à moitié plissées comme celles d'un chat.

Ayah se sent un peu féline elle aussi. Elle passe ses griffes dans la toison rêche de son torse.

— Je ne sais pas si j'aurai le courage d'abandonner tout ça, dit-elle.

Constantin rit, et son rire résonne comme un lent grondement.

— Il ne tient qu'à toi de ne pas le faire, dit-il.

Elle médite un instant.

— Qu'est-ce qu'il y a pour moi à Caraqui ? Rien du tout.

— Peut-être la Cité Nouvelle, lui dit-il d'une voix sérieuse. Et j'espère quand même que, dans ton échelle de valeurs, ma personne se situe un peu au-dessus de ce *rien du tout.*

— Tu ne m'as fait aucune promesse, lui rappelle-t-elle, à part celle de remplacer mon fastidieux boulot de fonctionnaire par un autre tout aussi fastidieux, à la suite de quoi je te détesterai dans un avenir proche. Sans compter que Sorya est au courant de nos rendez-vous ici.

Il fronce les sourcils.

— N'aie aucune crainte pour ta sécurité, si c'est à cela que tu penses. Si jamais il t'arrivait quelque chose par sa faute, elle le paierait cher, et elle le sait parfaitement.

— Tu le lui as dit ?

Il secoue légèrement la tête.

— Pas besoin. Elle sait très bien qui est sous ma protection et qui ne l'est pas.

— Elle pourrait me dénoncer à l'Office, personne n'en saurait rien.

— Je le saurais, moi. Et elle ne l'ignore pas. (Il retrousse légèrement les lèvres.) Je sais des choses qui pourraient l'expédier dans cet enfer auquel sa famille torgenile croit fermement. Je m'en servirais sans hésitation si elle m'y forçait.

Un frisson court le long de la colonne vertébrale d'Ayah.

— Si tu sais des choses de ce genre sur elle, est-ce qu'elle ne peut pas représenter un danger pour toi ?

Les paupières de Constantin se plissent de nouveau à demi. Elle pense à un chat en train de contempler sa proie, rusé, calculateur et sans merci, uniquement polarisé sur son objectif.

— Sans moi, dit-il, elle retournerait à l'existence d'où je l'ai extirpée, et cette existence, crois-moi, était un véritable enfer, même si elle ne s'en rendait pas compte. Non, elle a besoin de moi plus que je n'ai besoin d'elle, et elle en a parfaitement conscience.

De nouveau, Ayah se sent parcourue par un frisson glacé. Elle se penche pour saisir les couvertures, en boule au bas du lit, et les remonter sur elle. Elle pose la tête sur l'épaule de Constantin et passe le bras sur son torse. Le bijou argenté au bout de sa natte est froid au contact de son front.

— J'ai comme l'impression que pas mal de personnes ont besoin de toi, dit-elle.

— Et je n'en traite aucune comme il faut.

Sa main lui caresse les cheveux. Il soupire. La tête d'Ayah se soulève puis redescend en même temps que son torse.

— Dans quelques jours, dit-il, les événements décideront si je dois continuer cette existence inutile et déracinée consistant à dispenser à un monde indifférent mes théories fatiguées sur le gouvernement et la géomantique, ou si je peux utiliser le don précieux que tu m'as fait, ma toute belle. Il est possible que je fasse encore trembler les fondations du ciel, et c'est à toi seule que je le devrai.

Il l'embrasse gravement sur le front.

— Merci, lui dit-elle en se serrant contre lui. Mais je ne crois pas t'avoir donné vraiment les moyens d'ébranler les fondations du ciel.

De nouveau, il laisse entendre son rire indolent et rocailleux.

— Tu m'as donné l'énergie, qui, utilisée avec discernement, est le moyen d'acquérir le pouvoir, qui, à mon sens, est la clé de la liberté. Et qu'est-ce qui nous opprime plus que... ?

Ses mots s'estompent dans sa bouche, mais sa main, qui lui caresse les cheveux, s'immobilise devant ses yeux, l'index pointé vers le plafond et au-delà.

Le regard d'Ayah suit la direction du doigt ; ses pensées s'envolent au-delà du plafond, de plus en plus haut, plus haut que le royaume des faucons et des aérostats, des avions et des fusées, là où l'air est si raréfié qu'il pourrait aussi bien ne plus y en avoir du tout, et même plus haut encore.

— Le Bouclier, murmure-t-elle. (Elle se redresse comme un ressort et se tourne pour le regarder dans les yeux.) *Le Bouclier* ! Tu veux t'attaquer au *Bouclier* ?

— L'objectif de la Cité Nouvelle est de nous apporter la liberté. Et qu'y a-t-il de plus contraignant pour nous que le Bouclier ?

— Mais comment t'y prendras-tu ? Rien ne peut survivre sans le Bouclier !

— La matière est annihilée à son contact. C'est du moins ce que nous présumons au vu des explosions de rayonnement qui en résultent. Et le plasma, également, est détruit, à ce qu'il semble. L'énergie électromagnétique est absorbée et probablement retransmise. Mais la gravité passe au travers. Le Bouclier n'est donc pas totalement hostile à la nature. Et, là où existe une imperfection, un point faible peut être découvert.

Ayah se sent mal à l'aise dans cette discussion. Sans doute la moitié des prêtres de la planète la qualifieraient-ils de blasphématoire. Elle se prend à jeter des regards nerveux en coulisse, juste pour le cas où des esprits, des dieux ou des Malakas désapprobateurs seraient dans le coin en train de tendre l'oreille.

— Je pensais que tout avait déjà été essayé, dit-elle.

— Aucun document de l'époque de Senko n'a survécu. Nous ne savons même pas à quelle époque c'est arrivé. Plusieurs milliers d'années dans le passé, en tout état de cause. De temps à autre, quelqu'un fait une tentative en direction du Bouclier d'une manière décousue et désorganisée, mais la dernière fois c'était il y a huit cents ans, et je me suis procuré la documentation dans une vieille brocante où il y avait une vente aux enchères, mais sa lecture n'a fait que confirmer ce que je savais déjà.

— Que peux-tu faire de plus, alors ?

— Une attaque au plasma de grande envergure, peut-être ? Senko a essayé, mais il semble que la science du plasma, à son époque, n'ait pas été à la hauteur, et il ne disposait pas de très grandes quantités de plasma. Si nous pouvions nous assurer la coopération d'autres métropoles, unir les ressources en plasma de plusieurs États et attaquer conjointement le Bouclier, cela devrait nous permettre au moins de détraquer son mécanisme.

— Et pourquoi ne pas utiliser tout le plasma du globe ? plaisante Ayah.

Constantin lui sourit.

— Pourquoi pas, en effet ? Mais, naturellement, la Cité Nouvelle devra préalablement avoir conquis toute la planète, ce qui me paraît encore plus difficile que de s'attaquer directement au Bouclier, tu ne crois pas ?

Ayah est estomaquée de voir Constantin traiter sa suggestion avec un commencement de sérieux.

— J'espère que les Élevés ne nous entendent pas, murmure-t-elle.

— S'ils nous entendent, réplique-t-il en souriant, je suis sûr que les Malakas se marrent bien.

Ayah sourit à son tour, mal à l'aise, en réprimant son envie de regarder par-dessus son épaule.

— Nous pourrions également aborder le Bouclier par l'intermédiaire de la gravité, continue Constantin. Nous savons peu de chose sur sa nature, mais nous en connaissons bien les effets. Avec le plasma, nous pourrions peut-être amplifier les effets de la gravité et les rediriger vers l'extérieur, en nous en servant comme moyen d'exploration du Bouclier ou comme arme susceptible de détruire ses mécanismes.

— Tu penses que le plasma peut interagir avec la gravité ?

— Jusqu'à présent, nous n'avons pas de raison de le croire, mais personne n'a jamais essayé vraiment. D'ailleurs, qui peut savoir ce que les Malakas avaient en tête quand ils ont construit le Bouclier ? Ils ne le considéraient peut-être pas comme une barrière éternelle, mais plutôt comme un test d'intelligence.

Il la regarde, et sa voix continue de rouler comme les remous d'un fleuve profond et inexorable.

— Pourquoi le Bouclier n'a-t-il pas été pris d'assaut ? On peut aussi bien se demander pourquoi la pauvreté et la faim existent toujours, pourquoi la guerre est tolérée, pourquoi il y a de telles inégalités dans les fortunes et les opportunités. C'est simplement parce que nous voulons bien, en tant qu'espèce politique, que cela existe. De même que nous acceptons le Bouclier. Si nous pouvions faire abstraction de nos folies, de nos vues étroites et de nos cupidités, nous nous apercevrions peut-être que le domaine des Élevés est à notre portée, et qu'il l'a toujours été.

Ayah a la tête qui tourne. Ce sont les vapeurs d'alcool des paroles de Constantin. Le Bouclier est là, inamovible, incontournable, depuis des milliers d'années. C'est un *fait* aussi solide que la roche mère sur laquelle sont ancrées les fondations de cet hôtel. Et Constantin voudrait le supprimer. Autant vouloir, se dit-elle avec amusement, supprimer la faim et les guerres, abolir la planète elle-même.

Il se redresse sur le lit et se penche vers elle pour lui confier à voix basse :

— J'aimerais que tu me fasses la faveur de ne parler à personne de l'ambition dont je viens de te faire part. Je ne voudrais pas être la risée des gens, ni me faire condamner comme hérétique par une bande de fanatiques. Je me heurte déjà à suffisamment de scepticisme.

Ayah lui passe les bras autour du cou pour l'embrasser.

— À qui pourrais-je parler de ces trucs-là ?

Il hausse les épaules.

— À un journaliste du *Câble* un peu trop curieux, je suppose.

— Quand je serai une vieille grand-mère, alors. Le temps que la législation sur les détournements de plasma public ait changé.

La chambre d'hôtel est soudain violemment secouée, comme si un géant venait de donner un coup de pied à l'un des angles de l'immeuble. Quelque chose tombe d'une étagère de la salle de bains avec un bruit de verre brisé. Ayah et Constantin se lèvent tandis que l'hôtel vacille une deuxième fois. Elle sent ses pieds se dérober sous elle. Il y a une série de secousses successives, d'intensité décroissante, tandis que l'immeuble oscille d'avant en arrière sur ses massives fondations flottantes, longtemps après la fin du séisme proprement dit.

Constantin a bondi dans ses vêtements avant même que la dernière secousse se soit estompée. Ayah demeure figée. Elle happe l'air en réaction à une vague de nausée au niveau de son oreille interne.

— Il faut que j'aille voir à la fabrique, lui dit Constantin. Fais-toi raccompagner chez toi.

— Je dois aller à l'Office. Je fais partie des Interventions d'urgence, si tu te souviens bien.

Il hoche la tête.

— Demande à Khoriak...

Puis il sort en courant, la main encore à la recherche de sa manche.

C'est un séisme de moyenne intensité, qui ne cause que seize mille victimes, dont onze cents trouvent la mort, principalement à cause d'échafaudages qui se sont écroulés sur elles dans les quartiers les plus défavorisés. Quelques ponts et tunnels se sont affaissés, et une cuve alimentaire a éclaté dans le sous-sol d'une usine de traitement, noyant douze ouvriers sous un véritable déluge de krill. Quelques immeubles anciens se sont écroulés, et de nombreux bâtiments sont en flammes. Parmi ceux qui se sont écroulés, il y en a un, tout neuf et très luxueux, qui fera prochainement l'objet d'une enquête sur la corruption de certains inspecteurs.

Ayah reçoit l'ordre de découvrir et de réparer les fuites des lignes de plasma. Elle passe la plus grande partie des douze heures qui suivent sous terre, à arpenter des galeries de service obscures à la lueur tressautante de sa lampe de casque. Dans ces tunnels aux parois de brique et de béton flotte une odeur de poussière délogée par la commotion. Son sens de l'équilibre est toujours perturbé. Les galeries lui paraissent déformées, comme dans un cauchemar. Elle accomplit son travail dans l'angoisse, terrifiée à l'idée que la moindre étincelle pourrait provoquer une explosion dans les fines particules de poussière en suspension ou qu'une réplique pourrait les ensevelir vivants, elle et son équipe, sous des tonnes d'eau et de boue.

Au moins, se dit-elle, l'anima de Rohder cessera de fouiner dans le secteur. Il va être trop occupé ailleurs, à localiser les survivants dans les décombres.

Après avoir fait ses douze heures, elle est autorisée à rentrer chez elle. Mis à part un miroir fêlé dans le hall d'entrée, les Tours de Loeno n'ont pas souffert. Son appartement est intact. Le panneau de messagerie indique un appel. C'est Gil, qui s'inquiète. Au bout d'une demi-heure d'essais infructueux – les lignes sont encombrées –, elle parvient à lui laisser un bref message disant qu'elle va bien.

L'énergie du plasma qu'elle a absorbé à l'hôtel l'a désertée depuis longtemps. Elle se douche puis se laisse tomber dans le lit. Elle est réveillée à dix-huit heures par le portier qui lui annonce que sa voiture l'attend.

Elle s'habille en vitesse, se rafraîchit le visage et se peigne dans l'ascenseur. Dans le hall, Khoriak est en train de tourner tranquillement les pages d'un magazine. Il l'escorte jusqu'à la Geldan et insère la petite voiture dans la circulation dense de l'heure de pointe de fin d'après-midi. Dans la foulée du tremblement de terre, le ciel clignote de publicités pour des compagnies d'assurances.

— Une partie de la résille de protection s'est affaissée à l'intérieur de la fabrique, lui annonce Khoriak, mais les réparations ne devraient pas prendre plus de vingt-quatre heures. Personne n'a été blessé.

— Où me conduisez-vous ?

— À la fabrique. Ils sont tous là-bas.

— Et la station Terminus, elle a souffert ?

— Pas à ma connaissance.

Il n'y a eu, effectivement, que très peu de dommages. Le quartier est suffisamment éloigné de l'épicentre pour n'avoir perdu aucun de ses échafaudages, et les dégâts semblent se limiter à des carreaux cassés et des rayonnages effondrés.

Une équipe de réparations travaille déjà sur le collecteur en bronze. Les énormes accumulateurs brillent dans leurs travées, leurs façades reflétant les étincelles qui tombent des chalumeaux en multiples cascades dorées. Constantin et Sorya observent tout cela au milieu de leur cercle de collaborateurs. Lorsque la voiture arrive, Constantin s'avance sur le sol en ciment coloré de la fabrique pour lui ouvrir la portière. Les autres le suivent en file indienne. Constantin sourit. Sorya est engoncée dans une vareuse militaire d'un modèle suranné, à boutons dorés. Elle est coiffée d'une casquette à visière inclinée au maximum sur ses yeux fendus.

— Nous avons trouvé quelque chose d'utile à Landmark, annonce Constantin dès qu'elle descend de voiture. Au moment du séisme, deux hommes de l'Organisation que nous avions mis sous surveillance ont quitté précipitamment leur club pour se rendre à une certaine adresse afin de vérifier d'éventuels dommages. Nous avons fait une petite enquête, et il s'agit bien d'une source de plasma.

— Sait-on quelle quantité de jus ils en tirent ? demande Ayah.

— Il s'agit d'un immeuble de bureaux accolé à un gros ensemble immobilier. Je pense que la source est dessous.

Une baguette de bronze sectionnée par un chalumeau tombe bruyamment par terre.

— Félicitations, Miss Ayah, déclare Sorya à ce moment-là. On dirait que votre suggestion était la bonne.

Son expression, à l'ombre de sa visière, est indiscernable.

— Que fait-on, maintenant ? demande Constantin. Un coup de téléphone anonyme à l'Office ?

Ayah examine mentalement les procédures réglementaires.

— Le dossier serait classé en queue d'une longue file d'attente, explique-t-elle. Ils n'enverraient quelqu'un que dans quelques mois, et le plus probable est que l'agent qui se déplacerait serait celui-là même qui se faisait arroser pour fermer les yeux. Si vous pouviez trouver quelqu'un qui fasse la dénonciation officiellement en réclamant la récompense, la chose serait prise un peu plus au sérieux. Mais il ne faut pas que ce soit le métropolite ni quelqu'un de connu dans son entourage qui dépose cette demande, ou ils chercheront à savoir comment l'information leur est parvenue.

— Je vois.

— Le mieux, c'est de me laisser quelque temps pour que je trouve le moyen d'amener l'Office à faire la découverte par ses procédures habituelles.

— Le temps nous manque, objecte Sorya. Mais il pourrait peut-être survenir un accident dans cet immeuble, quelque chose qui attirerait l'attention sur la source de plasma.

Une main glacée frôle la nuque d'Ayah quand elle entend la manière dont elle prononce le mot *accident*.

— Donnez-moi l'adresse, déclare-t-elle. Je vais voir qui est enregistré comme titulaire officiel du compteur.

— Un accident, ce serait plus rapide, insiste Sorya.

— Mais plus dangereux pour nous, estime Constantin. Nous ne tenons pas à ce que nos activités soient découvertes à cause de heurts occasionnels avec l'Organisation. Nous avons réussi, jusqu'ici, à ne pas attirer leur attention, et je tiens à ce que cela continue. (Il se tourne vers Martinus.) Nous allons la conduire là-bas, dit-il. Mais pas tout de suite. Tu es fatiguée, murmure-t-il à l'adresse d'Ayah. Cela dessert ma cause, que tu n'aies pas l'esprit parfaitement clair. Régénère-toi quelques instants avec les poignées de transfert, et nous nous en irons.

— Merci, métropolite.

Le plasma revigore son corps et son esprit. Elle voudrait pouvoir s'attarder, demeurer indéfiniment connectée à cet immense réservoir d'énergie brute qu'elle a découvert, mais elle arrache la poignée à contrecœur et repousse sa chaise en arrière.

C'est alors qu'elle s'aperçoit que le parfum de Sorya flotte depuis un moment autour d'elle.

Quand elle tourne la tête, elle la voit plantée derrière elle, les mains dans les poches de sa vareuse verte délavée. Elle se lève, la tête et les muscles vibrants d'un courage à base de plasma, et demande :

— Oui ?

La voix de Sorya ne contient pas plus d'hostilité que de chaleur.

— Un petit mot d'avertissement, Miss Ayah.

— Oui ? répète celle-ci.

Elle a presque envie de rire en entendant le mot *avertissement.* En cet instant précis, elle se sent capable d'affronter une armée entière.

— Constantin et moi nous sommes ensemble depuis très longtemps, murmure Sorya. Et, bien que nous ne soyons plus l'un pour l'autre la meilleure compagnie possible à l'heure actuelle, étant tous deux pris, corps et âme, par ce projet, et mettant trop de passion dans nos différends, vous pouvez être assurée que, lorsque cette entreprise aura été menée à terme, nous serons de nouveau ensemble pour affronter l'avenir.

Ayah réprime de justesse l'envie de lancer un mordant : « Tu en es si sûre que ça, ma vieille ? » ou autre chose d'aussi raffiné, venu en droite ligne de son ancien quartier.

Les yeux verts de Sorya flamboient sous la visière de sa casquette.

— Je ne vous en veux pas pour ce petit interlude avec Constantin, ajoute-t-elle. Tant que vous lui fournissez un dérivatif dont il a besoin, ce n'est pas grave. Vous lui apportez quelque chose que je n'ai ni le temps ni l'énergie de lui donner. Mais ce n'est qu'un interlude, Miss Ayah. Ne vous méprenez pas. Il serait dangereux d'y voir autre chose.

Ayah serre les dents. Elle se hérisse, ses doigts se crispent comme des griffes.

— Seriez-vous en train de me menacer, Miss Sorya ? demande-t-elle.

Une lueur de mépris s'introduit dans le regard de Sorya.

— Pourquoi aurais-je à le faire ? Croyez-vous être la seule à vénérer cet autel ? Car, ne vous y trompez pas, ce n'est rien d'autre que de la vénération qu'il cherche. Moi, je le connais trop pour lui donner toute la crédulité qu'il voudrait. (Elle secoue la tête.) Non, je veux simplement souligner que lui et moi nous faisons partie des puissances de ce monde, celles qui sont investies de la grandeur et de la volonté et de la capacité d'agir, et que cela seul nous rend dangereux aussi bien vis-à-vis de nos amis que de nos ennemis.

— Cette puissance dont vous parlez, réplique Ayah en faisant un geste large qui englobe le contenu de la fabrique, les gigantesques accumulateurs comme les consoles et les résilles, cette puissance, c'est moi qui vous l'ai fournie.

Sorya incline son menton pointu.

— Oui, mais vous nous l'avez donnée, n'est-ce pas ? Ou plutôt vendue. Si vous faisiez partie des grands, vous l'auriez gardée pour vous, et vous l'auriez utilisée pour établir les bases de votre propre pouvoir.

— Ce n'est peut-être pas le pouvoir qui m'intéresse.

— Vous croyez que cela vous rend grande ? Ce n'est pas mon avis. (Elle secoue la tête. Derrière elle, les étincelles retombent en gerbes élégantes sur le sol de la fabrique.) Considérez l'histoire de Constantin. Combien de ses vieux compagnons sont-ils encore à ses côtés ? Martinus et Geymard, c'est tout, parmi ceux qui comptaient. Et Geymard est ici presque contre sa volonté, uniquement parce qu'ils ont travaillé si longtemps ensemble.

Sorya jette un coup d'œil à Constantin par-dessus son épaule. Il tient un conciliabule avec Martinus et Geymard.

— Il a sa manière bien à lui de se montrer fatal envers ses amis, reprend-elle d'une voix songeuse. C'est la mesure de sa grandeur, en quelque sorte. Il est toujours le seul à survivre. Toute sa famille est morte, y compris ceux qui ont été de son côté pendant la guerre. Tous ses anciens conseillers, ses compagnons, ses maîtresses d'un moment... Excepté moi. Parce que je suis la seule capable de me mesurer à lui en termes de grandeur, de volonté, de talent et de pouvoir. Parce que je ne le vénère pas pour ses idées ni sa philosophie ni... (ses lèvres se tordent de mépris) sa *divinité*, mais pour sa vraie grandeur, sa force de caractère, sa puissance, sa domination sur les autres ; et aussi parce que...

Elle se penche plus près d'Ayah, assez près pour que celle-ci perçoive les senteurs épicées de son haleine. Elle continue sur le ton de la confidence, et son regard, malgré le velours de sa voix, est dur et impitoyable :

— Parce que je lui dis la vérité. Il a envie qu'on l'adule, il a envie d'être porté aux nues par des créatures comme vous ; mais lorsqu'il s'est vautré dans une dévotion aveugle, ce dont il a besoin, c'est la vérité toute crue, la vérité que je suis la seule à lui apporter.

— Vous pensez être vraiment la seule à lui dire la vérité ?

— Il y a des vérités sur Constantin que je suis la seule à connaître. Je connais le pouvoir, la richesse, la magie, et c'est à *leur* vérité que la grandeur de Constantin s'adresse.

Elle sort l'étui à cigarettes de sa poche.

— Croyez-moi, ajoute-t-elle, je ne vous souhaite que de bonnes choses, et c'est la raison pour laquelle je m'adresse à vous en ce moment. Je veux vous protéger des déceptions et des conséquences d'un trop grand espoir brisé.

Ayah voit surgir la petite flamme du briquet en platine de Sorya. Le bout de la cigarette en équilibre entre ses doigts s'embrase.

— Si vous me permettez de vous parler franchement, conclut Sorya, vous n'êtes pas du tout dans votre élément. Là où la partie se joue entre Constantin et moi, vous n'existez même pas.

— Merci de votre conseil, lui dit Ayah, qui réussit à ne pas mettre dans ses mots le sarcasme qu'elle éprouve intérieurement.

Elle se détourne et se dirige tranquillement vers Constantin et la grosse Elton.

D'un geste galant, Constantin lui ouvre la portière. Elle s'installe sur les coussins en cuir et il referme, l'isolant du monde extérieur.

Constantin est de bonne humeur. Il plaisante sur les dauphins et leurs prétentions, et sur les îlotiers de l'Organisation, qui ne se doutent pas de la mauvaise surprise qui les attend. Au bout de quelques instants de bonne humeur, chaque cellule de son corps débordant de la vitalité fournie par le plasma, Ayah sent se dissiper progressivement la colère lovée en elle comme un serpent.

La centrale de plasma est camouflée dans un immeuble de bureaux aux murs de brique rouge devenus gris sous la crasse. À l'arrière se dresse la masse sombre de l'ensemble immobilier, qui ressemble à une forteresse hérissée de jardins suspendus et de cages à pigeons. Tandis que la voiture s'arrête, Ayah lève la tête pour apercevoir une couronne décorative en fer forgé, hérissée de fioritures, qui pourrait dissimuler une ou plusieurs antennes.

Elle entre par un haut portail en bronze teinté. À l'intérieur flotte une odeur de poisson frit dans la graisse. Des éclats de musique rythmée montent d'une cour intérieure entourée d'une rampe qui grimpe en spirale jusqu'au sommet. Quelques jeunes hommes flânent contre la rampe dans l'espoir de trouver un copain ou une fille qui voudra bien leur payer l'entrée dans l'un des clubs. Ils semblent perturbés par l'arrivée d'Ayah, et elle sent un signal d'alarme lui parcourir les nerfs. Trop protégée par les blindages, les chauffeurs et les limousines, elle ne s'est plus méfiée du quartier Terminus ni des affiches de la Nation Jaspeer dans les vitrines. Mais, à part les habituels sifflets et commentaires sur son passage, ils sont relativement anodins, et elle peut entrer dans l'immeuble pour inspecter visuellement les étages.

Le patio est entouré d'un ouvrage ancien en fer forgé, en forme de spirale complexe. Éclairé par une énorme verrière qui laisse passer la lumière du Bouclier, il fait penser à une grosse toile d'araignée grimpant jusqu'au plafond. Un ascenseur, une simple cage en fer forgé, conduit les clients dans les restaurants. Ayah gravit lentement la rampe spiralée. Elle est en train de calculer mentalement les charges, les distances et les masses de brique et de fer. Il va falloir qu'elle établisse les courbes de plasma pour tout l'immeuble.

Au premier, elle achète une glace à un kiosque et poursuit sa visite. Les boutiques offrent surtout des services de prêteurs sur gages, des disques, des clubs et des bailleurs de caution. Des couples d'amoureux, étroitement serrés l'un contre l'autre dans les devantures, ne prêtent pas attention à elle. La centrale de plasma se trouve au cinquième niveau, dans un bureau à l'enseigne écaillée qui annonce : *Kremag & Cie*. Elle ne s'attarde pas, mais croit apercevoir des caméras vidéo dissimulées dans le feuillage en fer forgé qui entoure les fausses colonnes encadrant l'entrée.

Elle grimpe encore deux étages, puis reprend l'ascenseur pour le rez-de-chaussée.

Il y a pouvoir et pouvoir, songe-t-elle en glissant les doigts dans les motifs en fer forgé de l'ascenseur. Sorya en connaît une forme et elle une autre. Ayah n'est pas née dans les mêmes sphères de pouvoir que celles où évolue Sorya, mais elle apprend vite.

A-t-elle peur de Sorya ? se demande-t-elle. Elle pense que la réponse est non. Elle cherche à savoir pourquoi, et se dit que ce n'est peut-être pas raisonnable.

Elle ressort de l'immeuble et grimpe en hâte dans la limousine.

— Il n'y a pas grand-chose à voir, dit-elle. Il faudra que j'épluche les dossiers.

Constantin hoche la tête.

— Je te raccompagne chez toi. Mais je suis obligé de m'arrêter en route. Une réunion.

Quand il relève la tête, Ayah lit dans son regard une sorte d'excitation farouche, une attente tapie. Il la regarde en disant :

— Il y a un élément de danger. Tu resteras dans la voiture avec Martinus.

— Il ne va pas avec toi ? Il est là pour te protéger.

— Avec... ce monsieur, il me protège mieux en restant dans la voiture.

Le pouvoir, se dit Ayah. Ce serait peut-être une leçon intéressante.

— C'est important qu'il ne me voie pas ? C'est comme avec Parq ? Il pourrait me faire chanter s'il m'identifiait ?

Un petit sourire effleure les lèvres de Constantin. Il secoue la tête.

— Non, il n'y a aucun risque de chantage. Mais, si quelque chose tournait mal, nous pourrions nous faire tuer tous les deux.

Il la regarde de ses yeux pétillants. L'idée de la mort, semble-t-il, l'amuse.

— Je peux venir ? fait Ayah.

Il rit.

— Tu ne sais pas ce que tu me demandes là.

Il est en train de la défier. Un élan de témérité l'envahit, porté par un tourbillon de plasma. Elle lui sourit.

— Pourquoi cesser de prendre des risques juste en ce moment ?

Il jubile en même temps qu'elle, mais un éclair de prudence traverse soudain son visage.

— Je ne sais pas trop si j'ai envie que tu me voies en compagnie de cette personne, dit-il. Cela risque de me faire chuter dans ton estime.

Elle rit. Constantin lui prend la main, entrelace ses doigts dans les siens.

— D'accord, soupire-t-il. Mais tu t'infliges quelque chose d'inutile.

Constantin a sa manière bien à lui de se montrer fatal envers ses amis. Elle se souvient de l'avertissement de Sorya, mais l'écarte aussitôt par manière de défi.

La voiture emprunte la pénétrante est, puis quitte l'autoroute pour se diriger vers le nord. Les immeubles de bureaux brillent de toutes parts avec leurs surfaces de métal, de pierre et de verre. C'est l'heure creuse pour la circulation. Martinus s'engouffre dans un parking souterrain, descend jusqu'au bout de la rampe spiralée. Il arrête la voiture, mais laisse tourner le moteur. Puis il abaisse un compartiment de la planche de bord, en sort une poignée de transfert et la tient prête.

Ayah est surprise.

— Il y a des batteries au plasma dans cette voiture ?

— Naturellement. À des fins de protection.

L'idée paraît évidente, mais elle ne lui était jamais venue à l'esprit. Elle descend de voiture à la suite de Constantin.

— Martinus est un mage ?

— Martinus est un spécialiste. Il est capable de me défendre efficacement contre une attaque au plasma, et il ne m'a jamais laissé en plan jusqu'ici.

Il la précède jusqu'à une petite porte en acier encastrée dans le mur, saisit la poignée et la tire. La porte s'ouvre. Un bourdonnement sonore retentit aussitôt dans l'obscurité devant eux. Constantin hésite.

— Je t'avertis qu'il ne faut pas courir, dit-il. Cela pourrait... réveiller des instincts qu'il vaut mieux laisser dormir.

Il trouve un interrupteur et l'actionne. La salle qui s'étend devant eux est pleine de pompes à l'intérieur de cages grillagées. Apparemment, le garage est sous la surface de l'eau et a besoin d'être vidé en permanence. Elle suit Constantin jusqu'à une nouvelle porte en métal sur laquelle est collé le macaron rouge et jaune de l'Office. Elle cherche instinctivement son passe dans sa poche, mais Constantin a déjà ouvert avec autant de facilité que la première fois. Avec un frisson, Ayah comprend que quelqu'un est passé ici avant eux.

De l'autre côté, il y a une galerie de service où règne une chaleur humide et où les murs courbes en béton suintent de filets d'eau qui forment un ruisseau à leurs pieds. Des ampoules jaunes entourées de grillage sont disposées à intervalles réguliers. Un câble blindé fixé au mur par d'énormes cavaliers de métal transporte une fortune en plasma. Il flotte dans l'air une odeur de poussière en suspens. Ayah s'inquiète des effets du tremblement de terre, mais elle ne dit rien. Elle se contente de desserrer son col en disant :

— Drôle d'endroit pour un rendez-vous.

— Quatrième lumière, c'est ce qu'il a dit, murmure Constantin.

Bien qu'il soit obligé de se courber pour avancer, son allure est rapide, et Ayah a du mal à le suivre. Leurs pas résonnent lourdement dans la galerie.

Soudain, Ayah a conscience d'une présence dans le tunnel. Malgré la température élevée, son sang se glace. Elle pousse un petit cri et recule contre la paroi. La présence semble avoir surgi à travers le mur opposé, comme s'il était poreux au lieu d'être en béton.

— Salutations, déclare Constantin d'une voix ferme, mais Ayah voit qu'il a les poings si crispés que ses ongles doivent lui entailler les paumes.

Elle est absolument incapable de dire à quoi il s'adresse. Quelque chose fait que, même en l'absence de tout obstacle, il est impossible d'en avoir une vue claire. Il a l'air argenté, il se reflète à la lumière, mais il est également noir, d'un noir aussi intense que le plus profond des puits de mine abandonnés. Il n'a pas d'autres couleurs. Le reste du spectre glisse sans avoir prise sur ses contours insaisissables, comme les parasites d'un écran vidéo.

De plus, il fait très froid, à présent. Ayah a les dents qui s'entrechoquent. Elle se demande pourquoi son haleine ne blanchit pas devant elle.

— Métropolitain, dit la chose, pourquoi viens-tu me chercher encore ?

— Je veux que tu me serves. En échange, je te donnerai ce que tu désires.

— Quatre par mois. Pendant cinq ans.

La voix résonne si fort dans le grave qu'Ayah a l'impression de la sentir vibrer dans son ventre. Constantin relève la tête.

— Deux. Et pendant deux ans.

Ayah se recroqueville dans ses vêtements, les nerfs vibrant de terreur, les chairs meurtries de froid. On dirait que ses os se sont transformés en glace.

— Deux ? répète la chose. Et que veux-tu que je fasse en échange de cette... *misère* ?

Il y a quelque chose qui évoque l'acier dans la voix de Constantin quand il répond :

— Je veux que tu mettes la métropole de Caraqui dans ma poche.

— Je devrai tuer ?

— Certaines personnes, oui.

— Des méchants ?

La question sonne comme une raillerie. Ayah sent la créature jubiler.

— J'en suis convaincu.

— Trois.

La voix de la chose est affamée.

— Deux.

Avec fermeté.

— Je pourrais te tuer, lance la créature.

Même Constantin a les dents qui s'entrechoquent, à présent. Mais il fait un pas vers la chose et secoue le poing.

— Cela ne t'apporterait pas ce que tu désires, dit-il.

Il y a quelques instants de silence. Le noir et l'argent glissent sur les contours vaguement humanoïdes de la créature.

— Deux, concède-t-elle finalement, d'une voix de velours. Quand commence le massacre ?

— Dans quelques jours. Je te ferai parvenir le signal par notre voie habituelle.

Ayah laisse échapper un petit cri d'avertissement lorsque la créature se jette sur Constantin en ouvrant les bras, ou ce qui lui en tient lieu... Mais ce n'est pas pour l'attaquer, il s'agit plutôt d'une sorte de soumission : la chose se prosterne devant Constantin, s'aplatit sur le sol en ciment.

— Je ferai ce que tu me demandes, dit-elle.

Constantin tend la main au-dessus de la chose.

— Fais cela pour moi, dit-il, et je te libérerai si tu le désires.

— Peut-être, répond la créature. (Puis :) Pas encore.

— C'est comme tu voudras.

La chose se dilue et disparaît à travers la paroi du tunnel. Ayah pousse un petit cri de soulagement.

Durant un long moment, le seul bruit perceptible dans la galerie est le ruissellement de l'eau. Le froid s'atténue ; soudain, Ayah s'aperçoit qu'elle est trempée, à la fois à cause de la transpiration qui la baigne et parce qu'elle est assise par terre en plein milieu du ruisseau. Elle a glissé dans l'eau et s'est retrouvée là sans même s'en rendre compte.

Constantin pousse un soupir de soulagement. Il se retourne, la voit par terre et sourit.

— Il est parti, dit-il en lui tendant la main.

Elle n'est pas certaine que ses jambes la soutiendront, mais elle prend néanmoins la main offerte pour se redresser. Elle est soulagée de voir qu'elle tient debout toute seule.

L'air de la galerie est très chaud. La sueur ruisselle sur son visage, mais cela ne l'empêche pas de frissonner de froid.

— Pourquoi est-ce que j'ai chaud et froid en même temps ? demande-t-elle à Constantin.

— Cette présence est glaçante, n'est-ce pas ? réplique-t-il d'un ton léger dont elle sait que ce n'est qu'une façade. Les effets ne se font ressentir que dans ta tête, cependant. Ton corps continue de réagir à la chaleur et à l'humidité, même si ta tête est convaincue qu'il fait froid.

Il lui prend le bras pour commencer à la guider vers la sortie. Leurs bottes pataugent dans l'eau. Une vague d'adrénaline la traverse. Elle lève les yeux vers lui, agrippant très fort son bras.

— Qu'est-ce que c'était ?

— Il y a différents noms pour les êtres comme lui. Créature de lumière... Marchand de glace... Le Pendu... (Il s'humecte la lèvre.) Le Damné... C'est la description la plus proche, je pense.

— Un... un... pendu ?

La stupéfaction lui paralyse la langue. Les pendus sont des créatures issues des contes pour enfants et des mauvais chromos d'épouvante. Des monstres qui bondissent des placards et terrassent leurs victimes dans un flot de sang.

— Ça existe ?

— Oh, oui ! mais c'est assez rare.

— Senko soit loué !

Ils sont revenus devant la porte. Constantin l'ouvre. Ayah sort en titubant à l'air frais dans la salle des pompes. Elle éponge la sueur sur son front avec son mouchoir et rajuste sa jupe. Une grosse tache humide, à l'endroit où elle s'est assise dans l'eau, lui colle aux cuisses.

Constantin repasse dans le garage. Elle le suit en demandant :

— Comment as-tu fait pour le connaître ?

— Il y a des gens qui vouent un culte aux pendus, ou concluent des pactes avec eux. Pendant quelque temps... (il prend une inspiration, puis expire lentement), j'ai appartenu à une secte qui faisait des trucs comme ça. J'avais perdu foi en l'humanité, et je recherchais... les extrêmes. C'est à cette époque que j'ai connu les pendus et que j'ai appris ce qu'ils sont et ce qu'ils désirent.

— Et qu'est-ce que...

Ayah trébuche sur la question, et il faut qu'elle fasse un effort sur elle-même pour continuer.

— Qu'est-ce qu'ils demandent ?

— Redevenir ce qu'ils étaient.

Ils sont arrivés devant la limousine. Il lui ouvre la portière. Elle s'assoit à l'intérieur, et Constantin se place en face d'elle. Il ouvre le bar et verse du brandy dans deux verres en cristal.

— Un petit remontant, dit-il en lui tendant le sien, ça te fera du bien.

Elle vide le verre d'un trait, heureuse de sentir la réalité brûlante qui lui laboure le gosier. Constantin boit plus lentement. Martinus démarre et se dirige vers la rampe de sortie.

— Cette créature a été un homme, explique Constantin. Tu connais les effets mutagènes du plasma, la manière dont il peut déformer les choses et transformer en monstre un animal ordinaire.

Ayah n'a pas oublié la créature de la station du pneuma, cette masse insaisissable d'écailles ventrales argentées qui hante maintenant sa mémoire avec le même éclat liquide que le pendu de la galerie souterraine. Soudain, le brandy menace de remonter. Elle se détourne, saisie d'un haut-le-cœur, un goût d'acide dans la gorge. Elle force le brandy à redescendre.

Constantin contemple le fond de son verre et ne semble pas s'apercevoir de ce qui se passe. La voiture remonte lentement la rampe en spirale.

— Ça arrive aussi aux humains, mais plus rarement, continue-t-il. À des chercheurs, parfois, ou à des philosophes, des gens qui vivent à longueur d'année en contact avec le plasma. Ils ne s'aperçoivent pas qu'ils perdent peu à peu contact avec la matière et deviennent prisonniers du plasma. C'est arrivé à quelques personnalités, des gens haut placés, des tyrans, des capitaines d'industrie, des gens qui ont les moyens de consommer tout le plasma qu'ils veulent. À des politiciens, aussi, mais moins souvent, car ils sont mieux ancrés dans la réalité...

La voix de Constantin se fait songeuse tandis qu'il continue :

— Quand ils sont devenus pur plasma, qu'ils ont épuisé leur matérialité, ils commencent à regretter ce qu'ils étaient. Mais ils n'ont plus prise sur la matière. Leur seul contact est incompatible avec la vie. Ils peuvent tuer aisément, mais ils ne peuvent plus créer. La chaleur d'un corps vivant devient pour eux un rêve, un regret, un désir qu'ils sont incapables de satisfaire.

Une main glacée semble se refermer sur la nuque d'Ayah.

— Que demandent-ils ? insiste-t-elle.

La voiture émerge au niveau de la rue. La lumière du Bouclier est là, qui leur promet la normalité et la sécurité du monde ordinaire des humains. Constantin tourne vers Ayah un regard perçant.

— Il demande des vies. Il cherche à retourner parmi les vivants, à retrouver le contact du vent, le goût du vin, les plaisirs de la chair. Il ne peut y arriver par lui-même. Il ne fait plus partie du monde de la matière. Il ne peut plus que la détruire. Mais avec l'aide d'un mage compétent – moi-même, en l'occurrence –, il peut s'emparer d'un corps pour l'occuper momentanément.

Le brandy, de nouveau, cherche à remonter dans la gorge d'Ayah, et elle le refoule.

— Que devient la personne dont il s'approprie le corps ? demande-t-elle.

— Ce corps ne sert plus à rien. La présence du pendu lui est fatale. Au bout de quelques jours, le corps n'est plus qu'une coque vide. Quant à l'âme de la victime, je suppose qu'elle va là où vont les âmes habituellement.

Ayah est envahie par une vague de tristesse. Elle se penche en arrière contre le dossier du siège.

— Qui seront ces victimes ?

Il soupire.

— Des criminels, je suppose. Peut-être des politiciens de Caraqui. Ils l'ont bien mérité. C'est triste, mais c'est comme ça en politique. Dès l'instant où l'on accepte l'idée que certaines personnes méritent la mort, les candidats ne sont pas difficiles à trouver.

— Et cette secte à laquelle tu as appartenu, qu'est-ce qu'elle offrait à ton pendu ?

— C'était mon cousin Heromë qui en était le grand prêtre. Il était également responsable de nos prisons politiques. Le pendu ne manquait jamais de nourriture.

Ayah frissonne. La voix neutre, sans intonation, de Constantin continue.

— Des années plus tard, à mon instigation, le pendu a détruit Heromë et tout son entourage. Il ne les aimait pas, vois-tu, ni les choses qu'ils lui demandaient de faire. C'est un personnage distingué, même parmi les siens. Jadis, il a été Taikoen. Taikoen le Grand, celui qui a sauvé Atavir des Mages esclavagistes.

Ayah se tourne vers Constantin, bouche bée. Taikoen est l'un des plus grands héros de toute l'histoire.

— Il y a des sectes qui le vénèrent dans le monde entier, poursuit Constantin avec un petit sourire. Je ne sais pas si elles continueraient en sachant ce qu'il est devenu. L'homme que j'ai admiré le plus sur la période des cinq cents dernières années. La première fois que je me suis trouvé face à lui, c'était l'esclave tout-puissant de Heromë, un petit gardien de prison minable. Après avoir été déposé, Taikoen s'est dilué dans le plasma. Il ne peut plus vivre sans. Tu as eu l'impression qu'il sortait du mur, mais il est en réalité dans le câble. Il ne peut plus survivre en dehors du puits de plasma.

Ayah se passe la main dans les cheveux. Elle est submergée de tristesse.

— Je ne sais que penser, dit-elle.

Il se penche en avant pour lui prendre la main. Il la regarde un long moment, et elle lit la douleur et le chagrin dans ses yeux.

— C'est la pire chose que j'aie jamais faite dans ma vie, dit-il, ou que je ferai jamais. Et je ne sais pas pourquoi, mais ça me réconforte un peu que tu le saches.

Un long silence s'ensuit. La main d'Ayah est chaude dans la sienne.

— Je n'ai pas le droit de te demander ça, dit-il, mais acceptes-tu de me pardonner ?

Elle s'humecte les lèvres et retire sa main.

— Veux-tu me conduire au Vieux Rivage ? demande-t-elle.

La surprise brille dans ses yeux.

— Tout de suite ?

— Oui.

Il se tourne vers Martinus pour lui donner l'ordre. Elle tend son verre.

— Encore du brandy, s'il te plaît. Et un stylo et une feuille de papier.

Le trajet est long, et ils n'échangent pas beaucoup de paroles. Quand ils arrivent dans le quartier, Ayah guide Martinus vers l'endroit qu'elle cherche, la petite chapelle de pierre grise sur son minuscule terrain. Elle pose le bloc de Constantin sur ses genoux et écrit :

S'il vous plaît, faites que mon ami ait Caraqui.

Elle déchire la feuille, prend la bouteille de brandy et descend de voiture. Les voyous du quartier passent la tête dans les entrées d'immeubles pour observer ce qui se passe, mais se désintéressent d'elle lorsque Martinus descend pour monter la garde. Elle traverse la rue déserte, gravit les quelques marches du temple, contemple les sculptures, les plantes, les serpents et les créatures mythiques, puis s'agenouille sur la pierre froide où les grains de riz s'incrustent dans ses genoux.

Des languettes de papier vibrent dans les fentes de l'énorme porte. Des pétales de fleurs fanées et quelques pièces jonchent le seuil. Ayah débouche la bouteille de brandy qu'elle répand sur la pierre en guise d'offrande. Puis elle se penche en avant contre le portail de fer, le front appuyé contre la rouille, et plie soigneusement son papier avant de le glisser dans la fente qui sépare les deux battants.

— Qui que tu sois, implore-t-elle, pardonne à mon ami, je t'en supplie, et donne-lui ce qu'il demande.

Elle laisse les dernières gouttes de brandy couler sur le sol et répète plusieurs fois sa prière. Ses genoux sont imbibés d'alcool. Quand la bouteille est vidée, elle la pose sur le seuil et marche d'un pas vacillant vers la voiture, où elle grimpe pour s'asseoir à côté de Constantin. Il la serre dans ses bras.

— J'aimerais rentrer chez moi, maintenant, dit-elle.

Tandis que la grosse voiture l'emmène vers les Tours de Loeno, elle s'endort sur l'épaule de Constantin.

17

L'odeur des couches souillées pique aux narines d'Ayah tandis que Tella finit de changer Jayme.

— Je ne comprends pas pourquoi tu veux t'en aller, lui dit son amie. Rohder n'est plus rien à l'Office. Il n'apportera pas grand-chose à ta carrière.

Ayah enroule le cordon autour de ses écouteurs qu'elle range sur leur support à l'intention de Mokel. C'est cette dernière qui est de service cette semaine.

— Le changement me fera du bien, dit-elle. Et je glanerai peut-être des points d'avancement.

— Rohder se fait lessiver avec tout son département. Quels points veux-tu qu'il te rapporte ?

— Au revoir, fait Ayah.

— Je vais me sentir seule ! se lamente Tella tandis qu'Ayah prend la route du 106e .

Ses nerfs crachent des étincelles lorsque l'ascenseur s'élève. Rohder va être son *passu* et, à travers lui, l'Office tout entier. L'autorité la plus puissante de Jaspeer se pliera à sa volonté.

Quand elle arrive, elle trouve Rohder assis dans son gros fauteuil capitonné, une main négligemment posée à côté de la poignée de transfert et l'autre tenant sa cigarette contre ses lèvres. Lorsqu'elle s'avance, la cigarette se dresse vers le Bouclier en un geste qui lui intime d'attendre.

Elle patiente quelques instants, qui se prolongent. Les augustes Anges du Pouvoir la considèrent obliquement du haut de leurs niches d'angle. Elle s'avance jusqu'à l'une des larges baies vitrées et contemple la cité qui s'étend en contrebas, avec son réseau gris émaillé de châteaux d'eau, de jardins suspendus, de citernes et d'enclos. Un dirigeable argenté de la longueur de deux pâtés d'immeubles dérive à l'horizon, son ventre rebondi couvert de publicités étincelantes.

Rohder allume une nouvelle cigarette, la fume, en allume une autre. Ayah s'écarte de la fenêtre. Elle fait quelques pas le long des rayonnages incorporés au mur. Ils contiennent une longue série de volumes identiques à reliure de plastique rouge aux lettres d'or indiquant : *Rapports de la Division de la Recherche, Office du Plasma de Jaspeer.* Il y en a quatorze volumes. Elle en prend un au hasard et le feuillette. Des formules mathématiques complexes défilent sous ses yeux.

— Le Chancelier les a trouvés un peu abscons, commente Rohder.

Il a fini ce qu'il était en train de faire, et il contourne son gros bureau pour se rapprocher d'elle.

— Mais j'ai pensé qu'il était souhaitable d'imprimer tout de même ces documents, ajoute-t-il. Si vous prenez le dernier volume, vous y trouverez nos recommandations.

Elle referme celui qu'elle a dans la main et le remet en place.

— Vous auriez peut-être mieux fait de les mettre dans le premier, dit-elle.

Il bat des paupières comme si c'était une idée étonnamment neuve.

— Peut-être.

Il passe la main sur la rangée de volumes.

— Il a fallu huit ans à mes services pour sortir ces rapports, dit-il, et j'ai toujours eu l'impression que personne, à l'Office, ne les lisait jamais.

La loi du chonah veut que le *pascol* exprime toujours son accord total avec son *passu*.

— C'est typique de l'Office, ça, dit-elle. Vous consacrez des années et vous dépensez un tas d'argent pour créer une commission d'élite, et vous jetez ses recommandations aux oubliettes à l'instant où on vous les remet.

Rohder examine les volumes en hochant la tête.

— Vous en voulez une série ? J'en ai plusieurs.

— Je ne sais pas si je comprendrais tout. Mais je vous emprunterais volontiers le dernier volume, si ça ne vous fait rien.

— Oui, bien sûr.

Ses yeux bleus se posent un long moment sur elle sans refléter aucune expression, puis il semble se rappeler tout d'un coup la raison de sa présence ici.

— Terminus !

— Oui.

— Vous pensez pouvoir m'aider... ?

— Il faudrait que vous appeliez la Compilation et la Facturation pour leur dire que j'ai besoin de compulser les archives de ce secteur pour les cinq dernières années.

Elle parle lentement, de crainte que Rohder ne la suive pas si elle va trop vite.

— Cela signifie, poursuit-elle, qu'ils doivent me donner accès aux courroies, avec quelqu'un pour me les installer, et une station pour les lire. Vous insisterez pour que cet accès me soit accordé immédiatement, sans quoi ils vont me faire attendre à l'infini.

Rohder hoche la tête à chaque point, comme s'il le cochait mentalement.

— Entendu. J'appelle d'abord Niden, et je lui demande de donner les ordres nécessaires à ses agents.

Il retourne à sa table de travail. Ayah le suit.

— Où en sont vos recherches aériennes ? demande-t-elle.

— J'ai découvert quelques utilisateurs limités, probablement clandestins, mais rien qui puisse expliquer la femme-torche de la rue de l'Intendance.

— Espérons que je découvrirai des choses qui vous intéressent.

— Mmm.

Il est déjà ailleurs, en train de mettre son casque en place.

Les archives sont conservées dans les bureaux de l'Office à Rocketman, à quelques stations de là sur la Ligne. Le directeur du relais, sur la demande de Niden, l'installe dans un box muni d'un vieux lecteur Filbaq dans un coin d'une salle occupée par des gens dont le travail consiste à entrer des données dans leurs ordinateurs. L'employé désigné pour l'assister, un nommé Damusz, ne semble pas particulièrement ravi de ce surcroît de travail qu'on lui impose. Déjà, pour extraire la vieille courroie de son compartiment de rangement, il s'est tout taché de graisse sur la poitrine et sur les cuisses. Il extrait, maussade et silencieux, la ceinture de son étui, charge le rouleau de gravure sur le lecteur, puis fixe la courroie sur la bobine et règle la tension de la boucle.

— Merci, lui dit Ayah en faisant un effort pour être courtoise.

Elle ajuste la hauteur de lecture. Le Filbaq n'a pas dû servir depuis des années. Il fonctionne cependant toujours. Une odeur d'ozone se répand dans l'air, et le moteur électrique fait tourner la courroie. La poussière s'envole des enjolivures de cuivre du lecteur. L'écran n'a pas été nettoyé depuis des lustres, et Ayah l'essuie avec son poignet en dentelle sans obtenir de résultat notable. Elle se tourne pour demander à Damusz de lui apporter un flacon de nettoyant, mais il a déjà filé.

Plissant les paupières pour y voir quelque chose à travers l'objectif poussiéreux, elle actionne les touches d'acier usé, trouve Kremag & Cie dans le répertoire et affiche leur fiche. C'est décevant. La firme existe depuis douze ans, elle propose ses services comme « société de conseil » et n'a pas utilisé la moindre parcelle de plasma depuis sa création. Une société de conseil n'en a pas besoin, n'est-ce pas ? Ses compteurs ne sont là que pour faire joli.

Il lui faut une raison plausible pour livrer Kremag à Rohder. Mais elle n'en trouve aucune dans ces archives.

La combine la plus probable devrait concerner les dates et les noms. Elle demande au lecteur de lancer une recherche dans toute la courroie pour isoler d'autres activités enregistrées à cette adresse. Cela va sans doute prendre un peu de temps. Pendant que la tête de lecture fait son travail en grinçant, Ayah va se chercher un gobelet de café et trouve un flacon de liquide de nettoyage pour l'écran. L'information est arrivée. Trois autres entreprises ont occupé les bureaux de Kremag pendant la période où la firme était censée être là, mais leur recours au plasma est strictement le même, c'est-à-dire égal à zéro. On dirait que les données concernant Kremag & Cie ont été introduites rétroactivement sur cette courroie, se substituant aux autres firmes.

C'est déjà très suspect en soi, mais cela n'explique pas pourquoi l'attention d'Ayah aurait été attirée au départ sur cette firme en particulier. Elle se mordille un ongle en se demandant si Rohder poserait la question. Peut-être que non, mais elle ne veut pas prendre ce risque.

Si les données concernant Kremag ont été introduites après coup, c'est peut-être qu'elles ne sont pas dans l'ordre séquentiel par rapport au reste. L'idée l'excite tellement qu'elle se penche en avant pour pianoter sur les touches bruyantes.

Exactement !

Une vague de triomphe déferle en elle. Lorsque des données sont emmagasinées normalement sur une courroie, l'opération se fait plus ou moins séquentiellement, mois après mois. Mais les données concernant Kremag pour ses premières années d'existence ont été entrées séparément et sont inscrites sur la courroie de gravure avec un décalage de plusieurs années. Celui qui a introduit les fausses informations aurait dû effacer les données concernant les anciens occupants de ces bureaux. Il n'y a pas pensé, sans doute parce qu'il n'était pas assez calé en programmation.

Elle se penche en arrière dans son fauteuil avec un sourire. Il lui vient alors à l'idée que le programmeur qui a fait ça a peut-être utilisé sa méthode à plusieurs reprises, et qu'elle peut retrouver les traces de ses interventions.

Elle note les données concernant Kremag et se met à scanner lentement l'ensemble de la courroie, à la recherche d'ajouts hors séquence. Elle les note au fur et à mesure.

La période est pratiquement finie quand elle s'avise qu'elle a oublié de déjeuner.

Elle appelle Rohder et lui demande de l'attendre après la permute, car elle a des informations importantes à lui communiquer.

— J'avais l'intention de rester pendant la deuxième période, de toute manière, répond-il.

Elle se demande s'il quitte jamais son bureau.

Elle appelle alors la messagerie de Constantin pour dire au Dr Chandros qu'elle sera en retard, mais qu'elle apportera des nouvelles intéressantes.

Elle arrive à la station de la Ligne juste à l'heure de la permute. La masse des gens entassés autour d'elle l'empêche de perdre l'équilibre durant le long voyage de retour à l'Office.

Personne ne travaille ici pendant la deuxième période à part ceux de la Tabulation et des Transmissions. Il y a aussi l'équipe de service d'urgence, naturellement, mais à part cela le bâtiment est désert et ses bureaux totalement vides. Elle n'a jamais été seule dans un ascenseur, surtout pour gravir plus de cent étages.

Quand elle arrive dans le bureau de Rohder, il est debout devant sa table de travail, le front plissé, comme s'il ne se souvenait pas au juste de quelle manière il était arrivé là.

— J'ai une liste de possibilités, annonce-t-elle, et la plus prometteuse (elle montre la fiche de Kremag), c'est celle-là.

Elle lui explique qu'elle a découvert ces renseignements en recherchant systématiquement les chaînes de caractères introduites de manière non séquentielle dans les courroies sans fin. Rohder absorbe ces informations sans commentaires, ses yeux bleu pâle posés sur elle sans ciller. Finalement, il hoche la tête et porte la main à son menton pour le caresser.

— Vous pensez pouvoir en trouver d'autres de cette manière ?

— Certainement, si celui qui a falsifié les dossiers a commis la même erreur.

Il hoche de nouveau la tête en grommelant quelque chose pour lui seul. Puis il murmure :

— J'aurais peut-être d'autres tâches à vous confier, si votre chef de service n'y voit pas d'inconvénient.

— Je suis sûre que M. Mengene serait heureux de me détacher ici. Mon travail là-bas est sans aucun intérêt. J'occupe juste ma place dans la file de promotion en attendant qu'un vrai emploi se présente.

Rohder médite ce qu'elle vient de dire.

— J'ai constaté qu'ici, à l'Office, il ne semble pas y avoir beaucoup de vrais emplois.

Quand elle s'en va, quelques minutes plus tard, elle emporte sous son bras le volume XIV des *Rapports.*

Il n'y a pas de voiture pour l'attendre au coin de la rue, mais cela ne diminue en rien la satisfaction qu'elle éprouve à l'idée d'avoir rempli sa mission. Elle prend un taxi pour se rendre au quartier Terminus et consulte le livre de Rohder en chemin.

Nous recommandons par conséquent la refonte totale de l'infrastructure du personnel selon les critères suivants...

Elle hausse les sourcils. On ne peut pas reprocher à Rohder son manque d'ambition.

Refonte totale de l'infrastructure du personnel...

Rien d'étonnant à ce que personne ne l'ait pris au sérieux. Cela a coûté une fortune de poser une nouvelle conduite d'égout. Alors, les programmes plus ambitieux...

Elle paie sa course, va frapper à la porte de l'ancienne fabrique, se fait reconnaître et entre. On dirait à présent un bâtiment militaire fortifié. Les carreaux des fenêtres sont peints en noir et bardés de ruban adhésif à l'intérieur. Il y a une protection en tôle ondulée renforcée au-dessus des accumulateurs et des contacts ; les tableaux de commande et les consoles sont protégés par des sacs de sable, et une demi-douzaine de gardes font les cent pas dans les allées. Même si, à cause de Rohder, plus personne n'utilise de plasma en dehors de la fabrique ou à Caraqui, il y a toujours deux mages installés devant les consoles pour protéger la fabrique contre toute intrusion.

Elle entend des éclats de voix. Celle de Constantin résonne plus fort que les autres. Il est dans le petit bureau de la fabrique, et elle le voit faire les cent pas en agitant les bras. Sorya, Martinus et Geymard sont avec lui, plus deux autres dont la vue donne la chair de poule à Ayah. Ce sont des Mods. Le premier est tout petit, chauve, la peau glabre et moite, les yeux énormes, de la taille d'un poing, noirs, tout en pupilles, sans le moindre blanc. Le second est trapu, puissant, ses bras sont comme des tuyaux de fer qui pendent jusqu'aux genoux. La masse de Martinus compactée dans un corps de deux têtes plus court.

Encore des alliés, se dit Ayah sans pouvoir réprimer un frisson. Elle se glisse à l'intérieur du bureau et reste contre la paroi, aussi loin que possible des deux Mods. Encore heureux qu'ils ne semblent pas dégager de mauvaises odeurs. Elle est curieuse de savoir pourquoi ils se disputent.

Le bureau de l'usine a été transformé en une sorte de QG. Il y a des cartes de Caraqui étalées avec des drapeaux plantés aux endroits stratégiques, des photos, des agrandissements d'objectifs militaires, des tableaux d'organisation des différentes unités, de longues listes d'officiers accompagnées de notes manuscrites indiquant qui les a contactés, quelle a été leur réaction et quel est leur degré de loyauté envers la cause. Mais il s'est passé quelque chose qui a bouleversé toute cette minutieuse organisation. Constantin préconise une attaque immédiate, ou tout au moins dans les vingt-quatre heures qui viennent, mais Sorya et Geymard sont contre.

— Il ne faut pas donner aux Forces Spéciales l'occasion de démanteler notre conspiration ! tonne Constantin, dont la voix fait trembler les vitres.

— Nous sommes obligés d'attendre, fait Geymard en fronçant les sourcils.

— Il n'y a eu que deux arrestations, dit Sorya, et il s'agit de menu fretin. Des officiers subalternes qui ne sont pas au courant du plan d'ensemble.

— De plus, ceux qui les ont recrutés sont en sécurité, nous avons pu les faire sortir, ajoute Geymard en se tournant vers les Mods. Les Spéciales n'ont aucun moyen de remonter la filière.

Ayah a la respiration courte à l'idée de côtoyer les Mods, même si ce sont des alliés. Partager leurs terriers, vivre dans le noir, manger comme eux, dans leur puanteur...

— Quelqu'un les a trahis, c'est sûr, insiste Constantin. Quelqu'un qui fait partie de notre groupe.

— Le plus probable, c'est qu'ils ont été trahis par leur propre langue, estime Geymard. L'un d'eux a dû boire un peu trop et se réjouir de la fin des Keremath à portée d'oreille d'un informateur.

— Il faut frapper sans attendre ! s'écrie Constantin. Qu'est-ce qui nous en empêche ? Tout le dispositif est en place. Nous n'avons qu'à donner le signal.

Geymard secoue la tête.

— Il y a des *centaines* de personnes à prévenir. Nous ne pouvons pas les joindre dans un si court délai.

— Il m'est impossible de garantir que tous les miens seront avertis à temps, déclare le plus petit des Mods d'une voix haut perchée, étrangement cadencée.

— Et nous n'avons pas la certitude d'une source de plasma fiable, renchérit Sorya en dardant sur Ayah le regard meurtrier de ses yeux verts. Si nous avions simulé un accident comme je l'avais préconisé, l'Office ne serait plus un danger pour nous.

Tous les conspirateurs se tournent vers Ayah. Elle voit un muscle frémir au coin de la bouche de Constantin. Elle se redresse et se force à sourire.

— J'ai livré Kremag à l'Office, dit-elle. Je pense qu'ils vont agir rapidement. Et lorsqu'ils auront Kremag, ils chercheront du côté d'une liste d'adresses que je leur ai fournie. Ils ne s'occuperont plus de nous.

— Quand entreront-ils en action ? demande Constantin.

— Ils ont assez d'éléments pour le faire tout de suite. Mais ils voudront peut-être vérifier d'abord mes informations. Et il leur faudra trouver un juge qui veuille bien leur signer les mandats nécessaires. Ensuite, les clopos du Département de la Sécurité devront organiser une descente. Ce qui fait qu'il ne se passera probablement rien avant demain.

Constantin lui lance un regard glacé, puis tourne les talons et s'avance jusqu'à la carte étalée sur la table. Ayah laisse échapper un petit cri devant son déplaisir évident. Constantin pose sa grosse main au centre de Caraqui, recouvrant le Palais Aérien et les bâtiments d'État. Il se penche sur la carte de tout son poids, comme pour écraser ses objectifs.

— Je sens les choses échapper à notre contrôle, dit-il. Nous étions jusqu'à présent sur notre lancée, mais nous sommes maintenant à la merci des événements. N'importe quel incident peut venir démolir tous nos plans.

— C'est vrai depuis le début, déclare Geymard d'une voix neutre. Mais nous sommes en sécurité quoi qu'il arrive. C'est Drumbeth qui prend tous les risques. Ce n'est pas nous.

— Les Spéciales sont peut-être en train d'arrêter les nôtres à l'heure qu'il est.

— Que pourrions-nous faire pour les en empêcher ? demande Sorya. Et, même si c'est le cas, que découvriront-elles ? Des contradictions, des rumeurs, des spéculations. La majorité de ceux que nous avons ralliés à notre cause ne savent que ce que nous avons bien voulu leur dire, et ce n'est pas nécessairement la vérité. Leur rôle est limité, et ils ne sont pas au courant du reste. Peu de conjurés ont connaissance du plan d'ensemble. Ils se trouvent tous dans cette salle. (Elle se tourne vers Constantin.) Même Drumbeth ignore certaines choses, et c'est lui qui est à l'origine du complot. Le fait que tu as armé les dauphins, par exemple.

Constantin ne répond pas. Il s'adresse à Geymard :

— Je voudrais inspecter vos forces. Il faut que vous soyez prêt à passer à l'action dès que je donnerai le signal.

Un frémissement d'exaspération tiraille le coin des yeux bridés de Geymard.

— Très bien, dit-il. Voulez-vous qu'on prenne mon aéro ?

— Oui. Tout de suite, je vous prie.

Il sort du bureau comme un molosse à qui on vient de lâcher la laisse. Geymard et Martinus le suivent d'un pas plus digne. Ayah éprouve un pincement au cœur. Elle reste seule avec Sorya et les Mods. Sorya voit partir Constantin le front plissé.

— Bien qu'il ait fait partie des initiés de l'école de Radritha, dit-elle, Constantin n'a jamais très bien compris l'avantage qu'il peut y avoir à attendre que les événements suivent simplement leur cours. (Elle se tourne vers leurs deux alliés.) Toutes mes excuses pour son impolitesse. Il n'est pas tout à fait lui-même pour le moment, mais il saura faire face quand viendra l'heure. Il se surpassera même, j'en suis convaincue.

— Nous comprenons très bien, réplique le plus massif des deux Mods, et la surprise envahit Ayah quand elle se rend compte que la créature est de sexe féminin.

— Le moment est critique pour nous tous, ajoute l'autre Mod de sa voix haut perchée et rythmée.

— Je ne crois pas que les présentations aient été faites, murmure Sorya. Miss Ayah, permettez-moi de vous présenter nos alliés Adaveth (c'est le plus petit, le semi-amphibie) et Myhorn. Miss Ayah est l'un de nos agents les plus précieux ici à Jaspeer, conclut-elle.

C'est ce que je suis ? se demande Ayah tout en faisant un signe de tête au couple.

— Enchantée, dit-elle en s'efforçant de ne pas montrer son dégoût lorsque les gros yeux noirs liquides d'Adaveth se tournent vers elle.

— Très honoré, lui dit le Mod avant de se tourner de nouveau vers Sorya. Dois-je comprendre que la réunion est terminée ? Nous pouvons rentrer à Caraqui ?

Sorya réfléchit.

— Vous pouvez rester ici si vous voulez. Je ne crois pas que nous puissions arriver à une décision pour le moment. De toute manière, nous vous contacterons dans les trois périodes qui viennent.

— Nous rentrons, dans ce cas, fait Adaveth. Il y a toujours des préparatifs de dernière minute à faire.

Ils serrent la main de Sorya puis d'Ayah. Celle-ci, faisant appel à tout son courage, réussit à toucher la chair moite d'Adaveth sans broncher.

Lorsque les deux Mods s'en vont, Ayah respire plus librement. Sorya les raccompagne jusqu'à la porte du bureau, qu'elle referme. Elle les regarde s'éloigner à travers la vitre.

— Ils sont la plus grosse erreur des Keremath, dit-elle. Et notre meilleure opportunité. (Un sourire lui effleure les lèvres.) Les vieux dirigeants aviaires de Caraqui, eux-mêmes des Mods, ont créé d'autres Mods pour les servir, en les adaptant aux différentes tâches qu'ils voulaient leur faire accomplir. Les aviaires avaient bâti une société stratifiée, avec eux au sommet et leurs esclaves tout en bas. Quand les aviaires ont été renversés, les Mods sont restés en bas, mais on leur a confié des tâches plus importantes, en particulier l'entretien des installations et des lignes de plasma dans ces ridicules péniches démesurées où vivent les Caraquis. (Elle regarde Ayah.) Qui sait ce qu'ils seront capables de faire en échange d'un peu de dignité, d'un peu d'honneur ? C'est étonnant, à quel point les Keremath ne semblent pas avoir compris ces choses-là. Moi, je ferais d'eux une classe de travailleurs d'élite, avec la dignité et l'esprit qui correspondent à leurs responsabilités.

— Je vois, murmure Ayah.

Elle se demande pourquoi Sorya est soudain si cordiale envers elle. Peut-être est-elle simplement de bonne humeur aujourd'hui. Mais elle se rappelle qu'une loi du chonah veut que l'on soit ami avec son *passu*, et sa garde mentale se remet aussitôt en place.

— Les pupitres sont tous libres, lui dit Sorya. Servez-vous du plasma comme vous voudrez, mais ne l'utilisez pas en dehors de cette bâtisse, ou d'une manière qui puisse être détectée de l'extérieur. Ensuite, je vous ferai raccompagner chez vous, si vous le désirez.

— Merci.

Son pupitre est un petit coin à part, entouré de sacs de sable, où elle est toute seule avec ses moniteurs et sa poignée de transfert. Elle chasse sa fatigue avec le plasma, puis pratique quelques-uns des exercices que lui a enseignés Constantin : visualisations, anima, appareil sensoriel. Elle laisse flotter son anima dans les sous-sols, elle erre dans le noir parmi les grosses poutres en fer qui soutiennent le poids des accumulateurs géants, au milieu des câbles et des poteaux qui les alimentent en électricité. Conduits de puissance et de réalité, bientôt conduits de la révolution.

Et rien de tout cela n'aurait été possible, se dit-elle, sans son aide.

Il y a déjà eu des morts, des machinations, des arrestations et des mouvements de troupes. Des alliances ont été conclues, des assassinats organisés, des tromperies à grande échelle ; au moins un pacte a été conclu avec une pure force du mal, qui se nourrit d'âmes humaines.

Rien sans elle.

Elle aurait été horrifiée, à une époque, à l'idée d'être partiellement responsable de toutes ces morts. Mais l'horreur a fait place à la mélancolie lointaine de la nécessité de la chose. Que pèsent ces malheureuses vies en regard du sort de Caraqui, de la Cité Nouvelle et de l'échelle des ambitions de Constantin ?

Elle absorbe un peu plus d'énergie à la poignée, laisse son anima enfler sous les voûtes en brique de la cave. Son sensorium grossit, occupe tout l'espace, jusqu'à ce qu'elle ait l'impression de sentir le contact de chaque grain de poussière et d'entendre les battements de cœur de chaque insecte. Elle fait surgir la lumière, elle illumine l'immense caverne souterraine d'un puissant embrasement d'énergie, faisant contraster le foyer orange vibrant avec les ombres denses projetées par les arches...

Elle flotte comme une balise enflammée et comprend, avec une joie glacée, qu'elle est devenue une vraie femme-torche.

18

Sous un ciel rempli de publicités pour les Maîtres de la Cité Nouvelle, Ayah se prélasse à l'arrière de la voiture devant son habituelle corbeille de fruits et de vin. Elle lit les rapports de Rohder en chemin, et se laisse progressivement intriguer par quelque chose qu'il prétend avoir découvert et qu'il appelle les « intervalles fractionnés » susceptibles de favoriser la création du plasma. Des principes du même genre ont été établis depuis des temps immémoriaux, basés sur la distance radiale à laquelle les effets du plasma commencent à se multiplier. Les structures principales doivent être édifiées à des distances précises les unes des autres afin d'accroître la formation de plasma par « résonance ». Les Grands Carrés, les Carrés Parfaits et les Carrés de Carrés sont très prisés. Les métropoles les plus éclairées et les mieux organisées ont, par statut, espacé leurs rues et leurs avenues de manière à garantir les meilleures conditions. Mais les effets s'estompent aux deux extrémités du spectre. Au bout le plus large, la courbure de la planète interdit de situer les constructions de manière idéale ; et à l'autre bout, les effets s'amenuisent au point de devenir négligeables à des distances inférieures à un quart de rad.

À en croire Rohder, il aurait mis en évidence l'existence d'une unité plus petite, équivalant au rad, capable de produire aussi des résonances à bien plus petite échelle. Effet qui serait passé jusque-là inaperçu en raison de l'incapacité des instruments de mesure à séparer d'aussi petites incrémentations de leur contexte parasite. Dans son langage particulièrement peu inspiré, il se réfère à cette unité sous le nom d'« unité affective », ou UA. Il convient de placer les structures importantes de manière très précise les unes par rapport aux autres pour obtenir l'effet souhaité, qui revient à augmenter le rendement de vingt pour cent environ dans les meilleures conditions.

En conclusion, dit le rapport, il est vivement recommandé de procéder à une refonte totale de l'infrastructure existante afin de bénéficier pleinement de cet effet. Suit une longue liste de suggestions, pour la plupart impraticables, pour y arriver. La seule proposition plus ou moins réaliste concerne l'adoption de nouveaux codes de construction obligeant les promoteurs à placer les ossatures de leurs nouveaux édifices à des distances précises les unes des autres.

Vingt pour cent de mieux dans la production de plasma, se dit Ayah, ce n'est finalement pas à dédaigner. D'après les théories de Constantin, cela représente un accroissement de vingt pour cent de la totalité des ressources mondiales.

Elle aurait envie de voir le détail de ces recherches. Elle se demande si elles ont fait l'objet d'une publication ailleurs que dans ce recueil de rapports.

À son retour chez elle, elle trouve un message de Rohder. Il a fait des recherches sur Kremag & Cie. Il a la preuve que cette firme est coupable d'utilisation clandestine de plasma. L'énergie est diffusée par des cornets camouflés sur la terrasse.

Au temps, se dit Ayah, pour sa théorie selon laquelle ce seraient des ornements en fer forgé qui serviraient de relais de transmission.

La suite du message de Rohder l'informe qu'il a pris des dispositions pour qu'une équipe d'intervention soit envoyée sur place. En attendant, il voudrait qu'elle accepte d'examiner les courroies de gravure concernant le quartier de la Chancellerie, stockées au soixantième étage de l'immeuble de l'Office. Les gros immeubles de ce quartier, aussi bien publics que privés, ont été conçus de manière plus scientifique que ceux du quartier de Rocketman, et s'il y a des détournements de plasma dans ce secteur, ils doivent être beaucoup plus conséquents.

Elle appelle le bureau de Rohder. Sa voix, quand il répond, lui semble plus distraite que d'habitude.

— Je voulais vous remercier de m'offrir l'occasion de poursuivre cette mission, lui dit-elle.

— Il n'y a pas de quoi. (Un long silence.) Merci à vous, ajoute-t-il.

— J'étais curieuse de savoir ce qu'il va advenir de Kremag, et quand.

— Ah !

Nouveau silence. La réponse, quand elle vient enfin, est lente et entrecoupée de pauses où il doit tirer sur sa cigarette, ou tout simplement réfléchir.

— J'ai contacté le juge qui nous délivre habituellement les mandats, et il est d'accord. Dès que possible, nous enverrons sur place une équipe d'intervention, mais cela nous faciliterait la tâche si nous les surprenions en flagrant délit. Ce qui signifie qu'il nous faut une équipe de mages pour garantir la sécurité de nos agents quand ils interviendront pour opérer les arrestations.

— Et cela prendra combien de temps ?

— Quelle heure est-il ?

— Vingt-trois heures. Nous sommes presque vendredi.

— Il faut compter dans vingt-quatre heures environ. Fin de la deuxième période vendredi ou début de la troisième période samedi.

— Vous n'avez pas perdu de temps, alors. C'est bien.

Elle se demande déjà s'il faut qu'elle appelle le Dr Chandros pour l'avertir.

— Je suis en mission de surveillance en ce moment, lui dit Rohder. Il va probablement falloir que je raccroche.

Son anima devait flotter quelque part dans le quartier de Kremag & Cie. Pas étonnant qu'il ait eu l'air si absent.

— À demain, dans ce cas, lui dit Ayah. Au revoir, et merci encore.

Elle raccroche. L'image de Rohder hante quelque temps encore son esprit. Il est assis dans son bureau enfumé, et les Anges du Pouvoir le regardent de haut avec leurs yeux de bronze poli pendant qu'il voyage mentalement à travers la cité sur un torrent de plasma.

Elle regarde l'exemplaire des *Rapports* ouvert sur son lit défait et songe à Rohder. Elle ne sait rien de lui. Rien de plus que ce qui est contenu dans ce volume à reliure rouge, le dernier d'une série de quatorze que personne n'a lue parmi le public à qui elle s'adresse, mais qui prétend néanmoins fournir une solution révolutionnaire au problème fondamental de la fusion entre la matière et l'esprit.

Elle va à la fin du volume et s'aperçoit que toutes les personnes qui ont collaboré à l'ouvrage ont une petite notice biographique. Elle cherche celle de Rohder, lit les premières lignes et se sent envahir par une vague de surprise glacée.

Il a plus de trois cents ans. Un rapide calcul mental lui livre l'âge exact : 317.

Il travaille pour l'Office depuis l'année de son doctorat, qu'il a eu à vingt-cinq ans. Ce qui ne l'a pas empêché de prendre quelques années sabbatiques pour enseigner. Pas étonnant, se dit-elle, qu'il ait tellement d'ancienneté qu'on a du mal à se débarrasser de lui. Pas étonnant qu'il ait un accès presque illimité au plasma. Dans un système qui repose exclusivement sur l'ancienneté, il est pratiquement indéboulonnable.

Elle regarde de nouveau le panneau de messagerie et se demande si elle doit essayer de contacter Constantin au numéro qu'il lui a donné. S'il savait que l'équipe d'intervention est prête à entrer en action dans les vingt-quatre heures, il pourrait déclencher les opérations en temps voulu.

Sans compter qu'il serait sans doute moins irritable, aussi.

Avec un soupir, elle sort de l'appartement et appelle l'ascenseur. Il y a des téléphones dans l'espace de loisirs du rez-de-chaussée, entre la piscine et les terrains de sport. Normalement, elle ne risque rien en appelant de là.

Le lendemain, Ayah trouve Khoriak qui l'attend devant les Tours de Loeno.

— Bonjour, dit-elle. Il y a un problème ?

Khoriak écarte une boucle blonde sur son front tandis que, derrière lui, une publicité pour une marque de café se déploie dans les airs.

— J'ai un message de la part du patron, dit-il en lui remettant une enveloppe.

— Merci.

Elle est un peu surprise.

— Voulez-vous que je vous conduise à votre travail ?

— Oh... ! (Elle jette un coup d'œil à la circulation, sans faire un geste, et calcule rapidement.) Non, merci, je ne crois pas que cela me ferait gagner du temps. Je vais prendre le pneuma.

Sur le chemin de la station, le visage de l'acteur Kherzaki semble être partout. Il la regarde du haut de sa Cité Nouvelle dans le ciel. Elle aimerait aller voir le chromo après son travail et se demande s'il y a encore moyen de se procurer un billet. Ils font un tel battage autour de cette production que toutes les salles de Jaspeer sont probablement déjà complètes.

Lorsqu'elle ouvre l'enveloppe de Constantin, elle a la surprise de voir tomber deux billets dans le creux de sa main.

Je t'inviterais bien à la première, lui dit un petit mot de la main de Constantin, *mais je crains qu'il ne soit pas très prudent de nous montrer ensemble en public dans les circonstances actuelles. Ci-joint deux billets avec mes compliments. Utilise-les à ton gré. Si tu n'es pas trop fatiguée, de moi en particulier, je serai au Landmark à partir de deux heures, même procédure que d'habitude.*

Signé : *Ton ami impatient.*

Les billets sont pour une salle située à deux rues des Tours de Loeno. *Avec qui croit-il que je vais y aller ?* se demande Ayah en regardant les deux billets.

Puis elle sourit. Si elle invitait Rohder ?

À l'Office, elle passe à son bureau voir s'il y a des messages et trouve un pneumatique de Mengene qui lui dit :

Je ne sais pas ce que vous avez fait pour Rohder, mais continuez. Il ne tarit pas d'éloges sur vous en ce moment.

Une vague de plaisir l'envahit à la lecture de ces mots. Elle a néanmoins du mal à imaginer Rohder en train de s'exciter sur quoi que ce soit, à moins que ce ne soit un effet de la nicotine.

Elle prend l'ascenseur hydraulique pour grimper dans son bureau. La porte se ferme juste à temps pour étouffer les braillements du bébé de Tella. Elle se sent encore plus heureuse d'échapper à cela.

— J'ai jeté un coup d'œil aux autres adresses que vous m'avez données, lui dit-il. Il y en a une au moins qui me paraît être une vraie mine de plasma. Dès que la première descente sera achevée, je vais demander au juge un autre mandat.

— J'espère vous trouver de nouvelles adresses aujourd'hui, lui dit Ayah.

Au 60e étage, Ayah est traitée comme la représentante personnelle du Chancelier. On lui donne un bureau privé avec une fenêtre qui donne, de l'autre côté de l'avenue de la Bourse, sur une autre fenêtre de l'Intendance. Le bureau est équipé du dernier lecteur de courroie Evo-Matic, et elle a même un assistant, un jeune cadre en dentelle et velours noir. Visiblement, le bruit circule partout qu'elle a derrière elle des appuis puissants, même si on ne sait pas très bien ce qu'elle fait.

Elle commence à examiner attentivement les courroies, mais le quartier de la Chancellerie est riche et bien policé. De toute manière, il est principalement composé de bâtiments et de bureaux gouvernementaux. De toute la journée, elle ne découvre que deux adresses suspectes, introduites, suppose-t-elle, soit par le programmeur qui a laissé sa griffe dans tout Rocketman, soit par quelqu'un d'autre qui utilise la même méthode.

L'une des deux adresses se situe à l'Ancienne Expo ; elle est probablement en rapport avec une magouille quelconque relative à la nouvelle construction. La seconde se trouve au sein du Département de la Sécurité de l'Office.

Qui surveille les veilleurs ?

Elle-même, apparemment. Plus elle y pense, plus l'ironie de la chose l'amuse.

À la fin de la journée, elle fait part de ses découvertes à Rohder.

— Merci, lui dit-il.

Il se tasse au creux de son grand fauteuil, un pied sous lui, et contemple avec une intensité particulière le fouillis de sa table de travail tout en jouant d'une main avec son briquet.

— Et cette descente, demande Ayah. C'est pour ce soir ?

— Hé ? (Rohder bat des paupières et la regarde de ses yeux bleus liquides.) Oui, je pense. L'équipe d'inter va y aller sur le coup de vingt heures. Après, cela dépendra de la manière dont nos délinquants réagiront.

— Bonne chance.

Elle se tourne pour partir, hésite, puis regarde de nouveau Rohder. Il ne semble pas avoir conscience de sa présence.

— J'ai parcouru le dernier volume de vos *Rapports*, dit-elle. La notion d'Unité Affective m'intéresse beaucoup. Puis-je vous emprunter les volumes qui en traitent ?

— Sept à douze, répond-il simplement.

Elle regarde la longue série de volumes à reliure rouge.

— Je crois que je vais me contenter du sept pour aujourd'hui, dit-elle.

Finalement, elle refile son billet supplémentaire au portier de la période, qui finit son travail au moment où elle arrive chez elle. La salle de spectacle est énorme. Elle doit contenir au moins deux mille personnes. Son haut plafond voûté est décoré d'une fresque représentant les Inspirateurs Divins en train de guider les écrivains, acteurs, metteurs en scène et opérateurs. Le large écran ovale, d'un blanc immaculé, est démesuré. Il n'y a pas un seul fauteuil libre. Tout le monde s'est habillé pour l'occasion, même si la première officielle se déroule dans une autre salle.

Le chromo est diffusé sur le *Câble* simultanément au passage en salle dans le monde entier à vingt heures précises. Partout où il n'est pas interdit comme œuvre subversive, du moins. Mais, même dans ce cas, il traverse les frontières clandestinement. Il y a une heure de programmes divers avant la pièce proprement dite : interviews des acteurs et du réalisateur, Sandvak, témoignages de célébrités, d'un historien qui, très professionnellement, réussit la prouesse de résumer les guerres de

Cheloki dans les trente ou quarante secondes qui lui sont imparties. Et il y a aussi, naturellement, Constantin, dont la modeste veste en velours noir et dentelle blanche contraste avec l'extravagance de son manteau en peau de serpent qui lui descend aux chevilles. Sorya est avec lui. Elle aussi offre un contraste tout en soie rouge et jaune. Sa ceinture de foyers géomantiques en or tombe bas sur ses hanches, soulignant la courbe lisse de la cuisse révélée par la jupe fendue.

Un journaliste a l'infortune de demander à Constantin ce qu'il pense de l'idée d'un chromo basé sur sa vie.

— Ce chromo, je pense, est l'un des signes indiquant que la Cité Nouvelle est en train de connaître un renouveau, répond Constantin.

Son sourire est cordial, mais il y a une intensité dans ses yeux qui évoque un fauve aux abois.

— Peut-être sommes-nous aujourd'hui à la bonne distance, reprend-il, pour juger certaines idées en tant que telles et non d'après les tristes et sanglantes circonstances de leur naissance.

Le journaliste ne semble pas capable de déterminer si c'est du lard ou du cochon. Il voulait juste une friandise, une petite déclaration enthousiaste et anodine, aussitôt oubliée, et non pas un déchaînement de prose.

— Pensez-vous que ce chromo aidera le public à comprendre vos idées ? interrompt-il.

Constantin regarde la caméra dans l'œil et découvre ses dents en un sourire carnivore. Son visage se penche sur des dizaines de milliers de spectateurs à travers le monde. Une lueur froide brille dans ses yeux. Ayah sent un frisson lui remonter le long de la colonne vertébrale. Elle a reconnu l'intensité et la passion que, l'espace d'un instant, Constantin a bien voulu laisser voir aux spectateurs. Il est clair qu'il n'attendait que cette occasion.

— Le monde, explique-t-il, n'a pas encore perdu sa capacité d'étonner. Et la Cité Nouvelle non plus.

Il se penche vers la caméra, et sa voix prend une intonation grave, abrupte, théâtrale et saisissante.

— *Moi non plus !* confie-t-il.

Il règne alors quelques instants de silence absolu dans la salle de spectacle. Ayah a envie d'applaudir cette performance étonnante de Constantin. Au bout de deux secondes, n'y tenant plus, elle le fait. D'autres font écho à ses claquements de main dans la salle, mais le journaliste, lent à se ressaisir, enchaîne sur une nouvelle question.

— Devons-nous considérer cela comme une annonce, métropolite ?

Le sourire de Constantin est celui du chat qui vient de voler un pot de crème.

— Lorsque je suis acteur, dit-il, je suis acteur. D'autres peuvent se charger des annonces, s'ils le désirent.

Le journaliste, qui trouve visiblement cela très alarmant, se tourne vers Sorya pour se faire rassurer.

— Et vous, madame Sorya, demande-t-il, attendez-vous cette première avec impatience ?

— Je m'attends à de très grandes choses, dit-elle. Aussi bien sur la scène qu'à l'extérieur.

Le pauvre journaliste ne sait plus où se mettre. Il enchaîne sur une interview de l'un des acteurs, plus apte à lui donner les petits bonbons qu'il demande.

Ce chromo est fabuleux, déclare l'acteur. Kherzaki est fabuleux, de même que Sandvak. Travailler avec eux a été une expérience, en un mot, fabuleuse. C'est une vraie pluie de bonbons et de caramels. Ayah se lève et va boire un verre de vin au bar. Elle est habituée aux grands crus de Constantin et avait oublié à quel point le reste est de la piquette. Elle laisse son verre aux deux tiers plein sur le comptoir et retourne s'asseoir à côté du portier.

Lorsque la pièce commence enfin, elle oublie le mauvais goût qu'elle a dans la bouche. La scène d'ouverture, une danse religieuse frénétique dans un monastère, est hallucinante. Les corps tournoient, les tissus chatoient, les yeux sont exorbités, les cymbales résonnent. Suit un long et silencieux panoramique sur les jambes des danseurs qui s'étirent en file indienne le long d'une salle aux dimensions monumentales jusqu'à l'acteur Kherzaki, assis dans une posture de méditation, un bâton à prière à pompon dans chaque main. Sur son front et ses joues sont peintes des marques rituelles jaunes et rouges. Suit un long moment de silence supplémentaire. L'acteur se lève enfin et, sans dire un mot, s'éloigne. On n'entend que le froissement de ses robes.

Ayah admire l'art du réalisateur, qui utilise à merveille le silence et l'immobilité. Tous les chromos qu'elle a vus récemment avaient un rythme rapide et des enchaînements effrénés.

— Mon père est mort, Votre Révérence.

Ce sont les premiers mots prononcés par Kherzaki. La voix n'est pas celle de Constantin, mais d'un cousin proche. Son expérience de l'opéra donne à l'acteur une résonance et une autorité comparables à celles de Constantin malgré un timbre différent, plus liquide, moins acier trempé.

— Tout finit par retourner au Bouclier.

C'est l'abbé qui parle. Un petit homme tout ridé, la tête penchée comme un oiseau, la voix fluette, un symbole sacré tatoué sur le front, et de gros pavés bleus de mascara sur les yeux, qui lui donnent un air irréel.

— Je demande l'autorisation d'assister aux funérailles.

— Tu l'as, enfant de la matière, murmure l'abbé.

Kherzaki incline gracieusement la tête.

— Mais d'abord, je vous demande l'obole de votre sagesse, dit-il.

— L'obole ne m'appartient pas. Elle appartient au Chemin de la Grande Perfection.

— Je voudrais savoir la nature du mal.

— Le mal est un phénomène transitoire incapable de se perpétuer tout seul. Purifie ton esprit et ton cœur de tout désir, et le mal n'y trouvera pas place.

Mais l'étudiant insiste.

— Et le mal extérieur ? Peut-il être terrassé par l'action ?

— Tout mal est éphémère. De par sa nature, il ne peut se perpétuer. Aucune action n'est nécessaire ni requise.

Les yeux de Kherzaki luisent dans la pénombre.

— Si le mal est éphémère, cette éphémérité vient du fait qu'il se détruit lui-même, et cette destruction est inévitable. Quelqu'un de valeureux ne peut-il pas aider le mal à s'autodétruire, afin de prévenir les souffrances de malheureuses victimes innocentes ?

L'abbé fronce les sourcils.

— Toute arme se retourne contre son possesseur, enfant de la matière. Tout désir corrompt. Toute action est futile. Si tu veux aider ceux qui souffrent, apprends-leur à vivre sans désir.

— Sans désir de nourriture pour leurs enfants ? Sans désir d'espoir ? Sans désir de liberté et de justice ?

— Exactement.

Suit un long silence, au bout duquel Kherzaki se tourne et s'en va. L'abbé esquisse un sourire perplexe puis trempe ses lèvres dans son thé.

Kherzaki, dans sa cellule, brise ses bâtons à prière sur ses genoux, range ses robes dans le placard et lave les signes rituels sur sa figure. Puis il sort faire la révolution.

Ce n'est pas tout à fait de l'histoire. Ayah sait que Constantin a quitté l'école de Radritha quelques années avant de jeter son dévolu sur Cheloki, et que son père a survécu, assigné à résidence, durant la guerre civile qui s'est ensuivie. Le chromo ne cite aucun nom réel. Le personnage de Kherzaki s'appelle Clothius, le monastère est imaginaire, quoique typique du genre, et la métropole visée par Kherzaki a pour nom Lokhamar. Les allusions sont transparentes, mais contribuent à la qualité de la pièce. Les personnages sont moins anonymes, ce sont des créations littéraires en harmonie avec la structure du chromo, hautement stylisée, comme inspirée par le monde de l'opéra que connaît bien Kherzaki. Les actions sont plus grandes que la réalité, les couleurs plus éclatantes, les gestes plus hiératiques, les silences plus denses. Le style soutenu transforme une rétrospective historique en une tragédie puissante, une forme d'art beaucoup plus forte que la simple réalité.

Kherzaki est remarquable. Il n'essaie pas d'imiter Constantin, mais on retrouve dans son jeu de curieux échos occasionnels : un geste d'impatience, un regard de panthère, une petite phrase qu'Ayah se souvient de l'avoir entendu prononcer dans la réalité. L'acteur est tout particulièrement efficace vers la fin, lorsque tout espoir est perdu et qu'il s'efforce de préserver une dignité fragile en négociant son exil et la reddition de sa métropole aux forces de corruption qui ont entraîné la chute de tous ses rêves.

Ayah est remuée jusqu'au plus profond d'elle-même. Et elle n'est pas la seule, car à la fin de la pièce les applaudissements crépitent tout autour d'elle. Elle n'a jamais assisté à une représentation biographique d'une telle ampleur ni à un témoignage plus digne sur la pensée et l'histoire d'une personne.

Il y a une brève pause, à l'issue de laquelle il est prévu de donner des nouvelles en direct de la fête gigantesque qui doit suivre la première. Après le plantureux festin en cinq actes du chromo, Ayah n'a pas envie d'assister à d'autres pitreries de la part des célébrités, et elle se lève pour partir. Le portier se lève aussi pour la laisser passer.

— Excellent chromo, dit-il.

— Je pense que Constantin sera content.

— Constantin ? Il était dans la pièce ? (Son front se plisse.) Je ne me souviens pas de l'avoir vu.

Elle lui jette un drôle de regard.

— Le chromo était sur Constantin. C'est l'histoire de sa vie. Clothius, c'est lui.

Le portier bat des paupières.

— Ah ! C'est pour ça qu'il est devenu célèbre ? Je l'ignorais.

Voyant l'air étonné d'Ayah, il s'empresse d'ajouter :

— Je ne m'intéresse pas beaucoup aux nouvelles.

Elle fait un gros effort pour masquer son ahurissement.

— Heureuse que ça vous ait plu, dit-elle en s'éloignant pour gagner l'allée.

— Ce monsieur avec qui vous vivez, il va bientôt revenir ? lui demande le portier.

Elle hausse les épaules et répond par-dessus son épaule :

— Qui sait ?

Elle prend un taxi jusqu'à la station Terminus. C'est le début du week-end, et les rues sont encore bondées. Il y a la queue devant les night-clubs à la mode, et la lumière du Bouclier fait scintiller les perles et les diamants. Dans les rues pauvres du quartier, des barricades ont été dressées pour organiser des bals populaires. Des orchestres locaux juchés sur des camions jouent pour la foule tandis que des marchands proposent de la nourriture, des aphrodisiaques et des narcotiques dans leurs échoppes improvisées au pied des échafaudages.

Ayah demande au chauffeur de la faire passer devant l'immeuble de Kremag & Cie. Mais la rue est bloquée, non pas par un bal de quartier, mais par la police. Des gyrophares illuminent les façades, et il y a dans l'air une odeur de gaz lacrymogène qui lui irrite les yeux. Une file de gens, des passants, apparemment, est allongée sur le trottoir avec des serviettes mouillées sur les yeux, sous le regard indifférent du personnel d'ambulance.

La police n'aurait jamais utilisé des gaz à la légère dans un quartier riche.

Ayah est heureuse. Elle va pouvoir annoncer la bonne nouvelle à Constantin. Elle demande au chauffeur de la conduire au Landmark. Au passage, cependant, elle aperçoit la tête blonde de Khoriak dans une entrée de magasin.

Ses nouvelles, finalement, ne seront pas si fraîches que ça.

Les gardes du corps sont déjà à leur poste au Landmark, en même temps qu'un léger repas de nouilles chinoises, de pâté et de fruits accompagnés d'un petit vin ambré. Elle mange, prend un bain, chasse la fatigue au moyen d'une dose de plasma et découvre sur le lit un cadeau de Constantin : un déshabillé en soie mordorée avec peignoir assorti, des flacons de parfum Cedralla et d'huiles pour le corps. Elle met le collier en ivoire que lui a offert Constantin, avec le trigramme blanc sculpté qui pend entre ses deux seins. Elle s'accorde le luxe de s'enduire lentement le corps, et le fantasme de la femme entretenue remonte à la surface de ses pensées : la limousine, les achats extravagants dans les magasins, le carlin au bout de sa laisse en diamants...

Vraiment ridicule, se dit-elle. Elle ne voit pas Constantin rester longtemps en compagnie d'une femme parfaitement *inutile.*

Lorsqu'il arrive enfin, son visage et sa silhouette sont dissimulés sous un sweat à capuche qui lui donne l'air d'un boxeur à la retraite.

— Je crois avoir semé les journalistes, lui annonce-t-il gaiement. J'ai changé d'aéro au dernier moment. Martinus a mis mon chapeau et mon pardessus, avec un petit coup de plasma sur la figure. Il a dû les entraîner jusqu'aux Tours des Mages.

Ayah le félicite. Il retire son sweat et le jette sur une chaise.

— Tu as aimé le chromo ? demande-t-il.

— C'était superbe.

Il paraît content de lui.

— Ils vont tous se demander s'il a été fait pour promouvoir le coup d'État ou si c'est le contraire.

— Et quelle est la vérité ?

Il hausse les épaules.

— Très franchement, il a été conçu comme une vitrine pour mes théories. L'aventure de Caraqui s'est greffée dessus par hasard, de même que ton arrivée, et le puzzle s'est mis en place tout naturellement. (Il éclate d'un rire sonore.) Des millions de gens vont voir ce chromo, parmi lesquels un dixième peut-être aura seulement entendu parler des guerres de Cheloki. Pendant une génération au moins, les historiens vont devoir passer des milliers d'heures à souligner les différences entre le chromo et l'histoire réelle. Mais personne ne leur prêtera attention. Cette magnifique création de Sandvak et de Kherzaki constituera le seul *moi* dont le public se souviendra. (Un sourire malicieux se dessine sur son visage.) Il faudra que je m'efforce d'être à la hauteur de mon image, si possible.

Ayah réfléchit à ce qu'il vient de dire pendant qu'il se verse un verre de vin.

— Tu as... prémédité la sortie de ce chromo ? Mon impression, d'après tout ce que j'ai entendu dire, c'était que l'idée venait de Sandvak.

— Je ne doute pas qu'il en soit persuadé. Il croit passionnément, intensément et sincèrement à toute idée qui lui passe par la tête, tout au moins jusqu'à ce qu'il lui en vienne une autre. Il était parfait pour mon projet. Il a beaucoup de talent, mais manque de convictions, à part celles qu'il emprunte momentanément pour exercer son art. Je l'ai choisi pour ça, bien qu'il ne le sache pas. J'ai même en partie financé le chromo, et j'ai bien l'impression que mon investissement va payer au centuple.

Ayah est un peu éberluée d'entendre ce genre de discours. Constantin éclate de rire. En un soudain mouvement dont il a le secret, il l'enlève dans ses bras. Elle en perd la respiration et pousse un petit cri ravi. Il la porte sur le lit, blottie contre son immense torse.

— Trêve de distractions passives, dit-il. Un peu d'action, maintenant.

Ayah a observé que, plus la lingerie fait de l'effet, moins elle a de chances de rester longtemps en place. Et l'occasion ne fait pas exception à la règle.

Constantin est d'humeur légère et joueuse, pour une fois sans l'intensité dont il a toujours fait preuve dans le passé. Il semble libéré de tout souci, plus enclin à faire des plaisanteries que de graves commentaires sur le monde et la manière dont il fonctionne. C'est comme si un gros poids qu'il avait sur le cœur lui avait été ôté.

— C'est le chromo qui te met de si bonne humeur ou autre chose ? lui demande Ayah.

Un grand rire grave résonne dans sa poitrine. Ils sont allongés côte à côte sur le lit, appuyés sur les coudes.

— C'est en partie parce que le chromo est un chef-d'œuvre, réplique-t-il. Mais aussi parce que l'affaire de Caraqui est en route, et qu'il n'y a rien que je puisse faire, à ce stade, pour changer le cours des choses. Les ordres sont partis, et tout repose désormais entre les mains des dieux. Je dispose peut-être de quelques heures de tranquillité et de plaisir avant que mon rôle commence.

Un frisson d'alarme se propage le long de la colonne vertébrale d'Ayah. Elle se redresse et regarde Constantin avec sollicitude.

— Quand ? demande-t-elle.

— Les militaires quitteront leurs cantonnements dimanche avant l'aube. Ils devraient être en place à cinq heures. La synchronisation est délicate. Chacun passera à l'action à une heure donnée, calculée de manière que tout soit prêt au même instant. L'offensive aura lieu à cinq heures précises, que l'ensemble du dispositif soit en place ou non. (Une ombre inquiète traverse son expression tandis qu'il lève les yeux vers Ayah.) Demain à l'heure qu'il est, je serai à Barchab pour prendre les dernières dispositions. Quelle que soit l'issue du coup, je n'oserai plus jamais retourner à Jaspeer, dès lors que notre petit secret de Terminus sera relié aux événements de Caraqui.

Une protestation muette meurt sur les lèvres d'Ayah. Constantin la regarde calmement et murmure avec une certaine tristesse dans la voix :

— Ce sont les derniers moments que nous passons ensemble. J'espère que tu quitteras cet endroit sans regret.

Un coup de couteau lacère douloureusement la gorge d'Ayah, paralysant sa voix. Des larmes inattendues lui piquent soudain les yeux.

— J'espérais, réussit-elle finalement à dire, disposer d'un peu plus de temps.

— Si tout se passe bien et que tu décides de venir à Caraqui, nous aurons peut-être du temps à consacrer l'un à l'autre.

Elle se penche en arrière dans les draps de satin bleu.

— Peut-être. Je constate que tu ne fais jamais de promesses.

— Je ne peux pas t'en faire. Mes promesses appartiennent – toute modestie mise à part – au reste du monde. (Il incline la tête en arrière pour bien la regarder et pose doucement une large main sur elle.) Tu as ta vie. Ce jeune homme m'a l'air très bien. Tu es à l'abri financièrement, et l'Office t'a donné pour mission (une lueur d'amusement brille dans ses yeux) de pourchasser les mauvais garçons comme moi. Mais le plus important, c'est que tu as appris à voler.

Il dépose un baiser sur sa joue.

Elle a envie de pleurer. Elle jette ses bras autour de son cou et enfouit son visage à la jonction de sa mâchoire et de sa gorge. Elle ne s'était pas rendu compte, se dit-elle avec étonnement, qu'elle tenait tant à lui.

Tendrement, il lui caresse le dos. S'il est surpris par sa réaction passionnée, il n'en laisse rien paraître dans sa voix.

— Désolé de te bousculer, dit-il, mais tu savais que nous n'avions pas plus de quelques jours au maximum.

— Bien sûr que je le savais.

Sa voix est étouffée par la clavicule de Constantin. Intérieurement, elle maudit sa stupidité. Ce n'est pas le moment de s'effondrer. Quand un chonah bien conçu arrive à son terme, que l'argent est tombé normalement dans la cagnotte, il y a, au contraire, tout lieu de se réjouir pour n'importe quel Barkazi qui se respecte.

Elle se laisse aller en arrière, s'essuie les yeux du dos de la main.

— Excuse-moi, je suis ridicule, dit-elle. C'est vrai que je le savais depuis longtemps.

— Navré que ça te fasse cet effet.

— Ce n'est rien, c'est déjà passé. La surprise, je pense.

De nouveau, il penche la tête, comme pour la considérer sous un nouveau jour.

— Un grand avenir t'attend, lui dit-il. Tu as l'intelligence, le talent, l'ingéniosité. Et tu as les moyens, à présent, d'acquérir une vraie formation, si tu le désires, ou de monter une affaire à toi.

— Et comment expliquerai-je l'origine des fonds ?

Il hausse les épaules.

— Un legs d'un grand-père riche. Une bourse barkazie. Il est peu probable que quelqu'un vienne fourrer son nez dans tes affaires. Et si c'est ce que tu crains, tu peux toujours t'inscrire dans une université d'une autre métropole.

Cela signifierait qu'elle laisserait tomber Gil.

Mais n'est-ce pas déjà fait, d'une certaine manière ?

— Il faut du temps pour s'habituer à ce genre de vie, dit-elle. Toutes ces choses à dissimuler tout le temps.

Il sourit.

— Veux-tu que je te révèle le secret ? Comment survivre quand on a trop de choses à dissimuler ?

— Oui.

Il se penche pour murmurer à son oreille :

— Ne rien dire à personne. (Il se laisse aller en arrière et sourit de nouveau.) C'est aussi simple que ça.

— Bien sûr.

— Les délits ne sont détectés que sur dénonciation. Tu me l'as dit toi-même.

Elle hoche la tête avec un petit sourire. Constantin doit croire qu'elle ne le prend pas au sérieux, car il continue d'une voix grave :

— Tu confies ton petit secret à ton amant, ou à ta meilleure amie. Et à la première querelle, ils te dénoncent, ou ils le disent à quelqu'un d'autre, quelqu'un qui n'a aucune raison d'être loyal envers toi. Quelqu'un qui a des problèmes avec le fisc ou je ne sais quelle autre autorité, et qui pense que cela l'aidera de se montrer coopératif. Alors, il te donne. Ce que tu peux faire de pire, c'est te fier à quelqu'un qui appartient à la classe des délinquants. Celui-là te dénoncera par principe. (Il se penche tout contre elle, elle sent son haleine brûlante sur sa peau.) Ne dis jamais rien à qui que ce soit !

Ayah profite de cette proximité pour l'embrasser.

— Rassure-toi, murmure-t-elle. Je n'ai rien dit et je n'ai pas l'intention de le faire. Je suis une Barkazie, tu sais.

— Même si on t'accuse, ne reconnais rien. Qu'ils prouvent ce qu'ils affirment point par point. Dis-en le moins possible. Plus tu leur racontes de choses, plus ils ont de corde pour te pendre.

— J'ai appris tout cela au berceau. Mais merci quand même.

Il lui lance un de ses regards amusés, les paupières plissées.

— Quand j'ai vu que ça commençait à devenir sérieux, je me suis renseigné sur les rapports entre Barkazis et Jaspeeris. J'ai appris que ces derniers sont enclins à penser que les Barkazis sont une bande de traîtres, de conspirateurs et de voleurs.

— Nous ne prenons rien d'autre que ce qui nous appartenait déjà.

Constantin a l'air sceptique.

— C'est vrai. C'est ce que ma grand-mère dit toujours, insiste Ayah avec un sourire assuré. Laisse-moi te raconter une de ses histoires favorites. Tu as déjà entendu parler de Karlo ?

— Le Jour de Karlo est l'une des grandes fêtes barkazies, je crois ?

— C'est notre héros immortel. Nous ne travaillons jamais ce jour-là, et ça embête les longs-nez. Mais son histoire remonte à très loin dans le passé, avant que les Malakas aient mis le Bouclier en place, à l'époque où il y avait un Soleil et une Lune. Senko avait inventé alors des armes de fer et d'acier pour faire la guerre au Seigneur des Arbres.

— C'est très loin, en effet, déclare Constantin.

Les yeux mi-clos, il se prépare visiblement à s'ennuyer.

— D'après les Barkazis, c'est Karlo qui a indiqué à Senko les gisements de fer. Il fut aussi son général le plus compétent, et c'est lui qui a mené le peuple barkazi au combat. On raconte toutes sortes d'histoires sur la manière dont il a déjoué l'ennemi. J'ai même entendu dire par des senkoïstes que Karlo était un avatar de Senko, mais cela n'a guère de sens. Comment Senko aurait-il pu avoir deux avatars en même temps, même en étant immortel ?

— Voilà un point de théologie intéressant.

— Quoi qu'il en soit, après avoir vaincu les Arbres et leur avoir ordonné de demeurer à leur place, Senko a commencé à se préparer à faire la guerre aux Malakas. Cependant, Karlo ne trouvait pas géniale l'idée de partir en guerre contre les Élevés. Il contacta donc les Malakas pour leur offrir son aide s'ils acceptaient que les Barkazis s'Élèvent.

— Tu veux dire qu'il a trahi son ami.

Elle lui donne une tape sur le bras.

— Silence ! On arrive au passage le plus important. Les Malakas acceptèrent d'Élever Karlo avec toute sa famille, mais pas son peuple entier. Il déclina cette offre et se rallia à Senko avec son armée. Cependant, c'était déjà trop tard. Les Élevés détruisirent Senko avant que Karlo ait pu lui apporter son aide. Il reste que les Malakas furent si impressionnés par les compétences de Karlo et par sa loyauté envers le peuple barkazi que, lorsqu'ils érigèrent le Bouclier, ils évitèrent de lui nuire et lui donnèrent la régence de toute la planète.

— Métropolite de la Terre entière ? s'étonne Constantin. C'est la première fois que j'entends cette version.

— Les autres sont fausses. C'est ma grand-mère qui a raison. D'après elle, Karlo fut à l'origine d'une ère de grandeur. Quand il devint métropolite, il découvrit l'usage du plasma, mais ne partagea son secret qu'avec les Barkazis. Nous sommes un peuple spécial, magique, comme je te l'ai déjà dit, je pense. Les autres peuples étaient si jaloux qu'ils se sont ligués contre nous pour nous voler notre secret.

— Dans les ouvrages d'histoire traditionnels, on cite Mala de la tribu des Oiseaux de Feu comme la personne qui a découvert le plasma.

— Elle l'a volé à Karlo. C'est une histoire compliquée. Elle a essayé à trois reprises. Mais je ne veux pas entrer dans les détails maintenant. Quoi qu'il en soit, lorsque le secret a été divulgué, il y a eu une grande guerre, où tout le monde s'est ligué contre les Barkazis. Karlo a été tué, et son peuple a été vaincu. C'est depuis cette époque que le monde est divisé en milliers de métropoles indépendantes au lieu d'être dirigé par les Barkazis, comme il devrait l'être. Voilà pourquoi tout ce que nous prenons n'est qu'une petite compensation par rapport à ce que nous devrions avoir.

Un tonnerre de rire prend naissance au plus profond de la poitrine de Constantin, mais finit par éclater au niveau de sa gorge pour résonner au plafond.

— Génial ! s'écrie-t-il. L'autorisation, avalisée par la religion, de vous approprier tout ce sur quoi vous pourrez mettre la main !

Elle le regarde froidement.

— Je ferais attention, à ta place.

Une lueur de délectation danse dans ses yeux, et il l'embrasse.

— Ma petite chérie, tu as déjà fait main basse sur mon admiration la plus entière.

Ayah sent la chaleur lui monter aux joues.

— Merci.

Il l'embrasse de nouveau. Le baiser se prolonge. Elle noue ses bras autour de lui.

— Si tu vois quelque chose de moi à prendre, murmure-t-il, sers-toi, pendant qu'il en est encore temps.

Elle a la chair de poule en entendant son invitation. Elle se serre contre lui, sent le trigramme en ivoire qui s'incruste dans leur chair. L'une des grosses mains de Constantin fait le tour de sa hanche. Le baiser prend fin, et il lui lance un regard trouble.

— Je sais ce qu'on va faire, dit-il.

Il quitte un instant ses bras. À son retour, il a une poignée de transfert à la main, avec un câble qui la relie à la console.

Quand il la touche de nouveau, elle sent à travers son corps la chaleur et le picotement du plasma. Elle ferme les yeux. Cela coule en elle comme les vaguelettes d'un rivage tiède et peu profond. Ses poumons laissent sortir l'air tout doucement. Mille langues de plasma lui lèchent la surface des nerfs, et elle rit tout doucement à cette sensation.

Le plaisir s'intensifie, devient plus urgent. Elle se mord la lèvre, se met à haleter. Lorsque Constantin entre en elle, elle doit ouvrir les yeux pour s'assurer qu'il ne s'agit pas d'une illusion tactile née soudain entre ses jambes. Le visage de Constantin est impassible. Juste un petit pli au coin des lèvres. Son esprit est ailleurs, dans une partie concentrée de lui-même qui lance vers elle des tentacules de plasma. Ayah presse ses lèvres contre son torse, elle le goûte, elle inhale son odeur.

Le plasma coule à travers elle. Ce ne sont plus des vaguelettes paisibles, c'est un véritable torrent turbulent, annonciateur de tempête. Elle agrippe son triceps, y enfonce les ongles comme pour s'accrocher à la vie. Elle a vaguement conscience d'être secouée comme un auvent dans la tourmente, mais le plaisir transcende le corps, transcende tout le reste excepté le pur embrasement du plasma, la masse de métal en fusion qui lui pèse sur la poitrine et, inexorablement, se fraye un chemin vers son cœur.

Lorsque la vague de plasma reflue, elle se retrouve en travers du lit, la tête en partie dans le vide sur le côté en bas du matelas. Elle n'a aucune idée de la manière dont elle est arrivée dans cette position. Constantin est accoudé à côté d'elle, la poignée de transfert toujours à la main. De ses mouvements à lui, de son plaisir et de son apogée, elle ne se rappelle absolument rien, bien que le résidu collant sur les draps en atteste la réalité.

— Une manière intéressante de dépenser quatre ou cinq mille dalders, n'est-ce pas ? fait-il observer. La vie des riches est pleine de compensations intéressantes.

Ayah fait un effort pour respirer et constate, étonnée, qu'elle n'a aucun mal à le faire.

— Qu'est-ce que... ? commence-t-elle. Je n'ai jamais...

— Je me suis dit qu'il fallait que tu connaisses cela au moins une fois.

Il descend du lit et enroule le câble autour de son poing tout en se dirigeant vers la table. Il se déplace avec une économie de mouvements étudiée, équilibrée, comme si le sort du monde dépendait de chacun de ses pas. Le Constantin joyeux et détendu qu'elle a vu juste après la première a disparu. C'est peut-être le plasma qui l'a recentré, qui lui rappelle la réalité des épreuves à venir.

Il range la poignée dans son tiroir. Puis il revient s'asseoir au bord du matelas. Il se penche pour l'embrasser.

— C'était le cinquième des Neuf Degrés de l'Équilibre Harmonieux, dit-il. J'imagine qu'ils ont dû le sentir dans tout l'étage.

Ayah lui jette un regard stupéfait.

— À quoi ressemblent les degrés six à neuf ? demande-t-elle.

— Je n'en ai pas personnellement l'expérience. (Il fronce les sourcils.) Mais ils se pratiquent plutôt en solitaire. Les philosophes qui ont mis au point ces techniques affirment que seuls le plasma et les fluides corporels sont d'essence divine, et que le contact physique est inférieur à l'orgasme mental ; ils en concluent que les actes sexuels les meilleurs et les plus raffinés sont accomplis solitairement. Aux sixième et septième degrés, il y a une autre personne dans la pièce, mais il est interdit de la toucher. Aux degrés supérieurs, on est censé être tout seul, hormis la présence divine ou quelque chose comme ça.

Ayah se laisse rouler sur le ventre et passe la main dans ses cheveux.

— On parle de ces trucs-là dans les chromos et les magazines... sentimentaux. Je n'y ai jamais cru vraiment.

— Oh ! il y a des professeurs pour ça. Mais il convient de bien les choisir. Il y a un petit risque de traumatisme nerveux. Le partenaire doit avoir suffisamment d'expérience et de maturité.

Elle lève les yeux vers lui.

— J'aurais pu être affectée ?

— Avec moi, non.

Il fronce les sourcils. Son regard est perdu dans le lointain. Ses pensées, de toute évidence, sont ailleurs. Il lui caresse tendrement le dos, puis secoue la tête.

Ayah observe son air calculateur. Un frisson la parcourt quand elle se dit que, dans vingt-quatre heures ou moins, il se trouvera au beau milieu d'une guerre, d'un combat où la réalité physique, y compris la sienne, ne sera qu'un élément susceptible d'être annihilé d'un moment à l'autre par une intervention au plasma.

— Tu es déjà à Caraqui ? murmure-t-elle.

Il la regarde en souriant.

— Excuse-moi.

Il la prend dans ses bras.

— Il nous reste très peu de temps à passer ensemble. Et, bien que des problèmes de dernière minute aient surgi, il vaut mieux que je les chasse de mon esprit. On ne peut pas tout prévoir par la réflexion.

— Quels problèmes ?

Ayah se blottit contre lui, l'embrasse dans le cou.

— Tu te souviens de Parq ? L'ecclésiastique ?

— Oui. Sorya l'a décrit comme quelqu'un de dangereux.

— C'est un personnage sans foi ni loi. Je l'ai su dès mon premier contact avec lui. Eh bien, il nous a trahis, comme je m'y attendais, et mon nom est à présent cité dans les conseils des Keremath. Je suppose qu'il vaut mieux que je ne me montre pas trop, dans les jours qui viennent, aux endroits que j'ai l'habitude de fréquenter.

Elle le regarde, alarmée.

— Pourquoi lui avoir fait confiance, si tu avais des craintes ?

— Je ne lui ai jamais fait confiance. (Il sourit.) Je lui ai raconté des bobards d'un bout à l'autre. Il a des listes de noms qui sont censés faire partie de la conspiration, et il vient de les livrer aux Keremath, en toute bonne foi. Une partie, du moins, car il continue de jouer double jeu. Les Spéciales procèdent en ce moment à des arrestations à tour de bras. Elles interrogent des gens qui ne sont au courant de rien, et vont bientôt arriver à la conclusion que les informations de Parq ne valent rien, ou qu'il trempe dans une autre machination à lui. Mais Parq garde le contact avec nous, et il a la permission des Keremath de maintenir sa propre milice autour de ses transmetteurs, ce qui signifie, naturellement, que, dès que l'action commencera, il pourra rallier le camp qui lui paraîtra avoir le plus de chances de l'emporter. Non... (Il secoue la tête.) Le vrai problème, ce n'est pas lui.

— Et c'est quoi ?

— Les rumeurs de coup d'État circulent de plus en plus. Ce qui est inévitable, étant donné le nombre de gens concernés. Nous avons fait en sorte, bien sûr, de pratiquer la désinformation chaque fois que c'était possible. Les Spéciales ne savent plus où donner de la tête. Mais il était inévitable de procéder à des mouvements de troupes, et cela se remarque nécessairement. Les Keremath sont sur leurs gardes. Ils ont engagé des mercenaires, aussi bien mages que militaires, toute une brigade, qui fait route vers Caraqui. Ils ne seront pas à pied d'œuvre quand nous passerons à l'action. Cela les gênera, je l'espère, mais sûrement pas pour longtemps. Et Drumbeth a peut-être pris au sérieux ce que je lui disais sur l'aérodrome.

— *Une brigade ?*

Anxieuse, Ayah se redresse, les jambes repliées sous elle. Constantin, étendu à côté d'elle, les yeux mi-clos, a un sourire paresseux.

— Les Réguliers de Mondray, qui arrivent par voie aérienne de la Timocratie juste avant nos propres hommes. Mondray est fort, mais Geymard est meilleur. Et les Réguliers ne connaissent pas la ville. Au moment où nous frapperons, ils n'auront pas eu le temps de se déployer ni de transporter leur matériel. De toute manière, ils n'ont aucune motivation de loyauté envers les Keremath. Non, ce sont plutôt les mages de Mondray qui me préoccupent. S'ils sont postés à l'intérieur du palais ou avec la Garde Métropolitaine, ils ne disposeront pas de plus de plasma que les mages loyalistes à l'heure actuelle. Et nous nous occupons de limiter leur approvisionnement. Il est possible qu'ils contribuent à améliorer leurs défenses, je ne sais pas. Mais si ces mages sont déployés dans toute la cité, dans les stations de plasma, par exemple, ou dans les commissariats des Spéciales, ils vont nous infliger de sérieux dommages, car nous ne saurons pas où ils sont ni de quoi ils sont capables jusqu'à ce qu'ils passent à l'offensive.

— Tu comptes faire quoi pour régler ce problème ? demande Ayah.

Il s'étire, se tourne avec langueur dans les draps de satin.

— Rien du tout. Que voudrais-tu que je fasse ? Nous sommes obligés d'attendre le déroulement des événements.

Elle se mordille la lèvre.

— Tu étais moins patient, hier soir, quand tu es parti comme un fou avec Geymard.

— La nouvelle venait de nous parvenir. J'avais peur qu'on ne soit obligés de tout décommander. Mais maintenant que j'ai bien étudié la question, je suis convaincu que ça peut encore marcher. Les chances étaient de neuf contre une en notre faveur, et elles sont encore de six contre quatre. (Il lui jette un regard oblique et lui caresse le bras du dos de la main.) De plus, la nuit dernière, je n'étais pas au lit avec une jolie fille.

Une flammèche ardente lèche le cœur d'Ayah.

— Attention à ce que tu dis !

Il lui entoure la nuque de sa large main et l'attire à lui pour l'embrasser sur les lèvres. Son souffle dans son cou la fait frissonner.

— Il y a une chose que tu peux faire pour moi, si tu veux, murmure-t-il.

— Oui ?

— Nous avons des mages, des militaires et toutes sortes de politiciens avec nous. Mais ce qui m'embête, c'est que nous n'avons pas assez d'ingénieurs. D'énormes quantités de plasma vont venir de cette ancienne fabrique de Terminus, où nous avons bricolé notre installation. J'ai peur qu'il n'y ait une défaillance du matériel à un moment critique, ou une urgence imprévisible.

Elle le regarde dans les yeux, et sa décision est immédiate, elle vient du cœur.

— Je ne suis pas ingénieur, dit-elle, mais je ferai de mon mieux.

— Les risques seront accrus pour toi. En ce moment même, nos mages sont en train d'effacer toutes nos traces dans la fabrique. Ils feront la même chose ici après notre départ. Ils renouvelleront l'opération à la fabrique quand tout sera terminé, mais rien ne permet d'affirmer qu'il ne restera aucune trace.

— Je ferai de mon mieux, répète Ayah.

C'est *cela*, se demande-t-elle, qu'elle a assimilé au berceau ? Revenir sur la scène du crime quand tout est fini, que le paiement a été fait, que l'argent est en sécurité ?

Mais il ne s'agit pas d'un crime. Il s'agit de politique, de croyance, d'idéal, de nécessité. Ce ne sont pas les mêmes règles qui s'appliquent.

— Si je peux être utile à quelque chose, je serai là, naturellement, dit-elle.

Les yeux de Constantin brillent d'admiration.

— Je salue ton courage, murmure-t-il en l'attirant de nouveau contre lui pour l'embrasser.

Tandis qu'il la caresse, elle lui rend son baiser passionnément, décidée à le posséder entièrement, à posséder son corps, son intelligence, son humour, tant que se prolongera cet instant...

Une heure plus tard, après avoir pris son bain et s'être habillée, les toxines de fatigue lavées par le plasma, elle quitte la chambre avec Constantin. Elle porte son collier d'ivoire sur sa robe du soir. La chemise de nuit en soie est rangée dans son sac. Constantin est en tenue de voyage : pantalon de velours gris, bottines, veste noire en cuir souple. Tout un petit groupe les attend en bas. Six collaborateurs de Constantin plus Sorya, portant casquette et vareuse militaire. Elle est assise dans un fauteuil moelleux, les jambes tendues devant elle.

Ils les attendaient, songe froidement Ayah, pendant que seule une mince porte d'hôtel les séparait du Cinquième Degré d'Équilibre Harmonieux.

Sorya s'étire avec un bâillement langoureux.

— La récréation est finie, dit-elle en se levant.

La vareuse pend comme un manteau sur ses épaules. Elle va vers Constantin, se dresse sur la pointe des pieds et l'embrasse sur la joue.

— L'aéro nous attend pour nous conduire à Barchab, dit-elle. Geymard est déjà sur place.

— Allons-y, fait Constantin.

— Pas de bagages ? C'est bon.

Elle se tourne vers la porte, puis fait mine de se raviser. Elle regarde Ayah. Celle-ci entend distinctement dans sa tête une sonnerie d'alarme. Sorya s'approche d'elle, lui passe délicatement le bras autour du cou et l'embrasse sur les deux joues.

— Merci pour tout, dit-elle.

Elle plonge la main dans la poche de sa vareuse et en sort une bourse de velours rebondie qu'elle dépose au creux de la paume d'Ayah.

— Voilà pour vos services, dit-elle avec un sourire avant de se tourner vers la sortie.

Dans le silence choqué qui s'ensuit, Ayah contemple la bourse tandis que le sang lui monte aux joues et que des idées de meurtre se bousculent dans sa tête. Ses doigts se crispent sur l'argent, et elle lance d'une voix sifflante :

— Faites-moi savoir si vous avez encore besoin de mon aide.

Elle voit se raidir le dos de Sorya alors qu'elle franchit le seuil. Les autres se hâtent de sortir après elle. Constantin reste en arrière et prend la main d'Ayah.

— Sorya est ce qu'elle est, dit-il, mais je remercie les dieux que tu sois qui tu es.

Ayah lui trace vivement le signe de Karlo sur le front.

— Va, maintenant, dit-elle.

Puis elle l'embrasse.

Elle le regarde s'éloigner et rejoindre les autres, qui resserrent les rangs autour de lui comme pour se mettre déjà en ordre de bataille.

19

Il est trop dangereux d'avoir tout cet argent chez elle. Elle prend la bourse de Sorya ainsi que les cinq mille dalders qu'elle a enterrés dans son jardin miniature et les porte à un guichet de banque où elle les convertit, à l'exception de quelques pièces qu'elle garde pour ses menues dépenses, en un crédicyl qu'elle cache dans une galerie d'exploitation des Tours de Loeno où elle a accès grâce à son passe de l'Office.

Finies les balades en limousine. Pour franchir la porte, il lui faut entrer l'heure d'arrivée et le code. Elle prend le Ruban Rouge jusqu'à la Nouvelle Ligne du Centre, où elle descend à la station Garakh, non loin de Terminus. Elle sait qu'elle court un risque en marchant dans les rues éclairées par le Bouclier jusqu'à l'ancienne fabrique, mais elle n'ose pas prendre un taxi de peur que le chauffeur se souvienne d'elle.

Quand elle grimpe l'escalier à la sortie de la Nouvelle Ligne du Centre, un choc la fait vaciller. Devant elle s'étale un visage familier.

Qui est la mystérieuse maîtresse de Constantin ?

Les lettres lumineuses font un rad de haut.

Tous les détails sur le Câble *!*

Le pied d'Ayah rate une marche qui n'est pas là. Elle manque de tomber.

— Attention ! lui dit un citadin serviable en lui attrapant le bras. Ils devraient faire quelque chose pour éviter qu'on se casse la figure !

Dans le ciel, l'image de Constantin s'efface, remplacée par un titre tapageur sur le scandale des loteries, avec la photo d'un politicien en train de se voiler la face.

L'adrénaline lui martèle le cœur. Elle regarde les vitrines en marchant et retrouve l'affichette noir et rouge du *Câble* à la devanture d'un restaurant au coin de la rue. Elle entre, va mettre une pièce dans la machine, programme le titre qu'elle veut et attend deux minutes, les mains moites, que l'ordinateur central du *Câble* affiche l'article sur l'écran.

« Constantin, l'ex-métropolite controversé de Cheloki, lit-elle, revenu au premier plan de l'actualité en tant que héros romancé du chromo *Les Maîtres de la Cité Nouvelle*, aurait délaissé sa compagne de longue date, la très mondaine Sorya, à la fin de la première du chromo, pour aller passer plusieurs heures à l'hôtel Landmark en galante compagnie. On dit qu'il est allé plusieurs fois dans cet hôtel avec la même jeune femme, dont l'identité commence à piquer la curiosité de millions de personnes. La réaction de Sorya face à cette révélation ne nous est pas connue. Constantin et elle se refusent à tout commentaire. »

Désire-t-elle un exemplaire imprimé de l'article ? lui demande l'écran. Rageuse, elle enfonce la touche *non*. Elle sait que, pour ce genre d'histoire à sensation, les journaux utilisent des fouines au plasma, mais Constantin lui a dit qu'il ferait effacer toute trace dans la chambre d'hôtel.

De toute manière, demain, Constantin fera probablement la une avec quelque chose de bien plus important, et tout le monde oubliera cette histoire.

Elle sourit en pensant à la réaction de la « très mondaine » Sorya.

Elle ressort du restaurant et fend la foule du samedi soir. Le hasard fait que son chemin la conduit devant l'immeuble de Kremag & Cie. Il y a encore une faible odeur de lacrymogènes dans l'air. Elle lève la tête vers la couronne en fer forgé qui décore l'immeuble. Les passants ne prêtent pas attention à ces lieux. Ils ne sont déjà plus d'actualité.

Elle arrive en vue de l'ancienne fabrique. Elle va peut-être faire l'actualité de demain.

La fabrique est silencieuse et plongée dans l'obscurité. L'attente est longue. Ayah est là depuis cinq heures, elle se sent parfaitement inutile. Elle aurait dû apporter de la lecture. Ou bien ne pas venir du tout. Même les pigeons semblent savoir que c'est la période de nuit. Ils dorment perchés sur les poutres.

Les deux jeunes mages jaspeeris puisent dans le plasma du gisement. Ce sont des adolescents, presque des enfants. Mais ils ne participent pas à l'offensive. Ils sont là uniquement pour garder la fabrique. Un troisième va arriver bientôt pour aider à coordonner l'attaque proprement dite.

Il y a dans la fabrique une demi-douzaine de gardes, mais qui ne sont pas de premier plan. Ayah n'en connaît aucun. Ils n'ont pas l'assurance discrète de la garde personnelle de Constantin. Plusieurs spécialistes des communications sont penchés sur leur matériel, surveillant les radios et les liaisons. Ils sont en civil, mais on voit à leur maintien comme à leurs chaussures impeccablement cirées qu'ils sont militaires de formation. Ayah est la seule femme présente.

À part les deux jeunes mages, elle ne connaît personne ici. Chacun a son nom de code, ce qui donne une allure théâtrale aux opérations en cours. Ayah est Lady, comme il se doit. Les mages sont Wizard 2 et Wizard 3. Wizard 2 porte des lunettes à monture épaisse. Quant à Wizard 1, c'est celui qui va arriver bientôt. Les autres, répartis devant les panneaux de communication et les radios, ont des noms du genre Red, Trucker ou Slim.

— Insertion en cours, annonce Red sans s'adresser à personne en particulier.

Il est en train d'écouter les conversations radio, les écouteurs à l'oreille. Son annonce est parfaitement inutile, car une transmission vidéo instable venue de l'hélico de Geymard montre les mercenaires qui se dirigent par la voie aérienne vers Caraqui à partir de leurs bases dans la Timocratie de Garshab. La lumière du Bouclier jette des éclats sur les rotors tandis que les engins gris filent dans le ciel, leurs missiles attendant patiemment dans leurs modules aérodynamiques. Des aéros en forme d'obus, bourrés d'armements, suivent à distance raisonnable. Geymard est encore à des centaines de rads de sa destination. Il se ravitaillera en vol avant la descente finale sur l'objectif.

À Caraqui, les différentes unités terrestres sont en route. La Première Brigade est partie en retard. Certains officiers ont dû être arrêtés ou ralliés au dernier moment. Mais la Deuxième Brigade et les Marines sont à l'heure. Ils ont faussé compagnie à tous leurs officiers au-dessus du grade de capitaine pendant qu'ils dormaient après avoir copieusement arrosé un dîner honorant l'un des leurs, soigneusement préparé par les instigateurs de la désertion.

La nouvelle est accueillie par de joyeux vivats lorsque Red l'annonce. Ayah sourit. Elle s'imagine avec Tella et les autres jeunes cadres en train de faire sécession et de s'emparer de l'Office du Plasma pendant que Mengene, Oeneme et les autres dirigeants participent à une soirée en l'honneur du Chancelier.

Rajustant les gants en latex qu'on lui a donnés pour ne pas laisser d'empreintes, elle se dirige lentement vers le bureau vitré. Les cartes et les listes de noms ont disparu. À leur place, il y a une liste de contrôle, avec la chronologie complète des opérations, annotée en marge au crayon. Tous les noms sont codés : le personnel militaire, les unités, les objectifs. Même pour quelqu'un qui est au courant des opérations, c'est inexploitable. Cependant, un tel document ne doit pas demeurer là après leur départ. C'est pourquoi il est posé sur un coffre-fort à l'intérieur duquel se trouve un pain de thermite. Il suffit de tirer sur la goupille, et le métal chauffé à blanc fait fondre tout ce qu'il y a à l'intérieur. Tous les papiers doivent aller dans ce coffre au moment de l'évacuation, en même temps que les gants en latex et les poignées de transfert. Tout sera carbonisé au niveau atomique.

Ayah consulte sa montre. Il est 4 h 02. Elle regarde la liste des opérations. *4 h 05 : Le groupe 7-A arrive au point Baro et se dirige vers le point Giro.*

Le groupe 7, elle le sait, est la brigade des Marines qui a pris le large. 7-A doit être l'une de ses unités.

— 7-A est arrivé à Baro, annonce Red.

Ayah regarde de nouveau sa montre. On dirait que 7-A a un peu d'avance.

Il y a un remue-ménage de la sécurité au portail qui donne sur la rue. Après un échange de mots de passe, le portail s'ouvre pour laisser entrer une petite Gharik rouge biplace. La femme assise au volant ôte ses lunettes de pilotage et descend. Ayah est saisie de surprise en la reconnaissant.

C'est Aldemar, une actrice qui joue des rôles de mage dans une quantité de chromos de série B et dont on dit qu'elle est un vrai mage dans la réalité. Ayah n'y a jamais cru, pas plus qu'au battage publicitaire qui voudrait que ses ridicules aventures dans les chromos soient inspirées de sa vie réelle. Sa dernière production s'appelle *L'Attaque du Pendu.* On en parle un peu partout, et ça a l'air sinistre. *C'est elle, le mage qu'on attendait ?* se demande Ayah.

Constantin n'a pas fini de l'étonner.

Elle attend dans le petit bureau, et c'est de nouveau la surprise quand l'actrice arrive. Ayah a l'habitude de la voir dans des chromos où elle fait quinze mètres de haut, alors que c'est en réalité une petite bonne femme qui lui arrive à peine à l'épaule, avec des poignets fragiles et des chevilles délicates serrées dans des bottines en cuir mince. Ses cheveux noirs sont coupés court, avec des mèches qui retombent sur le front. Ses traits fins ont le caractère énigmatique propre à des années de réjuvénation au plasma. Elle paraît surprise de tomber sur Ayah.

— Salut, lui dit celle-ci. Vous devez être Wizard 1.

Aldemar sourit en lui tendant la main.

— Et vous êtes... ?

— Lady.

— Ah ! Très bien. Très approprié, j'en suis sûre. Et comment ça se passe jusqu'à présent ?

L'un des techs des communications bondit de son siège pour répondre.

— La Première Brigade a quelques problèmes d'intendance, mais elle est en route.

— Ravitaillement en vol commencé, annonce Red de sa console.

Il semble contrarié que le fil de son casque ne lui permette pas de se rapprocher de la vedette.

Aldemar s'assoit au bord d'un vieux bureau en métal. On lui apporte une liste de contrôle qu'elle examine avec soin. Ayah l'observe. Bien qu'elle porte un simple jean et une vieille veste en matelassé, sans bijoux ni maquillage, il se dégage d'elle un charme extraordinaire. Des années durant, ses cheveux et sa peau ont reçu des soins compétents. Elle se déplace avec la prestance tranquille d'une actrice habituée à se présenter sous ses angles les plus flatteurs. Elle répond aux attentions maladroites des techniciens avec une grâce étudiée qui semble parfaitement naturelle. Elle est si connue que, malgré son désir de passer inaperçue, tous les occupants de la fabrique l'ont reconnue dès l'instant où elle est descendue de voiture.

Constantin se sert de sa propre notoriété comme d'une arme, ou plutôt un instrument, se dit Ayah. Pour obtenir une bonne table dans un restaurant, ou pour avoir accès aux puissants, par exemple. Mais chez Aldemar, la célébrité fait partie intégrante de sa personnalité, et on se demande s'il y a quelque chose derrière.

L'un des techs se précipite pour lui préparer un sandwich.

Elle s'aperçoit qu'Ayah la détaille du regard, et elle lui demande :

— Vous vouliez me dire quelque chose ?

— Non, mais je constate que personne ne m'a proposé de sandwich.

Un frémissement amusé agite le coin des lèvres de l'actrice.

— Un de ces messieurs va se faire un plaisir de vous en apporter un, dit-elle.

Un de ces messieurs se lève pour obéir.

4 h 12 : Le groupe 8-C a atteint le point Fenêtre et se dirige maintenant vers le point Pilier.

Ayah se souvient de tous les récits qu'elle a entendus sur la guerre barkazie quand elle était petite. Les vétérans évoquaient leurs souvenirs sur le trottoir en buvant de la bière. Elle imagine les files de camions et de voitures blindées avançant en colonnes silencieuses et disciplinées, les ronflements de leurs moteurs perturbant à peine le sommeil des Caraquis. Elle imagine les Marines à bord de leurs canonnières filant dans le noir sous les énormes pontons en ciment de la cité.

Elle regarde les écrans où la lumière du Bouclier jette des éclats sur les rotors et le nez arrondi des missiles.

Elle songe aux dauphins qui surgissent dans les ténèbres sous les péniches de Caraqui, brandissant des armes dans leurs petites mains lisses.

Elle se représente Taikoen, le pendu, qui vit dans des pulsations de plasma, en train de tendre ses mains spectrales pour étouffer la vie.

Elle se demande qui mourra d'après les spécifications de la liste de contrôle et qui ne mourra pas ; qui mourra, au contraire, dans un soudain feu d'artifice de programmes non respectés, d'engagements tombés à l'eau et d'opérations décommandées au dernier moment.

4 h 40 : La Fabrique entre en action. Transfert des marchandises à Tapissier.

Ayah connaît le matériel aussi bien que n'importe qui. Elle actionne les commutateurs. Les leviers de contact en cuivre descendent dans leurs logements au sommet des accumulateurs et condensateurs géants. Le plasma s'engouffre dans les circuits, surgit en faisceau de la corne de transmission camouflée en panneau publicitaire sur la terrasse de la fabrique.

Tapissier est un dirigeable argenté qui flotte dans le ciel selon un cap précis recoupant le rayon d'émission de la fabrique. Un maillage en bronze conçu pour absorber le plasma couvre l'enveloppe vulcanisée de l'aérostat, dont les propres cornets, synchronisés avec des gyroscopes, réorientent l'énergie là où les mages de Constantin s'apprêtent à l'utiliser.

Aldemar est penchée en arrière dans un fauteuil capitonné, les paupières closes, un bracelet de cuivre autour de chaque poignet. Ce sont des poignées de transfert de type militaire, qui ne peuvent pas tomber par accident.

Son travail consiste à chevaucher le rayon de plasma pour s'assurer que Tapissier reçoit bien chaque mehr d'énergie qui lui est adressé. Et si le dirigeable est attaqué, c'est elle qui est censée le défendre.

— Tous circuits activés ! annonce Trucker.

— Attaque de mages ! Attaque de mages ! hurle Red.

Une vague d'adrénaline envahit Ayah, courant dans ses veines comme une colonne de commandos ultrarapide. Mais il n'y a rien qu'elle puisse faire tandis que les pulsations s'accélèrent au niveau de sa gorge.

Quelqu'un lui tape sur l'épaule. C'est un tech qui lui tend de sa main gantée un casque militaire en plastique à haute résistance.

— Vous feriez mieux de mettre ça, dit-il.

— Toutes les opérations sont accélérées ! s'écrie Trucker. Toutes les unités foncent sur leur objectif !

Sur l'écran vidéo ovale, l'image saute tandis que le cameraman court se mettre à l'abri. Les hélicos piquent du nez, quittant leur formation pour descendre sur leurs objectifs. Les tours fantastiques du Palais Aérien apparaissent sur les écrans derrière les rotors à l'éclat éblouissant.

L'attaque des mages a pour cible la Première Brigade. Comme elle a du retard, les mages qui devaient la protéger ne sont pas encore arrivés, et la colonne en mouvement subit, impuissante, un déchaînement de flammes de plasma.

4 h 55 : Départ des tramways.

Il n'est en réalité que 4 h 51. L'horaire a été avancé, ou peut-être entièrement abandonné. Les « tramways » sont en fait des missiles de la taille d'une rame de tramway, stockés sous des bâches sur des voies de garage du chemin de fer en territoire neutre. Arrachés à leurs berceaux par des mains de plasma géantes, ils commencent à filer vers leur cible, leurs ailerons de direction se déployant en vol.

Une mince traînée de vapeur marque leur trajectoire. Les énormes missiles quittent les mains ectomorphiques des mages comme des fléchettes lancées vers des cibles de liège. Ils plongent sur les gigantesques barges en béton qui abritent le QG et les cantonnements de la Garde Métropolitaine ainsi que le Palais Aérien, défendu par plusieurs compagnies de Gardes. En plus des dommages qu'ils sont censés causer à ces installations, les missiles ont pour but de désorganiser les communications, de neutraliser les défenses et d'ouvrir des brèches dans la résille de bronze qui protège ces bâtiments afin de laisser entrer le plasma des assaillants. Les locaux de la Garde sont également arrosés de projectiles incendiaires afin de marquer leurs emplacements par des colonnes de fumée qui guideront l'assaut aérien de Geymard.

Un mage loyaliste repère une nouvelle colonne de la Première Brigade, et le blindé de tête s'embrase soudain en une spectaculaire éruption de carburant, munitions et flammes de plasma.

Ayah regarde ses cadrans, la bouche sèche, et voit que le débit vers Tapissier est constant. Le dirigeable flotte gracieusement à mille rads de là au-dessus d'un territoire neutre. Des flots d'adrénaline giclent dans ses artères au niveau de sa gorge. Une goutte de sueur descend le long de sa joue sous son casque.

Elle se sent aussi inutile qu'un badaud devant un chantier. Elle ne peut influer sur la situation ni dans un sens ni dans l'autre. Mais elle est loin d'être un simple badaud. C'est elle, en fait, qui est responsable de tout. Rien ne se serait passé si elle n'avait pas été là.

Elle lève les yeux vers l'écran vidéo et voit des colonnes de fumée qui montent au-dessus du complexe de la Garde Métropolitaine. On distingue les grands bâtiments en béton avec leurs meurtrières, leurs terrasses à l'épreuve des bombes, leurs cornets de transmission et leurs forêts d'antennes radio. Puis les traînées blanches des missiles font trembler l'image comme des doigts de fumée.

Le groupe 4-A lance son attaque en rase-mottes.

Les explosions, comme des fleurs rouges, se succèdent sur un rythme rapide contre les bâtiments massifs de la Garde.

Ayah est incapable d'en détacher son regard.

6 h 05 : Occupation de l'Assemblée Populaire et Judiciaire. Les réserves du groupe 7 sont déployées selon les besoins.

Les bonnes nouvelles succèdent aux mauvaises. Visibles sur une nouvelle liaison vidéo, les mutinés de la Brigade des Marines se tiennent fièrement devant les bâtiments portuaires gouvernementaux. Ils ont investi le siège du gouvernement sans rencontrer de résistance. Mais leur victoire est symbolique, uniquement pour les caméras. Rien d'important ne va se passer dans ces locaux durant les prochaines heures. Une grande partie de la Brigade des Marines fait mouvement pour se porter à l'aide de la Deuxième Brigade dont l'objectif est de s'emparer du Palais Aérien, où plusieurs compagnies de la Garde Métropolitaine leur opposent une résistance farouche. Les liaisons directes montrent le théâtre des opérations sous une demi-douzaine d'angles différents. L'architecture extravagante du Palais brille de tous ses feux à la lueur des balles traçantes.

Le reste de la Garde Métropolitaine est toujours retranché dans ses cantonnements, à l'abri des épaisses murailles de béton. Plusieurs parties du bâtiment sont en flammes. Une fumée épaisse sort des meurtrières. Des combats violents se déroulent aux alentours, aussi bien avec des armes à projectiles qu'au plasma. Les mercenaires de Geymard, postés sur les bâtiments voisins, ont encerclé la Garde, mais ils ne peuvent pas faire grand-chose si ce n'est continuer de l'arroser sans savoir si leur action a des conséquences ou non. Les canonnières ont épuisé toutes leurs munitions. Par bonheur, des aéros chargés d'armes lourdes et de munitions nouvelles arrivent sans se faire intercepter et dégorgent leur cargaison sur les terrasses.

— Rapport de Jewel One, annonce Red. La manœuvre du collier n'a que partiellement réussi. L'objectif est gardé par des mages.

Jewel One est le prince Aranax. Le collier est sa tentative de faire sauter les câbles qui amènent le plasma aux loyalistes. Ayah imagine les dauphins en train de plonger dans les ténèbres suivis de traînées silencieuses de sang et de bulles d'air... Du plasma en quantité pour les défenseurs.

— 4-A de nouveau touchée ! Troupes étrangères !

La Première Brigade, de toute évidence, n'a pas de chance. Ce sont maintenant les Réguliers de Mondray, les mercenaires importés par les Keremath, qui accourent au secours de leurs employeurs. La Première Brigade était censée s'emparer des ponts situés entre les mercenaires et le Palais Aérien, mais elle est arrivée trop tard.

Ayah a un goût de sang dans la bouche. Elle se rend compte qu'elle s'est mordu l'intérieur de la joue.

Elle lève les yeux, alarmée, lorsqu'un cri rauque parvient de l'une des consoles de plasma. C'est Aldemar, qui donne l'impression d'avoir reçu un coup en plein plexus solaire. Elle s'agite de tout son corps sur son siège capitonné. Ses mâchoires aux dents parfaitement blanches sont crispées, ses yeux sont fermés sous la concentration.

Les yeux de Slim s'écarquillent.

— Tapissier est attaqué ! hurle-t-il. Wizard 3, Wizard 2, abandonnez vos postes de sécurité et défendez le dirigeable !

Ce n'est pas une attaque massive au plasma qui détruit Tapissier, mais une série d'assauts. Les mages du gouvernement fondent sur l'aérostat pour une attaque éclair, puis se dérobent et reviennent sous un autre angle. La plupart de leurs attaques sont déjouées, mais quelques-unes réussissent, et le dirigeable se détériore petit à petit. Ses cellules pleines de gaz sont crevées en nombre suffisant pour qu'il perde de l'altitude. Il faut lâcher de plus en plus de ballast pour le maintenir stable, mais le commandant de bord finit par annoncer que l'équipage doit abandonner le vaisseau. Les blessés sont transférés à bord des ailes de sauvetage, et c'est la longue glissade en vol plané jusqu'à la surface.

— Détournez le faisceau de plasma sur Red Bolt !

La voix d'Aldemar, amplifiée par le plasma, résonne dans les hauteurs de la fabrique. Les pigeons battent nerveusement des ailes sur leurs perchoirs.

Red Bolt est leur base de repli, un avion-cargo aménagé qui vole en espace aérien neutre. Mais ses possibilités sont plus limitées que celles du dirigeable. Son profil aérodynamique mince est moins susceptible d'absorber la totalité du faisceau de plasma, et ses cornets de retransmission sont plus étroits et moins directionnels. Ces handicaps seront sans doute compensés par un peu plus de soin et de concentration de la part des mages qui s'occupent de la transmission du plasma, mais ils auraient peut-être besoin ailleurs de ce supplément d'attention.

Ayah s'humecte les lèvres. La sueur qui perle sur sa lèvre supérieure a un goût d'adrénaline. Elle manipule ses cadrans.

— Est-ce que Red Bolt a été averti que nous détournons la marchandise sur lui ? demande-t-elle.

— Oui, Panthère le leur a dit.

Panthère, c'est Sorya. Un nom de code approprié. Comme celui de Constantin : Big Man. Elle vérifie de nouveau l'orientation du cornet de secours – OK pour Red Bolt – et se prépare à actionner les commandes.

— Au top, réorientation sur Red Bolt ! annonce-t-elle. Cinq, quatre, trois, deux...

Au top, elle actionne le commutateur. Au-dessus de sa tête, elle entend le bruit des rotateurs qui distribuent l'énergie dans les cornets secondaires de la terrasse. Les instruments indiquent que le plasma quitte bien la fabrique, mais elle doit attendre, pour avoir la certitude que c'est Red Bolt qui le réceptionne, la confirmation de Trucker, devant le panneau de communication.

— Vous ! Wizard 3 ! fait la voix d'Aldemar, qui bute sur le nom de code. Veillez à maintenir le faisceau dirigé sur Red Bolt ! Et vous, l'autre mage... Il va falloir prendre des risques. À moins que... (Elle se tourne vers Ayah, et l'on ne voit que le blanc de ses yeux.) Lady... Pourriez-vous maintenir le faisceau sur sa cible ? Cela libérerait l'un d'entre nous.

La gorge sèche, Ayah répond :

— Je veux bien essayer.

Avec un calme apparent, mais le cœur battant, elle s'assoit devant un pupitre et se connecte sur le circuit d'alimentation du plasma. Elle referme les bracelets militaires en cuivre sur ses poignets.

Un rugissement de plasma démoniaque remplit ses sens. C'est comme si elle venait de se brancher sur le tintamarre de guerre et de destruction qui résonne à travers tout le circuit du plasma. Ce sont peut-être les sensations éparses des mages de combat qu'elle reçoit.

— *Vite !*

Le cri d'Aldemar, amplifié par le plasma, se grave au fer chaud à l'intérieur du crâne d'Ayah. Elle n'a pas le temps de prendre les précautions habituelles en se forgeant une anima et un sensorium servant de tampon. Son esprit bondit directement dans le circuit et s'envole par la corne directionnelle de la terrasse. Ses impressions sont d'abord diffuses, incertaines. Elle ressent la puissance tapageuse et glorieuse de mille coups de tonnerre brillants et intenses, comme si le plasma avait une vie propre et lui transmettait ses sensations à l'état brut.

Elle fait un effort pour affiner ses perceptions. Le monde autour d'elle devient soudain plus net, d'une netteté surprenante, même, comme par un réglage optique miraculeux. Elle voit Red Bolt, sur lequel elle arrive par l'arrière. Il vole à douze rads au-dessus de la surface du globe. Chacun de ses quatre réacteurs laisse derrière lui une traînée de vapeur blanche.

Elle restructure son sensorium jusqu'à ce qu'elle visualise le faisceau d'énergie. Le plasma brille dans le ciel d'une éclatante lueur dorée qui entoure l'avion d'une aura diffuse d'où s'échappent plusieurs petits rayons redirigés vers le sol par les cornets de transmission de l'appareil. Elle essaie de manipuler consciemment le faisceau, mais se heurte à une résistance puissante. Avec un sursaut, elle s'aperçoit qu'il s'agit d'une autre volonté et cherche à communiquer avec elle.

« *C'est Ayah ! Non ! Lady ! Je prends la relève !* »

« *Vous êtes sûre ?* »

La réponse lui parvient avec un écho. La voix vient du pupitre sur sa droite, protégé par des sacs de sable.

« *Oui. Pas de problème.* »

La tâche n'est pas compliquée. Red Bolt continue son vol implacable vers la masse grise de l'énorme cité qu'on aperçoit en bas. Ayah travaille son sensorium jusqu'à ce que tout lui apparaisse de manière ultra-claire : l'aérostat à l'enveloppe argentée couverte de sa résille de bronze, les nuages blancs au-dessous, les rayons de plasma braqués sur Caraqui, et la métropole elle-même, encore si lointaine qu'elle ne distingue toujours pas le miroitement de l'eau ni les contours mauves des volcans.

— Faites attention ! lance la voix résonnante d'Aldemar. S'ils ont su trouver Tapissier, ils sont capables de trouver Red Bolt également !

Et s'ils trouvent Red Bolt, se dit Ayah, ils trouvent aussi la fabrique. Ses doigts tâtonnent à la recherche de la sangle de son casque et la rajustent sous son menton.

La tâche consistant à maintenir le faisceau aligné sur Red Bolt est suffisamment monotone pour qu'elle consacre une partie de son attention aux nouvelles qui arrivent sur le panneau de communication. La Première Brigade n'a pas eu de chance. Elle a été mise en déroute par les mercenaires de Mondray. Les rebelles essaient de prendre position sur la rive opposée du Canal des Martyrs, où Constantin et Ayah sont naguère allés à la rencontre du prince Aranax.

Partout, les nouvelles sont bien meilleures. Les défenses du Palais Aérien viennent d'être enfoncées par les troupes rebelles, qui se frayent un chemin vers les étages. Des commandos se sont emparés des stations de plasma dont ils ont déjà détourné les cornets sur les récepteurs de l'armée rebelle. Les mages loyalistes sont très forts, à en juger par leur attaque réussie contre Tapissier, mais ils doivent commencer à être à court de matière première. Lorsque Ayah ouvre les yeux pour avoir un aperçu des écrans vidéo, elle est étonnée de voir à quel point le complexe de la Garde Métropolitaine a changé. Plusieurs bâtiments sont à présent en flammes, surmontés de colonnes de fumée où tourbillonnent toutes sortes de débris. Des véhicules blindés se consument à l'entrée d'un pont, vestiges probables d'une tentative de sortie en force.

Aucune nouvelle des Keremath. Pas d'annonce à la population, pas d'appel aux troupes de réserve. C'est comme s'il n'y avait personne à la tête.

Il n'y a peut-être personne. Ayah songe au pendu s'insinuant comme une langue de glace de méthane dans les conduits de plasma. Aucune résille de bronze ne peut l'arrêter, car il entre par le circuit de plasma proprement dit.

Je devrai tuer ?

Certaines personnes, oui.

Des méchants ?

J'en suis convaincu.

Ayah se demande si l'allié glacé de Constantin, en échange de sa récompense en cadavres humains tout chauds, n'a pas déjà disposé des dirigeants de Caraqui, avant même le début des combats.

Les rebelles ont réussi à lancer des ponts basculants en travers du Canal des Martyrs, qui est suffisamment large pour constituer un obstacle substantiel. Les troupes de Mondray sont bloquées jusqu'à ce qu'elles trouvent un autre passage. Des éléments de la Brigade des Marines sont retirés du Palais Aérien et dépêchés sur le canal à bord de canonnières rapides. Sur la large étendue d'eau, les mages se cherchent, leurs doigts pointés prêts à faire jaillir le plasma mortel. Toute résistance a pratiquement cessé au Palais.

— Red Bolt attaqué !

Le cri perçant a jailli des lèvres de Wizard 2, et Ayah se concentre sur l'avion argenté qui tourne en territoire neutre.

Elle aperçoit l'ennemi de loin. Avec ses sens polarisés sur le plasma et rien d'autre que des rads d'air pour la séparer de ce qui arrive, il serait difficile de ne rien voir. Cela se présente comme un gros serpent doré qui se rue sur Red Bolt, repoussant les rayons que les cornes de transmission de l'avion dirigent sur Caraqui.

La voix mentale d'Aldemar, envahissant ses sens, est d'un calme étonnant.

« *Wizard 1, restez en réserve à proximité de Red Bolt. Wizard 2, essayez de couper l'ennemi de sa source.* »

Le serpent doré se dresse soudain comme un cobra sur le point d'attaquer.

Des fragments du rayon de plasma d'Ayah se détachent comme des avions rompant avec leur formation en entraînant chacun sa ligne de source dorée derrière lui. Le premier se rue sur l'intrus – Aldemar, probablement – et l'autre pique vers la queue du serpent, comme pour la mordre. Si la source de l'assaillant peut être endommagée du côté de son origine, il se dissoudra de lui-même.

Le cobra frappe. Il crache une centaine de projectiles au plasma sur sa cible. Ce sont des lances de feu bien délimitées qui rayent le ciel en formation serrée. Elles s'écrasent contre un bouclier qu'Aldemar a déployé au dernier moment. Puis, tout d'un coup, projectiles et cobra s'évanouissent, et Red Bolt vole de nouveau dans un ciel serein bien au-dessus du tapis de nuages.

La voix grave d'Aldemar flotte dans l'esprit conscient d'Ayah.

« *Il va revenir. Il est juste parti chercher ses copains.* »

Ayah a une idée.

« *On ne pourrait pas faire prendre un autre cap à Red Bolt ? Je peux infléchir le faisceau pour qu'il reste braqué sur l'objectif, ou réorienter la corne de transmission.* »

La réponse d'Aldemar est instantanée.

« *Oui. Faisons ça.* »

De sa voix normale, elle ordonne aux techniciens des communications de relayer ses instructions au pilote. Red Bolt s'incline sur l'aile, met les gaz et quitte sa trajectoire originale en plongeant légèrement pour augmenter sa vitesse.

Pour le moment, le ciel est parfaitement paisible. Ayah n'a aucun mal à maintenir le faisceau sur son objectif. Elle s'adapte à la route de Red Bolt. Le plasma sinue derrière elle dans le ciel, et elle le redresse dès qu'elle peut.

Elle regarde les écrans vidéo à travers ses paupières à peine entrouvertes. La plus grande partie du QG de la Garde Métropolitaine est maintenant en flammes, mais il y a toujours de la résistance. Les obus s'écrasent contre les murailles sérieusement fissurées. Mais il ne semble plus y avoir de combats à l'intérieur du Palais. Les troupes rebelles ont la maîtrise des étages.

Le Canal des Martyrs est à la hauteur de son nom. Les mercenaires de Mondray ont réussi à trouver ou à conquérir un pont, et ils font passer toutes les troupes qu'ils peuvent. Les rebelles ne sont pas assez nombreux à cet endroit pour les en empêcher. Ils lancent continuellement des appels pour recevoir des renforts. Leur seule supériorité semble résider dans leurs mages. Les mercenaires n'ont pas suffisamment de protection magique.

Faute de leur envoyer des renforts, on pourrait leur envoyer du plasma, se dit Ayah.

Mais ce n'est pas elle qui décide.

— Attaque sur Red Bolt !

Ayah se concentre instantanément sur le ciel. Et les combats continuent.

7 h 55

Red Bolt a réussi à se déplacer de trois cents rads lorsque l'ennemi le retrouve. Il est difficile de dire si la manœuvre préconisée par Ayah a servi ou non à quelque chose. Elle se demande si c'est comme ça dans toutes les guerres, et si on s'est seulement posé la question au centre de commandement. La bataille fait maintenant rage. Le ciel grouille de serpents et de traits enflammés. Red Bolt fait des vrilles dans le ciel pour essayer d'échapper aux attaques. Les défenseurs sont agiles, mais les mages loyalistes ne cessent d'arriver de tous côtés. Bien que Red Bolt offre une cible plus petite et soit plus manœuvrable que le dirigeable, il est également plus fragile et doté de moins de redondance. Quand il explose, tout se passe d'un seul coup, en un violent embrasement, et il tombe comme une flèche enflammée vers la cité grise qui s'étend sous lui.

Ayah n'a même pas vu par quoi il était touché.

Ils sont morts sous mes yeux, se dit-elle, *et à cause de moi !*

— Écartez-vous du puits ! hurle Aldemar.

Ayah retire son esprit conscient du plasma. Ses yeux s'ouvrent sur des scènes de carnage. Le complexe de la Garde Métropolitaine en flammes, une caméra tremblante braquée sur un pont lointain enjambant un large bras d'eau enflammé, de couleur orange, sans doute le

Canal des Martyrs. Ses yeux s'agrandissent d'horreur et de terreur.

— Lady ! À la console centrale !

Ayah bondit pour exécuter l'ordre. Elle ôte les bracelets de cuivre de ses poignets et court s'installer devant les commandes centrales, le visage ruisselant de sueur. Le plasma jaillit toujours de la corne de transmission de secours, inutilement pointée vers le Bouclier qui absorbe tout.

— Arrêtez l'émission ! Vite ! Ils peuvent nous repérer avec ça !

Ayah fait basculer l'interrupteur. Avec un claquement, les contacts de cuivre se mettent en position neutre. Ayah a les yeux rivés sur la vidéo, où les images tremblantes sont celles d'un holocauste. Les rebelles ont perdu une grande partie de leur plasma, et elle s'attend à voir l'horreur se déchaîner d'une seconde à l'autre.

— Qui a le plus besoin de notre marchandise ? demande Aldemar en inclinant son siège en arrière. Et comment l'acheminer, maintenant ? ajoute-t-elle en regardant l'équipe par-dessus son épaule.

— En dirigeant nous-mêmes les rayons ! s'écrie Wizard 2, exprimant allégrement une évidence.

Il y a, derrière ses lunettes, un éclat nerveux qui est celui de la bataille, et son sourire tordu révèle l'acier d'un appareil dentaire.

Trucker appuie ses deux grosses mains sur ses écouteurs.

— Big Man et Panthère demandent qu'on leur envoie tout ce qu'on a. Ils veulent en finir avec la Garde.

— Regardez ! ne peut s'empêcher de dire Ayah en désignant l'écran. Le vrai combat, c'est sur le Canal des Martyrs qu'il se livre !

Ses mots sont ponctués par une explosion accompagnée d'un champignon de flammes et de fumée qui surgit au-dessus du canal. Red hoche la tête.

— Ça fait un moment qu'ils réclament davantage de plasma.

Aldemar lève les yeux vers les écrans et se mord la lèvre.

— Qui est le mage responsable de cette opération ? demande-t-elle. Où est-il ?

— C'est un militaire, réplique Red. Il est basé à la station de plasma de Qinchath, et je pense qu'il ne dispose que de ce qu'ils produisent localement.

— Big Man veut la marchandise de toute urgence, leur rappelle Trucker.

— Qinchath a besoin de ce plasma, insiste Ayah. Les coordonnées sont sur nos cartes ? Pouvons-nous lui envoyer un rayon ?

Aldemar feuillette en vain les états imprimés.

— Merde ! Je ne les trouve pas ! Elles y sont ou non ?

— Je peux utiliser la vidéo !

Wizard 2, excité, fait de véritables bonds dans son fauteuil.

— Je peux faire un saut là-bas avec la marchandise, dit-il. Si je trouve notre homme à Qinchath, je lui remets le plasma. Sinon, je m'occupe de flanquer moi-même quelques coups de pied au cul à tous ces types.

Aldemar lui jette un coup d'œil en biais.

— Vous êtes capable de faire ça ?

— J'ai la formation nécessaire. Bien sûr que j'en suis capable !

— Pardonnez-moi, intervient Trucker, mais Big Man ne me lâche pas la grappe depuis tout à l'heure ! Qu'est-ce que je lui dis ?

Aldemar se tourne vers Ayah.

— Donnez la Corne 1 à Wizard 2. La moitié de la marchandise. (Elle prend un air résigné.) Je vais faire parvenir moi-même le reste à Big Man. Donnez-moi la Corne 2.

La sueur tombe en crépitant sur le pupitre d'Ayah tandis qu'elle tourne les boutons et actionne les interrupteurs. Aldemar continue de distribuer ses ordres :

— Wizard 3, faites le guet autour de la fabrique. Si ça se trouve, nous sommes entourés par tout un bataillon de clopos.

Charmante idée.

Les contacts en cuivre s'engagent bruyamment dans leurs berceaux.

— Wizard 2 ! appelle Ayah. Au top, j'envoie la gomme sur la Corne 1 ! Deux ! Un ! *Top !* Wizard 2 ! Au top, j'envoie tout sur la Corne 2 ! Deux ! Un ! *Top !*

Elle regarde Wizard 2. La raison d'être de la liaison vidéo directe est de permettre précisément ce que le jeune mage va tenter : un saut virtuel d'un endroit à un autre, en entraînant derrière lui la queue de plasma de l'anima. Le mage commence par visualiser le lieu où il veut aller, puis il essaie de déplacer sa personne transphysique à cet endroit avec son chargement de plasma.

Wizard 2 se concentre sur l'image vidéo du Canal des Martyrs. Ses yeux bleus écarquillés sont agrandis par ses verres épais. Il sursaute, et ses poings se crispent.

Au-dessus de sa tête, l'image tremble, comme si quelqu'un venait de bousculer la caméra.

— Oui ! s'écrie le jeune mage.

Ayah se passe la langue sur la lèvre supérieure pour se débarrasser de la sueur qui dégouline. Son regard ne cesse d'aller du jeune mage à l'écran vidéo et inversement. À part le bref sursaut de la caméra, rien de visible ne se passe durant quelque temps. Puis le corps du mage s'arque tout entier tandis que l'eau jaillit du fleuve au milieu du pont, comme si une canalisation venait de se percer. La travée centrale oscille, puis se soulève comme si une main géante la prenait par en dessous. Elle finit par basculer de côté, ses poutrelles brisées telles des brindilles. Hommes et véhicules basculent dans l'eau. La caméra tremble de nouveau, comme sous le coup de la surprise ou de la terreur.

Les explosions se propagent le long des autres travées. Les blindés de Mondray s'embrasent, cuisent dans leur propre carburant et leurs propres munitions. Il y a une série d'éclairs dans le ciel. Ayah suppose que ce sont les mages qui s'affrontent, invisibles, en combat singulier. On voit alors se former, au-dessus du tablier, une silhouette d'abord ténue, qui prend de plus en plus d'importance et de consistance. Ses contours sont faits de flammèches...

Un homme-torche !

Une peur glacée s'insinue en elle. Elle regarde l'écran vidéo, paralysée par l'angoisse. L'homme-torche, plus haut que toutes les constructions environnantes, s'avance vers la cité. Des éclairs éclatent partout autour de lui, mais ne le ralentissent pas. Les bâtiments explosent et s'embrasent à son approche. Des prismes de lumière se forment dans l'air à partir des échardes de verre qui volent. Des tourbillons de flammes emportent les débris dans le ciel en une spirale ascendante.

C'est ma faute, se dit Ayah. L'auto-accusation lui reste en travers de la gorge et l'empêche de respirer.

Elle s'arrache à la contemplation de l'écran vidéo et se tourne vers Wizard 2. Il est affalé sur son siège, la tête penchée sur le côté, un bras pendant presque jusqu'au sol. Ayah se précipite vers lui, et son cœur fait un bond dans sa poitrine lorsqu'elle voit de près, horrifiée, le visage flétri, ratatiné, déjà celui d'un vieillard, qui surmonte un corps rabougri dans des vêtements trop larges. Derrière ses verres embués, les yeux noircis grésillent dans leurs orbites et se dessèchent tandis que les mâchoires inertes laissent échapper un sifflement et un filet de vapeur. La langue et le palais sont en train de se consumer.

C'est ma faute.

Une rage nourrie d'adrénaline s'empare d'Ayah. Elle arrache les fils qui relient les poignées de transfert du jeune mage à son pupitre et hurle :

— À l'aide ! Il n'y a pas de médecin ici ?

Puis ses genoux cèdent sous elle, et elle s'affaisse contre un mur de sacs de sable. Une fine poussière coule par terre à ses pieds. Sur l'écran, elle voit toujours l'homme-torche, qui provoque un holocauste partout où il passe. Une main glacée se referme sur ses nerfs à vif lorsqu'elle se rend compte que l'homme-torche est maintenant autonome et qu'il vivra tant qu'il y aura du plasma pour l'alimenter. Elle lâche les fils sectionnés et se rue sur son pupitre central. Ses chaussures dérapent sur le ciment lorsqu'elle arrive devant la console, et elle abaisse d'un geste le levier coupant l'alimentation de la Corne 1.

— Un médecin ! Vite ! hurle-t-elle.

L'image de l'homme-torche disparaît graduellement de l'écran. Elle se ratatine sur elle-même exactement comme Wizard 2 dans ses vêtements. Ayah est soulagée, mais cela ne dure pas. Elle voit avec horreur que, si l'homme-torche a disparu, son bûcher funéraire est toujours là. Une tempête de feu ravage toujours Caraqui. Les flammes montent en spirale dans le ciel et personne n'est en mesure de les éteindre.

Deux des gardes de la sécurité – si peu pressés qu'elle aurait envie de leur hurler des insultes – se dirigent vers l'endroit où Wizard 2 s'est affaissé. Ils se penchent sur lui. L'un d'eux lui prend le pouls du bout du doigt. Ils échangent un regard.

— De la bouillie cramée, dit le premier au second.

— J'ai un message du mage Qinchath, annonce Red. Il dit que les nôtres fuient comme des lapins, mais que ça n'a pas d'importance parce que l'ennemi est anéanti.

Il a un grand sourire derrière son pupitre et savoure ce mot qu'il répète : « Anéanti ! »

— Anéanti, mon œil ! s'écrie Ayah en désignant, furieuse, le chaos de flammes et de fumée sur l'écran. Regardez ça !

Et c'est ma faute.

— Où est mon plasma ? hurle Aldemar. Qu'est-ce qui se passe encore ?

Ayah regarde ses cadrans. Elle reste la bouche ouverte. Les condensateurs et les accumulateurs sont vides – plus rien –, de même que les réserves souterraines de l'ancienne fabrique. Le puits de la station Terminus continuera de fournir du plasma pour quelque temps, mais ses gigantesques gisements, pour le moment, sont taris.

Ayah tourne un bouton.

— Wizard 1, je vous envoie tout ce que j'ai. Mais nous sommes à sec !

— Merde !

— Le Palais Aérien est à nous, annonce Trucker, pour changer. Ils n'ont trouvé que des cadavres dans les étages.

— Silver essaie en ce moment de faire parvenir une demande de reddition à la Garde Métropolitaine, annonce quelqu'un d'autre. Pas de réponse pour l'instant.

Silver est le nom de code du colonel Drumbeth, le principal instigateur du coup d'État. C'est la première fois que quelqu'un le cite devant Ayah depuis le début des opérations.

Elle lève de nouveau les yeux vers l'écran et les bâtiments en flammes.

Ma faute.

8 h 22

Les membres de la sécurité rassemblent tranquillement les papiers et le matériel destinés à être détruits. On est en train de préparer les véhicules qui vont emmener tout le monde.

Les écrans ne montrent plus que flammes et dévastation. La Garde Métropolitaine n'a pas répondu aux demandes répétées de reddition. Les rebelles n'ont pas d'autre choix que de continuer leurs attaques. Toute résistance a pratiquement cessé. Il y a encore quelques tirs épars dirigés contre les attaquants, mais la Garde, la plupart du temps, ne réplique plus. Toutes ses sources de plasma ont été coupées. Les mages ont cessé leur action ; ils sont peut-être morts, carbonisés dans leurs bunkers. Impossible de le savoir pour le moment.

Les eaux du Canal des Martyrs reflètent un mur de flammes, une boule de feu dévorant tout sur sa lancée. Les habitants des quartiers ravagés fuient aveuglément, ils embouteillent les quais et les ponts, pour la plupart détruits ou bloqués afin d'empêcher le passage des mercenaires. Le mage Qinchath ou quelqu'un d'autre est en train de soulever les eaux du canal pour les déverser sur les bâtiments en flammes, mais les incendies semblent incontrôlables.

— Il y a des voitures de police qui arrivent, annonce Wizard 3.

Ayah est trop épuisée mentalement pour réagir.

— Ils sont dans la 1191e Rue, mais la foule du week-end les ralentit. Je ne vois personne qui nous observe au moyen du plasma.

— Arrêtez les cornes de transmission, ordonne Aldemar. Laissez uniquement ma station allumée. Tout le monde évacue la place.

Ayah abaisse les leviers pour la dernière fois.

— Les gants dans le coffre d'incinération, lui rappelle un garde.

Elle ôte ses gants en latex et les jette dans le coffre. Puis elle se dirige vers les voitures. Aldemar se lève devant son pupitre et crie :

— Je couvre votre retraite. Ensuite, je fais le nettoyage par le vide. Filez d'ici aussi vite que possible.

— Par ici, Miss, dit un garde en ouvrant le hayon d'une fourgonnette.

Il y a de l'impatience dans sa voix. Ayah grimpe à l'arrière, où se trouvent déjà Red et Trucker. Juste avant que le hayon se referme, elle aperçoit un embrasement orangé sur les écrans.

La fourgonnette fonce avant même que le portail de la fabrique soit totalement ouvert. Ayah a du mal à conserver son équilibre. Le véhicule s'insère dans la circulation, son avertisseur hurlant pour écarter les piétons. Le chauffeur regarde Ayah à travers ses grosses lunettes miroir.

— Où voulez-vous aller, Miss ? demande-t-il. Nous avons nos instructions.

— À la station Rocketman de la Ligne.

— Je ne sais pas où c'est. Guidez-moi.

Ayah va s'asseoir à l'avant à côté de lui. Dans le rétroviseur, elle voit deux autres véhicules qui les suivent en convoi. Devant eux, les piétons sidérés font des bonds pour éviter de se faire écraser.

— Par où passez-vous ? demande-t-elle.

— L'Intermétropolitaine. Avec un peu de chance, s'il n'y a pas trop de bouchons, nous serons sortis de Jaspeer dans moins de quatre-vingt-dix minutes.

Ayah aperçoit un grand embrasement dans le rétro. Une fleur orange et noir qui monte vers le ciel. Elle pousse un cri.

— La fabrique ! Elle est en flammes !

Le chauffeur lui jette un nouveau regard sans expression.

— Quand un mage fait le ménage, il fait le ménage, dit-il.

9 heures

Nouvelle Ligne du Centre, station de Mudki. Elle est énorme, et Ayah se fait un devoir de la parcourir longuement, afin de déjouer un éventuel pisteur au plasma qui chercherait à savoir quelle direction elle prend. Elle achète du pain frais et des sandwiches à un vendeur ambulant, puis elle prend le Ruban Rouge pour rentrer chez elle.

10 h 44

Elle entre dans les Tours de Loeno. Elle espérait passer inaperçue, mais le portier – ce n'est pas celui à qui elle a donné le billet de chromo – lui sourit en lui ouvrant la porte. Elle lui offre un sandwich et lui dit qu'elle est sortie faire des courses.

Une fois chez elle, elle dépolarise les fenêtres pour laisser entrer le jour, prépare son petit déjeuner et regarde les nouvelles à la télé. Caraqui a un nouveau gouvernement. Il y a eu des combats, et les victimes sont nombreuses. Un avion en flammes s'est écrasé dans une banlieue résidentielle très peuplée de Madkar, provoquant une explosion et des incendies qui ont causé la mort de plus de cent soixante personnes. Un dirigeable à l'enveloppe percée s'est encastré sur une série d'immeubles d'un quartier de Liri-Domei, mais sans faire aucune victime. Une vieille fabrique a pris feu dans la 1190e Rue, menaçant les immeubles voisins, mais aucune victime n'est à signaler pour le moment.

Ayah mange ses toasts l'un après l'autre sans même se rendre compte du goût qu'ils ont. Elle n'a jamais eu aussi faim de sa vie.

Elle se demande si Aldemar a réussi à quitter la fabrique à temps. Elle ne voit pas comment.

13 h 02

Le bulletin d'informations diffusé toutes les heures montre le nouveau gouvernement de Caraqui : le petit Drumbeth en uniforme flambant neuf, Parq en tenue sacerdotale d'apparat, rouge et or, portant le Masque Solennel qui prouve qu'il représente officiellement les Dalavites. Apparemment, il s'est rallié à temps aux vainqueurs. Il y a un troisième personnage à la tête du nouvel État, un civil à l'air hautain dont Ayah n'a jamais entendu parler, un journaliste présenté comme un « dissident de marque ».

Toutes les caméras, cependant, sont braquées sur Constantin, dont la silhouette massive se profile derrière les trois leaders. Il porte son long manteau en peau de serpent et Sorya se tient à ses côtés, un sourire satisfait aux lèvres.

De l'autre côté de Constantin, il y a Aldemar, maquillée avec éclat, qui regarde les caméras d'un air complaisant sous ses mèches ajustées avec art. Ayah se demande comment elle a fait pour échapper à l'incendie qu'elle a déclenché dans l'ancienne fabrique et rejoindre si vite Caraqui en plein milieu de tous ces bouleversements.

Téléportation, probablement. La plus rare et la plus dangereuse de toutes les techniques pratiquées par les mages.

Aldemar est finalement bien meilleure dans la réalité que dans ses chromos.

Presque toutes les questions des journalistes s'adressent à Constantin.

— Ce n'est pas moi qu'il faut interroger, finit-il par dire. Ce que je pense, c'est que Caraqui vient finalement d'être libérée de plusieurs générations de bandits qui l'ont gouvernée. Mais adressez-vous plutôt au colonel Drumbeth.

Cela aussi, se dit Ayah pour se réconforter, *j'en suis responsable.*

15 h 20

Un contact, comme une plume, dans l'esprit d'Ayah ; une stimulation des sens ; l'odeur musquée du cuir souple ; une voix grave qui parle tendrement dans son oreille interne :

« *Douce Lady, tu m'entends ?* »

Ayah pose deux doigts sur sa gorge et s'assoit soudain sur son lit défait.

« *Oui, oui, j'entends.* »

« Je voudrais te dire merci. Aldemar m'a raconté à quel point tu as été formidable. Tu as eu raison de vouloir diriger le plasma sur le Canal des Martyrs. J'étais trop près des combats pour me rendre compte de la situation. »

Une boule se forme dans la gorge d'Ayah.

« Ce gamin qui est mort... »

« Tu n'es pas responsable. Il a surestimé ses capacités. »

« Il y en a tant qui ont dû mourir comme lui. »

D'un ton neutre, Constantin réplique :

« Je sais, mais en comparaison de ce qui s'est passé à Cheloki, je pense que nous nous en tirons à bon compte. »

Ayah ne trouve pas que ce soit une consolation. Constantin continue :

« Tu as été courageuse et pleine de ressource. Je voudrais te récompenser, si ce n'est pas trop dangereux. Une certaine somme d'argent va être versée sur un compte à Gunalaht. Je te ferai parvenir le numéro et la plaque d'identification dès qu'il n'y aura plus de danger. »

« Ces gens qui ont tout perdu, même leur maison, soupire Ayah. *Viens-leur d'abord en aide. »*

« Mais oui, rassure-toi. Je suis enfin en position de le faire. »

Une main fantôme semble caresser les cheveux d'Ayah. L'odeur de Constantin monte à ses narines.

« Au revoir, douce Lady. Ta lumière restera toujours en moi. »

Constantin disparaît de l'esprit d'Ayah tandis qu'une larme coule sur sa joue.

Certains rêves se sont réalisés aujourd'hui, mais pas le sien.

18 h 22

La police est à la porte d'Ayah.

20

Extension de vie
Moins cher qu'on ne le croit

La police a une manière spéciale de frapper à la porte, plus forte que n'importe qui d'autre, et Ayah ne s'y trompe pas. Elle se tourne vers l'entrée, étranglée par la peur, et va ouvrir en faisant un effort pour calmer ses battements de cœur.

Il y a au moins trois sortes de policiers devant sa porte. Deux en civil, costume de ville et dentelles discrètes, des clopos de l'Office, baraqués, qui remplissent le passage à eux seuls ; deux flics du District en uniforme beige, et une femme du service de sécurité des Tours de Loeno, qui semble désolée de tout ce qui arrive.

Ayah suppose qu'il y a également un mage qui flotte, invisible, relié à une source de plasma, pour protéger les flics au cas où elle voudrait avoir recours à ses talents de mage pour les agresser.

— Pouvons-nous entrer ? demande le premier clopo en lui brandissant sa plaque sous le nez.

Il a de grosses paupières qui tombent comme des rideaux sur ses petits yeux ronds.

— Non, répond-elle.

Encore une chose qu'elle a apprise sur les genoux de sa grand-mère. Quand on laisse entrer les flics, on ne peut plus s'en débarrasser.

— Nous pouvons nous procurer un mandat auprès du juge d'instruction, déclare le clopo.

Elle hausse les épaules.

— Je n'en doute pas.

Elle ressent un tremblement, derrière le genou gauche, qui menace de la faire chavirer par terre d'un instant à l'autre. Elle s'appuie contre l'encadrement de la porte en s'efforçant de donner l'impression qu'il s'agit d'un geste de défi.

— De quoi est-il question, au juste ? demande-t-elle en regardant le clopo dans les yeux.

L'homme se tourne vers son collègue en civil, qui s'adresse à elle.

— Vous vous appelez bien Ayah ?

— Oui.

— Où travaillez-vous ?

Elle sourit.

— Au siège de l'Office du Plasma, avenue de la Bourse.

Les flics échangent un nouveau regard. Apparemment, ils ignoraient ce détail.

— Vous faites quoi là-bas ? demande le premier flic en civil.

Le sourire d'Ayah s'élargit. Quelque part dans un recoin de son cerveau, il y a un vilain petit lutin qui s'amuse plus que de raison.

— Je suis à l'échelon six. En ce moment, je suis détachée auprès de M. Rohder, qui dirige la Division de la Recherche. Je travaille sur un projet spécial qui concerne les détournements de plasma à grande échelle.

Les clopos donnent l'impression de se ratatiner dans leurs costumes civils. Ayah sait qu'elle a gagné, du moins pour le moment. Elle se doute de ce qui leur passe par la tête : une bavure monumentale, une division de l'Office sur la piste d'une autre, une montagne de rapports à classer sans suite, et probablement la tête d'un chef de service qui va rouler.

Elle éprouve soudain l'envie de profiter de son avantage tant que ça dure.

— C'est en rapport avec les arrestations chez Kremag & Cie ? demande-t-elle.

Les flics tournent vers elle des visages sans expression.

— Comment dites-vous ?

— Une société bidon de détournement de plasma, dans la 1193e Rue, près de la station de Galayah. L'Office y a fait une descente vendredi dernier. C'est moi qui ai fourni les informations grâce auxquelles les mandats ont été délivrés.

— La onze cent quatre-vingt-treizième ? s'étonne celui qui a de grosses paupières, essayant de sauver la situation. Ce n'est pas la onze cent quatre-vingt-dixième ? Vous n'étiez pas dans la fabrique qui a explosé pendant la première période ce matin ?

Ayah plisse les paupières et ouvre les bras comme pour les inviter à bien la regarder.

— J'ai l'air de sortir d'une explosion ?

— Étiez-vous là-bas (d'un ton patient) *avant* l'explosion ?

— C'est possible. Vendredi, je suis allée jeter un coup d'œil du côté de chez Kremag, histoire de savoir où ils en étaient, mais il y avait plein de lacrymogènes dans l'air, et il ne restait plus grand-chose à voir. J'ai tourné un peu dans le quartier, et puis je suis rentrée chez moi.

Elle considère qu'elle a de la chance que ces clopos soient des Jaspeeris, qui ne s'étonneront probablement pas qu'une Barkazie se promène seule dans ce quartier à pareille heure.

Le clopo insiste cependant.

— Cette fabrique...

— Je n'ai remarqué aucune fabrique dans le coin. Mais il est possible que ce soit l'un des endroits qui figurent sur la liste d'endroits suspects pour les détournements de plasma que j'ai remise à M. Rohder. Je ne connais pas toutes les adresses par cœur. Et je n'y suis jamais allée, à l'exception, bien sûr, de Kremag & Cie.

— Notre pisteur de plasma nous a conduits directement de la fabrique à votre porte.

Elle hausse les épaules.

— C'est parce que j'étais dans le quartier.

— Et vous n'avez rien à voir avec la station de plasma, camouflée dans la fabrique de la onze cent quatre-vingt-dixième, qui a servi de base d'opération dans le coup d'État contre un gouvernement étranger ?

Ayah s'efforce de prendre un air impressionné.

— Je ne crois pas, dit-elle. À moins que cette fabrique ne fasse partie de la liste que j'ai remise à M. Rohder.

Le clopo revient à la case départ.

— Vous refusez toujours de nous laisser entrer ?
— Oui.
— Pourquoi ça ?
Elle croise les bras.
— Parce qu'il y a eu, de toute évidence, un cafouillage majeur à l'Office, et que le petit chef qui est responsable de cette merde va chercher à faire porter le chapeau à quelqu'un d'autre. Je ne vois pas pourquoi je fournirais le couteau pour me couper la gorge.
Le clopo semble baisser les bras.
— Nous aurons peut-être d'autres questions à vous poser plus tard.
— Demain, je travaille. Vous savez où me trouver.
Le clopo hoche la tête.
— À la prochaine, dit-il.

Séisme de force B dans les montagnes de Qelhorn
100 000 victimes présumées
Tous les détails sur le *Câble* !

Surtout, avoir un comportement normal.
Ce n'est pas difficile. Plus rien, dans la vie d'Ayah, n'est anormal.
Tout en se faisant du café le lundi matin, elle écoute le premier bulletin d'informations de la journée. Le nombre des victimes du coup d'État de Caraqui est évalué à cinquante mille, dont une moitié représente ceux qui ont péri à l'occasion des incendies qui ont ravagé le Canal des Martyrs, et l'autre la quasi-totalité des effectifs de la Garde Métropolitaine. Les autorités ont pu établir un lien entre la catastrophe aérienne de Madkar d'une part et la chute du dirigeable sur Liri-Domei d'autre part avec le coup d'État. Plusieurs officiers du dirigeable, actuellement détenus, feront l'objet d'une procédure d'accusation.
On parle beaucoup de la fabrique. Plusieurs immeubles voisins ont été ravagés par les flammes, et des centaines de personnes se retrouvent à la rue. Mais les journalistes, contrairement à la police, n'ont pas encore établi de rapport entre la fabrique et Constantin.
En tout cas, on ne parle plus de la mystérieuse maîtresse de Constantin. Les journalistes ont déduit des

récents événements que la personne avec qui il avait rendez-vous au Landmark était là pour comploter avec lui.

Dans le pneuma, elle parcourt les *Rapports* de Rohder. Au kiosque de l'avenue de la Bourse, elle achète un billet de loterie, puis se rend à son travail. Elle passe à son bureau pour prendre ses messages, mais il est vide. Il n'y a ni Tella ni Jayme. Le cylindre dans la corbeille à courrier est de Mengene. Il l'informe d'une réunion d'urgence à neuf heures.

Elle prend l'ascenseur pour monter chez Rohder au 106ᵉ . Il est assis derrière son bureau, son visage poupin entre les mains. C'est la première fois qu'elle le voit sans une cigarette allumée aux lèvres. Quand elle entre, il se redresse et penche la tête de côté pour la regarder.

— Le Département de la Sécurité m'a contacté à votre sujet.

— Je sais. Les clopos ont fait irruption chez moi hier. (Elle s'avance jusqu'à son bureau.) Qu'est-ce que c'est que cette histoire ? Ils m'ont posé des tas de questions, sans rien m'apprendre.

— Le gisement de plasma de Terminus, celui que nous recherchions, celui qui est probablement à l'origine de la femme-torche de la rue de l'Intendance... (Il pose sur elle, de derrière ses verres épais, le regard sans expression de ses yeux bleu pâle.) Quelqu'un l'a utilisé hier pour tuer cinquante mille personnes.

Ayah n'a pas besoin de feindre le choc qui referme sa main glacée sur sa gorge. Elle n'avait pas considéré les faits sous ce jour brutal.

— C'est l'une des adresses que je vous ai données ? demande-t-elle après s'être raclé la gorge.

— Non.

— Au moins, nous avons fait quelque chose pour rechercher ce gisement. Si les autres nous avaient aidés, nous aurions peut-être pu éviter cette... catastrophe.

Rohder hoche lentement la tête sans la quitter des yeux un seul instant.

— Depuis notre dernière rencontre, à propos, j'ai fait établir deux nouveaux mandats. Il y a eu une nouvelle arrestation importante hier dans la soirée.

— Alors, je ne vois pas ce qu'ils nous veulent de plus. (Elle réprime au dernier moment l'envie d'écarter les bras pour souligner ses paroles.) Nous avons *essayé*, et on ne peut pas en dire autant des clopos.

— C'est vrai, fait Rohder en regardant le bout de ses doigts. Il faut aussi que vous sachiez que le Chancelier m'a appelé tout à l'heure pour me féliciter de la manière dont j'ai – dont nous avons – réussi à découvrir autant de sources de plasma illicites dans un si court délai. Mais il m'a fait – très gentiment – remarquer que ce n'était pas réellement mon travail, et que nous devrions faire part de nos méthodes au Département de la Sécurité, qui se chargerait d'achever le travail pour nous.

Un flash de fureur monte à la tête d'Ayah. Tout cela est en train de dégénérer.

— Vous leur avez fait remarquer que l'un des détournements de plasma que nous avons découverts se situe au cœur même du Département de la Sécurité ? demande-t-elle.

— Euh... non, pas encore.

— Si nous divulguons notre méthode – *ma* méthode – aux clopos, les nouvelles recherches seront probablement confiées aux fonctionnaires corrompus responsables de ces détournements. Et si les programmeurs véreux apprennent comment je procède, ils seront un peu plus prudents dans leur programmation, et nous n'aurons plus aucune chance de les repérer.

Rohder fronce les sourcils et puise, songeur, une cigarette dans le paquet posé devant lui.

— Je sais, dit-il. Le processus n'est pas nouveau. Quelqu'un comme vous survient, les escrocs se tiennent à carreau un moment, puis ils redeviennent négligents, quelques-uns se font arrêter et les autres apprennent à être de nouveau vigilants.

Il soupire, contemple un instant sa cigarette, la fiche entre ses lèvres et l'allume. Il a le regard fuyant. La cigarette tressaute au coin de sa bouche tandis qu'il continue :

— Ce que je cherche à vous expliquer, c'est que nous avons démasqué un certain nombre d'opérateurs malhonnêtes, c'est bien, et les clopos vont en démasquer d'autres à la suite des renseignements que nous leur faisons parvenir, mais pour ce qui est de découvrir de nouvelles pistes, non, le Chancelier ne veut pas en entendre parler.

— Cela fait faire mauvaise figure au Département de la Sécurité.

— C'est en partie cela, oui.

La colère et la frustration font exploser les nerfs d'Ayah. Elle n'a pas besoin de feindre. Sa fureur est parfaitement authentique. La vérité est amère sur sa langue quand elle lance :

— Vous ne trouvez pas étrange que je découvre un voleur de plasma au sein du Département de la Sécurité et que, moins de deux jours plus tard, les clopos essaient de me coller je ne sais quel crime majeur sur le dos ?

— Je n'ai parlé à personne de votre découverte. Mon intention était d'en faire part au Chancelier le moment venu. Et vous, à qui en avez-vous parlé ?

— À personne.

— Vos collègues de bureau ? Personne, vous êtes sûre ?

— Absolument.

Rohder, gêné, laisse errer son regard vers la fenêtre.

— Vous pensez que quelqu'un aurait pu s'introduire dans mon bureau pour y lire mes notes ? Plutôt bizarre, si c'est vrai. Personne ne s'intéresse à ce que je fais depuis des années.

— Depuis combien d'années n'avez-vous pas découvert un délit grave au sein de votre propre administration ?

— Oh ! une trentaine, environ. (Il agite vaguement la main tandis qu'elle le regarde, interloquée.) J'avais oublié ce que c'est, jusqu'à ce que cette affaire me le rappelle.

Il aspire la fumée. Ses yeux pâles sont fixés sur l'horizon lointain. Finalement, il les lève vers elle et murmure :

— Je suis déjà intervenu en votre faveur. J'ai parlé aux clopos, et je parlerai également à Mengene et au Chancelier.

Ayah s'efforce de dissimuler sa joie. Comme dans toutes les autres divisions du gouvernement, la police est submergée par des strates de bureaucrates qui ne pensent qu'à protéger leur situation et leurs privilèges. Si Ayah remporte la bataille administrative au sommet de l'Office, elle étouffera dans l'œuf les recherches lancées aux étages inférieurs avant qu'elles ne prennent des proportions. À moins qu'ils ne disposent de preuves concrètes, les clopos n'ont aucune chance.

— Merci, monsieur Rohder, murmure-t-elle.

Il penche de nouveau la tête de côté. Ses yeux bleus cillent, et Ayah a l'impression d'être observée par un étrange oiseau aquatique au dos voûté.

— Je regrette d'avoir à vous renvoyer à votre ancien poste, dit-il. Il ne m'a pas l'air particulièrement intéressant. J'ai jeté un coup d'œil à votre dossier. Vous n'avez jamais eu de formation concernant l'usage du plasma brut ?

— Je n'ai jamais eu les moyens d'en acquérir une.

— Votre avancement ici serait facilité par un diplôme en génie plasmatique.

— Vous connaissez peut-être un milliardaire qui voudrait m'épouser.

— Ah !

La cendre de sa cigarette tombe sur ses dentelles, et il l'époussette distraitement.

— Il m'est arrivé de me mettre en congé pour enseigner, dit-il, et certains de mes étudiants ont gardé le contact avec moi. L'un d'eux est aujourd'hui président de l'université de Margaï, et l'octroi de certaines bourses fait partie de ses prérogatives. Si je vous recommande, vous serez presque certainement acceptée, et l'Office se fera un plaisir de vous mettre en congé pour la durée nécessaire. Quand vous reviendrez avec un diplôme en poche, vos perspectives d'avancement seront nettement meilleures.

L'offre lui coupe le souffle. Elle regarde Rohder bouche bée et met un long moment à recouvrer ses esprits pour répondre :

— Je vous en serai extrêmement reconnaissante.

— Parfait.

Il époussette de nouveau sa manche d'un revers de main et se lève. Puis il lui tend la main.

— J'ai eu plaisir à travailler avec vous, dit-il. Si vous avez d'autres petits projets en tête, appelez-moi.

Ayah lui serre la main.

— Merci encore, dit-elle. J'ai beaucoup appris avec vous.

Il paraît surpris.

— Je ne vois pas en quoi, Miss Ayah. Au revoir.

L'obéissance est le plus précieux des dons.
MESSAGE MENTAL DE SA PERFECTION
LE PROPHÈTE D'AJAS

— Les clopos ! explique Tella.

Elle est en train d'allaiter Jayme, et le bureau, pour une fois, est silencieux.

— Ils m'ont gardée une demi-heure ! reprend-elle. Qu'est-ce qui se passe ici ?

— Tu leur as dit quoi ?

— Rien du tout ! réplique-t-elle, le regard candide. Tu sais bien que je ne parle jamais à tort et à travers !

Elle se penche vers Ayah et continue à voix basse. Ayah espère qu'il n'y a pas un mage invisible qui les écoute.

— Je ne leur ai pas parlé de tes petites activités annexes, chuchote-t-elle.

Elle a dû en parler, naturellement, à une centaine de personnes dans l'immeuble, mais les clopos n'ont pas forcément eu l'idée d'interroger ces gens.

Elle se demande combien de personnes ici l'ont vue partir au moins une fois dans la limousine de Constantin.

— Les pontes des étages cherchent à couvrir leurs arrières, explique-t-elle. Ils essaient de me faire porter le chapeau parce qu'ils ont classé l'affaire de la femme-torche dans la rue de l'Intendance sans faire de véritable enquête.

Elle se laisse tomber dans son fauteuil en métal gris, qui s'affaisse et penche de vingt degrés sur la droite. La fureur lui monte au cœur. Elle pivote sur la droite puis sur la gauche, mais le fauteuil reste penché.

— Merde ! hurle-t-elle.

Elle se lève d'un bond et pousse violemment le siège du pied. Il roule jusqu'à l'autre coin du bureau, où il s'écrase contre deux autres fauteuils détraqués. Les trois sièges culbutent sur le carrelage craquelé.

— Je ne sais combien de demandes nous avons adressées à l'Entretien cette année ! hurle-t-elle.

— Mais cette enquête, insiste Tella. Qu'est-ce que tu vas faire ?

Ayah résiste à l'envie d'aller donner un nouveau coup de pied au fauteuil.

— D'après toi, dit-elle, je devrais trembler devant une organisation qui n'est même pas capable de réparer un foutu fauteuil ?

Démission de l'Intendant de la Ligne !
Il proclame son innocence.
La plus grande victime du scandale !

Ayah se rend à la réunion d'urgence de neuf heures en poussant son fauteuil déglingué devant elle. Sous le regard médusé de tous les autres, elle adosse le siège contre le mur et s'assoit sur l'un des confortables fauteuils capitonnés disposés autour de la table de conférence. Personne ne fait de commentaires.

Oeneme préside la séance en personne, ce qui en dit long sur le sérieux de la réunion.

— Ce ne sont pas les faits qui m'intéressent, affirme-t-il, mais vos impressions.

Chacun de ses subordonnés lui fait dûment part de ses impressions, libéré du devoir de mentionner que c'est Oeneme lui-même qui a délibérément ignoré le rapport de Rohder selon lequel la ligne de source de la femme-torche se situait à l'est et qui a donné l'ordre aux Interventions d'urgence d'aller voir du côté de l'Ancienne Expo.

La réunion s'étire sur trois heures. Personne ne s'aventure à dire quoi que ce soit de pertinent, et rien ne s'accomplit.

Dans la Cité Nouvelle, songe Ayah sombrement, tous ces gens seraient vite fait jetés à la rue et voués à mendier pour gagner leur pain.

Quand Ayah quitte la réunion, elle emporte avec elle son siège capitonné et laisse son vieux fauteuil. Tout le monde la voit faire, mais personne ne dit rien.

Son bureau sent le pipi et le caca de bébé. Il y a deux clopos qui l'attendent, discrets et courtois, habillés sobrement, pas du tout le même style que les cognes qui l'ont harcelée hier.

— Nous aimerions que vous nous suiviez, dit l'un d'eux, couvrant les braillements du bébé.

— Vous m'invitez à déjeuner ?

Ils échangent un regard.

— Non.

— Dans ce cas, vous pouvez attendre la fin de la pause.

Elle place le siège volé devant son bureau et sort. Elle va acheter un bol de soupe aux nouilles à un vendeur ambulant et mange tranquillement sur un banc de l'avenue de la Bourse. Elle lit son volume des *Rapports* et prend des notes jusqu'à ce que l'heure de pause soit passée ; puis elle va récupérer la consigne du bol et retourne dans son bureau.

Les clopos l'attendent. Tella sort déjeuner à son tour avec son bébé. Pendant l'heure qui suit, Ayah répond aux questions patientes des clopos. Mais quand ils commencent à lui reposer exactement les mêmes questions dans l'espoir qu'elle s'enferre dans ses contradictions, elle met le holà.

— Si vous n'avez rien d'autre à me demander, excusez-moi, mais j'ai du travail.

Elle est agréablement surprise de voir les clopos se lever, ranger leurs notes et prendre courtoisement congé.

Formation d'un groupe d'études sur la Cité Nouvelle
Contact Case 1205

— Quinze heures trente et une, Cornet Six, réorientation à cent quatorze degrés, né ?

— Da. Quinze heures trente et une, réorientation Cornet Six, cent quatorze degrés. Confirmation.

— Quinze heures trente et une, émission Cornet Six, huit cents mégamehrs. Trente minutes. Confirmé.

Aldemar serait-elle la nouvelle maîtresse de Constantin ? Les spéculations vont bon train dans les médias !

Le voyant jaune de son panneau de messagerie clignote furieusement. Il y a plusieurs messages de parents harcelés par les clopos qui veulent leur faire dire ce qu'ils savent sur elle et ce qu'elle mijote.

Pas de message de sa mère, par contre. Les clopos ne l'ont peut-être pas encore trouvée.

Elle sort acheter de quoi dîner. Chez l'épicier, elle appelle sa grand-mère sur le téléphone à pièces.

— Qu'est-ce qui se passe ? lui demande Galayah. Tu as fait quelque chose de stupide ? Ce *passu* t'a mise dans de mauvais draps ?

— Je n'ai rien fait du tout. Ce sont des fonctionnaires, au-dessus de moi, qui essaient de me faire épingler pour des bêtises qu'ils ont commises. Trop compliqué à t'expliquer.

— Tu es une Barkazie. Ils te sacrifieront sans le moindre remords.

— Je sais.

Elle regarde les clients qui font la queue à la caisse avec leurs sacs remplis de provisions et se demande si on l'a suivie. Il y a des Jaspeeris qui traînent près de l'entrée, mais ça ne veut rien dire. Il y en a toujours dans ce magasin.

Naturellement, si un mage l'épie au bout de sa longe de plasma invisible, elle n'a aucun moyen de le savoir.

— Nana, je te serais reconnaissante de dire à tout le monde dans la famille qu'il faut répondre à la police que je n'ai rien fait et qu'ils pensent que je suis quelqu'un d'honnête. J'ignore si ça y fera quelque chose, mais au moins personne ne sera compromis.

— Ta mère, fait Galayah d'une voix sombre.

— Ah !

Elle sent son cœur qui manque un battement. Gurrah est capable de dire aux flics n'importe quoi qui lui passe par la tête, sans se soucier d'incriminer sa fille.

— Je lui dirai de les foutre à la porte sans leur répondre, murmure Galayah. Ça lui permettra de faire son cinéma quand même.

Ayah est soulagée.

— Oui, c'est ça. Si c'est moi qui le lui suggère, elle fera tout le contraire.

— C'est bien possible.

— Avertis aussi les autres que... mon téléphone est peut-être sur écoutes, et qu'ils ne disent pas n'importe quoi dans leurs messages.

— Je n'y manquerai pas.

— Merci, Nana.

— Sois prudente. On ne peut pas se fier aux longs-nez.

— Je sais.

— Ne leur parle pas, toi non plus.

— Je n'ai rien à leur dire, de toute manière.

En rentrant chez elle, Ayah s'arrête pour acheter des fruits à un vendeur ambulant : une orange un peu mal en point et deux prunes. Dans son appartement, elle lave soigneusement les prunes avec de l'eau additionnée d'un peu de javel – elle fait toujours ça avec les fruits des rues – et en croque une. La pulpe est insipide. Surtout de l'eau.

L'arboretum de Constantin lui a fait perdre le goût des fruits ordinaires.

Elle prépare une sauce pour un caillé de légumes lyophilisés agrémenté d'oignons frais de son jardin miniature. Puis

Fuite d'hydrogène dans la 15e Circonscription
50 morts !

elle regarde les nouvelles sur son écran. Des équipes de secouristes venues de l'extérieur se rendent à Caraqui. Drumbeth, au nom du triumvirat qui a pris le pouvoir, lance un appel à l'aide humanitaire. Sa voix est ferme, son ton légèrement agressif. Un membre de la famille Keremath, ambassadeur dans une autre métropole, a échappé à l'extermination et dénonce le nouveau gouvernement comme un ramassis d'assassins. Il proclame la formation d'un gouvernement en exil. Les rares survivants des Réguliers de Mondray qui se sont rendus sont expulsés par la voie aérienne vers la Timocratie.

Un temps d'antenne considérable est consacré aux spéculations sur Constantin. Il ne s'est pas montré en public depuis hier. Les médias s'intéressent beaucoup plus à lui qu'à Drumbeth ou à n'importe quel autre membre du nouveau gouvernement.

Ayah avale une bouchée de caillé. Au moins, se dit-elle, il se passe quelque chose à Caraqui.

Nouveau récital de Gargelius Enchuk
Achetez vos billets sur le *Câble* !

— Neuf heures, réorientation Cornet Deux à quarante degrés. Né ?

— Da. Neuf heures, Cornet Deux, réorientation à quarante. Confirmation.

— Neuf heures, Cornet Deux, émission mille quatre cents mégamehrs. Dix minutes. Confirmation.

Un survivant du coup d'État accuse Constantin.
L'intervention du Conseil Mondial est requise.

À l'heure de la pause de la mi-journée, le *Câble* a découvert le lien entre l'incendie de la fabrique et le coup d'État de Caraqui. Une meute de journalistes assiège les bureaux de l'Office, exigeant des informations. Une nouvelle assemblée de crise est convoquée.

— Très simple, déclare Mengene. Nous mettons tout sur le dos de Constantin. L'incendie de la fabrique, la femme-torche de la rue de l'Intendance, absolument tout.

— Nous n'avons pas la preuve qu'il soit mêlé à tout ça, fait remarquer Oeneme.

— Qui d'autre cela pourrait-il être ? Et même si Constantin n'a rien à voir avec ça, quelle importance ? Nous ne sommes pas des juges, nous n'avons pas besoin de preuves pour l'accabler dans les médias. Surtout quand cela nous permet de nous disculper.

Oeneme sourit.

— Tout ce que j'ai à dire, c'est que toutes nos recherches visent à établir un lien entre Constantin et la fabrique.

— Exactement. Laissons les journalistes faire le travail pour nous.

Ayah lève les yeux des ronds de café qu'elle trace avec sa tasse sur le dessus en verre de la table de réunion. Elle regarde le fauteuil cassé toujours appuyé contre le mur de la salle et sourit.

Si, officiellement, on rejette tout sur le dos de Constantin, cela signifie qu'on ne peut plus l'accuser, elle.

Personne n'a expliqué ça aux clopos, apparemment, car ils se pointent après la pause-déjeuner pour lui

**Un dauphin nommé au ministère
en récompense de son soutien au coup d'État**

poser une nouvelle série de questions. Ils ont épluché ses finances et découvert qu'elle a payé, il y a quelques semaines, toutes ses dettes, pour un montant total d'un peu plus de six cents dalders.

— J'ai tout payé, explique-t-elle, parce que mon copain m'a appelée pour me dire qu'il m'envoyait un cashgramme de huit cents dalders. Et il l'a fait, vous n'avez qu'à vérifier.

— Comment avez-vous eu les six cents dalders ? Il n'y en avait que quarante à votre crédit sur votre compte.

— J'avais un fonds de secours sous mon matelas.

Elle se laisse aller en arrière contre le dossier rembourré du siège qu'elle s'est approprié dans la salle de réunion et continue de leur sortir l'histoire soigneusement préparée à l'avance.

— Je joue à la loterie. Il m'arrive de faire des petits gains. Pas beaucoup, jamais plus de vingt dalders à la fois. Je les mets systématiquement de côté.

Elle sort son porte-monnaie et leur montre le ticket de loterie qu'elle a acheté en venant au travail.

— Pourquoi ne mettez-vous pas l'argent à la banque ?

— Vingt dalders, ça ne vaut pas le voyage. Et puis c'est un truc barkazi. Nous n'avons pas tellement confiance dans les banques. Ma famille a tout perdu quand le système bancaire s'est effondré durant la guerre barkazie.

Les clopos la regardent, sceptiques.

— Mais quand le cashgramme est arrivé, vous l'avez déposé à la banque, vous ne l'avez pas mis sous le matelas.

Elle hausse les épaules.

— Ce n'était pas mon argent, mais celui de Gil. Moi, j'ai toujours une centaine de dalders sous le matelas.

Et c'est parfaitement vrai. S'ils ont un mage avec un mandat, il trouvera l'argent là où elle dit.

Ils essaient encore de faire en sorte qu'elle se contredise, mais elle tient bon et s'accroche ferme à son histoire. Ils ne peuvent pas prouver qu'elle n'a pas l'habitude de garder du liquide sous son matelas.

Quand ils reviennent là-dessus pour la troisième fois, elle leur dit qu'elle s'excuse, mais qu'elle a du travail.

Ils n'insistent pas. Ils s'en vont. Elle se dit qu'elle a peut-être gagné.

Le scandale de la loterie prend des proportions.
L'Intendant promet une enquête approfondie.

— Quatorze heures vingt, Cornet Un, réorientation à trois cent cinquante-sept degrés, né ?

— Da. Quatorze heures vingt, Cornet Un, réorientation à trois cent cinquante-sept degrés. Confirmation.

— Quatorze heures vingt, Cornet Un, émission mille huit cent cinquante mégamehrs. Vingt minutes. Confirmé.

Le bureau résonne des braillements de Jayme et est imprégné de l'odeur des couches sales et du lait tiède. Il y a une morne succession de demandes de plasma. Les oreilles et le crâne d'Ayah sont endoloris par le poids des écouteurs.

À Caraqui, pendant ce temps, se dit-elle, *il se passe des choses intéressantes*.

Constantin mêlé à l'explosion catastrophique
d'une vieille fabrique à Jaspeer
Tous les détails sur le *Câble* !

En sortant de l'immeuble de l'Office, Ayah lève les yeux pour regarder les grosses lettres dorées qui s'étalent dans le ciel, et son cœur bondit.

Qu'ils essaient, maintenant, de me faire porter le chapeau ! se dit-elle.

Constantin introuvable
L'instigateur du coup d'État a disparu sans rien dire.

On ne parle que de lui sur le *Câble,* bien que personne ne l'ait vu depuis dimanche. Il a été nommé ministre des Ressources dans le nouveau gouvernement, ce qui le rend, entre autres, responsable du plasma. La fréquentation du week-end pour *Les Maîtres de la Cité Nouvelle* en fait le chromo le plus populaire de tous les temps, bien que vingt pour cent des habitants de la planète n'aient pas le droit de le voir en raison de la censure exercée par le gouvernement de leur métropole.

Les autorités de Jaspeer ont annoncé officiellement que Constantin était lié à l'explosion catastrophique de l'ancienne fabrique, et les médias font continuellement état de l'indignation du gouvernement.

Le panneau de messagerie d'Ayah sonne pendant qu'elle mange les restes de son caillé. Elle baisse le son et laisse sur l'écran l'image de Constantin barrée par un bandeau rouge qui proclame : *En examen*. Puis elle prend les écouteurs.

— Oui ?

— Salut. C'est Gil. Bonne nouvelle.

— Je...

— Je rentre. Dans une dizaine de jours environ. Tout est à peu près fini à Gerad. Et j'ai une promotion. Ils me nomment vice-président associé, ce qui va nous rapporter cinq mille dalders de plus par an.

— C'est que...

Le message finit par pénétrer les brumes de son esprit conscient. Elle a le cœur qui bat à coups redoublés, et son regard bondit d'un coin à l'autre de l'appartement, comme si une cage de fer venait de tomber autour d'elle. Elle déglutit.

— Il était temps, dit-elle.

— Surtout, ne hurle pas ta joie.

— Oh ! (Elle déglutit de nouveau.) Désolée, mais j'ai un problème, ici. Ils font une enquête sur moi parce que certaines personnes me soupçonnent d'avoir aidé Constantin à organiser son coup d'État contre Caraqui.

— Malakas ! Ils ont découvert que...

Ayah hurle pour couvrir la question inopportune de Gil.

— *Je n'ai rien fait ! Je n'ai absolument rien fait !*

— Mais oui ! (Sidéré.) Je sais que tu n'as rien fait !

— Je leur ai dit que je ne connaissais pas Constantin. Que je ne l'ai jamais vu de ma vie, et que je ne l'ai pas aidé.

— Ah ! (Elle entend presque le cliquetis des rouages qui se mettent en place dans sa tête.) Je vois.

— Tout ira bien, dit-elle pour le rassurer. Cette enquête n'a pas de sens. Ils seront obligés de laisser tomber. Le seul problème (elle s'efforce de radoucir sa voix), c'est que je ne peux pas te dire au téléphone à quel point tu m'as manqué et tout ce que j'aimerais te faire si tu étais ici avec moi, parce qu'il y a peut-être quelqu'un qui nous écoute en ce moment.

Quelques instants de silence. Puis :

— Tu crois ? Ton téléphone est sur écoutes ? C'est si grave que ça ?

— Pas grave au sens où cela pourrait déboucher sur quoi que ce soit, mais le Département de la Sécurité n'a pas l'habitude de faire les choses à moitié. Constantin nous a ridiculisés, et ils cherchent à faire porter le chapeau à quelqu'un, moi par exemple.

Il y a une longue pause. Puis il murmure :

— Je vais voir ce que je peux faire pour rentrer plus tôt. Ils n'ont pas tellement besoin de moi pour tout finir.

— Ta présence ne changera rien.

— Je serai avec toi, au moins. C'est le principal. Je vais parler à Havell.

Ayah sait qu'elle devrait se sentir réconfortée, mais elle ne ressent qu'un grand vide à la place.

— J'ai d'autres nouvelles, dit-elle. Meilleures, celles-là. J'ai fait un petit travail pour un nommé Rohder, un travail de détective, si l'on veut, qui a consisté à repérer des voleurs de plasma, et Rohder a été si content qu'il pense pouvoir me faire continuer mes études pour décrocher un diplôme.

— Tu en as déjà un.

— Un diplôme en génie plasmatique. Cela m'assurera une bonne promotion à mon retour à l'Office.

Que ceux qui l'écoutent soient au courant de ses projets à long terme. Qu'ils sachent qu'elle a l'intention de rester le plus longtemps possible à l'Office.

Qu'ils sachent aussi que l'existence qu'elle mène la satisfait pleinement.

— Douze heures trente et une, Cornet Six, réorientation à cent quatorze degrés. Né ?

Manifestation des Mods pour exiger l'octroi des droits civiques dans la théocratie de Chandrab 300 morts dans les affrontements avec la police trop zélée

— Da. Douze heures trente et une, Cornet Six, réorientation cent quatorze degrés confirmée.

— Douze heures trente et une, Cornet Six, émission à mille deux cents mégamehrs, trente minutes. Né ?

— Da. Douze heures trente et une, Cornet Six, émission deux cents mégamehrs, trente minutes, confirmé.

— Incorrect ! Incorrect ! *Mille* deux cents mégamehrs, pas deux cents !

— Mille deux cents. Confirmation.

Où est Constantin ? Selon certaines rumeurs, un coup d'État serait en préparation à Cheloki.

Les images de Caraqui sont partout dans les médias. Des milliers de morts sont entassés dans des péniches que l'on remorque au large pour les couler dans les grands fonds.

Ayah se force à regarder ces images ainsi que celles des sauveteurs avec leurs masques de gaze et leurs civières où ils emportent des cadavres carbonisés, recroquevillés dans la position de la prière. Les survivants en larmes gémissent ; brandissant des icônes de Dhoran des Morts, ils espèrent un miracle impossible tandis que leurs prêtres masqués, en soutane noire, récitent leurs sacrements et aspergent chaque corps d'aloès sacré. Ils sont assez nombreux pour travailler à la chaîne.

Ce gisement de plasma, lui a dit Rohder, *quelqu'un l'a utilisé pour tuer cinquante mille personnes.*

Rohder. Son ami, son bienfaiteur.

Un remorqueur est en train d'acheminer la première péniche le long du Canal des Martyrs, entre deux rangées d'immeubles calcinés et de survivants qui les regardent passer en sanglotant.

Tout ça, c'est ma faute, se dit Ayah.

Puis l'image de Constantin apparaît sur l'écran, et son cœur fait un bond. Il marche le long du canal, vêtu de velours noir, le visage en deuil, les traits durcis. Les journalistes l'assaillent, écartant la foule. Constantin fixe la caméra dans l'œil, et Ayah reconnaît aussitôt son regard intense.

Quand les rouages de son esprit brillant se mettent en marche, cela se voit aussitôt.

Le panneau de messagerie se fait entendre. Serrant les dents, elle l'ignore et concentre son attention sur l'écran.

— Personne n'a prémédité cette tragédie, murmure Constantin. Ni nos forces armées ni celles du dirigeant déchu. Il incombe au nouveau gouvernement de s'assurer que tout ce sang (il se tourne vers le canal et ses péniches où les morts s'entassent ; très convaincant, il a de vrais talents d'acteur, se dit Ayah tandis que la sonnerie du panneau de messagerie continue de se faire entendre dans son appartement) n'a pas été versé en vain. Ces hommes et ces femmes, continue-t-il, sont à honorer, dans le cadre de notre glorieuse révolution, au même titre que les héros qui sont morts pour s'emparer du Palais Aérien. Et les survivants ne méritent pas moins que les soldats qui sont morts dans les combats contre les Keremath. Ils méritent une meilleure Caraqui, libre, prospère et juste. Ils méritent la Cité Nouvelle, et je suis là pour leur promettre, au nom du gouvernement, qu'ils vont enfin l'avoir.

Bien joué, se dit Ayah. S'il avait fait juste le discours standard, il aurait été ignoré ou terriblement écourté par les chefs des informations des différentes chaînes ; mais en disparaissant pendant quelques jours pour reparaître comme par hasard au bon moment, il fait passer son message au monde entier et échappe à toute censure.

C'est tout un art, de faire des trucs comme ça, se dit-elle. Ce qui ne signifie pas qu'il ne soit pas sincère. Il donne simplement plus de force à ses paroles.

Cinquante mille morts, dont elle est en partie responsable. Constantin a promis de faire tout ce qu'il pourrait pour donner un sens à ces morts ; et elle, pendant ce temps, elle est à Jaspeer en train de se préparer une nouvelle carrière à l'université.

Le panneau de messagerie cesse de carillonner. La voix de Gurrah annonce :

— La police était ici. Elle te cherche.

Ayah s'arrache à la contemplation de l'écran ovale et fait un bond pour se saisir des écouteurs et enfoncer le bouton de réponse.

— Maman ? Je viens d'arriver. Qu'est-ce qui se passe ?

— La police est venue. Ils voulaient que je leur parle de toi, mais je les ai virés.

— Bravo ! l'encourage Ayah.

Avec sa mère, il vaut mieux s'assurer régulièrement qu'elle ne s'écarte pas de la ligne droite.

Elle prend un peu de recul pour apercevoir l'écran vidéo. On ne voit plus Constantin. L'écran montre les nouveaux membres du gouvernement de Caraqui en train d'arriver au Palais Aérien pour assister à une réunion. Elle reconnaît Adaveth, le Mod, qui regarde les journalistes de ses gros yeux liquides tout en marchant d'un pas décidé, son attaché-case à la main, devant une rangée de portes à moitié défoncées au cours des combats.

— Ils étaient deux, continue Gurrah. Le premier avait une veste en cuir blanche, plutôt mauvais genre. C'est quel genre de flic qui porte une veste comme ça ?

— Le genre auquel il vaut mieux ne pas adresser la parole.

La voix de Gurrah grimpe dans l'aigu. Ayah ne sait que trop bien ce que cela veut dire.

— Je savais bien que tu allais finir par t'attirer des ennuis. J'avais déjà compris le jour de la fête de Senko !

— M'man ! essaie d'avertir Ayah.

— Quand tu m'as fait cette scène et que tu m'as traitée de tous les noms...

— Je ne t'ai pas fait de scène ! ne peut s'empêcher de protester Ayah.

— Devant ta grand-mère et tous les autres. Qu'est-ce que j'ai fait pour avoir des enfants qui me manquent de respect à ce point ?

Elle gémit en disant cela, mais Ayah croit discerner un rien de triomphe dans sa voix. Sa mère la connaît trop bien. Elle sait exactement ce qu'il faut dire pour obtenir la réaction voulue.

— Écoute, m'man ! lui dit-elle. Je préfère ne pas parler de ces histoires de famille au téléphone. Les clopos nous écoutent peut-être.

— Tu dois avoir de sérieux ennuis, s'ils t'ont mise sur écoutes. J'en étais sûre !

À la télé, on voit des membres de l'ancienne administration Keremath conduits en prison par les mercenaires de Geymard. Des fonctionnaires de police, des membres des Spéciales et des hauts gradés de l'armée vont connaître les joies de leurs propres cachots.

— Je n'ai aucun ennui, je t'assure, parce que je n'ai rien fait de mal. C'est juste mon administration qui essaie de couvrir ses propres bavures.

— Ils font toujours retomber la faute sur les Barkazis. Tu le sais très bien.

— Ça les arrange, mais ça ne marchera pas avec moi.

— Tu devrais te confier à ta mère. Je peux t'aider, tu sais.

Elle essaie de changer de conversation.

— J'ai une bonne nouvelle ! Je vais peut-être retourner à l'université pour avoir un nouveau diplôme !

— Encore un diplôme des longs-nez ! À quoi ça va te servir ?

— Un diplôme, ça sert toujours. Tu connais une université barkazie qui me ferait avoir une bourse ?

Ayah est contente de voir qu'elle a aiguillé la conversation sur un terrain familier. Elle laisse Gurrah marquer quelques points, puis prend prétexte du repas à préparer pour abréger la conversation.

Elle change de chaîne. Encore des images de Caraqui. Encore des membres des Spéciales que l'on jette dans les profondeurs subaquatiques de leurs propres geôles.

Et encore des morts, suppose Ayah.

Un peu plus tard, en allant acheter son pain à la boulangerie du quartier, elle voit un homme en veste blanche qui traîne au coin de la rue en buvant un soda. Elle le revoit quelque temps plus tard sans sa veste. Il la suit quand elle rentre chez elle.

Intéressant, se dit-elle.

Affaire de corruption dans la police
Le « commissaire milliardaire » déclare
ne pas connaître l'étendue de sa propre fortune.

— Quinze heures trente et une, Cornet Six, émission à quatre cent trente mégamehrs. Six minutes. Né ?

— Da. Quinze heures trente et une. Cornet Six, émission quatre cent trente mégamehrs. Six minutes, confirmation.

Ayah songe aux cinquante mille morts, aux péniches chargées à ras bord se dirigeant vers le large.

Les survivants ne méritent pas moins...

Elle songe à Constantin, à ses grosses mains en train de la caresser...

Elle regarde la photo de Gil dans son cadre argenté, et voit le visage d'un étranger.

Un autre clopo se pointe dans son bureau pour lui poser des tas de questions qu'on lui a déjà posées mille fois.

Conflits internes au sein de l'Organisation
Deux colonels îlotiers assassinés

Elle répond patiemment, sans jamais se contredire. Elle regarde ses interrogateurs droit dans les yeux d'un air de dire : *Bientôt, grâce à moi, vous allez avoir un nouveau patron.*

Elle s'installe dans le fauteuil qu'elle s'est approprié en disant :

— Je croyais que le gouvernement attribuait tout ça à Constantin. Pourquoi vous donnez-vous toute cette peine pour m'interroger ?

— Il a peut-être des complices.

— Les complices de Constantin ne sont pas d'obscurs fonctionnaires jaspeeris à l'échelon six. Ils vont occuper des postes importants à Caraqui. Vous croyez que je resterais stupidement ici au lieu d'aller vivre comme une reine à Caraqui, si je le connaissais ?

Le simple fait de demander cela lui laisse un goût amer dans la bouche. Il y a des questions qui contiennent implicitement leur propre réponse.

— Vous n'avez peut-être pas envie de quitter Jaspeer, réplique le clopo. Vous êtes née ici, vous y avez vécu toute votre vie, votre concubin est ici. Jaspeer est votre métropole.

— Ma métropole a été détruite avant ma naissance, s'insurge Ayah, soudain passionnée de vérité.

Après le départ du clopo, elle met ses écouteurs, allume son ordinateur et commence à préparer sa fuite.

Si le Département de la Sécurité la suit partout, ça ne va pas être facile.

LODAQ III renversé !
L'influence de Constantin
serait-elle en train de s'étendre ?
Tous les détails sur le *Câble* !

Elle laisse passer trois jours. Les clopos la suivent toujours, une partie du temps au moins. Ils sont parfois très faciles à repérer, surtout quand elle reconnaît un visage, mais il y a des moments où elle n'est plus sûre du tout. Elle est obligée, dans tout ce qu'elle prépare, de faire comme si elle était épiée sans le savoir.

Elle appelle le Temple de la Sagesse et de la Destinée pour connaître les horaires des services religieux.

Elle sait que la manière la plus commode pour les clopos de la suivre partout, c'est la téléprésence. Au fond du placard de la cuisine, elle prend l'une des batteries à plasma qu'elle a coltinées pendant des semaines à la station Terminus, la pose devant son compteur et fixe la pince croco sur le câble d'alimentation.

Les aiguilles tournent. La batterie se remplit. C'est la première fois qu'elle se sert de la borne d'arrivée de l'immeuble.

Elle pose un doigt sur le plot de contact et sent ses nerfs hurler sous l'afflux du plasma. Cela lui coupe le souffle.

Elle avait essayé de toutes ses forces d'oublier l'effet que cela faisait.

Elle se souvient de l'aspect doré que prenait le plasma dans le ciel quand elle le dirigeait vers Red Bolt. Elle prend une profonde inspiration. Elle élargit son sensorium, essaie de le mettre en harmonie avec le plasma. Soigneusement, elle explore son appartement.

Rien d'autre que le halo qu'elle produit elle-même.

Il faut tenir compte, cependant, du fait qu'un mage hypothétique a pu deviner ce qu'elle voulait faire suffisamment longtemps à l'avance pour retirer son anima. Elle sort sur le palier. Rien non plus. Elle regarde l'appartement d'en face, puis ceux du haut et du bas, de chaque côté.

Elle n'apprend rien, si ce n'est que sa voisine de palier est en train de se faire les ongles des pieds.

Elle retire son doigt, s'assure que la batterie est pleine, et défait la pince croco. Puis elle regarde le compteur. Elle doit six cents dalders à l'Office !

Elle range la batterie dans son sac avec sa veste marine, son collier en ivoire, le volume XIV des *Rapports*, un chapeau à bord souple et son passeport. Elle prend l'argent caché sous le matelas, hésite un instant et ajoute le portrait de Karlo. Puis elle passe une veste beige clair, prend un coussin et quitte l'appartement.

Dans les sous-sols des Tours de Loeno, avec son passe de l'Office, elle ouvre une porte métallique donnant sur une galerie d'entretien. À l'intérieur, elle pose de nouveau le doigt sur le plot de contact de la batterie, s'assure que personne ne la voit et sort le crédicyl de sa cachette derrière la colonne de plasma. Elle essuie la poussière qui le recouvre et le range dans le sac.

Elle sort dans la rue par sa porte habituelle. Aussitôt, elle voit la voiture des clopos qui démarre pour la suivre. Quand elle descend dans la station de la Nouvelle Ligne du Centre, les deux flics se garent en vitesse et la suivent.

Elle change deux fois, d'abord sur le Ruban Rouge puis sur la Ceinture. La voiture de queue la secoue si fort qu'elle a l'impression que ses articulations vont se disjoindre. Elle descend au Vieux Rivage et gagne la surface en tanguant.

Les souvenirs d'enfance affluent dans sa mémoire avec les odeurs de cuisine et les bribes de musique issues des fenêtres ouvertes. Les constructions se penchent sur elle du haut des échafaudages comme pour la saluer au passage. Charduq l'ermite lui fait de grands gestes du haut de sa colonne, et elle laisse tomber quelques pièces dans son panier.

C'est la dernière fois, se dit-elle, qu'elle voit tout ça.

Pour que cela lui porte chance, elle achète un bol de nouilles pimentées et parfumées aux oignons, ses préférées. Au-dessus de sa tête, des frères Lynxoid au plasma se battent avec le Titan Bleu dans une publicité pour leur nouveau chromo. Un peu plus loin sur le trottoir, elle aperçoit le visage renfrogné des flics de Jaspeer qui ressortent comme des enseignes au néon au milieu de la population barkazie à la peau foncée. Elle détourne la tête pour dissimuler son sourire.

Elle gravit l'escalier de fer aux marches polies par l'usage qui donne accès au Temple de la Sagesse et de la Destinée. Elle passe devant deux dames d'un certain âge qui portent les couleurs bleu et blanc du Temple. Elles se sont arrêtées sur le palier pour reprendre leur souffle. La porte en fer est restée ouverte. Elle entre. L'odeur des herbes en sachet exposées derrière le comptoir flotte dans l'air. Dhival est là. C'est la sœur de Khorsa. Elle porte une robe rouge et or, et son visage est maquillé de manière outrancière.

Elle paraît surprise, mais fait le tour du comptoir pour l'embrasser sur les deux joues.

— Vous êtes venue assister à l'office ?

— Khorsa est là ?

— Dans son bureau. Je vais la chercher.

— Il faudrait que je lui parle en privé, si possible.

Dhival a l'air surprise.

— D'accord. Passez par là.

Ayah trouve rapidement son bureau. La porte est ouverte. Elle frappe. Khorsa est plongée dans la lecture d'un épais registre. Elle lève la tête. Elle est radieuse dans sa robe rouge de prêtresse. Elle se lève pour embrasser Ayah. Au contact de sa joue glacée, cette dernière sent la tension qui l'habite.

Khorsa regarde le coussin qu'elle a sous le bras.

— Voulez-vous que je vous prête une robe ?

— J'ai pris ce coussin pour donner le change. C'est de votre aide que j'ai besoin.

Khorsa se laisse aller en arrière sans manifester la moindre surprise.

— Mais bien sûr, après tout ce que nous vous devons. De quoi avez-vous besoin ?

— Il y a deux Jaspeeris qui me suivent. Je voudrais leur échapper pour quelques heures.

Khorsa penche la tête de côté et réfléchit.

— Leur échapper comment ? Voulez-vous que je contacte le Club des Vampires et qu'on les envoie à l'hôpital ?

— Non. Je ne veux pas causer d'ennuis à qui que ce soit. Tout ce que je demande, c'est m'éclipser par la porte de derrière, s'il y en a une, et que vous vous assuriez que je ne suis pas suivie jusqu'à la station de pneuma. (Elle ouvre son sac et en sort la batterie chargée.) Pouvez-vous, ou bien Dhival, utiliser la téléprésence ?

— Je maîtrise mieux qu'elle cette technique. Mais vous n'avez pas besoin de me fournir le plasma. J'ai ma propre source.

Le son des crotales s'égrène au loin dans le temple. Ayah insiste, désignant la batterie.

— Gardez-la quand même. Elle est trop lourde dans mon sac.

Khorsa accepte de la prendre, non sans réticence, dans ses mains aux multiples bagues. Elle se tourne de nouveau vers Ayah.

— Puis-je vous demander de quoi il s'agit ?

— C'est compliqué.

Elle ne désire pas en faire sa *passue.* Mais comme la petite femme la regarde avec insistance, elle finit par céder.

— Ce sont des flics, explique-t-elle. J'ai découvert des choses qui les compromettent – une histoire de corruption –, et j'ai besoin qu'ils me fichent la paix pendant quelque temps.

Khorsa accepte cette explication sans commentaires. Puis elle passe aux choses pratiques.

— Vous avez besoin qu'on vous cache ?

— Oh, non ! Quelques heures suffiront pour que ça s'arrange. J'ai juste besoin de m'assurer que personne ne me suit. Ni ces deux-là, ni un mage.

Khorsa hoche la tête.

— Je vais prévenir ceux du temple que je ne pourrai pas battre le tambour pendant le service. Attendez-moi, je reviens.

Elle pose la batterie sur son bureau et sort. Ayah enlève sa veste beige et la range dans son sac. Elle enfile à la place la jaquette bleue, ramasse ses longs cheveux en chignon, sort du sac le chapeau à bord souple et le coiffe.

Un tambour résonne. Khorsa revient. Elle examine Ayah, ajuste son chapeau et hoche la tête.

— Si je vois que quelqu'un vous suit, je vous enverrai un signal, dit-elle. Une petite lumière rouge à hauteur de vos yeux. Je ferai en sorte de ne pas vous aveugler, mais il faut que je sois sûre que vous la voyez.

Ayah hoche la tête.

— Que ferez-vous si on vous suit ? reprend Khorsa. Aurez-vous besoin de protection ?

— Je reviendrai ici assister au service. Ensuite, je rentrerai chez moi en sachant qu'ils sont plus forts que je ne le croyais.

Khorsa plisse les lèvres, l'air songeur.

— J'aimerais pouvoir vous aider davantage, dit-elle.

Les tambours ont accéléré leur rythme. On entend la voix de Dhival qui appelle les fidèles dans le temple. Ils battent des mains et font claquer leurs crotales en entrant.

— On y va, dit Khorsa.

Elle ouvre une petite trappe située derrière son bureau, dégage une prise à plasma et des contacts. Puis elle sort une poignée de transfert de la poche de sa robe, l'enfiche dans la prise et s'assoit dans son fauteuil.

La batterie est restée sur le bureau. Elle a peut-être l'intention de la rendre plus tard à Ayah. Ou elle préfère utiliser la source officielle, qui lui donne plus de souplesse.

— Je vais d'abord inspecter les abords du temple, dit-elle. Si quelqu'un surveille la sortie de derrière, il faudra changer nos plans.

La musique prend des accents lancinants pour évoquer Dhoran des Morts. Ayah imagine les deux flics en train de lever la tête vers les fenêtres par où elle filtre. Les lèvres de Khorsa laissent passer un petit rire.

— Ils sont plantés devant la façade, dit-elle. Ils paraissent très embêtés. D'où sortent-ils, ces clopos ? Ils devraient avoir l'habitude de ce genre de boulot.

— Ils travaillent pour l'Office.

— Ah ! Pas étonnant.

Elle garde le silence pendant quelques instants, puis :

— Personne derrière le bâtiment. À ma connaissance, aucune surveillance.

C'est le moment de foncer, se dit Ayah. Mais elle ne bouge pas. Elle regarde Khorsa, comme paralysée. Soudain, elle n'a plus envie d'aller nulle part, elle voudrait rester ici éternellement à l'abri parmi les senteurs des herbes, la musique et les incantations.

C'est Dhoran des Morts qu'ils sont en train d'invoquer, se souvient-elle. Et elle revoit les péniches qui descendent le Canal des Martyrs avec leur chargement funèbre.

Ses jambes se détendent, comme sous l'effet d'un choc électrique, et elle quitte le bureau à la vitesse de l'éclair.

L'escalier, puis le hall. Son sac va et vient contre sa hanche. Elle trouve la sortie de derrière, pousse la porte qui s'ouvre dans un grincement de ferraille. Dehors, c'est une impasse obscure qui sent l'urine et les vieilles poubelles.

Le sol est jonché de tessons de bouteilles, de débris de vieux meubles et d'excréments. L'occupant de ces lieux ne semble pas être là pour le moment. Ayah enjambe ces détritus tant bien que mal. Le son des incantations la suit comme un vieux souvenir amical. Dès qu'elle sort de l'impasse, elle se dirige rapidement vers l'est afin de mettre le plus de distance possible entre les clopos de l'Office et elle. Puis elle oblique vers le nord en direction de la station de pneuma. Elle est à un rad de là, dans un autre quartier, mais elle pense, en marchant d'un bon pas, y arriver dans une dizaine de minutes.

Elle traverse et parcourt la moitié d'un pâté d'immeubles avant de reconnaître le bâtiment qui se dresse sur sa gauche. C'est le vieux temple aux pierres sculptées, aux plantes grimpantes et aux monstres effrayants, qui a marqué sa jeunesse. Devant la double porte en métal, le seuil est jonché de grains de riz et autres offrandes.

Elle ralentit en passant devant, met la main dans sa poche et en tire une poignée de pièces qu'elle lance contre le portail. Elles ricochent comme les gouttes d'eau d'une cascade. Ayah émet un petit rire et continue sa course.

Elle espère que Khorsa s'amuse bien en la voyant faire.

Jusqu'à présent, aucune lumière rouge ne s'est allumée devant elle.

Dans la station déserte et glacée, elle attend un bon moment l'arrivée du pneuma. Elle pense tristement à Gil, qui va rentrer pour trouver un appartement vide et des factures que son salaire ne suffira pas à payer. Elle se promet de lui envoyer de l'argent dès qu'elle le pourra, vingt ou trente mille dalders, de quoi payer la moitié de l'appartement.

Elle grimpe dans la rame du pneuma qui vient d'arriver. Il la conduit directement à la gare de l'Inter-Métro de Gold Town, où elle prend un billet pour Karapoor. On la recherche peut-être déjà, mais l'employée derrière le guichet ne lève même pas la tête pour la regarder. Elle appuie sur un bouton de son pupitre, et le jeton d'Ayah glisse le long d'une rampe de métal gris pour tomber dans le creux de sa main.

À Karapoor, elle prendra un pneuma grande vitesse qui, demain à midi, lui aura fait parcourir la moitié du chemin qui la sépare de Caraqui.

Elle monte dans l'Inter-Métro et regarde à la dérobée ses compagnons de voyage, pour la plupart des frontaliers aux yeux hagards qui rentrent chez eux. Elle trouve une place assise isolée. Les portes se ferment. Le vent siffle sur la surface lisse de la rame tandis que le système prend son souffle. Puis elle ressent un choc à la colonne vertébrale quand l'air comprimé la propulse vers le monde extérieur.

Constantin a sa manière bien à lui de se montrer fatal envers ses amis.

Les paroles de Sorya lui reviennent à l'esprit en un éclair.

Il faudra qu'elle tente sa chance.

Elle sort le volume XIV des *Rapports* et l'ouvre. L'œuvre de Rohder sera son cadeau à Constantin quand elle arrivera.

À la frontière, aucun panneau n'indique qu'elle a quitté Jaspeer, qu'elle a réussi sa fuite. On entend juste le sifflement du système pneumatique tandis que la rame ralentit, quitte son rail et descend progressivement dans son berceau à la station de Karapoor.

Tandis que les voyageurs hagards rassemblent leurs affaires pour descendre, la rame est soudain éclairée d'une multitude de petits points de plasma qui descendent du plafond comme des flocons de neige bariolés vers les visages médusés des voyageurs. Une attention de Khorsa, qui a suivi Ayah jusqu'ici.

Et cette neige magique, note-t-elle, est de toutes les couleurs du monde sauf rouge.

Retrouvez les auteurs
de la collection J'ai lu série SF sur le site

ActuSF.com

7557

Composition PCA à Rezé
Achevé d'imprimer en France (La Flèche)
par Brodard et Taupin
le 24 février 2005. 28244
Dépôt légal février 2005. ISBN 2-290-32496-5

Éditions J'ai lu
84, rue de Grenelle, 75007 Paris
Diffusion France et étranger : Flammarion